O Castelo de Yodo

Yasushi Inoue

O Castelo de Yodo

Tradução e notas
Andrei Cunha

Estação Liberdade

Título original: *Yodo-dono nikki*
© Herdeiros de Yasushi Inoue, 1955-60
© Editora Estação Liberdade, 2012, para esta tradução

Preparação	Antonio Carlos Soares
Revisão	Huendel Viana e Fábio Fujita
Assistência editorial	Fábio Bonillo e Paula Nogueira
Composição	B.D. Miranda
Capa	Miguel Simon
Imagem de capa	*Bushi*, período Muromachi, 1538. Musée Guimet, Paris.
Editores	Angel Bojadsen e Edilberto F. Verza

A EDIÇÃO DESTA OBRA CONTOU COM SUBSÍDIO DO PROGRAMA
DE APOIO À TRADUÇÃO E PUBLICAÇÃO DA FUNDAÇÃO JAPÃO

CIP-BRASIL. CATALOGAÇÃO-NA-FONTE
Sindicato Nacional dos Editores de Livros, RJ

I45c

Inoue, Yasushi, 1907-1991
   O Castelo de Yodo / Yasushi Inoue ; tradução Andrei Cunha. - São Paulo : Estação Liberdade, 2013.
   312 p. : 23 cm

   Tradução de: Yodo-dono nikki
   ISBN 978-85-7448-212-5

   1. Romance japonês. I. Cunha, Andrei. II. Título.

12-9077.   CDD: 895.63
                  CDU: 821.521-3

11.12.12   13.12.12   041438

Todos os direitos reservados à
Editora Estação Liberdade Ltda.
Rua Dona Elisa, 116 | 01155-030 | São Paulo-SP
Tel.: (11) 3661 2881 | Fax: (11) 3825 4239
www.estacaoliberdade.com.br

淀どの日記

NOTA DOS EDITORES: Neste romance, ao contrário do padrão seguido em nossos outros títulos, optamos por manter os nomes na ordem original japonesa (sobrenome + nome), em respeito à fidelidade histórica buscada por Yasushi Inoue na descrição da vida política e cultural da era Tensho. Assim, mantivemos na ordem ocidental apenas o nome do autor.

Capítulo 1

Após derrotar Asakura Yoshikage e subjugar a província de Echizen, Nobunaga[1], impulsionado por sua vitória militar, foi atrás de Azai Nagamasa e cercou o Castelo de Odani, em Kohoku, em 26 de agosto do primeiro ano do período Tensho.[2] O castelo estava totalmente isolado. Com a extinção do clã de Asakura, que por muitos anos havia sido seu aliado, não existia agora ninguém que pudesse ajudar Nagamasa. Ashikaga Yoshiaki fora perseguido a mando de Nobunaga, que também mandou incendiar o monte Hiei. Agora restava-lhe como aliada apenas a facção do templo Honganji; já não havia outras forças reais para auxiliá-lo.

Nobunaga quedou-se observando o Castelo de Odani, que podia ser visto ao norte de seu acampamento, no monte Toragoze; espantou-se ao pensar que, daquele ponto, a construção parecia menor. Seria o Castelo de Odani assim tão pequeno?, ele se perguntou. Olhou fixamente os domínios da família Azai, como um gato que fita sua presa. Por longo tempo, os Azais habitaram a região entre Kyoto e Gifu, que estava sob o domínio de Nobunaga e sempre lhe foi um estorvo.

Olhando-se do monte Toragoze, o castelo e suas dependências, o *kyogokumaru*, o *ninomaru* e o *honmaru*[3], espraiavam-se, tendo como cenário de fundo a encosta do monte Odani, coberta de

---
1. Oda Nobunaga (1534-1582). Importante líder militar japonês, cujas campanhas militares deram início à unificação territorial do país.
2. O período Tensho vai de 1573 a 1592. Nesta tradução, adotamos a palavra "período" para *nengo* (subdivisão dos anos do calendário japonês) e "era" para *jidai*, as fases da história do Japão.
3. Subdivisões do castelo fortificado japonês. Cada uma delas tem sua própria muralha, e sua disposição pode variar. O *kyogokumaru* corresponde à muralha mais externa; o *ninomaru*, à segunda muralha; e o *honmaru*, à muralha central, ou primeira muralha, que protege a residência do líder (a torre de menagem).

bosques. Apenas uma face do torreão do *honmaru* era banhada pelo vermelho do poente; e, ainda que se ouvisse o farfalhar das matas da encosta, sopradas pelo vento, tudo parecia terrivelmente silencioso aos olhos de Nobunaga. Um vento frio vinha do oeste do lago Omi[4], mas ele não percebia a mudança da estação. Enquanto não obtivesse as cabeças de Nagamasa e de seu pai, Hisamasa, da mesma forma como obtivera a de Asakura Yoshikage, Nobunaga não teria tempo para sentir a brisa outonal. Havia menos de um mês que ele adentrara Echizen, perseguindo e massacrando Yoshikage, após este bater em retirada; mesmo agora não desaparecera do rosto de Nobunaga a excitação daquele momento. Seus pequenos olhos cintilavam enquanto mirava o Castelo de Odani. Nobunaga pensava que logo somaria à de Asakura as cabeças cortadas de Nagamasa e de seu pai; mandaria aplicar laca e pó de ouro, de acordo com a prática do embalsamamento, preservando-as pelo menos até o Ano-Novo. E, quando fosse celebrar a data ao lado dos outros comandantes, a história seria assunto para animadas conversas acompanhadas de saquê.

No dia 27, a operação de Kinoshita Tokichiro[5] bloqueou o contato entre Hisamasa, na muralha externa, e Nagamasa, que estava dentro da muralha principal. Com a rendição do general Onoki, senhor de Sado, e do comandante Mitamura, senhor de Saemon, que chefiava as manobras externas do Castelo de Odani, as tropas puderam se infiltrar com facilidade. Takenaka Hanbei e Kinoshita Koichiro, irmão mais novo de Tokichiro, adentraram o castelo, liderando os guerreiros.

Naquela noite, olhando para Mitamura e para Onoki, ambos capturados dentro da fortaleza, Nobunaga apenas disse:

— Que vergonha renderem-se nesse momento tão decisivo!

Ordenou então a Tokichiro que os decapitasse.

O assalto continuou no dia 28, quando foi tomada a muralha

---

4. Esse lago passou a ser chamado de Biwa no século XVII, devido a sua forma ser parecida com o instrumento de cordas *biwa* (semelhante ao alaúde), importado da China.
5. Kinoshita Tokichiro é o nome assumido pelo futuro Toyotomi Hideyoshi (1536-1598) à época do início da ação deste livro. Após a morte de Nobunaga, esse guerreiro de origem modesta será o grande general que dominará todo o Japão, adotando diferentes nomes ao longo de sua ascensão.

externa. Dentro do castelo, Hisamasa se suicidou com sua espada, aos 71 anos. A função de assistente do ritual coube a Tsurumatsu Dayu, um mestre de teatro nô. Descendo um degrau da varanda em que estavam, o vassalo seguiu-o na morte, cortando o ventre. Morreram na batalha Senda Unemenosho; Nishimura Tanzaemon; o general Iguchi, senhor de Echizen; e todos os outros líderes. Restava agora somente a torre de menagem, comandada por Nagamasa.

Naquela noite, Tokichiro sugeriu a Nobunaga que enviassem um mensageiro para persuadir Nagamasa a se render:

— Senhor, devido às circunstâncias, com certeza os oficiais e os soldados do castelo estão dispostos a defender sua posição até a morte. Creio que, em vez de desperdiçar vidas em vão, talvez seja melhor forçarmos Hisamasa a se render, tomando o castelo sem esforço. Nossos aliados em Odani também...

Tokichiro disse essas últimas palavras como que para sondar as verdadeiras intenções de Nobunaga. Este, embora parecesse por um instante haver ponderado a situação, respondeu, com um ar contrariado:

— Duvido que Nagamasa vá concordar, mas se quiser pode enviar um mensageiro.

Nesse momento, Nobunaga lembrou-se de que sua irmã, desposada por Nagamasa dez anos antes, também estava no interior da muralha central do castelo prestes a cair. Não que não houvesse pensado nela até então; contudo, desde que a dera em casamento a Nagamasa, não pensava em tê-la de volta. Depois que a entregara a ele, deixou de considerá-la sua irmã.

A senhora Oichi, agora esposa de Nagamasa, não era a única mulher a ter tal destino. Na verdade, Nobunaga havia casado a própria filha, a princesa Megumi, com Okazaki Saburo Nobuyasu, filho legítimo de Ieyasu[6]; e também entregara sua sobrinha a Katsuyori, da província de Kai. Não lhe importava se tivesse de abrir mão de um parente consanguíneo ou dos próprios filhos; de modo geral, procurava

---

6. Tokugawa Ieyasu (1542-1616). General que, após trazer muitas vitórias para Nobunaga, tornou-se um dos daimiôs mais importantes. Após a morte de Hideyoshi, veio a ser o xogum que impôs sua autoridade sobre todo o Japão, dando início à era Tokugawa (também conhecida como era Edo, 1603-1868).

obter das pessoas o uso mais proveitoso. Se um militar não agisse assim, não conseguiria viver no clima de matar ou morrer desses tempos de guerra civil.

Nobunaga concedera a mão de sua irmã a Azai Nagamasa, senhor de Kohoku, no ano 7 do período Eiroku[7]; ela tinha então dezoito anos de idade. Agora a chamavam de dama de Odani, ou senhora Oichi. Para Nobunaga, a época em que a entregara a Nagamasa fora a mais difícil. Ainda nem quatro anos haviam transcorrido desde que Nobunaga derrotara Imagawa Yoshimoto em Okehazamae; e desde que ele enfrentara Saito Tatsuoki e tomara a província de Mino, mudando o nome do Castelo de Inaba para Gifu, e implantando finalmente sua base ocidental.

Contudo, foi devido a esse casamento, arranjado por motivos políticos, que conseguiu entrar na capital, tomando controle do caminho para o oeste; assim, do ano 7 até o ano 12 do período Eiroku não precisou se preocupar com os Azais. Essa aliança só findaria na primavera do primeiro ano do período Genki.[8] Até aquele momento, fora-lhe bastante frutífero o casamento de sua irmã com Nagamasa.

Enquanto devolvia o olhar inquisitivo de Tokichiro, Nobunaga pensava consigo mesmo que, se fosse possível resgatar a esposa de Nagamasa, ele não iria impedir. Pela primeira vez desde que a entregara, veio-lhe aos olhos a frágil constituição de sua bela irmã.

Naquela noite, o general Fuwa, senhor de Kawachi, escolhido como mensageiro, levou uma missiva até Nagamasa, na qual estava escrito:

> *A batalha sem trégua é a sina do guerreiro, e inevitável sua sede de lutar. Yoshikage, ao dar as costas às ordens recebidas, chamou para si o castigo dos deuses, e foi aniquilado. Entretanto, Vossa Senhoria, Nagamasa, tem sua casa ligada à minha pelo matrimônio. Ainda que as circunstâncias tenham chegado a esse ponto, pode ter certeza de que sua vida será*

---
7. Período Eiroku (1558-1570).
8. Período Genki (1570-1573).

poupada se o castelo for evacuado e se Vossa Senhoria renunciar a seu território até ordem ulterior. Assim, preservar-se-á a linhagem Azai e será respeitada minha vontade.

Fuwa de Kawachi retornou sem demora, reportando que Nagamasa não possuía a mínima intenção de se render e, além disso, pensava em retirar do castelo a dama de Odani e suas três filhas. Ainda na mesma noite, Fuwa serviu novamente de mensageiro para comunicar ao adversário que, é claro, estavam dispostos a acolher a dama de Odani e suas filhas.

No amanhecer do dia 29, foram enviadas do castelo quatro liteiras, seguidas de vinte e poucas damas de honra, acompanhando Fujikake Nagakatsu, senhor de Mikawa, um general que fora subordinado de Nobunaga e que comparecera à cerimônia de casamento da dama de Odani, dez anos antes. Ao ouvir que liteiras viriam do castelo para seu acampamento, Nobunaga não moveu um músculo do rosto nem disse nada. Após ser questionado repetidas vezes por seus assistentes sobre o que deveriam fazer, Nobunaga ordenou que deixassem as liteiras entre as árvores da esparsa mata que havia ao lado do acampamento. Escolheu-se um terreno pouco inclinado, dispuseram-nas perto umas das outras, e ali as várias serviçais se aglomeraram, sentando-se no chão.

Nessa hora, como se o envio das liteiras tivesse sido um sinal, a muralha do centro iniciou seu ataque. Ainda que as tropas de Kinoshita Tokichiro, de Niwa Nagahide e de Shibata Katsuie mantivessem a luta por todo o dia, aqueles soldados, fortalecidos pelo desespero, não permitiram que o castelo caísse. O exército de ataque aguardou o anoitecer junto à muralha, sem que ninguém conseguisse entrar na fortificação central. Durante a madrugada, caiu uma tempestade, agravada por um tufão tão violento que, mesmo na região da capital, Kyoto, centenas de residências foram destruídas.

Na manhã seguinte, a primeira do mês de setembro, embora o vento tivesse se acalmado, olhando-se do alto da colina podia-se ver que a superfície do lago Biwa ainda se agitava com as ondas.

A batalha foi retomada com a mesma violência surpreendente do dia anterior. As tropas, acuadas, encarando o combate por vir como seu último, empurraram às nove horas da manhã os portões da primeira muralha, e todos os duzentos guerreiros saíram para a luta, sob a liderança de Nagamasa.

Parte das forças de Kinoshita e Shibata ignorou a movimentação de Nagamasa e deu a volta por trás dele, cortando o acesso para dentro da muralha e impedindo-o de retornar. Nagamasa correu para a residência do general Akao, senhor de Mimasaka, ao lado do castelo. Quando viu que, de seus aliados, lhe restavam poucas dezenas de cavaleiros, reconheceu que estava fadado a morrer ali. Então, ateou fogo à casa e, ordenando aos arqueiros que disparassem suas flechas para manter o inimigo afastado, suicidou-se. Tinha 29 anos de idade. Os generais Akao de Mimasaka e Azai Iwami, antigos pilares da família Azai nessa guerra, foram capturados vivos, pois, sendo idosos, não tiveram tempo de se suicidar; todos os demais foram decapitados ou se mataram.

Todas as tropas adentraram a primeira muralha com o castelo ainda em chamas. A chacina completa só findou às duas horas da tarde. Com a morte do defensor da muralha externa, a poderosa família Azai, que por longo tempo exercera sua autoridade na região de Kohoku, estava agora arruinada. As liteiras, que no dia anterior haviam sido deixadas entre as árvores, permaneciam ali paradas, como ornamentos.

O vento que soprava pelo campo de batalha carregava à mata os gritos da guerra, ora estridentes, ora longínquos, e logo parecendo cada vez mais distantes, até se calarem por completo. As mulheres viram que metade do céu estava encoberto por uma estranha escuridão. Às três horas, sob a proteção de algumas dezenas de soldados, as liteiras desceram o monte Toragoze em meio àquele breu, que não permitia discernir se era dia ou noite, seguindo ao redor do lago, em direção ao sul.

Naquela noite, após examinar a cabeça decapitada de Nagamasa, Nobunaga mandou que lhe trouxessem os prisioneiros Akao de Mimasaka e Azai de Iwami. À luz da fogueira, os rostos dos dois velhos militares pareciam grotescamente avermelhados. Nobunaga, dirigindo-se aos dois, gritou:

— Vocês fizeram Nagamasa me trair. Não é de admirar que eu os odeie.

Ao ouvir isso, Azai de Iwami, amarrado, ergueu o rosto e respondeu com um tom violento:

— O senhor Nagamasa não era um general dissimulado como você. Por isso, hoje encontrou seu fim.

— É verdade, guerreiros que se deixam capturar vivos devem conhecer bem a dissimulação, não é mesmo?

Nobunaga, com o cabo da lança, cutucou três vezes a cabeça alva de Iwami.

— Pretende descarregar sua raiva batendo em um homem amarrado?

Sem responder à provocação, Nobunaga dirigiu-se a Mimasaka:

— Você deve ser aquele guerreiro do qual ouvi falar, que desde jovem possui uma força sobre-humana.

Ao contrário de Iwami, Mimasaka foi direto:

— Pois não vê que agora já sou um velho senil?

Nobunaga mandou buscar o filho do ancião, Shinbei, que também fora capturado vivo, e disse:

— Talvez você não sirva mais por já estar assim tão velho, mas seu filho Shinbei pode ser ainda bastante útil.

Então, Mimasaka voltou seu rosto envelhecido para o filho e disse com firmeza:

— Não se deixe enganar por Nobunaga.

— Seu velho gagá! É melhor se calar — disparou Nobunaga, dando uma risada.

Quando parou de rir, ordenou ao homem a seu lado:

— Corte a cabeça dos dois.

A senhora Oichi e suas filhas foram enviadas para Kiyosu. O filho legítimo de Nagamasa, Manpukumaru, que fugira do castelo antes de sua queda, foi capturado, tendo sido confiado ao coronel Oda Nobukane, senhor de Kozuke. Nobunaga deu a Tokichiro a ordem para que decapitassem o menino; apesar de se tratar de uma criança de apenas dez anos, ele não teve piedade. O caçula, de apenas um ano, Ikumaru, também fora levado do castelo, e o mantiveram escondido no templo Fukuta, na vila de Nagasawa; Nobunaga, contudo, não fez buscas naquela direção.

Nas comemorações de Ano-Novo do ano 2 do período Tensho, de acordo com o desejo de Nobunaga, os brindes foram realizados na presença das três cabeças cortadas: de Nagamasa, de seu pai e de seu filho.

No momento da queda do castelo, Oichi tinha 27 anos; Chacha, sua filha mais velha, sete; Ohatsu, a do meio, cinco; e a mais nova, Ogo, apenas três. Oichi dera à luz Manpukumaru no ano de seu casamento com Nagamasa, e suas filhas nasceram a cada dois anos. O menino mais novo, Ikumaru, tinha somente três meses quando da trágica queda do clã dos Azais.

Chacha tinha apenas uma vaga lembrança da fuga em uma liteira; parecia-lhe que esses fatos ocorreram na obscuridade de uma noite sem lua, talvez porque elas tivessem abandonado o castelo antes do amanhecer, na hora sem luz em que não se distinguiam nem mesmo as árvores ao fundo dos vastos jardins. Além disso, a cortina da liteira havia sido abaixada logo após sua entrada, e erguida apenas uma vez durante a viagem. Sua criada a proibira de olhar pela janela com uma incomum severidade.

Para Chacha, parecia que a liteira ia avançando por entre as línguas de fogo que a atacavam; na verdade, ela não atravessava as chamas. O caminho cruzava de norte a sul uma silenciosa plantação de arroz, fustigada pelo vento matinal, que trazia o cheiro acre do novo campo de batalha.

No entanto, Chacha jamais conseguira evitar a associação entre as chamas e a fuga do Castelo de Odani — talvez desde que assistira à cerimônia de purificação pelo fogo.[9] Enquanto os monges de Eizan queimavam galhos de cedro no topo do monte Odani, Chacha, em sua mente, uniu à queda do castelo a sinistra imagem dos religiosos atravessando as fogueiras de gravetos. Quiçá o espetáculo tivesse

---

9. *Goma*, cerimônia budista de purificação pelo fogo.

revivido a memória daquele dia, em que tivera de fugir em meio ao incêndio do castelo derrotado.

Seja como for, era assim que Chacha se lembrava da queda do castelo onde vivera até os sete anos. Estranhamente, não se lembrava de seu pai, Nagamasa. Era dolorosa demais a última memória que possuía dele — vestindo uma estola de brocado de ouro sobre uma armadura negra, levando uma *naginata*[10] cujo cabo estava decorado com motivos de laca carmesim, enquanto acompanhava as mulheres até as liteiras —, pois a associava ao seu fim trágico. Não conseguia pensar naquele momento. Entre todas as sensações terríveis e incomuns que vivera no momento de sua partida, apenas aquela imagem de seu pai permanecia como uma lembrança de algo belo e esplendoroso.

Após a fuga de Odani, quando o grupo de Chacha já estava instalado no Castelo de Kiyosu havia cerca de um mês, veio em visita um antigo servo de Nagamasa, que descreveu com detalhes os últimos momentos de seu senhor. A mãe de Chacha, Oichi, não suportou a narrativa e começou a chorar. O coração da menina, no entanto, não foi tocado por aquela história; ela ainda acreditava que seu pai, Nagamasa, fugira de Odani, como aquele servo ali, diante dela, e se encontrava vivo em algum lugar.

Até aquele instante, a senhora Oichi havia sido muito corajosa e não derramara nem uma lágrima em público. No entanto, desde que escutou o relato do servo, tornou-se muito chorosa, e seu olhar turvava por qualquer motivo. Ao ver sua mãe assim, a pequena Chacha ficava de mau humor, birrenta de propósito, e dava muito trabalho às damas de companhia.

Cerca de duas semanas depois dessa visita, ouviu-se o boato, trazido por um servo que saíra para limpar o jardim, de que haviam descoberto o esconderijo do irmão mais velho de Chacha, Manpukumaru, e que ele fora assassinado por Kinoshita Tokichiro, empalado e exibido nas estradas. Ao escutar essa história, a senhora Oichi empalideceu; foi ao altar budista da casa, acendeu uma vela, queimou incenso e depois se prostrou em seu leito, de onde não saiu por

---

10. Arma japonesa, composta por uma lâmina na ponta de um cabo longo.

muitos dias. Acreditava que, mais cedo ou mais tarde, seria raptada junto com as filhas por seu irmão, Nobunaga.

Chacha também não sentira que a morte de Manpukumaru tivesse sido real. Escutava as histórias como se não tivessem nenhuma relação consigo, pareciam-lhe histórias de um país distante. Não compreendia o que significava ser empalado, sabia apenas que a palavra causava tanto mal a sua mãe que esta nunca a pronunciava; como se, ao fazê-lo, seu coração pudesse ser despedaçado.

O que mais entristecia Chacha era não poder ver o rosto de Ikumaru, seu irmão pequeno. Sabia que fora enviado para junto dos samurais Ogawa Denshiro e Nakajima Sakon, mas ignorava onde. No entanto, compreendia que o nome do irmão era também palavra proibida na situação em que se encontravam, e procurava não dizê-lo.

Com relação a seu avô, Hisamasa, Chacha sempre se sentira indiferente, mesmo quando ainda morava no Castelo de Odani. Talvez porque não se relacionasse bem com Nagamasa, pai de Chacha, o avô nunca lhe dirigira a palavra satisfatoriamente. O velho, que lhe parecia um gigante careca, vivia longe do palácio central, e ela apenas o via nas cerimônias que exigiam a presença de todo o clã dos Azais. Nessas ocasiões, Hisamasa, de corpo vigoroso para a sua idade, quase o dobro do tamanho de seu filho Nagamasa, sentava-se em um estrado mais alto do que o dos outros presentes. Mesmo a pequena Chacha compreendia que se tratava de um velho genioso, que não admitia ser contrariado. Não sentia por ele a intimidade de parentesco que se teria para com um avô, mas não é que não gostasse de vê-lo. Hisamasa, a quem nem mesmo Nagamasa, pai de Chacha, ousava retrucar, parecia-lhe uma figura magnífica e arrogante. Chacha nem piscava ao observar seus grandes olhos, seu nariz recurvado e sua aparência, que lembrava a de um falcão.

A figura do avô, Hisamasa, voltaria a se projetar em suas retinas muitos anos depois. Do pai, Nagamasa, ou de sua morte, sua postura em batalha, nunca mais se recordou; mas naquele instante a imagem do avô voltou vívida aos seus olhos.

Chacha tinha então dezenove anos. Nessa época, ela vivia no Castelo de Azuchi. Um dia, receberam a visita de um grupo de vendedores ambulantes de Kiyosu; entre eles, havia um jovem de uns doze ou treze anos, chamado Suwaju. Uma das damas de companhia, que perdera os pais numa batalha, pedira-lhe que contasse o que havia ocorrido. O jovem então relatou o que acontecera naquele dia.

Suwaju tinha na ocasião nove anos de idade. Ao retornar do rio, onde fora nadar com os outros meninos da aldeia, encontrou a porta de sua casa firmemente fechada. Tão logo soube que algo de muito terrível acontecia no castelo, e tendo ouvido que todos deviam se dirigir até lá, tomou a estrada da montanha, que levava a Odani. Aproximando-se do castelo por um caminho espremido entre campos de arroz, acabou chegando a um local entre o exército inimigo e o castelo. Tentou correr em direção a Odani, mas um militar de armadura agarrou-o pelos cabelos ainda molhados, na tentativa de arrastá-lo dali. Foi nesse momento que, de repente, surgiu outro militar pela lateral, atacou o primeiro com sua espada e o afugentou. Era o tio de Suwaju.

Esse tio o levou até a muralha do castelo e, com um grito, ergueu-o por cima dela, lançando-o para dentro da fortificação. Suwaju, num salto acrobático, caiu na barreira de terra da parte de dentro da muralha, perdendo os sentidos. Ao voltar a si, viu na corte interna um grande general de cabelos brancos, em torno do qual se reuniam muitos militares aos quais o homem mais velho estava dando ordens. Nesse instante, Suwaju sentiu vontade de urinar. Virando-se para a muralha, ia abrir a parte da frente da roupa quando, qual mar na rebentação, ouviram-se gritos de guerra vindos de fora e começou a chover uma saraivada de flechas sobre o castelo. Uma seta raspou a testa de Suwaju e foi se alojar, reverberando, em uma das colunas do castelo. Em seguida, muitos soldados inimigos se penduraram à parte externa da muralha, balançando-a, aos berros, até que ela começou a cair. Nesse instante, uma mulher, que trazia uma faixa enrolada ao ventre, veio do interior do castelo empunhando uma *naginata*. Passando por Suwaju, ela se dirigiu à muralha, onde se pôs a golpear com a lâmina as mãos dos inimigos que tentavam pular.

Ao final da batalha, espalhavam-se pelo campo de arroz cadáveres encurvados, com as cabeças cortadas, e cuja forma em meia-lua lembrava a de uma joeira de arroz. Os arrozais e os caminhos estavam cobertos de sangue. Suwaju não sabia explicar por que, mas não conseguia se lembrar de mais nada do que acontecera. Sua recordação mais próxima era de alguns dias depois, de um amanhecer, quando a contagem dos mortos havia se tornado clara. Lembrava-se de ter visto, então, as pessoas de mãos dadas, aos prantos.

Aqui terminou o relato de Suwaju. Ele ignorava qual fora a batalha e que castelo havia sido tomado. O homem que o acompanhava afirmou acreditar que o castelo descrito fosse o de Tomono, em Ooigo, que caíra no ano 12 do período Tensho.

Ao ouvir o episódio, Chacha pensou que o general de cabelos brancos, que o jovem afirmava ter visto dando ordens aos outros, podia ser seu avô, Hisamasa. A mulher que lutara com uma *naginata* talvez fosse a concubina de Hisamasa, uma pessoa corajosa, que estava sempre a seu lado. É claro que o castelo descrito por Suwaju não se comparava em tamanho ao de Odani, mas, por algum motivo, essa foi a primeira vez que Chacha se lembrou bem daqueles eventos. Talvez porque a profunda tristeza, que sempre acompanha a guerra e independe das dimensões da batalha, tenha sido relatada por alguém jovem como ela, a narrativa a comoveu bastante.

Mas esses acontecimentos ocorreram muitos anos depois. Nos dias que sucederam à queda de Odani, a Chacha do Castelo de Kiyosu era outra pessoa. Esta não conseguia associar seus entes mais próximos à queda do castelo, que, em sua memória recente, ainda ardia como as chamas do inferno. Naquele tempo, as mortes de Hisamasa e de Nagamasa e a empalação de Manpukumaru eram apenas histórias que nada lhe diziam.

O primeiro ano do período Tensho passou rápido. Na primavera do ano 2, Oichi convidou um pintor de Nagahama para fazer o retrato de seu falecido esposo. Desejava que o quadro ficasse pronto antes do primeiro aniversário de morte do marido. O pintor não conhecia Nagamasa e teve de se basear nas indicações de Oichi para pintar a fisionomia do morto, estabelecendo um esboço que precisou retocar inúmeras vezes. Sempre que ele trazia o retrato para mostrar como estava indo a pintura, Chacha se juntava ao grupo e dava também sua opinião, ora dizendo que a boca não estava muito parecida, ora que o canto dos olhos não tinha aquela expressão.

Em suas idas e vindas entre o ateliê e o castelo, o pintor demonstrava surpreendente paciência. Quando trazia a obra, acreditando estar pronta, era mandado de volta, com afirmações de que não estava parecido. Enquanto essas cenas se repetiam, Chacha começou a compreender por que esse retrato era tão diferente da lembrança que tinha de seu pai morto, guardada em sua mente infantil. É que sua imagem de Nagamasa era bem diversa daquela de sua mãe. Oichi exigia do retratista a habitual expressão suave de seu esposo; Chacha, porém, desejava reencontrar o semblante tempestuoso de seu pai, que ele às vezes tinha em momentos de mau humor.

— Cale-se, Chacha — disse sua mãe, ao final. — Se o pintor seguir suas opiniões, o retrato de seu pai vai acabar virando o retrato do seu avô.

Depois dessa reflexão, Chacha se contentou em observar em silêncio o progresso do quadro, sem fazer comentários. Sua mãe compreendera bem o problema. A única expressão de seu pai de que ela gostava era justamente o ar inflexível que ele herdara de Hisamasa. Sua mãe, por outro lado, detestava o sogro, considerando-o como o verdadeiro responsável pela destruição do clã.

— Seu avô não deveria ter posto a lealdade aos Asakuras acima de suas outras obrigações.

Era assim que Oichi explicava a Chacha as causas do aniquilamento de sua família. A menina não compreendia os detalhes da história, mas se sentia, mesmo sem saber o motivo, mais próxima da posição do avô.

No início do verão, finalmente consideraram o retrato pronto, e ele foi entregue à viúva. No quadro, Nagamasa aparecia sentado, de frente, com um alto chapéu *eboshi*[11] a indicar seu nível hierárquico, e vestido

---

11. Chapéu de laca negra, usado por nobres ou samurais em cerimônias importantes. Prendia-se à cabeça com um cadarço de seda.

do linho negro cerimonial. Seus olhos eram estreitos, levemente caídos; sua boca, pequena. O pintor dera ao retratado uma barba e um bigode ralos, e um corpo grande. Era o retrato de um guerreiro alto, corajoso e magnânimo.

— Ficou bem bonito! — exclamou Oichi, enquanto mostrava o quadro às filhas.

Nagamasa encontrava-se fielmente representado, e mesmo Chacha teve pela primeira vez a sensação de reencontrar a calorosa personalidade de seu pai. Porém, depois de contemplá-lo por muito tempo, concluiu que faltava algo ao retrato.

O rosto de seu tio, Nobunaga, veio-lhe à memória. Desde que tinham se refugiado em Kiyosu, Nobunaga as visitara apenas uma vez. Nessa ocasião, Chacha, sua mãe e suas irmãs se curvaram respeitosamente diante do poderoso homem, e ele oferecera algumas palavras de consolo a Oichi. Apesar do curto tempo que durara a visita, a cara de Nobunaga, que Chacha via pela primeira vez, deixara no seu espírito uma lembrança permanente. Nesse rosto magro, de olhos pequenos e penetrantes, o grande nariz, os lábios finos, o queixo anguloso, muito a impressionaram. Via-se nele mais força do que em Nagamasa ou Hisamasa, e o poder de Nobunaga havia, na verdade, aniquilado os outros dois homens.

Ao comparar o retrato de seu pai à lembrança que tinha de Nobunaga, Chacha não podia reprimir a impressão de que faltava algo importante à pintura. Isso fazia com que sentisse uma mistura de frustração, tristeza e raiva. Não sabia ainda que um dia teria de enfrentar o cruel general, que se tornaria seu inimigo hereditário, com sentimentos complexos, porém diferentes dos que tinha sua mãe. Havia outra coisa que Chacha não sabia. De todas as pessoas de sua família, ela era a que mais se assemelhava a seu tio.

No outono do ano 2 de Tensho, pouco depois das cerimônias que marcaram o primeiro aniversário da morte de seu pai, discretamente realizadas em um quarto do Castelo de Kiyosu, Chacha encontrou pela primeira vez a menina Kyogoku Tatsuko e seus dois irmãos mais novos, Takatsugu e Takatomo.

Oichi agira com prudência, temendo que o rito funerário em honra de seu esposo fosse interpretado por Nobunaga como uma afronta. Não se sabe que negociações haviam sido necessárias, mas no final o próprio Nobunaga — assim como Nobukane, senhor de Kiyosu — enviara também oferendas ao defunto. A cerimônia, muito simples, foi realizada em segredo por um pequeno grupo de pessoas mais chegadas. Do Bodaiji, que era o templo da família Nagamasa, apenas dois jovens monges foram enviados para participar da cerimônia, mas se retiraram logo após a leitura dos sutras, provavelmente porque também temessem despertar a fúria do tirano. Foi uma cerimônia estranha, durante a qual, por acordo tácito, nenhum dos participantes mencionou o nome do morto para quem se celebrava o rito.

Quatro ou cinco dias após a cerimônia, anunciou-se a chegada dos jovens filhos da casa de Kyogoku. Ao saber dessa visita, Oichi, sentada junto à varanda, ergueu seu rosto, no qual se lia uma expressão ambígua. Essas três crianças, nascidas do casamento da irmã mais velha de Nagamasa com um guerreiro do clã dos Kyogokus, eram sobrinhos por aliança de Oichi. Mas as relações das duas famílias, Azai e Kyogoku, eram mais complexas do que uma simples aliança. Os Kyogokus eram conhecidos havia muito tempo como uma família nobre de grande renome na província de Omi e, durante a era Muromachi[12], tornaram-se a mais importante das quatro famílias de prestígio que podiam reivindicar laços de parentesco com o xogum, as mais elevadas na hierarquia dos guerreiros Kyogokus, Yamanas, Isshikis e Akamatsus. Ora, em outros tempos Nagamasa havia derrotado o pai dessas crianças, Takayoshi, e anexado seus territórios. Esse passado fazia com que as famílias Azai e Kyogoku fossem inimigas mortais.

Na verdade, Oichi sabia que seus dois sobrinhos e sua sobrinha, herdeiros do clã dos Kyogokus, viviam na miséria em uma residência

---

12. Era Muromachi (1336-1573). Fase da história do Japão imediatamente anterior àquela em que se passa a ação deste romance.

perto de Odani, mas ela não tivera notícias deles desde a queda do castelo. E eis que, naquele dia, um ano após a morte de seu esposo, eles vieram visitá-la em seu exílio.

— Diga que entrem — ordenou, e chamou suas três filhas para lhes contar que seus primos estavam ali para uma visita.

Chacha já ouvira falar muito do nome Kyogoku. Mesmo sem saber exatamente que tipo de relação existia entre os Kyogokus e os Azais, tinha conhecimento de que havia alguma ligação entre as duas casas, e que outrora os Kyogokus haviam sido uma grande casa de Omi, agora extinta. Chacha achava que a palavra Kyogoku tinha uma sonoridade especial; sem motivo aparente, ao ouvir o nome dessa nobre família, sentia seu coração tingido de sentimentos complexos, um misto de respeito e temor com um pouco de tristeza, como a sensação nostálgica de procurar tocar com a mão o topo de uma montanha alta e longínqua. Nenhum outro nome de casa nobre lhe provocava nada que se assemelhasse a essa combinação tão peculiar de sensações.

Chacha sentara-se à direita de sua mãe; Ohatsu e Ogo, à esquerda, como que apoiadas uma na outra. O primeiro a entrar no aposento foi Takatsugu, de onze anos, que, baixando ligeiramente a parte superior do corpo, em sinal de respeito, dirigiu-se à almofada mais ao fundo, à esquerda do jardim, onde se sentou, ereto, depois de ajustar a barra do *hakama*.[13] Era um belo jovem, esguio e muito pálido. Fosse pelo fato de ser alto, ou por sua postura de adulto, era difícil crer que tivesse apenas onze anos. Em seguida, entrou Tatsuko, uma menina de doze anos, guiando à sua frente, como que para protegê-lo, seu irmão mais novo, Takatomo, de apenas cinco anos.

Chacha não tirou os olhos de Tatsuko, mais velha do que ela, desde o momento em que ela entrou ali até que tomou seu assento. Era uma menina alta e tinha o mesmo tipo de corpo que Takatsugu — esguio e delicado. Sentados, os três irmãos curvaram-se diante das parentas, estendendo ao mesmo tempo as mãos sobre o assoalho, como se tivessem combinado. O menino, com voz clara e confiante, apresentou-se:

---

13. Calça muito larga, parte da vestimenta tradicional masculina.

— Sou Kyogoku Takatsugu. Venho me juntar à minha irmã maior e meu irmão mais novo para, humildemente, prestar nossas homenagens à nossa respeitável tia.

Chacha não conseguia parar de observar a menina mais velha. Não era a primeira ocasião em que fazia algo semelhante. Nessa época, Chacha tinha a mania de, estando na presença de um grupo grande, escolher uma personagem que lhe interessasse e concentrar toda sua atenção sobre essa pessoa. A menina, ainda prostrada no chão em sinal de respeito, vestia um leve quimono de cetim estampado, verde da cor dos brotos jovens, e um cinto *obi* vermelho-cinábrio. A frente de sua cabeleira estava cortada na altura das maçãs do rosto, enquanto a parte posterior deslizava sobre suas costas. Suas brancas mãos semicerradas repousavam lado a lado sobre o tatame, diante de sua cabeça.

Após algum tempo, Tatsuko finalmente ergueu o torso do chão, mas não olhava para Chacha. Deixou seus olhos repousarem sobre os joelhos, ou, quando os erguia em silêncio, lançava a vista em direção ao jardim.

Com uma atitude um tanto insolente e descortês para uma criança de doze anos, Chacha continuou a observá-la fixamente, apesar do respeito temeroso que sentia. Sabia valer muito menos no mundo do que uma princesa Kyogoku, e pressentia naquela menina um ser bem diverso do seu, tanto pelo nascimento quanto pela educação.

Um riso alegre, como ainda não ouvira desde sua chegada ao castelo, soou de repente naqueles aposentos. Chacha desviou os olhos de Tatsuko e dirigiu-os ao jovem que mantinha suas mãos escondidas debaixo do *hakama*, e que continuava sentado, ereto, com ares de adulto. Seu olhar encontrou o de Chacha.

— Que idade tem minha honorável prima? — perguntou Takatsugu, movendo seus lábios vermelhos, como os de uma mulher.

Oichi respondeu por Chacha, que começava a achar que seu primo tinha um jeito afável e obsequioso que não combinava com sua posição de filho herdeiro da nobre família Kyogoku. Takatomo, a criança mais nova, sentada entre sua irmã e seu irmão, olhava com surpresa em todas as direções, como se nunca tivesse visto um lugar tão incrível; ao mesmo tempo, era o único a manifestar uma espécie de calma intrínseca, digna de um filho de nobre família arruinada.

Naquele dia, as três crianças partiram após breve entrevista com a tia. Depois que se foram, Oichi explicou a suas filhas que seus primos iriam viver algum tempo no castelo, numa ala reservada, e que Takatsugu logo deveria entrar como pajem no serviço de Oda Nobunaga, senhor de Gifu. O motivo aparente da visita fora para pedir que Oichi intercedesse em seu favor para obter esse lugar. Um mês mais tarde, os jovens herdeiros da casa de Kyogoku se mudaram para o Castelo de Kiyosu.

No verão do ano 3 do período Tensho, Takatsugu foi a Gifu para assumir o serviço junto a Nobunaga. Antigos guerreiros de nome Kyogoku, vindos de diversas partes, foram levá-lo ao novo endereço. Eram todos bastante idosos. Tatsuko e Takatomo também acompanharam o irmão.

Chacha e sua mãe foram com o séquito até o portão principal do castelo. Depois de sua partida, Oichi começou a chorar.

— Por que está chorando, mãe?

— Para continuar o nome de uma casa, tem que ser homem. Se Manpukumaru estivesse vivo...

Depois, escondendo o rosto nas mangas do quimono, continuou a soluçar. Chacha nunca vira sua mãe chorar daquele jeito. Ao ver a casa de Kyogoku, que fora dizimada por seu próprio marido, dar o primeiro passo em direção à reconstrução, na pessoa de Takatsugu, Oichi lembrava-se da ausência de esperança em que sua própria casa estava mergulhada, e deixava-se tomar pela tristeza.

— É tudo culpa do senhor de Gifu — disse Chacha com impertinência; as lágrimas de sua mãe faziam-na imprudente. Oichi, enquanto olhava a filha nos olhos, sacudia com força a cabeça:

— Não diga essas coisas nem em sonho. Se o senhor de Gifu odiasse a casa de Azai, por que teria nos acolhido? Seu pai e seu avô estão mortos, mas esse era seu carma, esse era o tempo de vida que o destino lhes reservara. Da mesma forma, se um dia seu pai aniquilou a casa de Kyogoku, não foi por ódio, e sim porque a sorte havia assim determinado. Senão, como explicar que seus filhos brincassem hoje com vocês?

Chacha ergueu o rosto para ver sua mãe:

— Foi meu pai quem destruiu a casa de Kyogoku?

Essa nova informação era a única coisa inesperada contida no discurso de sua mãe. Sentia-se perturbada. Tentava se lembrar da maneira como seus primos olhavam para ela, para sua mãe. Tatsuko e Takatsugu deviam odiá-las...

Nesse momento, um grupo de cavaleiros chegou a galope e apeou diante do castelo, fazendo com que os cavalos, que chegavam espumando, andassem à roda para se acalmar. Algo importante parecia estar acontecendo. Oichi e Chacha se dirigiram com pressa à torre de menagem. Naquela noite, ficaram sabendo que os cavaleiros eram emissários de Gifu. Nobunaga ordenava que os homens partissem em campanha contra Nagashino. Nenhum batalhão partiu diretamente de Kiyosu, mas à noite as luzes das tochas que brilhavam nos caminhos podiam ser vistas, acompanhando os cavaleiros vindos do oeste.

De um bastião do castelo, Chacha observava com avidez a cena. Era o regimento de Hashiba Hideyoshi, que substituíra seu pai na chefia da província de Omi. Depois da queda do Castelo de Odani, esse era o nome assumido por Kinoshita Tokichiro. Naquela noite de verão, sob um céu de veludo negro incrustado de frias estrelas, Chacha, sentindo algo difícil de descrever, observava o progresso das tropas, daquelas mesmas tropas que um dia atacaram o castelo de seu pai.

No verão do ano 3 do período Tensho, em Nagashino, os exércitos de Nobunaga, aliados ao de Tokugawa Ieyasu, venceram em batalha as forças de Takeda Katsuyori. Foi uma vitória aniquiladora. Os velhos vassalos, fiéis a Takeda Shingen, que fora um perigoso inimigo de Nobunaga, morreram em combate, e Takeda Katsuyori foi vítima de um ferimento de que jamais se recuperou. A vitória aumentou ainda mais o prestígio de Nobunaga, que a partir dessa época não tinha mais inimigos importantes em seu caminho, pois subjugara todos os grandes clãs que haviam contestado sua supremacia — os Asakuras, os Azais e agora os Takedas.

A missão que Nobunaga se impusera, de se tornar senhor de todo o território japonês, entrava em seu último estágio. Com esse objetivo, concebeu o projeto de abandonar a cidadela fundada em Gifu e de se instalar no monte Azuchi, na província de Omi, mais próxima de Kyoto, a capital. A edificação dessa nova cidadela foi anunciada oficialmente no Ano-Novo seguinte, em 1576. O monte Azuchi, em posição fortificada à beira de um lago, havia sido por gerações o quartel-general do clã Rokkaku e possuía todas as qualidades necessárias para ser uma excelente base de operações militares, controlando não somente as regiões montanhosas e marítimas do leste e do norte, mas também Kyoto, toda a região de Kinki, além de Chugoku e Shikoku.[14] Era nessa região que Nobunaga pretendia construir um novo e grande castelo.

Niwa Nagahide, do Castelo de Sawayama, foi nomeado administrador geral de obras, e desde meados de janeiro começou os preparativos da construção, que se iniciou efetivamente em abril. A mão de obra foi recrutada em todas as províncias da região de Kinki — Mikawa, Owari, Mino, Ise, Echizen e Wakasa —, e os carpinteiros vinham de Kyoto, Nara, Sakai e de outros lugares. As pedras destinadas às fundações vieram de pedreiras próximas ou foram tomadas de antigos castelos. Fizeram-se necessários mais de três dias e dez mil soldados dos clãs Hashiba, Niwa e Takigawa para içar um único bloco de pedra ao topo do morro onde seria construído o castelo.

As obras do Castelo de Azuchi não impediram Nobunaga de prosseguir com seus combates, e em abril ele atacou o Castelo de Ishiyama, em Osaka. Até agosto do ano 7 de Tensho, quando a construção do castelo foi enfim concluída, Nobunaga e os generais sob seu comando estiveram bastante ocupados, fosse com as obras, fosse com as diversas linhas de combate.

---

14. Quase toda a parte sul do território japonês, centro do poder político e militar dessa era.

A cidadela de Azuchi, expressão da megalomania de Nobunaga, era enorme. A base da torre de menagem tinha vinte metros de altura, acima da qual se erguiam ainda seis andares. No segundo andar, a vivenda de Nobunaga tinha 27 metros de leste a oeste, e mais de trinta metros de norte a sul. Após considerável progresso nas obras, os generais foram convidados oficialmente para visitar a construção no Ano-Novo do ano 6 de Tensho. Na cidadela, ainda incompleta, realizaram-se durante dois dias diversas festividades, banquetes e cerimônias do chá. Os guerreiros presentes puderam se deliciar com um *zoni*[15] de Ano-Novo e com confeitarias da China.

Oichi, Chacha, Ohatsu e Ogo seguiam com sua vida em retiro no Castelo de Kiyosu. As notícias das vitórias de Nobunaga chegavam a elas, pois embora vivessem isoladas alguém sempre lhes contava algo — fosse a derrota dos Takedas em Nagashino, ou a pacificação de Echizen; fossem as diversas expedições em Saika, na província de Kishu, a derrota de Matsunaga Hisahide, ou a campanha de Harima; e outros acontecimentos. De todos esses relatos de batalhas sangrentas, Chacha, estranhamente, dava atenção apenas aos que de alguma maneira envolviam Hashiba Hideyoshi. Este guerreiro herdara o feudo de Omi, que pertencera a Nagamasa, mas, decidindo não viver em Odani, construíra outro castelo a doze quilômetros a sudeste, em Imahama, cujo nome, que trazia saudades aos ouvidos de Chacha, de sua mãe e de suas irmãs, ele mudara para Nagahama. Para Chacha, esses eram atos bárbaros, cometidos por um conquistador impiedoso. Chacha tinha especial ódio de Hideyoshi; ele participara do ataque ao castelo de seu pai, era soberano ainda em suas terras, e fora ele próprio que, sob as ordens de Nobunaga, capturara seu irmão Manpukumaru e o esquartejara. Ela tinha mais um motivo para se interessar por ele: havia rumores de que estaria apaixonado por sua mãe, Oichi. Chacha escutara esse boato no outono do ano 5 de Tensho, quando um emissário de Hideyoshi viera a Kiyosu — ela tinha então dez anos — trazendo a seguinte mensagem:

---

15. Sopa clara, à qual se acrescenta *mochi* (bolinhos de arroz) e outros ingredientes, como carne e verduras. De grande importância para a classe guerreira, tem significado especial como prato típico das comemorações de Ano-Novo.

> *Chikubushima, lugar sagrado da província de Omi, há tantas gerações santuário de veneração e repouso dos ancestrais de Vossa Senhoria, está sob minha proteção; e a paz, assegurada nos territórios em torno do templo. Os prédios destruídos foram restaurados por ordem minha. Convido Vossa Senhoria, senhora Oichi, a peregrinar a esses lugares, juntamente com suas filhas.*

Oichi, que parecia um pouco descontente enquanto ouvia a mensagem, recompôs-se logo em seguida e, com um ar despreocupado, respondeu:

— Agradeço ao senhor Hideyoshi pelo gentil convite. Mas, como não estou muito bem de saúde, serei obrigada a declinar.

O mensageiro retirou-se após escutar a recusa. Fujikake, senhor de Mikawa, que, após a queda do Castelo de Odani, permanecera no serviço de Oichi e de suas filhas, disse:

— Esse infeliz devia pôr-se em seu lugar. É um ladrão comum e quer acrescentar à lista de seus roubos o coração de Vossa Senhoria, senhora Oichi.

Essas foram suas palavras, que Chacha não compreendeu muito bem. Só mais tarde ela veio a saber a razão da raiva de Fujikake, quando escutou de suas acompanhantes um boato que a deixou estarrecida: Hashiba Hideyoshi estaria apaixonado por sua mãe.

No entanto, Hideyoshi podia nutrir os sentimentos que quisesse para com a mãe de Chacha; porém, enquanto tivesse sua família instalada em Nagahama, e seu senhor fosse Nobunaga, irmão de Oichi, não havia nada que pudesse fazer. A paixão de Hideyoshi por Oichi, ainda que verdadeira, nunca se concretizaria, e talvez por isso mesmo fosse o assunto preferido dos boatos.

Chacha começou a achar Hideyoshi meio ridículo; afinal, o guerreiro que assassinara seu pai e seu avô, e usurpara suas terras, não era a serpente ou o demônio que imaginara, e não passava de um ser humano como os outros.

Ao que parecia, essa não era a primeira vez que Hashiba Hideyoshi convidava Oichi e suas filhas a visitarem Chikubushima. Esse guerreiro, que ascendera tão rapidamente, um dos favoritos de Nobunaga, ainda que tivesse obtido tantas vitórias, era apenas um homem baixinho, que não impressionava pela aparência. Tudo o que Chacha ouvia sobre ele a interessava, sem que ela soubesse por quê.

Ao contrário de Oichi, Chacha teria ido a Chikubushima de bom grado. Sua imaginação ganhava força ao pensar nessa pequena ilha do lago Biwa, onde estavam os templos de Kannon e de Benzaiten[16], divindades veneradas por seus ancestrais. Passavam-se agora quatro anos desde que Chacha e sua família haviam se isolado no Castelo de Kiyosu, e ela tinha muita vontade de rever a província de Omi e as paisagens de sua primeira infância.

Chacha pôde realizar inesperadamente esse desejo na primavera do ano 6 de Tensho, quando Kyogoku Takatsugu veio visitá-las sem avisar. Takatsugu, de família de renome, entrara para o serviço de Nobunaga graças à intervenção da tia, e viera de Gifu com seu senhor para a nova cidadela de Azuchi. Obedecendo a ordens de Nobunaga, ele fora ao Castelo de Kiyosu para convidar Oichi e suas filhas a visitarem o novo castelo, cuja construção estava quase completa.

Takatsugu tornara-se um jovem e belo guerreiro, mudara muito nos últimos quatro anos. Seus traços, com a distinção herdada dos Kyogokus, à qual vinha se juntar a graça e a brancura de seu rosto fino, davam uma impressão de frieza. Ao reencontrar seu primo, Chacha ficou emudecida por alguns instantes, surpresa ao ver como ele era diferente dos outros guerreiros que conhecia.

Oichi repetiu seu pretexto de saúde para recusar o convite do irmão.

— Então, mande apenas suas nobres filhas — disse Takatsugu, ao que Chacha logo respondeu:

— Eu quero ir!

— Você quer mesmo ir?

— Sim.

---

16. Kannon é uma divindade feminina, uma Bodhisattva, venerada no Leste Asiático como a deusa da compaixão. Benzaiten (em sânscrito, Sarasvatî Devî) é a deusa daquilo que flui: as águas, os rios, as palavras e a música.

— Então, você iria com sua irmã Ohatsu encontrar o senhor Nobunaga, representando sua mãe? — perguntou Oichi.

Dois dias depois, Chacha e Ohatsu, acompanhadas de três damas de honra e de Fujikake, senhor de Mikawa, partiram para Azuchi, na província de Omi, escoltadas por seu primo Takatsugu e por mais de uma dezena de outros guerreiros. Era a época em que as flores de cerejeira caem, e novos brotos nascem nas árvores. As cinco liteiras iam lentamente na direção oeste, sob um vento morno, parando de vez em quando. Takatsugu ziguezagueava a cavalo por entre os veículos, e Chacha, sempre que erguia a cortina de sua janela, ficava observando seu gracioso perfil, ora à frente, ora na retaguarda do cortejo.

Ao chegarem a Omi, aumentou a quantidade de grupos de cavaleiros que passavam por eles. Os viajantes logo souberam que Nobunaga acabara de partir em expedição contra o Castelo de Ishiyama, em Osaka.

O esplendor do Castelo de Azuchi se descortinou diante dos olhos espantados de Chacha e Ohatsu, acostumadas com a desolação de Kiyosu. Como se não lhe importasse a ausência de Nobunaga, a cidade baixa que se espalhava em torno do castelo, do sopé da montanha à planície adjacente, dava impressão de extrema riqueza, e homens e mulheres de aparência urbana iam e vinham pelas suas ruas e avenidas, onde milhares de casas novas se enfileiravam. O edifício coroava o morro, da metade da ribanceira até o topo, e os sete andares da torre de menagem erguiam-se altos no céu puro e transparente que pairava sobre o lago; as telhas folheadas a ouro reluziam sob o sol de fim de primavera. A cumeeira desses sete telhados brilhava ainda mais, decorada com grandes *shachihoko*[17] dourados. Chacha ouvira muitas histórias sobre a construção da incrível torre de menagem, mas ela era ainda maior e mais suntuosa do que havia imaginado.

Chacha e seu séquito não se hospedaram no castelo, e sim em um templo ao lado de um lago onde se cultivavam lótus, a oeste

---

17. Animal mitológico, com corpo de carpa e cabeça de tigre. Era usado na decoração de telhados de palácios e templos, mordendo a viga da cumeeira, pois se acreditava que sua presença fazia chover, protegendo assim as edificações dos incêndios.

do monte Azuchi. Ainda que tivessem vindo especialmente para ver Nobunaga, preferiu-se que se alojassem em um lugar mais afastado enquanto o grande senhor não voltasse. Mesmo sendo sobrinhas de sangue de Oda Nobunaga, havia quem as considerasse como filhas herdeiras de um inimigo.

Passaram dois dias no sopé do castelo; no terceiro dia, mudaram-se os planos e elas se dirigiram ao templo de Chikubushima. O caminho passava por Nagahama; dali, embarcariam em um navio para atravessar os vinte quilômetros que as separariam de Chikubushima. A ideia de atravessar os domínios de Hideyoshi não agradava muito a Chacha; no entanto, ao saber que aquele senhor também partira para a batalha em Ishiyama, sentiu-se mais tranquila. Afinal, seu pai tinha sido o senhor dessas terras em outros tempos, e cada árvore, cada plantinha do caminho trazia-lhe lembranças e saudades.

Na noite do primeiro dia de viagem, o cortejo chegou a uma vila, aproximadamente a oito quilômetros de distância da cidade baixa do castelo, onde embarcou. A noite caiu em seguida, e Chacha e sua irmã, temendo o enjoo, deitaram-se nas tábuas da embarcação. Acordaram quando amanhecia. O navio estava ancorado nos arrecifes esparsos da ilha de Chikubushima. As duas meninas subiram, parando algumas vezes para descansar, a longa escadaria de pedra que levava ao templo, no topo da elevação da ilha. Passaram a noite ali e, no dia seguinte, o cortejo retomou o navio para voltar à vila. Dessa vez, por volta do meio-dia, as meninas viram o Castelo de Nagahama ao longe, à esquerda, sobre a ribeira do outro lado. Enquanto Chacha observava o castelo, Fujikake lhe disse:

— Tudo é o mesmo, o monte Ibuki, a neve sobre o monte Ibuki...

— Só o que estraga a vista é o Castelo de Nagahama... — disse de repente Chacha. Fujikake, senhor de Mikawa, fez-lhe sinal para que se calasse.

— Não diga disparates.

Takatsugu, de pé ao lado deles, fingiu não ter ouvido.

Em que estaria pensando seu primo? Ele devia detestar sua

família, tanto quanto a de Hideyoshi. Ele devia ter também odiado o Castelo de Odani, assim como ela hoje odiava o de Nagahama. De repente, ela sentiu Takatsugu olhar discretamente em sua direção, e não pôde se impedir de dizer:

— Essas terras foram dos Azais; e antes disso, dos Kyogokus, não é?

Falou em tom de lisonja, mas logo se detestou por tentar agradar o filho de uma família que caíra em desgraça. Takatsugu, sem erguer as mãos, que estavam pousadas sobre os joelhos, disse:

— Não existe essa história de esta terra pertencer a alguém. Sejamos nós, os Kyogokus, sejam os senhores de Azai, da família de Vossa Senhoria, todos foram meros depositários provisórios desses bens. O mesmo se aplica, creio, ao senhor Hashiba, que agora os detém.

Chacha observava o rosto impassível de Takatsugu enquanto falava. E perguntou:

— E de quem esses depositários receberam a guarda desses bens?

— De Deus[18] — respondeu calmamente Takatsugu. Era a primeira vez que Chacha ouvia dizer que algo pertencia a Deus. Ela não compreendia muito bem as palavras de seu primo.

— Você então não detesta as pessoas que aniquilaram seu clã?

— Senhorita! — Fujikake incitou-a a se conter.

— Não odiarás o próximo. Assim me ensinaram — respondeu Takatsugu, com a atitude de um jovem de boas maneiras.

— Quem lhe ensinou?

— Foi Iesu-sama quem me ensinou.

Chacha já ouvira falar desse tal senhor Iesu, mas não sabia que esse deus estrangeiro ensinava coisas desse tipo. Sentiu um desejo violento de contestar o que o belo jovem, mais velho[19] do que ela, acabara de dizer. Deu uma gargalhada, que foi interrompida por sua irmã:

---

18. Trata-se do Deus cristão — mais exatamente, do Deus católico. O catolicismo foi introduzido no Japão a partir de 1594 por São Francisco Xavier, da Companhia de Jesus. A ideia de que a divindade outorga direitos de posse e propriedade é totalmente alheia às religiões e filosofias tradicionais do Japão.

19. Mais velho, portanto, digno de respeito, que não se deve contestar em público.

— Deixe de ser esquisita, Chacha.

Calou-se. No entanto, ao olhar de novo para Takatsugu, com seu rosto impassível, teve vontade de rir mais.

Só depois de voltar ao Castelo de Kiyosu, Chacha soube que Takatsugu se convertera à fé dos padres portugueses. Foi Ohatsu quem lhe contou, acrescentando, com desprezo:

— Que horror, virar cristão.

— Deve ser porque sua família foi aniquilada. Se não fosse cristão, ia odiar muitas pessoas. E, se a gente começa a odiar as pessoas, a coisa não tem mais fim. — Estranhamente, Chacha sentia-se na obrigação de defender Takatsugu.

Em julho do ano seguinte, Chacha e Ohatsu foram outra vez ao Castelo de Azuchi, que agora estava finalizado. Oichi recusara de novo o convite de seu irmão; as duas filhas maiores partiram como suas representantes. Guerreiros de todo o país acorreram para admirar o novo castelo.

O guia de Chacha e Ohatsu era um jovem capitão de 22 anos, chamado Gamo Ujisato. Ciceroneadas por ele, as nobres jovens visitaram o *ninomaru*, o *honmaru* e a torre de menagem, a qual, com seus sete andares, fora objeto do mais extremo cuidado e refinamento. O segundo andar tinha um salão de recepções, um escritório, diversas salas e despensas; na maioria das peças, havia pinturas de cores vivas sobre fundo dourado; os tetos e vigas estavam decorados com desenhos nas cinco cores tradicionais[20]; as portas eram revestidas de laca negra. As peças do terceiro andar tinham pinturas de flores, pássaros, eremitas e cavalos; as do quarto, de dragões e fênix. No quinto andar não havia pinturas; no sexto, as colunas externas eram em vermelho-cinábrio e, sobre as colunas internas, inteiramente laqueadas a ouro, havia retratos dos principais discípulos de Buda e um mural representando as diferentes etapas pelas quais ele passou para atingir o nirvana. Finalmente, no sétimo andar, o salão es-

---

20. As cinco cores tradicionais são: verde, vermelho, amarelo, branco e preto.

tava todo coberto de ouro e, sobre as colunas internas, sobre o teto e as subdivisões de correr, havia pinturas de dragões, imperadores e imperatrizes mitológicos, e o retrato dos dez discípulos de Confúcio. O castelo tinha também uma porta de aço, chamada de Porta de Ouro Negro, com paredes duplas de pedra dos dois lados.

Na parte de baixo do castelo, a animação era grande. Todos os dias havia torneios de sumô e fogos de artifício.

Depois da visita, Chacha foi recebida por Nobunaga no grande salão. Talvez porque ele quisesse exibir a beleza da menina, a peça estava repleta de guerreiros. Todos a saudaram com o respeito devido a uma sobrinha de seu senhor. Somente Gamo Ujisato, seu guia, tinha uma atitude diferente. O jovem militar, de rosto arredondado e estatura e corpo grandes, olhava para ela com mais familiaridade, e perguntou:

— Vossa Senhoria não ficou cansada de passar o dia todo visitando o castelo?

Ainda que não chegasse a ser arrogante, sua atitude destoava da cortesia respeitosa dos outros guerreiros. Desde criança, Chacha conhecia o nome dos Gamos, poderoso clã da região de Omi, a mesma de sua família. Ele fora o único diante de quem Chacha baixara os olhos, sem saber por quê. Talvez por causa da reputação daquela família, que se afirmava ter sobrevivido ainda mais forte à era das Guerras Civis[21], além de nunca ter tido suas terras invadidas por ninguém. Depois que ele foi embora, um mestre do chá, sentado ao lado de Chacha, explicou que aquele era o mais promissor dos jovens guerreiros de Nobunaga.

— O senhor Gamo é um exímio administrador de seus domínios, o Castelo de Hino e a vila circundante. Dizem que os habitantes de suas terras vivem muito melhor do que antes. Seu futuro está assegurado, ocupará altos postos.

Três dias após a chegada de Chacha, era o dia do *urabon*.[22] Nessa ocasião, Nobunaga, que gostava de coisas vistosas e chamativas, man-

---

21. Era das Guerras Civis (*Sengoku Jidai*): 1467-1573. Segunda fase da era Muromachi.
22. Dia dos Mortos no Japão. É calculado pelo calendário lunar; cai em torno do dia 15 de julho.

dou decorar todo o castelo, a cidade baixa e o morro com lanternas semelhantes às que eram oferecidas em homenagem ao clã Oda, e que ocupavam o imenso salão do templo familiar, apresentando assim um brilhante espetáculo não apenas aos guerreiros, mas também aos habitantes da cidade, inclusive aos comerciantes e artesãos.[23]

Ao cair da noite, os moradores da cidade foram para as ruas carregando lanternas, que acenderam precisamente às oito horas. Como as lanternas tinham salitre, em pouco tempo começaram a soltar faíscas, e as ruas da cidade se tornaram um verdadeiro mar de fogo. Em cada esquina, rojões barulhentos respondiam aos estrondos dos fogos de artifício no céu, e jovens militares andavam a cavalo por entre as luzes das ruas.

Chacha contemplava de pé as comemorações, em um lugar a que Ujisato a levara, diante da porta de uma residência militar, situada ao alto de uma ladeira, de onde se podia ver a cidade. Viu os jovens cavaleiros de alta linhagem descendo em direção à cidade baixa. Esses guerreiros a cavalo, entrando e saindo daquele mar de fogo, eram para Chacha um espetáculo de indescritível beleza. Liderando um desses grupos — foi Ujisato quem lhe chamou a atenção —, estava Kyogoku Takatsugu. Em seguida, o grupo deu meia-volta e passou de novo a galope diante deles. Por causa da escuridão, Chacha não conseguiu ver qual deles era Takatsugu.

Às nove horas, a festa dos fogos chegou ao fim, e a multidão se dirigiu ao sopé do morro. Os cavaleiros da guarda soltaram barcas carregadas de lanternas no fosso do castelo, que estava cheio de água desviada do lago. Milhares de pessoas vieram admirar o espetáculo desses pontos de fogo, que tingiam as águas de vermelho. Levantando a cabeça, via-se erguida no céu do verão a torre de menagem com seus sete telhados, emoldurados pelos pontos brilhantes das lanternas. À noite, exclamações de admiração e gritos de alegria se ouviam no sopé do morro.

Naquela noite, Chacha e Ohatsu participaram do banquete que foi oferecido no grande salão do segundo andar. Como não foi uma

---

23. Que constituíam uma classe inferior à dos guerreiros e agricultores.

refeição formal, os convidados tomaram os lugares que acharam melhor ao redor da peça, para admirar as iluminações da festa lá embaixo.

Chacha se sentia constrangida pela presença de Takatsugu, sentado sozinho a três ou quatro metros dela. Não sabendo se seria correto lhe falar, ficou calada, intimidada pela presença dos convivas. Ujisato, sentado a seu lado, disse-lhe, com um tom de simpatia natural:

— Quando você voltar a Kiyosu, não se esqueça de descrever esta noite para a senhora sua mãe.

Ujisato parecia divertir-se de verdade naquelas comemorações. Sob a luz das lanternas suspensas nos beirais, seu rosto se mostrava tranquilo, sem preocupações. Teria sido impossível adivinhar que o jovem militar já participara dos combates que lhe haviam descrito. Por outro lado, o rosto de Takatsugu, que ela avistava de um pouco mais ao longe, parecia estranhamente severo. Essa dura energia de seus traços destoava da temperança predicada pela fé dos padres. Chacha passou o dia seguinte também em Azuchi, mas não teve nenhuma oportunidade de falar com seu primo.

Capítulo 2

Depois disso, Chacha viveu três anos no Castelo de Kiyosu, junto a sua mãe, Oichi, e suas irmãs, e nesse período nada importante aconteceu.

No Ano-Novo do ano 10 de Tensho, um tufão passou pelas regiões de Mikawa e Owari. Oichi e suas filhas, aterrorizadas pela violência do vento, que fazia tremer as paredes de seus aposentos, comemoraram a entrada do ano com uma sopa *zoni*. Oichi tinha 35 anos; Chacha, quinze; Ohatsu, treze; e Ogo, onze.

Os ânimos no castelo pareciam um pouco inquietos desde o início do ano. Uma dama de honra afirmou ter visto muitos cavaleiros reunidos diante do portão principal. Oichi observou:

— Talvez seja o início de mais uma grande batalha.

As damas de honra levantavam irresponsavelmente diversas possibilidades: eram os Takedas de Kai, ou talvez Oda Nobunaga houvesse dado ordens para que suas tropas atacassem Harima, e outras conjeturas.

A partir do fim de janeiro, até mesmo as quatro mulheres isoladas em seus aposentos podiam ver que os movimentos de batalhões haviam se intensificado. Um mês ainda se passou, e ficaram sabendo que Nobutada, filho herdeiro de Nobunaga, fora nomeado general dos exércitos e que estava de partida em expedição contra Shinano, na província de Kai.

Os tambores de guerra rufaram no Castelo de Kiyosu na segunda metade de fevereiro. Por quatro ou cinco dias, havia muito barulho e confusão na cidadela; mas depois da partida do exército, qual fogo que se apaga, mergulhou novamente num calmo silêncio. Um pouco depois, começaram os boatos de que os Takedas haviam sido derrotados, e de que Takeda Katsuyori e seu filho haviam cometido *seppuku*[24] na passagem de Tenmokuzan. Por algum tempo, era só disso que se falava no castelo; em seguida, passou-se a discutir a tomada do Castelo de Kanmuriyama, em Kibi, por Hashiba Hideyoshi.

Talvez porque essas histórias lembrassem a queda do Castelo de Odani, Oichi andava sombria, o que chamava a atenção em meio ao ar festivo que havia após a chegada de notícias das vitórias do exército de Oda. Quando Chacha e Ohatsu se punham a falar e a rir em voz alta, Oichi as repreendia com o cenho franzido:

— Chacha, por que está falando tão alto?

Chacha não era a única vítima do mau humor de sua mãe:

— Ohatsu, sua voz parece que vai atravessar as paredes!

Era verdade que Chacha falava e ria bastante alto. Mesmo quando procurava rir discretamente, sua alegria se espalhava a seu redor; já o riso de Ohatsu era claro e em bom som, como esferas rolando em profusão. A mais quieta das três irmãs era Ogo, que quase nunca ria. Fazia uma cara de quem pergunta qual é a graça e permanecia calada e taciturna. Ao contrário de Chacha e Ohatsu, que eram lindas e alegres, Ogo puxara ao pai, tinha um rosto comum, triste, que não chamava a atenção.

Ao amanhecer do dia 5 de junho, as três irmãs foram acordadas pela mãe, que tinha uma expressão apavorada. Sem aguardar que as filhas se vestissem e mesmo que se levantassem, Oichi disse:

— Não se assustem, mas o grande senhor faleceu... — a notícia era tão repentina que de início Chacha não entendeu do que sua mãe falava. — Foi traído por Koreto Mitsuhide[25], vítima de uma emboscada, e o levaram a Kyoto, onde cometeu *seppuku*.

Chacha compreendeu então que seu tio Oda Nobunaga morrera. No entanto, não sabia por que sua mãe parecia tão alterada ao saber da morte de um irmão de quem ela não gostava muito.

É claro que ela também se sentia angustiada, pois seu protetor morrera de repente; era inevitável que se sentisse insegura naquele

---

24. Suicídio pela espada. Leitura mais comum da palavra *harakiri*.
25. Trata-se de uma alcunha do daimiô Akechi Mitsuhide (1528-1582), vassalo de Nobunaga, que o traiu e o obrigou a se suicidar.

momento, mesmo que Nobunaga tivesse aniquilado o clã dos Azais, assassinado seu pai e seu avô. Ele era inimigo mortal de sua família.

— O grande senhor morreu? — e quis acrescentar "Foi castigo do céu", mas se calou. Ainda assim não demonstrou nenhuma inquietação. O momento que ela aguardava enfim chegara. Parecia-lhe que, simplesmente, Nobunaga, destruidor da família Azai, conhecera agora pela mão do destino a mesma sorte que seu avô, que antes havia aniquilado o clã dos Kyogokus.

Ohatsu e Ogo, olhos fixos em sua mãe, pareciam tão apavoradas quanto ela.

— Coitado do grande senhor! — exclamou Oichi, e se jogou chorando no chão.

Chacha não compreendia essa atitude de sua mãe, da mesma maneira como não havia entendido quando ela se prostrara chorando, dez anos antes, a morte de seu pai. Deve ser o luto decorrente da ligação de sangue que há entre irmãos, pensou. Para consolar sua mãe, disse-lhe:

— Tenho certeza de que Koreto Mitsuhide, que matou o grande senhor, vai também morrer pelas mãos de alguém. É sempre a mesma coisa.

— Chacha! Você não parece ter medo de nada! — respondeu Oichi, com os olhos cheios de lágrimas, enquanto observava com certo temor sua filha.

— Mas não é verdade? O grande senhor não matou nosso pai?

— Isso faz parte da vida do guerreiro e não podia ser evitado. Não esquecerei nunca o ódio que lhe guardo por ter matado seu pai; mas, por outro lado, ele poupou a vida das filhas, e é graças a ele que vivemos sem problemas até hoje.

Os anos pareciam ter mudado seu coração; mas o de Chacha também não era o mesmo, pois ela contestou:

— Ah, então é por isso que você ajudou na indicação de Kyogoku Takatsugu para trabalhar para ele? — e, enquanto falava, não compreendia os sentimentos que a moviam. Parecia que, ao mesmo tempo que expressava seu ódio por Nobunaga, ela se punha no lugar de Takatsugu e tinha raiva de sua própria família.

Ao amanhecer, o Castelo de Kiyosu estava em alvoroço, e ninguém sabia ao certo o que poderia acontecer. Corria o boato de que os exércitos de Akechi viriam atacá-los. Durante o dia, Chacha subiu duas vezes aos bastiões, e nessas duas vezes viu ao longe, nos caminhos que cruzavam a região, cavaleiros a galope e pequenas tropas de dez ou vinte homens, que se deslocavam para local ignorado. O céu baixo e cinza da estação das chuvas cobria a baixada.

Em seguida, houve o boato de que havia conflitos nas imediações do Castelo de Azuchi. Havia quem dissesse — mas ninguém que garantisse — que o exército de Akechi Mitsuhide invadira o castelo de Nobunaga, que grandes combates haviam ocorrido em Setabashi, e que Kyoto, a capital, estava coberta de fogo e sangue...

O boato que mais impressionou Chacha foi a adesão de Kyogoku Takatsugu aos exércitos rebeldes de Akechi Mitsuhide; a seu exército, teriam acorrido todos os antigos vassalos da família Kyogoku, para atacar o Castelo de Nagahama, onde vivia Hideyoshi. Além disso, essa informação era a única sobre a qual se podia ter certeza, pois fora afirmada por Fujikake, senhor de Mikawa. Takatsugu havia atacado e tomado o castelo junto com antigos vassalos, como Abe Nagayuki, fazendo prisioneiros a mulher e as crianças de Hideyoshi, assim como alguns poucos batalhões de guarda.

Ao saber disso, Chacha ficou visivelmente pálida; ela, que não demonstrara nenhuma emoção ao saber da morte do tio. Achava que Takatsugu estava perdido, que cometera uma falta imperdoável, a qual destruiria sua carreira. Nesse período de grandes reviravoltas, ninguém sabia afirmar se Hideyoshi conseguiria tomar o poder, ou se ele seria eliminado pelos herdeiros de Nobunaga; contudo, Chacha tinha uma certeza inexplicável de que Takatsugu selara seu destino.

Na origem desse sentimento, estava o fato de que esse novo Takatsugu era muito diferente do primo que ela conhecera. Não se tratava mais do jovem que se convertera ao cristianismo, aquele que, no barco voltando de Chikubushima, afirmara que não se deve odiar o próximo. Não, ela compreendia agora que se tratava de um falcão intrépido, que aproveitava o alvoroço da morte de Nobunaga para tentar recuperar as terras da família.

Chacha pensava ter descoberto naquele momento que Takatsugu decidira, enquanto servia a Nobunaga, adotar a exótica fé dos padres para sobreviver, sem ferir fundo seu orgulho de alto descendente de família nobre e guerreira. Porém, acreditava ela, na confusão que se seguira à morte do grande senhor, que o sangue dele voltara a ferver e ele não havia resistido à oportunidade de fazer reviver o poder dos Kyogokus. Se Chacha fosse um homem, provavelmente teria o mesmo impulso. No entanto, mesmo compreendendo as motivações do primo, não podia deixar de pensar que ele se revelava impaciente demais ao agir assim. Essa impulsividade de jovem guerreiro prejudicava seus objetivos, e a atitude não convinha ao nobre herdeiro da casa de Kyogoku.

Naquela tarde, Chacha passeava sozinha nos desertos jardins de Kiyosu. Enquanto caminhava, lembrava a indescritível beleza viril dos cavaleiros que vira galopando em Azuchi, na festa das lanternas, e a intrépida expressão de Takatsugu durante o banquete daquela noite. Buscando compreender seus próprios sentimentos, relembrou as emoções que tinha em relação a seu primo em diferentes momentos: por exemplo, a raiva que sentira quando ele lhe revelara sua fé no barco de Chikubushima. Chacha rejeitava seu primo que queria ser cristão. Preferia o novo Takatsugu, orgulhoso, violento e determinado, embora considerasse suas ações precipitadas.

Ela se deu conta de que desde menina sonhava se unir a Takatsugu, para reconquistar a seu lado as antigas terras de Kohoku. Juntos, teriam construído nessas terras que foram dos Kyogokus e dos Azais um castelo em que viveriam felizes. E isso nada tinha de impossível, desde que feito no momento propício. Naquele dia, seu sonho se desfez.

Pouco tempo depois, ouviu-se um boato sobre outro guerreiro que ela conhecia: Gamo Ujisato, o jovem capitão que fora seu cicerone quando visitara o Castelo de Azuchi alguns anos antes. Nobunaga confiara a guarda do castelo ao pai de Ujisato durante sua ausência. Gamo Katahide, assim que soubera do complô contra seu senhor, levara a esposa e os filhos de Nobunaga para seu castelo, em Hino. Pai e filho recusaram as ofertas de adesão feitas por Hideyoshi. Chacha soube em seguida que o exército de Akechi se dirigia a Hino para matar Katahide e Ujisato, que tinham, portanto, tomado o caminho contrário do escolhido por Takatsugu. Nesses tempos alterados, os Gamos escolheram a causa certa. Como fizera inúmeras vezes, Chacha comparou os dois jovens, agora em sendas opostas.

— O pai e o filho da casa de Gamo são magnânimos, dignos de que se lhes confie uma cidadela — disse Fujikake, louvando os méritos dessa família.

Chacha concordou. Entretanto, não houve mais notícias de Hino, e Ujisato encontrava-se em uma posição bem mais perigosa do que a de Takatsugu, suscitando maior preocupação. Era pouco provável que o pequeno Castelo de Hino pudesse resistir aos ataques do poderoso exército de Akechi, se este atacasse com toda a sua força.

Nos dez dias seguintes, chegaram a Kiyosu boatos de todos os tipos, alguns confusos, outros alarmantes, sobre a situação em Kyoto, a capital. Oichi e suas filhas estavam preparadas para fugir do castelo a qualquer momento. Contudo, logo vieram outras notícias, trazidas sucessivamente por mensageiros que passavam a galope pelas portas do castelo, anunciando o fim de seus problemas: a batalha de Yamazaki, a vitória incontestável de Hideyoshi sobre Akechi Mitsuhide, e a morte deste.

A vida no Castelo de Kiyosu retomou seu calmo ritmo habitual.

Alguns dias depois da batalha de Yamazaki, informaram a Chacha que Hideyoshi havia retomado seu Castelo de Nagahama, mas não se sabia se Takatsugu morrera nos combates ou se fugira da cidadela. Mais tarde, ouviu que o Castelo de Azuchi, caído em poder do exército de Akechi, havia sido reduzido a cinzas. A visão da suntuosa torre de menagem de sete andares e da enorme cidadela transformadas em um braseiro, flutuou diante dos olhos de Chacha. Nessa visão, símbolo da vaidade das conquistas de Nobunaga, havia algo da efemeridade da festa dos fogos que Chacha presenciara anos antes.

Nos aposentos femininos do Castelo de Kiyosu, Oichi e suas três filhas seguiram, esquecidas do mundo, sua vida isolada, à qual se somava agora uma contínua angústia. As notícias do exterior reiteravam as informações sobre a morte de Akechi Mitsuhide, mas elas nada sabiam sobre o novo governo de Hideyoshi.

Sanboshimaru, o filho de dois anos de Nobunaga, fora trazido de Gifu por Maeda Gen'i, um monge budista a serviço de Oda Nobutada, na noite do dia 11 de junho, nove dias após o Incidente de Honnoji.[26] Sanboshimaru era o herdeiro de Oda Nobunaga. Se Nobutada tivesse sobrevivido, seria o sucessor, mas ele também morrera na noite da traição de Mitsuhide, o que significava que o menino de dois anos era o próximo na linha de sucessão.

Depois da destruição de Azuchi pelo exército de Akechi, o Castelo de Kiyosu era considerado, de praxe, como a vivenda dos Nobunagas. Aparentemente, era também por isso que trouxeram Sanboshimaru de Gifu. Oichi e suas filhas sabiam desses acontecimentos por boatos, pois nunca foram apresentadas à criança, ainda que tivessem conhecimento de que ela estava vivendo sob o mesmo teto que elas.

Dois dias depois da chegada de Sanboshimaru, Shibata Katsuie, um dos mais importantes e fiéis vassalos da casa de Oda, veio ao Castelo de Kiyosu, acompanhado de um grupo de soldados. Katsuie, que estava no comando dos exércitos do norte, dos quais faziam parte Sassa Narimasa, Maeda Toshiie, Sakuma Morimasa e outros generais, soube do Incidente de Honnoji quando fora encarregado de combater Uesugi Kagekatsu. Após ter deixado o comando da linha de combate aos generais subalternos, ele retornou imediatamente a Kyoto e recebeu a notícia da batalha de Yamazaki, mudando de rota para se dirigir a Kiyosu. Com a chegada desse general, o castelo virou um pandemônio, com idas e vindas de militares para todos os lados.

Desde então, quando se ia ao jardim e se olhava para os lados do *honmaru*, via-se sempre um alvoroço de gente indo e vindo, mas nunca alguém se dignava a ir até os aposentos de Oichi e de suas filhas. Nesse período agitado, nenhuma pessoa parecia se preocupar com o

---

26. O Incidente de Honnoji refere-se ao suicídio de Oda Nobunaga.

futuro da irmã de Nobunaga e de suas sobrinhas. Até Fujikake, senhor de Mikawa, que regularmente lhes trazia notícias do mundo exterior, parou de vir depois da intensificação do trânsito de guerreiros no castelo, devido à situação complicada em que se encontravam as quatro mulheres. Elas estavam isoladas do mundo, sem saber o que acontecia fora de seus quartos.

No fim do mês, porém, Hashiba Hideyoshi foi ao Castelo de Kiyosu. Ele tinha ido primeiro até Azuchi, após a batalha de Yamazaki, para verificar a situação depois do incêndio da cidadela, e em seguida para Gifu, onde convocou os reféns de seus generais e os levou para Nagahama, deixando a guarda do Castelo de Gifu nas mãos de Hori Hidemasa. Depois dessas medidas de emergência, foi a Kiyosu para ver Sanboshimaru. Desde o Incidente de Honnoji, Hideyoshi conquistara a admiração de todos, tomando medidas importantes e resolvendo de maneira satisfatória muitos problemas.

Hideyoshi visitara Kiyosu com o determinado objetivo de prestar homenagem a Sanboshimaru, herdeiro da casa de Oda. Contudo, os preparativos para sua chegada haviam sido bem diferentes daqueles da visita anterior de Shibata Katsuie. Nem bem um mensageiro anunciara sua vinda, todos os habitantes do castelo, mesmo os pajens e as servas, mudaram de expressão. Os jardins internos estavam cuidadosamente varridos e purificados, guardas haviam sido designados para todas as portas do castelo, e o rebuliço lembrava o período que antecedia as visitas anunciadas de Oda Nobunaga, quando este era vivo. Chacha soube da chegada do importante personagem por uma dama de companhia, mas não contou para sua mãe.

Hideyoshi chegou ao meio-dia, no horário mais quente. Ao cair da tarde, apareceu sem se anunciar no jardim dos aposentos de Oichi, que se encontrava na sala, enquanto as filhas descansavam sentadas na varanda, aproveitando o frescor do anoitecer.

Chacha viu a figura de um militar que se agachava para entrar no jardim, passando por baixo dos arbustos. Compreendeu então que esse homem pequeno e magro, seguido de alguns vassalos, só podia ser Hideyoshi. Ainda curvado, o guerreiro se aproximou a passos rápidos das três meninas e saudou-as com as seguintes palavras:

— Estas jovens damas são as filhas de Oichi? Como Vossas Senhorias cresceram!

O tom com que falava, ainda que não exatamente polido, era isento de arrogância. Chacha se ergueu da varanda e observou os traços do guerreiro, que devia ter mais ou menos uns 45 anos, com os quais contrastavam os olhos, que se mantinham jovens. Seu rosto era fino e bronzeado; e a pele, envelhecida.

Ohatsu e Ogo, que talvez soubessem que se tratava de Hideyoshi, ergueram-se e endireitaram as costas.

— A senhora sua mãe? — perguntou Hideyoshi, em voz baixa.

— Não se sente muito bem, está recolhida — respondeu prontamente Chacha, mas sua voz saiu um pouco trêmula.

— Não diga! Mas isso é lamentável. Peço que me informem sempre que estiverem passando por dificuldades. Farei tudo o que estiver a meu alcance para ajudá-las. Por favor, diga à senhora sua mãe que Hashiba Hideyoshi, de passagem por este castelo, veio lhe prestar suas homenagens.

Não olhava mais para Chacha. Observava o jardim e a entrada dos aposentos.

— Este prédio tem aberturas para o oeste, deve ser muito quente. E o jardim não foi podado recentemente.

Hideyoshi tinha razão. O jardim estava mal cuidado, com folhas secas e arbustos crescidos.

— Vou mandar resolver isso.

Chacha respondeu:

— Já passou da época de podar. Temos que esperar até abril do ano que vem.

O guerreiro, surpreso, voltou-se para ela; depois de um silêncio, disse, sem sorrir:

— A jovem princesa parece saber muito de jardinagem.

Chacha aprendera alguma coisa sobre podas e plantas de um velho jardineiro do castelo, mas achou melhor permanecer calada. Hideyoshi reiterou seu pedido de que transmitissem suas homenagens a Oichi, e retirou-se pelo mesmo caminho do jardim de onde viera, agachando-se para desviar dos arbustos.

Chacha ficou olhando o grande guerreiro se distanciar e depois ficou por algum tempo parada, sem perceber que estava sozinha na varanda, pois suas irmãs já haviam entrado. Deu-se conta de que não mudara de posição desde que Hideyoshi entrara no jardim. Sentia-se um pouco cansada, e estaria mais cômoda sentada na varanda, mas algo nela lhe dizia que não se sentasse, como se Hideyoshi ainda estivesse observando-a.

Hashiba Hideyoshi era diferente da personagem que Chacha imaginara que fosse. Pelo jeito como havia dito "Como Vossas Senhorias cresceram!", parecia que já as conhecia, mas, para ela, fora o primeiro encontro. Quando visitara Azuchi, escoltada por Kyogoku Takatsugu, Hideyoshi estava em Osaka, atacando Ishiyama, e não houvera oportunidade de se verem. Da segunda vez em que fora a Azuchi, ainda que lá estivessem muitos guerreiros, Hideyoshi era o único ausente, em campanha em Chugoku.

Chacha não conseguia ver em Hideyoshi o homem cruel que havia aniquilado sua família, decapitado seu irmão e espetado sua cabeça, o homem que era considerado como o grande inimigo dos seus. Não correspondia tampouco à imagem que ela criara ao saber de sua paixão por sua mãe, de militar caipira, grosseiro e um pouco ridículo. Também não era feio como um macaco, nem parecia um general valoroso e intrépido estrategista, como o consideravam alternadamente os boatos populares. Ainda de pé e com a lembrança de sua atitude tranquila diante dos olhos, ela pensava na suavidade cansada que sua presença sugeria. Esse homem não parecia um guerreiro — talvez seu olhar violento parecesse o de um guerreiro. Embora não sentisse grandes simpatias pelo personagem, também não podia odiá-lo. Precisava corrigir naquele momento a imagem que desde pequena tivera de Hashiba Hideyoshi.

A notícia da visita de Hideyoshi deixou Oichi apavorada. Ohatsu e Ogo descreveram o encontro com tintas horripilantes, pareciam ter visto um demônio. Ogo só observara traços grotescos em Hideyoshi: os dedos da mão eram gordos e o pomo-de-adão, saltado, o que lhe dava uma aparência repugnante; além disso, ele tinha orelhas enormes. Ohatsu, como era de esperar, contou que Hideyoshi olhava fixamente para cada uma delas, com um sorrisinho medonho no rosto.

— Ai, é com aqueles olhos que ele certamente ficou vendo o Castelo de Odani queimar, aqueles olhos com que ficou vendo o coitadinho do Manpukumaru ir morrendo aos pouquinhos... — disse Ohatsu, com sua voz de atravessar paredes, e tremia toda.

Chacha permanecia calada, surpresa pela diferente impressão que Hideyoshi lhe causara. É verdade que tinha mãos carnudas, o pomo-de-adão saltado, as orelhas grandes; talvez tivesse mesmo olhado as irmãs com um sorriso cruel. Tentava relembrar a cena tal como a descreveram Ohatsu e Ogo, mas — era estranho — o fato não lhe parecia desagradável.

Oichi não demonstrou em sua atitude concordar com o relato que lhe faziam Ohatsu e Ogo; porém, seu silêncio também não expressava uma desaprovação. Escutava calada, o que dava a Chacha uma sensação ruim. Se suas duas irmãs mais novas tinham uma imagem negativa de Hideyoshi, era porque Oichi alimentava-lhes todo dia essa imagem. Parecia-lhe, contudo, que se hoje sua mãe não dizia nada, era porque ignorava qual papel esse guerreiro teria no seu futuro.

Chacha achava que, se sua mãe queria odiar Hideyoshi porque ele era o inimigo mortal que destruíra o clã dos Azais, ela tinha esse direito. Chacha achava perfeitamente aceitável que Oichi o desprezasse devido ao amor que ele nutria por ela, apesar de ser considerado um inimigo. O que Chacha não podia suportar era a atitude covarde de sua mãe, com um medo incipiente desse homem, que agora ascendia ao mundo do poder, postura semelhante à que Oichi tivera para com Oda Nobunaga, seu irmão, quando este ainda era vivo.

— Bem, o que sei é que o senhor Hideyoshi é a primeira pessoa que se deu ao trabalho de vir aqui nos ver. Nunca alguém veio nos visitar antes.

Com essa afirmação, Chacha tentava opor alguma resistência ao clima negativo que sua mãe e suas irmãs haviam criado, como se quisesse defender um pouco Hideyoshi. Podia até ser — ela bem sabia — que a visita de Hideyoshi tivesse segundas intenções: seus planos com relação a Oichi. Naquele momento, porém, tudo o que Chacha queria era dizer algo que contrariasse sua mãe.

Na verdade, Chacha não compreendera os verdadeiros sentimentos que a levavam a agir assim. O que ela sabia era que, tendo levado essa vida desde pequena, sempre sob a ameaça do destino, a atitude de sua mãe lhe era inadmissível, assim como a de suas irmãs; mas estas eram jovens demais, seria inútil repreendê-las.

Alguns dias depois da visita de Hideyoshi a Kiyosu, Takikawa Kazumasu, a cargo da administração das terras de Kanto[27], apareceu no castelo. Este soubera da morte de Nobunaga quando se encontrava nas províncias do leste; mas, ocupado com o combate às forças do clã Hojo, não pudera vir antes à capital. Além disso, como perdera a batalha, só pôde chegar em julho a Kiyosu. Na mesma época, chegaram também Mori Nagayoshi, da província de Shinano, e Mori Hideyori, do Castelo de Iida.

Graças à vinda desses generais de províncias longínquas, pôde-se finalmente saber da situação no resto do país. Os exércitos dos clãs Tokugawa e Hojo, que se opunham à hegemonia dos Odas, atacaram, um pelo sul, o outro pelo norte, as províncias de Kai e de Shinano. O problema das operações militares no resto do país não era de fácil resolução, mas os guerreiros e generais reunidos em Kiyosu enfrentavam outra importante questão: a quem confiar o comando geral dos exércitos, agora que Nobunaga estava morto e que seu sucessor, Sanboshimaru, era ainda uma criança? Havia regimentos acampados em toda a volta das muralhas de Kiyosu, e os generais se reuniam diariamente no interior do castelo para discutir a situação.

Os novos boatos chegavam aos aposentos de Oichi e de suas filhas. Alguns afirmavam que haveria nova rivalidade entre os antigos aliados: escaramuças entre regimentos de Shibata Katsuie e de Hideyoshi, movimentações suspeitas de batalhões indefinidos.

Oichi e as princesas levavam a mesma vida discreta em seus aposentos retirados. A mãe proibira as filhas de irem ao jardim; e as

---

27. Metade norte da ilha de Honshu, a maior e mais populosa do arquipélago nipônico.

três irmãs passavam os dias encerradas em um salão escuro que dava para o oeste. O verão estava muito quente naquele ano, as meninas transpiravam mesmo sem se movimentar.

Oichi se preocupava pelo fato de os mais importantes vassalos do clã Oda estarem discutindo ali, naquele castelo, tão perto delas. Ainda que não pudesse imaginar que espécie de decisão era tomada nessas assembleias militares, sabia que qualquer resultado das deliberações influenciaria seu destino e o de suas filhas. Ignorava o que o futuro reservava para ela — continuaria a viver em Kiyosu, ou seria transferida com suas filhas para outro lugar? Tal qual a mãe, as três meninas também começaram a sentir certa ansiedade com relação aos debates dos guerreiros. Ouviam os nomes de Shibata, Hashiba, Nobukatsu ou Nobutaka serem mencionados seguidamente.

Segundo os rumores, um abismo de ressentimento se abrira entre Shibata Katsuie, que representava o clã Oda, e Hideyoshi. Este resolvera quase que sozinho os conflitos surgidos após a morte de Nobunaga, derrotando com rapidez o traidor Mitsuhide numa batalha de vingança. Todos os dias, ouvia-se falar de conflitos de opinião entre eles. Tornara-se também impossível disfarçar a rivalidade entre os dois filhos de Nobunaga, Nobutaka e Nobukatsu, que tinham mães diferentes. Nobutaka se associara a Katsuie; e Nobukatsu, a Hideyoshi. E os dois partidos, que disputavam o comando supremo dos exércitos dos Odas, queriam obter a tutela de Sanboshimaru, o jovem sucessor de Nobunaga. Os outros guerreiros se aliavam a uma ou outra facção, e havia os que ainda hesitavam.

O filho do grande senhor que Oichi preferia era Nobutaka. Além disso, odiava Nobukatsu, filho da esposa legítima de Nobunaga, a mesma mãe de Nobutada, o primogênito que se suicidara com o pai em Kyoto. Mesmo que ambos tivessem a mesma idade, 25 anos, Nobukatsu era mais velho e, por ser filho da esposa legítima, tinha direito à tutela de Sanboshimaru. Ainda assim, Oichi torcia para Nobutaka. O outro filho tinha uma aparência comum e os mesmos traços regulares e frios de Nobunaga e dela mesma, Oichi. Já Nobutaka, que precisara lutar arduamente para assegurar sua posição, embora filho de concubina e dono de uma personalidade violenta, fora sempre gentil e atencioso para com ela e suas três filhas.

Chacha e suas irmãs, no entanto, nada sabiam sobre os dois filhos de Nobunaga; tendo-os visto duas ou três vezes de passagem, achavam, como sua mãe, que Nobutaka tinha a personalidade mais interessante. Não se lembravam de Nobukatsu ter algum dia falado com elas; já o irmão sempre lhes tinha uma palavra atenciosa.

Shibata Katsuie, o mais importante vassalo dos Odas, a força por trás de Nobutaka, também oferecia às quatro mulheres garantias de confiança. Chacha nunca o vira; porém, desde a infância seu nome tinha para ela a dignidade de um velho guerreiro. Dos dois pretendentes ao título de comandante dos exércitos dos Odas, Oichi preferia que Katsuie vencesse, pois para ela a queda de Odani estava associada a Hideyoshi, e não ao outro líder; além disso, ele apoiava Nobutaka.

As três princesas eram da mesma opinião de sua mãe. Chacha, embora não concordasse com as outras mulheres sobre Hideyoshi, preferia que os exércitos fossem confiados a Katsuie e a Nobutaka.

No primeiro dia de julho, uma grande assembleia, reunida para decidir sobre a sucessão de Nobunaga, juntou em Kiyosu todos os vassalos dos Odas. Dois ou três dias antes, haviam chegado ao castelo Nobukatsu e Nobutaka, seguidos de Ikeda Shonyu, Tsutsui Junkei, Gamo Ujisato, Hachiya Yoritaka, Hosokawa Fujitaka e de outros guerreiros.

Oichi e suas filhas ignoravam o teor dos debates; apenas sabiam que uma importante assembleia estava sendo realizada em Kiyosu, e que seu resultado era incerto. Nesse dia, uma calma incomum reinava em todo o castelo. Os raios do sol forte do verão queimavam o solo claro do pátio. Além do canto penetrante das cigarras, que lembrava o som da chuva, nada se ouvia ali, nem o relinchar dos cavalos. Ninguém caminhava pelas muralhas; talvez os guardas tivessem recebido ordens de evitar a circulação.

Já era tarde da noite quando avisaram Oichi que Nobutaka a visitaria. A mulher mal teve tempo de expressar sua preocupação no semblante, pois logo o guerreiro chegou, o rosto alegre, seguido do mensageiro que devia anunciá-lo. Nobutaka entrou despreocupado no salão e se sentou no lugar indicado por sua tia. Depois de cumprimentá-la com polidez, pediu:

— As princesas poderiam me conceder o favor de esperar lá fora?

Chacha conduziu suas irmãs ao jardim, pois preferia a temperatura amena da rua aos aposentos abafados dos fundos. Mas logo as meninas foram chamadas de volta à sala. Nobutaka não se encontrava mais ali; e Oichi, sentada a sós, tinha no rosto uma expressão muito triste.

— Chacha, Ohatsu, Ogo, venham sentar aqui — disse Oichi.

As filhas obedeceram. Oichi continuou:

— O senhor Nobutaka me pediu que me case de novo, com o senhor Shibata. Devo dar minha resposta amanhã. Mas antes disso quero consultar vocês sobre o assunto. Eu vou pensar, mas queria que vocês também refletissem sobre o que fazer.

Chacha não sabia o que dizer, devido à surpresa do pedido inesperado. Como assim, unir-se à casa dos Shibatas? Até aquele momento, nunca lhe ocorrera que sua mãe pudesse voltar a se casar. Não ignorava que Hideyoshi era apaixonado por ela, mas pensou que fosse uma paixão sem consequências, que não iria dar em nada. Por um lado, não era de espantar que um guerreiro pudesse amar aquela bela viúva de 35 anos; por outro, a ideia de que sua mãe viesse desposar outro homem nunca lhe passara pela cabeça.

— Depois que o grande senhor faleceu, não podemos continuar com nossa vida tranquila aqui neste castelo, como fizemos até agora. Não apenas nós. Hoje, aqui em Kiyosu, Nobutaka, Nobukatsu e os grandes generais se encontram reunidos para decidirem a sucessão.

— Quer dizer que esse casamento com o senhor Shibata foi decidido em um debate de guerreiros? — Chacha experimentou perguntar.

— Não, não se pode dizer que se decidiu na assembleia de hoje. Mas é verdade que chegou a hora de se definir o que vai ser de nós, e foi por isso que o senhor Nobutaka nos concedeu o favor de ser mensageiro do pedido.

— E você, mãe, o que pensa?

— Eu?

Oichi, parecendo refletir, fechou os olhos por alguns instantes. Finalmente, disse:

— Amanhã direi o que acho. Até então, gostaria que vocês também pensassem bastante sobre o assunto. O certo é que não podemos continuar neste castelo, pois o senhor Nobukatsu vai morar aqui.

— Então não podemos mais viver aqui?

— Não necessariamente, mas não podemos abusar da sua hospitalidade para sempre. Porém, se vocês não quiserem que me case, podemos ficar aqui o quanto vocês desejarem... embora muita coisa vá mudar...

Ohatsu e Ogo, incapazes de reagirem ao destino que se lhes apresentava, permaneciam caladas, fitando ora o rosto de sua mãe, ora o da irmã mais velha.

A decisão de propor casamento a Oichi, ao contrário do que se pudesse imaginar, era resultado de um acordo entre Katsuie e Hideyoshi, em que ambos abriram mão de parte de suas exigências. Sanboshimaru sucederia a Nobunaga, indo residir no Castelo de Gifu, que seria protegido por Maeda Gen'i e por Hasegawa, senhor de Tanba, até que o Castelo de Azuchi fosse reconstruído. Nobukatsu e Nobutaka seriam os tutores do menino. Katsuie, Hideyoshi, Niwa Nagahide e Ikeda Shonyu voltariam a suas terras, enviando representantes a Kyoto e tomando parte nas decisões de governo.

Essas decisões foram aprovadas e redigidas por escrito. Nobukatsu ficaria a cargo da província de Shinano; Nobutaka, de Owari; Hideyoshi, de Tanba; Katsuie receberia sessenta mil *koku*[28] e Nagahama, na província de Omi; Ikeda Shonyu, 120 mil *koku* e Osaka,

---

28. Medida de 180 litros de arroz. O valor das terras era medido pela sua capacidade de produção de arroz.

Amagasaki e Hyogo; Niwa Nagahide, os dois distritos de Takashima e Shiga, nas províncias de Wakasa e Omi; Takikawa Kazumasu teria um aumento de cinquenta mil *koku* e ficaria com o norte de Ise; e Hachiya Yoritaka teria um aumento de trinta mil *koku*. Essas medidas visavam dar um destino às terras devolutas.

Chacha não entendia o significado exato dessas decisões, mas sabia que Shibata Katsuie deveria retornar às suas terras do norte, e que, caso sua mãe se decidisse pelo casamento, elas deveriam acompanhá-lo a essa província distante.

A menina se levantou e voltou sozinha ao jardim onde aguardara antes. Ela, que até então esperara que o poder dos Odas ficasse com Shibata, sentia agora uma grande inquietude com relação ao futuro de sua mãe se ela se casasse com esse militar. Por outro lado, se sua mãe recusasse, seu destino seria ainda mais incerto; mas Chacha sentia, sem saber o motivo, que a união com Shibata era muito perigosa. Essa intuição se assemelhava com a que lhe viera ao espírito quando soube que seu primo se aproveitara da morte de Nobunaga para retomar suas terras.

Chacha achava que cometeriam um grande erro se sua mãe se casasse com Shibata. Mas esse sentimento parecia carecer de razões. Não possuía evidências que permitissem julgar qual seria o destino daquele guerreiro, mas Chacha tinha o pressentimento de que era algo escuro e gélido. Quando encontrara Hideyoshi alguns dias antes, ele lhe causara uma impressão de segurança e claridade; mas agora, ao pensar em Katsuie, sentia um perfume de tragédia, mesmo sem conhecê-lo bem. Talvez fosse porque, tendo intuído em Hideyoshi um futuro positivo, essa sensação denegrisse seu rival. Permanecia o sentimento de que devia impedir o casamento de sua mãe com esse homem. Ao mesmo tempo, não sabia como explicar essa decisão a sua mãe e irmãs.

A mesma combinação de sentimentos opostos a assaltara quando soube do comportamento de seu primo, Takatsugu, e de Gamo Ujisato, após o Incidente de Honnoji. Naquela ocasião, seus temores haviam se confirmado. Takatsugu fora temerário, e Ujisato demonstrara ter razão em suas escolhas.

As pernas de Chacha pararam sob um velho pé de altaneira. Nunca chegara sozinha, à noite, até aquele recanto do jardim. Percebia ao longe as lanternas iluminadas da sala, sem conseguir distinguir sua mãe nem suas irmãs.

Sua mãe lhe confiara a participação de Gamo Ujisato nas deliberações daquele dia. Chegou a pensar em encontrá-lo, solicitar sua ajuda; ela acreditava que ele era a pessoa mais indicada para auxiliá-la naquele momento, devido a seu poder e dignidade. Ele talvez pudesse lhe explicar os prós e os contras de sua situação.

Voltou à sala, onde encontrou suas irmãs muito agitadas, incapazes de dormir, apesar de sua mãe ter lhes dito para descansar.

Antes do meio-dia da manhã seguinte, Chacha enviou um mensageiro a Ujisato. Se ele tivesse um pouco de tempo livre durante o dia, ela gostaria de lhe falar em pessoa. Ujisato poderia indicar o que mais lhe conviesse: Chacha podia ir vê-lo ou, se ele quisesse, ela o receberia em sua parte do castelo.

Pouco tempo depois, veio a resposta. A assembleia findara no dia anterior. Ujisato não se encontrava ocupado e estava vindo a seu encontro. Chacha mandou que limpassem uma peça que nunca usavam, e se pôs a esperá-lo.

O jovem chegou sozinho, vestido para a guerra e armado. Chacha o recebeu de pé, na entrada. Ele parecia mais ponderado em sua atitude e na maneira de falar do que da última vez em que tinham se visto. Devia ter 26 ou 27 anos, mas já tinha a aparência digna e impressionante de um experiente guerreiro.

— Que bom poder vê-la em boa saúde. Pensei em visitá-la, mas, devido ao que se passou aqui, estava já me preparando para voltar a Hino, quando sua mensagem chegou — disse Ujisato, sentado na varanda que dava para o jardim, em postura formal, mãos sobre os joelhos.

Chacha pediu desculpas por tê-lo incomodado com seu pedido de entrevista; em seguida, contou sobre a proposta de casamento feita a sua mãe e perguntou o que ele aconselharia.

— Meus parabéns pelo feliz acontecimento — respondeu.

Chacha ficou esperando que ele dissesse algo mais, o que não ocorreu. Ela resolveu perguntar:

— O que o senhor acha dessa união?

— Acho muito auspiciosa. O falecido grande senhor ficaria muito contente com esse matrimônio, com um guerreiro como o senhor Shibata. Ele saberá cuidar da senhorita e de suas irmãs.

Chacha achou que a resposta, formal demais, escondia certa hesitação.

— Há boatos de que o senhor Shibata tem desavenças com outros vassalos do meu falecido tio, senhor Nobunaga.

— São boatos sem fundamento. Juramos ontem mesmo unir nossas forças para proteger o jovem senhor Sanboshimaru.

— Mas, e quanto ao futuro?

— Qualquer discórdia entre os vassalos do clã Oda seria algo muito grave. Não creio que tal coisa acontecerá.

— Senhor Gamo, o senhor aprovaria uma união entre minha mãe e Katsuie? — Chacha resolveu mudar a maneira de perguntar.

— Nada seria mais auspicioso para a casa dos Odas.

Chacha não tirava os olhos do rosto do jovem guerreiro. À medida que o interrogatório progredia, suas feições iam se endurecendo. As respostas formais de Ujisato lhe pareciam muito estranhas. A julgar por suas palavras, o clã Oda parecia livre de qualquer perigo. Contudo, Chacha sabia que ele mesmo não podia acreditar no que dissera.

Começou a nutrir certo ressentimento com relação ao jovem general, que evitava responder sinceramente as suas perguntas. Ocorreu-lhe que talvez essa falta de espontaneidade tivesse origem nos debates de que Ujisato participara, e que essa reticência em dizer a verdade fosse um sinal de sua inteligência. Isso não impedia que ela se irritasse. Desistiu de lhe pedir conselhos sobre o casamento da mãe. Mudou de assunto, perguntou sobre seu primo:

— Ouvi dizer que o senhor Kyogoku andou envolvido em problemas...

Ela teve a impressão de que o rosto de Ujisato se desanuviara.

— Ele é muito obstinado.

Chacha acrescentou com um pouco de ironia:

— Ele poderia ter evitado toda essa confusão se fosse tão cauteloso quanto o senhor. Onde está agora? Espero que não... — estava prestes a dizer que temia que acontecesse a Takatsugu algo de trágico, repetidas vezes ela imaginara que um destino triste o aguardava, mas Ujisato a interrompeu:

— A senhorita não está querendo dizer que acha que ele vai cometer suicídio?

— Acho.

— Não se preocupe. O senhor Kyogoku não é o tipo de homem que daria cabo à própria vida. Não creio que, enquanto for vivo, ele desista do sonho de restaurar o poder da casa de Kyogoku. Mesmo que lhe cortassem as pernas e os braços, ele não perderia a determinação de restabelecer o esplendor de sua casa. Nas veias dos Kyogokus de Omi, corre um sangue de desígnios estranhos.

As palavras de Ujisato deixaram Chacha perplexa. Era obrigada a admitir que sua descrição de Takatsugu encerrava algo verdadeiro. Até aquele momento, já dera o senhor Kyogoku por morto pela própria espada. Acreditava que uma ação precipitada desse tipo correspondia à personalidade exaltada do jovem guerreiro de dezenove anos. Agora, associando a impulsividade de Takatsugu à determinação de que falava Ujisato, Chacha via nele uma obstinação inquebrantável. Uma obsessão pela glória da casa de Kyogoku era suficiente para explicar seus atos temerários após o Incidente de Honnoji — sua aliança com Mitsuhide e o ataque a Nagahama, castelo de Hideyoshi, o mais fiel dos generais de Nobunaga.

Então Takatsugu podia ainda estar vivo! Ao pensar nisso, Chacha sentiu em seu coração algo bater com sangue novo, algo que ela perdera e que agora sentia se reacender.

— O senhor acha que ele ainda está vivo? — perguntou, retendo sem querer a respiração. Ujisato respondeu:

— Sim. Porém, um dia será preso. O ódio de Hideyoshi por ele é profundo, pois ousou atacar o Castelo de Nagahama. Há ordem de que todas as árvores e relvas sejam revistadas, que se vasculhe tudo, da região de Omi aos territórios do norte, até encontrá-lo.

Ujisato falava com uma postura impassível, a voz fria, como se tivesse raiva de Chacha. Ela não conseguia entender por que o jovem guerreiro a olhava fixamente daquele jeito.

— Mas, se ele conseguiu se manter vivo até agora, talvez consiga escapar das investigações.

— Só se tiver um lugar onde puder confiar nas pessoas que o esconderem.

— E não existe lugar assim?

— Toda a região de Kinki está sob o controle dos Odas. Se Takatsugu conseguir um lugar onde haja gente de sua confiança, com sua determinação ele pode se salvar. Mas neste momento não existe lugar assim.

"Há sim", pensou secretamente Chacha. Se sua mãe se casasse com o senhor Shibata Katsuie, Takatsugu poderia vir se esconder com eles.

Ela sentia atração por Ujisato, pela sua coragem de guerreiro; mas agora, pensando em seu pobre primo, foragido depois de tentar restaurar o poder de sua família, Chacha percebeu que amava Takatsugu. Decidiu mudar de assunto:

— Muito bem, então direi a minha mãe que se case.

Esperou um pouco e acrescentou:

— Eu e minha família vamos viver em terras distantes ao norte; não o veremos de novo tão cedo, senhor Gamo.

A menina se manteve imperturbável ao lhe falar; era sua vez de ler no rosto do guerreiro as emoções quase imperceptíveis que suas palavras provocavam. Ainda disse:

— Peço-lhe desculpas por tê-lo feito vir até aqui só para isso.

Ujisato se levantou e se despediu com grande cerimonia, dizendo que levaria suas tropas de volta a Hino.

Na noite seguinte, Hideyoshi dirigiu-se a Nagahama, deixando o Castelo de Kiyosu. Os regimentos de Niwa Nagahide e de Gamo Ujisato o acompanhavam, criando em torno de seu exército uma barreira de proteção.

Nos dias que se seguiram, todos os vassalos do clã Oda que participaram dos debates voltaram a suas terras. Katsuie foi o último a deixar Kiyosu. Na noite anterior a sua partida, Chacha e suas irmãs puderam finalmente ver o guerreiro de 52 anos que elas iriam chamar de pai.

— O inverno é muito frio no norte. Vossas Senhorias deveriam partir antes da chegada do outono — aconselhou, com sua voz rouca.

Chacha e suas irmãs acharam que ele tinha mais idade. Ainda era alto e forte, mas a sucessão ininterrupta de batalhas já atingira este que antes chamavam de Shibata, o demônio. Parecia agora um demônio velho e cansado.

Chacha gostou dele à primeira vista. Gostava de sua fala lacônica, limitada ao mínimo indispensável, e de seu olhar, mais terno do que o de outros guerreiros. Além disso, Katsuie, talvez por ser tão alto, conservava sua impressionante postura; mesmo em seu quarto, o braço apoiado em seu *kyosoku*[29], ele tinha a expressão de um general discursando para seus soldados. Chacha agora acreditava que o pressentimento negativo que tivera ao saber desse casamento não passava de imaginação sua.

Decidiu-se que a cerimônia ocorreria no Castelo de Gifu, onde residiam Sanboshimaru e Nobutaka. Após o evento, Oichi e suas filhas iriam com Katsuie para o norte. Com essa determinação, Katsuie partiu para os combates contra o exército dos Uesugis.

Como o verão havia sido abrasador, esperava-se que o outono também fosse quente. O casamento de Oichi foi anunciado oficialmente para meados de agosto, e os presentes dos guerreiros começaram a chegar a Kiyosu.

Cerca de um mês depois, Oichi e suas filhas dirigiram-se a Gifu. Dez anos haviam se passado desde sua chegada a Kiyosu, após a queda de Odani. Nesses períodos, Chacha e Ohatsu haviam saído do castelo duas vezes, para ir a Azuchi; Oichi e Ogo atravessavam pela primeira vez as muralhas de seu local de exílio.

Sete liteiras levavam as princesas, sua mãe e as damas de honra, escoltadas por dezenas de samurais. Saíram de Kiyosu em direção a Gifu com uma rapidez que não condizia com o cortejo de uma

---

29. Apoio para o braço. Pequeno móvel, semelhante ao braço de uma poltrona, em que se repousa o cotovelo quando se está sentado no tatame.

noiva. O casamento foi celebrado logo após sua chegada a Gifu, onde Katsuie já as esperava havia dois dias.

Chacha imaginara uma festa grandiosa, mas o casamento de sua mãe foi simples, realizado em uma peça isolada do castelo, como se fosse uma cerimônia secreta. Além de Nobutaka, encontravam-se ali alguns generais que Chacha não conhecia; a presença deles na cerimônia destoava, dando-lhe uma aparência militar. Oichi vestia um quimono branco de noiva, com o emblema do *saiwaibishi*[30]; estava tão bela que, aos olhos de Chacha, parecia transformada. Porém, após observá-la durante mais tempo, a filha reconheceu no olhar da mãe um véu de tristeza, que ela carregaria para sempre.

No momento da troca de brindes, Chacha virou o rosto para não ver Katsuie, levemente curvado, devido a sua altura, oferecer a taça a sua mãe, que a tomou de sua mão frágil, quase transparente. Havia algo que a perturbava naquela cena de uma mulher vestida de noiva que, por um gesto, se unia até à morte a um guerreiro mais velho. Sentiu de novo aquele pressentimento negativo, que a assaltara no início do projeto desse matrimônio.

Após os brindes, Oichi se voltou, calma, para suas filhas. O pequeno sorriso que lhes dirigiu parecia dizer: "Agora não tem mais volta. Para o bem ou para o mal, nossa sorte está decidida." Ohatsu e Ogo sorriram para sua mãe; Chacha se manteve impassível.

Depois da cerimônia, foi oferecido um jantar formal e breve. Em seguida, Chacha e suas irmãs foram levadas a outra peça para descansar.

Ao contrário do plano inicial, que era de Oichi ir com Katsuie e suas filhas em direção ao norte após o casamento, o noivo partiu no dia seguinte sozinho, vestido para a guerra, encabeçando seus soldados. A pressa e a discrição com que a cerimônia fora realizada, e a célere partida do guerreiro para o norte, onde tinha terras, indicavam que a batalha se aproximava.

---

30. Emblema tradicional, composto de quatro flores em forma de losango, considerado de bom auspício.

Quatro ou cinco dias mais tarde, as liteiras das mulheres deixavam o Castelo de Gifu, protegidas por cinquenta samurais, em direção ao norte. Era início de outubro.

No terceiro dia após a saída de Gifu, passaram pela aldeia do Castelo de Odani. Chacha levantou a cortina e, ao sabor do balanço da liteira, passeou os olhos pelas paisagens daquele lugar, onde vivera até os seis anos de idade. Quase nada restava do castelo, que antes ocupava o topo do morro, apenas as muralhas externas de pedra. Os três prédios e suas paliçadas haviam sido incendiados na batalha em que a casa de Azai perecera. Hideyoshi mandara levar as pedras que sobraram para a construção de seu próprio castelo, em Nagahama, e apenas o morro de Toragoze, coberto de jovens pinheiros e de bambus anões, não parecia mudado. As casas da aldeia, construídas ao redor das muralhas, haviam sido abandonadas, e a maioria da população se mudara para Nagahama. Aqui e ali, uma construção maior se erguia, desolada, testemunha de uma época já passada.

Em dez anos, muito havia mudado. A casa de Azai não mais existia, nem o clã dos Takedas. Nobunaga, o vencedor, morrera pela própria espada, e a casa de Oda tinha destino incerto. Ao passarem pelo lugar onde antes ficava o portão principal, Chacha pediu para apear. O samurai a quem ela fizera esse pedido dirigiu-se à vanguarda do cortejo e voltou em seguida com a resposta:

— Nossa viagem é longa, não podemos parar.

Chacha ficou pensando se a decisão de não parar devia-se aos sentimentos de sua mãe ou ao respeito dos soldados por esses sentimentos.

Chacha imaginava sua mãe em outra liteira mais adiante. Ela devia ter muitas lembranças dolorosas desse lugar, mais ainda do que as suas, e provavelmente não queria reacendê-las. O clã inteiro dos Azais, começando por seu marido e seu sogro, assim como todos os seus vassalos, haviam encontrado a morte nesse castelo.

— Quero caminhar um pouco. Por favor, deixe-me apear, posso ir sozinha. É por pouco tempo.

Chacha se dirigia ao mesmo samurai; este mandou que retirassem sua liteira da fila e que a depusessem no acostamento. Chacha desceu e tocou com os pés, pela primeira vez em dez anos, sua terra natal. Ali, estavam protegidos do sol por um espesso bambuzal, e o solo se encontrava coberto de cristais de gelo ainda não derretidos. Ficou algum tempo com os pés no chão gelado; depois, o vento glacial levou-a de volta à liteira, agora contente de haver caminhado, nem que fosse um pouco, na terra de seu pai.

Nessa noite, o cortejo pousou em Kinomoto. Mais soldados se juntaram ao grupo, e a etapa seguinte, de cerca de 64 quilômetros[31], foi mais animada do que a do dia anterior. Ao longo do caminho, viam-se camponeses, as cabeças curvadas nos arrozais. Nos dias seguintes, ao passarem por Imajo, Fuchu e outros entrepostos, mais tropas engrossaram o cortejo. Saindo de Fuchu, chegaram enfim a Kitanosho. Nesse dia, um sol fraco brilhava no firmamento; às vezes, o céu se cobria e caíam saraivadas, pancadas de granizo, que repicava de forma barulhenta no solo negro, com uma violência que não havia a leste, perto do mar. As baixadas e os montes também mudavam, adquirindo os contornos duros da costa do norte. Chacha sentia o coração escurecer quando via, de sua janela, essas paisagens severas.

— Princesa, castelo à vista! — disse de repente um cavaleiro, erguendo a cortina de sua liteira sem avisar, gesto de uma indizível falta de educação.

Chacha lançou um olhar glacial de reprovação sobre o jovem samurai, que estava junto a sua liteira, mais ou menos na metade do cortejo. Via o jovem pela primeira vez, não parecia ser de patente mais alta do que a dos soldados que até então a escoltaram. Deixou para mais tarde a tarefa de descobrir quem era aquele homem, e olhou para frente, tentando avistar o castelo.

Encontrava-se mais perto do que imaginara. Era um castelo enorme, os nove andares de seu telhado erguiam-se altos no céu. Essa robusta cidadela, desprovida de decoração, dava uma impressão de triste austeridade. Ficava no meio de uma baixada, e o céu sobre ele acentuava o ar tristonho das redondezas. Incontáveis medas de arroz

---

31. No original, 16 *ri* (1 *ri* = 3.927 metros).

secando em cavaletes espalhavam-se pela planície; ao norte, bandos de pássaros dançavam no céu, como poeira no ar.

Chacha, sem dizer palavra, deu ordem com o olhar para o jovem abaixar a cortina. Ele obedeceu com uma inopinada docilidade. Era Sakuma Morimasa, um guerreiro famoso por sua bravura, sobrinho de Shibata Katsuie.

Na noite de sua chegada ao Castelo de Kitanosho, Katsuie, Oichi e suas três filhas puderam desfrutar de um momento em família, em uma sala da torre de menagem. Para Chacha, era como se o novo pai fosse um homem muito diferente do Katsuie que conhecera em Kiyosu. Ele concordava, sorrindo e balançando a cabeça, como um velhinho bonachão, com tudo que as mulheres diziam.

Chacha observou suas mãos, sempre pousadas sobre os joelhos; tinham manchas escuras de velhice, e eram muito grandes, com dedos grossos. Ela se perguntou se todas as mãos de guerreiros que passaram a vida em armas se pareciam com aquelas.

Naquela noite, ocorreu um pequeno incidente. Um mensageiro se aproximou, trazendo uma carta para Katsuie. Este a leu diante da esposa e das filhas, mas enquanto lia seu semblante ia se fechando.

— É um macaco! — escapou-lhe o insulto, como um gemido. — Hideyoshi decidiu sozinho organizar no dia 11 o funeral do grande senhor.

Depois de ler a missiva, Katsuie estava alterado; não era mais um velho bonachão, o sangue lhe subira ao rosto, escurecendo-o.

— O funeral do meu falecido irmão?

— Sim, começa dia 11 e continua mais alguns dias, no templo Daitokuji. Bem coisa daquele Hideyoshi. Dizem que a capital está em polvorosa.

Nesse instante, imagens de Kyoto, que ela não conhecia, apresentaram-se ao espírito de Chacha. Em sua imaginação, a capital era de um grande esplendor, mais ainda pelo contraste com as coisas rústicas daquele local, coberto de neve, isolado ao norte. Kyoto lhe parecia inacessível. Comparado a quando viviam em Kiyosu, dali era necessário passar por muito mais rios e montes para chegar até a capital. E era lá, na distante Kyoto, que aconteceria o funeral de seu tio! Chacha não pensava no lado fúnebre da cerimônia, apenas na agitação e no esplendor dos eventos.

— Esse macaco desgraçado afastou todos os vassalos do senhor Nobunaga, enviando-os a suas terras, com planos de celebrar sozinho esse funeral! — resmungou Katsuie, chamando em seguida uma dama de honra e ordenando que conduzisse Oichi e suas filhas a outro aposento.

Do dia seguinte em diante, as quatro permaneceram encerradas em uma peça do castelo. Chovia sempre. Ao contrário do que acontecia em Kiyosu, ali não havia visitas para distraí-las; e os jardins tinham apenas pinheiros altos como aqueles dos bosques montanhosos, cujos galhos mais altos farfalhavam à noite sob os golpes da brisa marinha.

Ohatsu, a mais falante das três meninas, permanecia calada; Ogo, de costume silenciosa e tristonha, continuava fechada. Não estavam sempre com Oichi, e Chacha tomou naturalmente seu lugar, cuidando das irmãs mais novas.

Quando viviam em Kiyosu, as notícias do mundo raramente lhes chegavam; ali, tinham mais acesso ao que se passava lá fora. Os samurais que visitavam de vez em quando o castelo, ou seus atendentes, traziam notícias do exterior. Ficaram assim sabendo de como se passaram as pompas fúnebres de Nobunaga no Daitokuji. Todos lhes relatavam que, desde o dia 11 de outubro, centenas de monges budistas recitavam os sutras; que para a passagem do féretro, no dia 15, paliçadas de bambu haviam sido erguidas ao longo da estrada que levava do Daitokuji a Rendaino, onde o senhor da guerra teria seu repouso final; e que ao longo do cortejo se formara uma multidão de dezenas de milhares de pessoas.

Naquele lugar, ninguém escondia sua inimizade para com Hideyoshi. Todos acreditavam que Katsuie, com o apoio de seus aliados, Maeda Toshiie, Takigawa Kazumasu, Sassa Narimasa, Nagachika Kanamori, e em acordo com Nobutaka em Gifu, iria, mais dia menos dia, organizar um exército para subjugar Hideyoshi. Em geral, elas primeiro ouviam o boato de que houvera uma batalha, seguido mais tarde de detalhes factuais. O aumento da frequência de visitas de guerreiros a Kitanosho também confirmava esses rumores.

Ao final de outubro, militares de todas as províncias do norte, reunidos no castelo, realizaram uma assembleia de três dias. Após as deliberações, Maeda Toshiie, Sassa Narimasa e Nagachika Kanamori foram para o oeste, onde estava Hideyoshi. Os três daimiôs tinham a incumbência de apresentar uma proposta para resolver as desavenças entre Katsuie e Hideyoshi, para que as duas facções pudessem de novo cooperar e proteger juntas o jovem herdeiro de Nobunaga. No dia 10 de novembro, Maeda Toshiie e os outros estavam de volta a Kitanosho.

Então se espalhou o boato de que a crise havia sido contornada com dificuldade. Todavia, mal se passara um mês, soube-se que Hideyoshi sitiara o Castelo de Nagahama, no intento de conquistá-lo. Esse castelo fora colocado sob a proteção de Katsuie, de acordo com as deliberações de Kiyosu. Shibata Katsutoyo, filho adotivo de Katsuie, estaria defendendo Nagahama, mas em seguida disseram que se rendera a Hideyoshi. Após esse incidente, as idas e vindas do castelo se intensificaram. Todos os dias, Chacha ouvia rumores de envio de emissários a Tokugawa Ieyasu ou a Uesugi Kagekatsu, inimigos eternos de Katsuie, agora engajados nas negociações de paz entre as partes do conflito.

O acontecimento mais importante daquele ano 10 do período Tensho foi a tomada da província de Mino por Hideyoshi, com um exército de trinta mil soldados. Diversos castelos da região foram tomados por ele, que agora sitiava o de Gifu. Sanboshimaru fora sequestrado da guarda de Nobutaka e levado a Azuchi, sob a tutela de Nobukatsu. Quando essa notícia chegou a Kitanosho, um metro de neve cobria o castelo, impedindo que Katsuie partisse com seu exército, ainda que os acontecimentos fossem da maior gravidade. Nessa época, Katsuie tornou-se ainda mais taciturno e desenvolveu o hábito de passar horas sozinho. Ficava sentado na vigia, no alto da torre de menagem. Um dia, numa curva do caminho de ronda, Chacha encontrou-se cara a cara com seu padrasto, que se dirigia à torre de ângulo noroeste.

— Então, princesa, a senhorita não está se entediando, presa num castelo isolado pela neve?

Chacha hesitava, sem saber o que responder, e antes que o fizesse o velho convidou-a a subir com ele até a guarita. Seguiu-o na escada sem luz até o alto da pequena torre.

Do alto da guarita, via-se a baixada coberta de branco até o horizonte. A noroeste, existia um pequeno morro, pelo qual passava um arroio, único traço azulado nessa alva paisagem. Ao norte se via o Mar do Japão, mas nas outras direções havia apenas montes vestidos de neve ao final da planície. Katsuie apontava as montanhas e as nomeava, mas, com exceção do monte Hakusan[32], Chacha não entendeu qual tinha que nome.

— A senhorita precisa ter paciência. A partir de março, não vai nevar mais; já em meados de fevereiro o tempo começa a virar — disse Katsuie, os olhos fixos em um ponto da baixada.

Depois de um momento em silêncio, continuou:

— Tem que esperar até fevereiro, até meados de fevereiro.

Chacha ergueu a cabeça e contemplou seu padrasto. Já não falava com ela; murmurava para si mesmo.

— O senhor vai partir para a batalha em fevereiro, meu pai?

Katsuie voltou-se, surpreso, para Chacha.

— Sim, talvez — disse, sem sorrir. Então, com os olhos fixos nos de Chacha, perguntou: — A senhorita detesta guerra, não é?

— Não — disse Chacha, negando com a cabeça. — O que eu detesto é a derrota.

— Mas isso todo o mundo detesta! — disse Katsuie, rindo alto pela primeira vez. — A senhorita não está com frio? Vamos voltar.

Em seguida, deu meia-volta e se pôs a caminhar. Observando Katsuie de costas, Chacha achou na sua figura solitária e orgulhosa algo que lembrava seu avô, Hisamasa, o responsável pela queda do Castelo de Odani.

———

32. Os caracteres do nome desse monte querem dizer "montanha branca".

No dia 2 de janeiro, realizou-se um banquete de Ano-Novo no castelo isolado pela neve. Emissários das fortalezas da costa norte do Mar do Japão vieram participar. A festa estava animada, cheia de risadas e gritos dos samurais. Chacha, sua mãe e suas irmãs compareceram. Apesar da atmosfera de brutalidade, as mulheres se divertiram naquele dia, algo raro para elas, enclausuradas a maior parte do tempo.

De vez em quando, o barulho morria e reinava o mais rígido silêncio; alguém executava uma dança de nô. Os guerreiros bêbados, sentados lado a lado, continham-se em respeito ao espetáculo, que observavam embasbacados. Eles tinham uma doçura e uma devoção especial, características dos soldados do Norte.

Chacha não tirava os olhos de Sakuma Morimasa. No início do banquete, esse jovem e alto guerreiro se sentara ao lado de seu padrasto; depois, juntara-se à soldadesca e entornava um copo de saquê atrás do outro. Em dado momento, fora se sentar diante de Chacha e lhe pediu que servisse mais bebida.[33]

Recusando atender-lhe o pedido, Chacha olhou para o lado com um ar glacial.

— Partimos em campanha em fevereiro. Só sei que viverei até lá. A senhorita vai me recusar a bebida, que levarei como última lembrança deste mundo? Morimasa vai morrer! Em meados de fevereiro, Morimasa estará morto!

Chacha não respondeu. Detestava aquela atitude do samurai, como se estivesse se vangloriando da morte.

— Como assim, morrerá? Por quê? — disse Chacha, maldosa, depois de alguns instantes.

— Para que a princesa possa passar dias tranquilos aqui neste castelo.

— E por que deve morrer para que eu passe meus dias tranquilos?

E, com os olhos lúcidos por uns poucos segundos, Morimasa disse:

---

33. No Japão, deve-se aguardar que alguém nos sirva a bebida. É considerado como falta de educação se servir sozinho.

— Não há como vencer Hideyoshi sem que Morimasa seja morto. Para ser sincero, queria que houvesse dois Morimasas.

Desistindo de pedir saquê a Chacha, o guerreiro se levantou e voltou à companhia dos militares de menor patente.

Chacha saiu da sala de banquete depois da última dança de nô. Tomou um corredor que levava a seus aposentos, diante do qual encontrou Ohatsu, que foi correndo a seu encontro assim que a viu:

— O senhor Takatsugu...

— O que tem ele? Ele está aqui? — perguntou Chacha, olhando fixamente para Ohatsu.

— Sim, está falando com a senhora nossa mãe.

— Entre então, por que você não entra?

— Mas...

Não havia o que convencesse Ohatsu a entrar. Chacha foi sozinha.

Takatsugu estava sentado diante de sua mãe, em postura formal, mãos sobre os joelhos. Vestia roupas simples e parecia exausto, mas o olhar que dirigiu a Chacha era o mesmo de sempre, o do herdeiro da casa dos Kyogokus. Havia em seu olhar toda a violência de um rebelde e nenhuma indicação de que fosse um fugitivo.

Chacha sentou-se diante dele, a cabeça um pouco abaixada, sentindo seu coração bater. Takatsugu, o rosto imóvel, não interrompeu a conversa com Oichi:

— Quando a visitei em Kiyosu, pedi que me indicasse o caminho a seguir. Hoje venho aqui fazer a mesma coisa.

Somente então dirigiu o olhar à prima. Oichi, rosto encoberto pela manga do quimono, respondeu:

— O senhor não tem por que esconder que está aqui. Levarei seu pedido ao senhor meu esposo.

Após um silêncio, Takatsugu dirigiu-se a Chacha:

— A senhorita pensava que eu estava morto?

— Não, nunca. Tinha certeza de que estava vivo. E o senhor Gamo Ujisato disse-me que o senhor não morreria até restabelecer sua casa.

— Gamo Ujisato? — murmurou Takatsugu. — E quando a senhorita o viu?

— Logo após o Incidente de Honnoji.

— Se ainda estou vivo, não é pelos motivos que lhe apresentou Ujisato — disse Takatsugu, triunfante.

— Mas, então, por que razões? — Chacha levantou o olhar, como se perguntasse silenciosamente. Encontrou os olhos de Takatsugu, cheios de uma luz obstinada e triste.

— Se me recusei a morrer, não foi para restaurar a honra da minha casa.

— Mas, então, por quê?

Takatsugu calou-se. Talvez seja por minha causa, pensou Chacha, o coração apertado. De repente, Takatsugu pareceu-lhe desprezível. Queria dizer: "Sinto muito, mas o senhor está enganado, meu primo." Porém, resistiu ao impulso de sair da sala, depois de lhe jogar as palavras à cara.

Desde esse dia, Takatsugu foi viver como hóspede num canto isolado do Castelo de Kitanosho. Ohatsu e Ogo, entediadas, iam visitá-lo com frequência, e o próprio Takatsugu vinha às vezes aos aposentos das princesas, mas Chacha não se dignava a ficar conversando com ele. A aura de glória e de honra com que ela vestira por tanto tempo aquele primo parecia agora desvanecida.

A partir de fevereiro, diminuiu a precipitação de neve. Hideyoshi, instalado desde o início do ano no Castelo de Himeji, entrou em Kyoto, depois em Azuchi, e no dia 9 de janeiro ordenou a mobilização de todos os seus exércitos. Queria derrotar Takigawa Kazumasu. No dia 7 de fevereiro, suas tropas se puseram em marcha. A notícia chegou a Kitanosho dez dias depois.

Ainda bloqueados pela neve, os guerreiros realizaram diversos debates, para decidir o momento mais favorável ao contra-ataque. Todas as noites, acendiam-se fogueiras de campanha nas muralhas do castelo, e viam-se guerreiros em armas aquartelados em toda parte. Finalmente, no dia 28 de fevereiro, o rufar de tambores e as fanfarras de búzios anunciaram de forma majestosa o toque de prontidão. Hideyoshi tomara o Castelo de Nagahama; em seguida, celebrara aliança com Nobutaka; e agora atacava Takigawa, aliado de Katsuie. Este não podia mais esperar sem nada fazer. Do alto das guaritas, viam-se milhares de carregadores abrindo caminho na neve. Era necessário varrer as estradas até Yanagase, a muitas centenas de quilômetros do castelo. Era lá que haveria batalha.

Na manhã de 2 de março, o primeiro contingente se pôs em marcha, liderado por Sakuma Morimasa. A crer em suas palavras no banquete de Ano-Novo, ele estava indo em direção à morte. Chacha e suas irmãs subiram à torre de vigia para assistir a sua partida. O pelotão era uma estreita fila na baixada coberta de neve. A figura do jovem guerreiro, a cavalo na vanguarda, ficou impregnada nas retinas de Chacha.

Dois dias mais tarde, foi Katsuie quem partiu de Kitanosho, encabeçando vinte mil soldados, os seus e os de Maeda Toshiie. Dessa vez, Chacha foi com a mãe e as irmãs até o portão do castelo, onde havia muita agitação, para presenciar a partida do padrasto. O guerreiro de 53 anos fazia boa figura em seu corcel. Costas retas, ele se foi sem se voltar uma única vez em direção a sua esposa e suas enteadas. Duas horas foram necessárias para que o exército inteiro passasse pelo portão. Depois da partida dos regimentos, Oichi, Ohatsu e Ogo se recolheram aos seus aposentos. Apenas Chacha ficou para trás, caminhando na neve pisoteada no pátio central, subitamente deserto. Depois tomou o caminho de ronda até os jardins, onde viu Takatsugu, que vinha da direção contrária. Curvou-se em cumprimento e ia tentar escapar, quando o ouviu chamá-la:

— Princesa!

As pernas de Chacha se negaram a continuar.

— A batalha que ocorrerá é decisiva para a senhorita e sua família.

Chacha fitou-o nos olhos, sem saber sua intenção. Permaneceu calada. Após um momento de silêncio, Takatsugu continuou:

— Dizem que a vitória e a derrota são a sina do guerreiro. A senhorita deve estar preparada para o pior.

— Para a derrota, o senhor quer dizer. Já tomei minha resolução.

— E posso saber qual é?

— Seguirei o mesmo destino que o castelo.

— Então, por que não fez isso quando da queda de Odani?

— Eu era uma criança.

Com o rosto erguido, Chacha encarava seu primo. Talvez o matrimônio com o senhor Shibata tivesse sido a perdição de sua família. Mas disso ela sempre soube. Por outro lado, sua decisão de aconselhar a mãe a favor do casamento fora tomada com Takatsugu em mente. Ela decidira por causa daquele rosto triste, que escolhera a vida de foragido a ter de suportar a desonra da extinção de sua casa. Aquele rosto fora para Chacha a mais bela coisa do mundo, e ela estivera pronta para enfrentar todas as torturas do destino, junto com sua mãe e irmãs, se isso ajudasse Takatsugu a atingir seus objetivos. Foi então que compreendeu que o amor que tivera pelo rapaz havia se transformado em ódio. Sentia-se traída por ele.

— Não se passaram seis meses desde que a senhora sua mãe se casou. A senhorita não tem por que demonstrar tão profunda lealdade a este castelo.

— E o senhor me aconselha a fugir? Os soldados deste castelo partiram em direção à morte, para proteger nossa tranquilidade.

— À morte? À morte, diz a senhorita? Mas eu também estou pronto para me entregar à morte!

Chacha reviu o brilho do olhar de seu primo, e essa luz parecia envolvê-la. Fugindo daqueles olhos, procurou depressa se distanciar.

De volta a seus aposentos, disse a Ohatsu:

— O senhor Takatsugu veio visitar você.

E observou com perverso prazer o rosto de sua irmã se enrubescer até as orelhas à menção daquele nome.

Sakuma Morimasa partiu com o primeiro batalhão. No dia 5 de março, chegou à província de Omi, acampando perto de Yanagase. Katsuie chegou lá dia 9, e fincou a estaca de seu quartel no monte Uchinakao. Depois, mandou que construíssem baluartes ao sul e esperou a chegada de Hideyoshi.

No dia 17, Hideyoshi surgiu com suas tropas nas redondezas de Yanagase, mas tiros não foram trocados. Seu exército também ergueu construções de defesa e posicionou-se diante das forças de Shibata e de Maeda.

Todos os dias, o Castelo de Kitanosho recebia mensagens do campo de batalha, mas as notícias giravam sempre em torno de problemas menores, como o fornecimento de víveres ou de equipamento. Não havia informação sobre as operações em si. Pouco a pouco, diminuía a tensão no castelo, e foi nesse estágio que começou o mês de março. As nevascas se fizeram mais raras, e o sol, ainda fraco, anunciava a aproximação da primavera, aquecendo a terra congelada. Em meados do mês, alguns passarinhos apareceram nos jardins do castelo, trinando timidamente. Chacha indagava a todos os nomes desses animais, mas ninguém sabia.

Foi só em 20 de março que um mensageiro a cavalo trouxe, a toda brida, notícias do campo de batalha. Shibata e Maeda haviam dado início ao assalto, aproveitando uma fenda na formação do exército de Hideyoshi, que se deslocava em direção a Gifu, para tomar o castelo de Nobutaka. O mensageiro partira na noite anterior, quando o exército inteiro estava envolvido nos preparativos do combate.

No dia seguinte, outros dois mensageiros a cavalo vieram anunciar vitórias esmagadoras do exército de Sakuma Morimasa. Porém, por volta da meia-noite, um terceiro mensageiro trouxe a notícia inesperada de que Morimasa fora derrotado, e que o exército de Katsuie estava em debandada. Havia ordens para que o pessoal do castelo se preparasse para o caso de ser sitiado.

Então, uma grande desordem se instalou em todas as partes do castelo, menos nos aposentos de Oichi e de suas filhas. Chacha pressentia que se aproximava finalmente o inevitável destino.

Cerca de uma hora após a chegada do mensageiro que anunciou a derrota de seus aliados, podiam-se ver ao longe as figuras dos soldados em retirada, vindos do campo de batalha, no claro crepúsculo de fim de primavera sobre a estrada do norte. Entraram na aldeia do castelo com passos incertos, em grupos de três ou quatro. Alguns pertenciam ao batalhão de Sakuma Morimasa; outros, ao exército de Katsuie.

Os soldados se reagruparam no largo em frente à entrada do castelo, onde receberam o que comer. Os samurais, depondo suas armas quebradas, rodeavam como cães famintos os caldeirões de comida. Depois de matarem a fome, caíram exaustos e dormiram ali mesmo.

Os guerreiros contavam que os inimigos, perseguindo os soldados em retirada até as imediações de Fuchu, formavam massas tão compactas de gente nas estradas que não era mais possível distinguir amigos de inimigos. Disseram também que essa desordem não tardaria a atingir os caminhos do norte. Ninguém sabia dizer onde e como o exército fora derrotado.

Os regimentos de guarda do castelo cogitavam uma única explicação: Hideyoshi devia ter organizado um ataque surpresa, e a vanguarda de seu exército devia já estar se aproximando da província, em direção ao castelo. Ninguém sabia se Katsuie, o comandante geral do exército, ainda estava vivo, nem se Sakuma Morimasa morrera ou não na batalha.

Oichi e suas filhas começaram os preparativos para a fuga. Katsuie podia chegar a qualquer momento, dando ordens para abandonar o castelo. Enquanto se ocupavam às pressas com esses afazeres, um samurai veio avisá-las de que Katsuie acabara de chegar à aldeia do castelo. Oichi e suas filhas saíram no mesmo instante de seus aposentos e, cortando caminho pelo jardim, atravessaram o pátio central, o grande portão, e chegaram à entrada do castelo. Estava tão escuro ali fora como dentro do castelo. O único lugar iluminado em toda a muralha era a impressionante entrada, em torno da qual se via a luz avermelhada das fogueiras a céu aberto. Viram em seguida, à luz bruxuleante, um grupo de oito cavaleiros e cerca de quarenta soldados de infantaria, que vinham em direção ao fogo. Os homens a cavalo apearam. Não tinham mais bandeiras nem distintivos. Seus gestos e atitudes severas lembravam os de um grupo de samurais chegando a uma reunião secreta, não os de um exército em retirada, pois não tinham uma aparência que despertasse compaixão.

Chacha não tirava os olhos de seu padrasto, que vinha a seu encontro, iluminado parcialmente pelas fogueiras, com a lança quebrada na mão. Era um retorno triste e solitário, comparado à sua partida cinquenta dias antes, encabeçando vinte mil homens, campeando seu corcel na neve. Ela se perguntou aonde haviam ido parar todos os valentes soldados que então o acompanhavam.

— O macaco nos armou uma cilada — disse Katsuie, dirigindo-se às quatro mulheres.

O envelhecido general daquele exército derrotado mantinha o rosto impassível. Não tendo o que dizer em consolo, Oichi e suas filhas permaneceram caladas.

Em seguida, Katsuie dirigiu-se com alguns guerreiros ao grande salão da torre de menagem. Oichi o seguia; Chacha e suas irmãs foram para seus aposentos, que ficava em outro prédio.

Algum tempo depois, as damas de honra começaram a murmurar que o castelo já se encontrava sitiado e que era tarde demais para fugir. Naquela noite, as meninas dormiram mal, angustiadas, em futons estendidos lado a lado, como sempre, no quarto que lhes fora designado.

Ogo foi a única a pegar logo no sono. Chacha invejava-lhe a personalidade calma (para não dizer insensível), que lhe permitia dormir em tais circunstâncias.

Sabia que Ohatsu, a seu lado, também custava a pegar no sono. A menina se erguera por um momento, sentada no futon, mas se deitara de novo. Depois de muito tempo, sentou-se de novo, fazendo menção de se levantar.

— Você não vai dormir? — perguntou Chacha.

Ohatsu resmungou qualquer coisa e se deitou de novo. Passou-se mais um momento e Ohatsu perguntou:

— E o que vai acontecer com o senhor Takatsugu?

Foi então que Chacha compreendeu o que estava angustiando Ohatsu, e respondeu com frieza:

— Não precisa se preocupar com ele, a essa altura já deve estar pensando em fugir.

Chacha também tivera pensamentos semelhantes aos de Ohatsu. Pensara no que aconteceria com ele, escondido naquele castelo que estava prestes a ser invadido. No entanto, como a questão fora levantada por Ohatsu, a única resposta que encontrara havia sido essa observação maldosa.

Ainda assim, dissera a verdade. Chacha acreditava realmente que Takatsugu planejava a fuga, pois, desde o dia em que Katsuie partira para a batalha, ele já devia estar considerando a possibilidade de que o castelo viesse a cair. Afinal, Takatsugu a aconselhara a também se preocupar em se salvar. Além disso, ele não seria o único a pensar em fugir. Naquele momento, todos no castelo deveriam estar pensando algo semelhante.

Depois dessa breve troca de palavras, as duas irmãs se entregaram aos seus pensamentos solitários no escuro. Não sabiam quanto tempo se passara. De repente, Ohatsu ergueu a cabeça de seu travesseiro, em reação a um som de algo batendo contra a porta de correr que dava para o jardim. Chacha também ouvira o ruído. Depois de um instante de silêncio, escutaram mais duas ou três batidas leves.

Ohatsu se levantou:

— Quem pode ser?

Chacha já sabia que só podia ser Takatsugu. Levantou-se também. As duas irmãs, como haviam se deitado vestidas, puderam sair com rapidez à varanda.

— Quem é? — perguntou Chacha, com a voz baixa.

— É Takatsugu. Desculpem-me ter vindo assim no meio da noite, mas é urgente — disse uma voz abafada que vinha do jardim, do outro lado da porta.

Ohatsu abriu uma fresta. Encerradas em seu quarto, elas não haviam notado, mas a atmosfera no castelo estava diferente do habitual. Na escuridão, ouviam-se vozes, cavalos relinchando, armas sendo manejadas, passos que iam e vinham. Escondido pela noite, por entre toda essa agitação, Takatsugu encontrava-se ali em pé diante delas, a menos de dois metros da porta.

— Vim me despedir. Vou fugir hoje à noite mesmo — disse o jovem, sem demonstrar nenhuma vergonha. — Mas vocês não correm nenhum risco. Se o castelo vier a cair, Katsuie não exigirá que morram com ele. E Hideyoshi...

Mas não terminou a frase. Depois disse:

— Por isso, gostaria que vocês evitassem tomar medidas precipitadas. O castelo logo estará nas mãos de nossos inimigos, mas é melhor vocês ficarem quietas em seu quarto. É isso que vim lhes dizer.

— Agradeço a bondade. Seja prudente, você também. Você já sabe aonde vai? — perguntou Chacha.

Além desse castelo, não lhe ocorria nenhum outro lugar onde Takatsugu pudesse encontrar refúgio. Hideyoshi mandaria encurralá-lo em todo o país.

— Só me resta fugir para Wakasa por algum tempo.

Tatsuko, a irmã mais velha de Takatsugu, casara-se com Takeda Motoaki, daimiô da província de Wakasa.

— Creio que um dia nos veremos de novo. Quando vocês menos esperarem, eu voltarei a lhes pedir refúgio — disse Takatsugu.

— Isso me deixaria muito feliz, mas duvido que... — começou Chacha, mas seu primo a interrompeu com certo sarcasmo:

— Por quê? Não me diga que você está pensando em se matar! Nesses tempos difíceis, não teríamos vidas suficientes se as pessoas se matassem sempre que alguém perdesse uma batalha! Minha tia casou-se com o senhor deste castelo há apenas seis meses. Quero que ela e vocês saibam que devem se manter longe desses pensamentos ridículos. Eu, Takatsugu, vou viver! Se me sobrasse na terra apenas uma árvore ou uma touceira para me esconder, eu não desistiria de minha vontade de sobreviver.

Pronunciara as últimas palavras com orgulho. Em seguida, como se tivesse dito tudo o que viera dizer, curvou levemente a cabeça e se despediu das primas:

— Até logo — deu meia-volta e desapareceu na escuridão.

Chacha e Ohatsu ficaram ali um pouco, junto à porta, confusas. A irmã mais nova foi a primeira a falar, com a voz triste:

— E o que vai ser da gente?

— Não sei. Não temos outra escolha, nosso destino será o mesmo do castelo — respondeu Chacha, um pouco para si mesma.

— Não, não quero que seja assim! — gritou Ohatsu, sacudindo a cabeça.

— Não adianta dizer que não quer, a gente não tem escolha. Fazemos agora parte da casa de Shibata. É natural que os membros da família sigam o senhor em sua morte.

— Não, não quero morrer.

— Bom, se você tem assim tanto medo da morte, vá atrás de Takatsugu e fuja com ele — disse Chacha, com crueldade, enquanto voltava ao futon com o intuito de dormir.

Ogo continuava dormindo, sem desconfiar do que acontecia. Chacha pensou que a menina era a única que dormia em paz no castelo naquela noite. Ouviu os soluços de Ohatsu, ao lado de Ogo. Chorava de tristeza pela fuga de Takatsugu, ou porque tinha medo do destino que as aguardava? Chacha não sabia. Ohatsu provavelmente também não. Os acontecimentos recentes haviam sido demais para seu coração de catorze anos.

Chacha queria ter o mesmo destino que sua mãe. Se esta vivesse, ela também viveria; se decidisse se matar, ela o faria também. Ao perceber que em nenhum momento de seu raciocínio pensara no padrasto, encheu-se de tristeza. Lembrou-se da figura de Shibata Katsuie, algumas horas antes, ao chegar à entrada do castelo, apeado de seu cavalo. A visão do velho guerreiro a deixara com o coração apertado, sem que soubesse por quê.

Mal adormeceu, acordou sobressaltada. Ainda estava escuro lá fora. As damas de honra entraram no quarto, vestidas para o combate. A roupa parecia dar-lhes coragem, mas tinham pânico no rosto.

— As forças inimigas tomaram posição no monte Asuwa. Não há mais ninguém aqui para nos defender. O que vai ser de nós? Dizem que o castelo não aguenta nem mais um dia — desesperavam-se as mulheres.

Chacha atravessou o jardim em direção às muralhas com a intenção de ir à guarita. No caminho, passou por cavalos abandonados, com as rédeas soltas, e por alguns soldados feridos que tinham acabado de chegar ao castelo, provavelmente após longas jornadas. Ao se aproximar da torre de vigia, cruzou com guerreiros que corriam apressados em todas as direções. Atravessou com rapidez a confusão e, quando começou a subir a torre, um samurai a deteve em tom de reprovação:

— Princesa, aí é perigoso, volte para seus aposentos.

— Vou apenas dar uma olhada lá em cima. Eu já volto. Queria ver a paisagem pela última vez.

O guerreiro recuou calado, como se temesse suas palavras.

Ao olhar por uma das seteiras da guarita, Chacha viu a leste o monte Asuwa, próximo ao castelo. No topo do monte, havia uma floresta de estandartes, que pareciam tão próximos que quase se poderia tocá-los com a mão. Isso significava que Hideyoshi estava em alguma parte daquela colina. Chacha lembrou a figura daquele guerreiro baixo, astucioso, que ela vira apenas uma vez, no ano anterior. Não podia crer que aquele homem a perseguira tão depressa, primeiro derrotando seu pai, e agora sitiando o castelo onde se encontrava.

Lembrou-se do dia em que dissera a Katsuie que não detestava a guerra, apenas a derrota. Mas todos odeiam perder, ele respondera rindo; naquele dia, no entanto, era ele quem carregava o imenso fardo daquela ruína. Chacha gostava do velho guerreiro; porém, ao pensar agora na sua aparência, suas grandes mãos, seu rosto sempre enrubescido, achou-o bastante estúpido.

No dia 22, não houve nenhum combate. As forças reunidas no monte Asuwa não lançaram nenhuma flecha, não dispararam nenhum tiro. Todos sabiam tacitamente que a maior parte do exército de Hideyoshi se encontrava ainda em Fuchu, e que ele estava reunindo seus homens para o ataque final, cairiam no meio da noite sobre o castelo como ondas de ressaca.

Durante todo o dia, samurais feridos que haviam conseguido fugir, sabe-se lá como, iam chegando a Yanagase em grupos de trinta, cinquenta, cem. No início da noite, o castelo, cheio de refugiados, continha quase três mil pessoas, entre eles velhos, mulheres e crianças. Os mais antigos e conhecidos vassalos de Katsuie, nomes que Chacha estava acostumada a ouvir, estavam ali também encurralados: Nakamura Bunkasai; Shibata Yaemon e seu filho; Taibi Choemon; Uemura Rokuzaemon; Matsudaira Jingobei e seu filho; Matsuura Kyubei; Sakuma Juzo; Oshima, senhor de Wakasa; e outros.

As três irmãs também ouviram diversos relatos. Alguns puderam fugir; outros tentaram escapar, mas foram presos e executados. Nem todas as notícias eram tristes, havia muitas histórias de bravura.

Shingoro, herdeiro de Oshima, senhor de Wakasa, não tendo até então participado dos combates, fraco e doente, fora transportado em liteira até o castelo, e escrevera de próprio punho, em grandes caracteres, na porta de entrada:

Eu, Oshima Shingoro, senhor de Wakasa, aos dezessete anos de idade, impedido pela doença de combater em Yanagase, afirmo aqui minha determinação: nada me impedirá de defender este castelo.

Falava-se também de um guerreiro de sessenta anos de idade, Uemura Rokuzaemon, que defendia a porta sul, vestido com uma mortalha.

Naquela noite, as três irmãs dormiram de novo no mesmo quarto. No meio da noite, Chacha acordou ao ouvir cavalos relinchando e disparos de armas de fogo. Ohatsu, exausta por ter passado a noite anterior em claro, dormia profundamente, mas dessa vez Ogo foi acordada e se levantou para escutar os gritos de guerra e o trotar dos cavalos, trazidos às vezes pelo vento.

— De novo, combates? Não aguento mais! — disse, com um bocejo, e voltou para a cama.

— E você não se preocupa? — perguntou Chacha a Ogo.

— Mas o que posso fazer? Ficar preocupada não resolve nada. Não há nada que eu possa fazer.

A calma de Ogo irritava sua irmã. Insensível à angústia de Chacha e ao que quer que fosse, a menina pegou no sono e respirava tranquilamente.

Ohatsu acordou e veio se abraçar a Chacha, dizendo que estava triste. Enfiou o rosto em seu peito e soluçou por um bom tempo, lamentando o destino do padrasto, dizendo que elas e sua mãe eram as pessoas mais infelizes do mundo, tentando imaginar onde estaria Takatsugu e por quais dificuldades este poderia estar passando.

Chacha tinha inquietações semelhantes à de sua irmã, mas vê-la choramingando daquela maneira a deixava irritada. Queria dar-lhe um tapa nas costas e dizer-lhe que tivesse mais compostura.

Desde a volta de Katsuie ao castelo, Oichi não saíra do lado dele. Não se sabia qual dos dois se negava a se separar do outro, mas as três irmãs não viam sua mãe desde quando Katsuie chegara ao castelo, carregando sua lança quebrada.

Na noite do dia 22, Oichi veio visitar as filhas. Observou intensamente o rosto de Ohatsu e de Ogo, e depois disse com carinho a Chacha:

— Você está acordada? Não precisa se preocupar. Está tudo bem.

— Mãe, o que a senhora vai fazer se o castelo cair? — era um jeito meio bárbaro de falar, mas Chacha decidira perguntar o que mais a angustiava. Achava que era sua única oportunidade de saber o que a mãe pensava. Oichi pareceu querer dizer alguma coisa, mas apenas riu. À luz das velas, parecia um sorriso muito fraco; porém, Chacha se surpreendeu ao ver tanta alegria naquele rosto.

Oichi logo foi embora; mas Chacha compreendera, pelo sorriso da mãe, que ela se decidira pela morte. Não havia outra explicação para a alegria de seu rosto. É que ela já havia renunciado à vida, pensou Chacha. Como a mãe escolhera a morte, não restava às filhas outra alternativa senão também morrer. Agora que a decisão fora tomada, Chacha sentiu certo alívio. Adormeceu ao amanhecer, mas esses pensamentos continuaram em seu sono.

No dia seguinte, a situação em Kitanosho havia mudado completamente. O grande exército de Hideyoshi, atacando a partir de Fuchu, era como um formigueiro em torno do castelo, envolvendo-o sem brechas. Oichi viera pela manhã ficar no quarto das filhas. Logo depois, as quatro mulheres foram avisadas de que era proibido sair dali.

Os invasores abriram fogo às oito da manhã. O ar estava seco, não chovia desde o início de abril. O sol brilhava forte e quente sobre os jardins dos aposentos. Gritos de guerra soavam sem interrupção. Assustadas, as princesas foram se refugiar num canto do aposento, mas foram se acostumando pouco a pouco com os gritos e o zunir das flechas e balas. Chacha olhava o sol bater nas folhas do jardim; depois que decidira morrer, a barulheira da guerra lhe parecia distante e insignificante.

Por volta das dez horas, Chacha e suas irmãs ouviram gritos e vozes de homens que tentavam empurrar algo pesado, como uma cerca ou um portão. Mais tarde souberam que a muralha exterior caíra naquela hora. Os samurais de patrulha contaram-lhes que as tropas de assalto de Hideyoshi haviam se precipitado como uma verdadeira avalanche no interior da muralha e tomado posição a cerca de 25 metros das muralhas em torno da torre de menagem.

Próximo ao meio-dia, o barulho de repente cessou, e os tambores silenciaram. Dois prisioneiros foram levados a um lugar visível do interior do castelo. Eram o filho adotivo de Katsuie, que tinha quinze anos, e Sakuma Morimasa.

Chacha ficou surpresa que Morimasa tivesse se deixado capturar com vida. Acusavam-no de ter sido responsável pelas derrotas anteriores. Considerado temerário por sua longa história de conquistas, ele fora longe demais dentro das linhas inimigas, sem escutar as advertências de Katsuie e de Maeda Toshiie, e acabara sendo atacado pela retaguarda. O contra-ataque atingira também o exército de Katsuie, que havia sido obrigado a abandonar suas posições.

De acordo com os relatos dos militares que testemunharam esse doloroso espetáculo, o grande guerreiro, de quase seis *shaku* [34] de altura, estava de pé, amarrado, com as mãos para trás, os olhos injetados de sangue, fitando em direção à torre de menagem. Quando os carrascos que o haviam trazido até ali quiseram levá-lo de volta, Morimasa os atacara com pontapés e ficara ainda ereto no mesmo lugar. Típico Morimasa, pensou Chacha, como se o tivesse diante de seus olhos.

A tarde passou sem combates. As mulheres às vezes ouviam gritos, vozes alteradas e uma ou outra escaramuça, mas agora o barulho da tempestade, que sacudia as árvores, afogava os outros sons.

Por volta das quatro da tarde, Oichi e suas filhas foram transferidas para uma peça da torre de menagem. Todos se preparavam para o ataque final das forças inimigas, que estava previsto para o

---

34. Medida de altura equivalente a cerca de 30,3 centímetros. Morimasa teria, portanto, pouco mais de 1,80 metro.

amanhecer do dia seguinte. Oichi, suas filhas e muitas outras mulheres se esconderam sob as tábuas de um assoalho no quarto andar da torre. Chacha tentou espiar por uma das frestas do chão, mas tudo o que conseguiu ver foi um mar de bandeiras inimigas.

Quando o sol se pôs, uma nova tempestade acompanhou os combates esporádicos; depois, a chuva se acalmou, e veio uma noite sinistramente tranquila. Nessa noite, houve um banquete de despedida no castelo. Em todos os andares, nas barracas, nas torres, escutava-se o som de vozes animadas e brindes ruidosos.

No grande salão, Katsuie, Oichi, Chacha e suas irmãs, Nakamura Bunkasai, Shibata Yaemon e outros guerreiros de alta patente se reuniram em uma roda de saquê.

Chacha, sentada diante da mãe, observava-a receber um copo de saquê de Katsuie. Oichi levou o copo aos lábios duas vezes, depois o estendeu de novo ao marido. Katsuie bebeu diversos goles, depois passou o copo a Nakamura, que estava a seu lado. Chacha testemunhara os esposos bebendo no dia do casamento; mas, se naquele dia a cerimônia lhe parecera austera, hoje a atmosfera do banquete estava cheia de alegria. Nada parecia indicar que se tratava da última dose bebida pelos castelãos antes da queda em batalha.

Chacha não tirava os olhos da mãe; como que esquecida, Oichi não olhou sequer uma vez para as filhas durante o banquete. Ohatsu, depois de tanto chorar, guardava o semblante sereno; Ogo, como que ignorante de tudo, tinha a mesma expressão de sempre, triste e distraída. Acreditava que a qualquer momento um mensageiro viria buscá-las e retirá-las do castelo, como no dia da queda de Odani. A menina se virou para Chacha e perguntou quando as tirariam dali, mas ela não pôde responder. Fingiu não ter ouvido, havia muito barulho no ambiente, e manteve o olhar fixo sobre os convivas.

Logo depois, o barulho dos banquetes que se realizavam em outras peças aumentou, transformando-se em gritos assustadores. Nakamura, que se ausentara por alguns instantes, retornou, aproximando-se de Katsuie e murmurando-lhe algo ao ouvido; disse também algumas palavras a Oichi, e ela assentiu com a cabeça.

Chacha viu Nakamura se aproximar, ele então disse a ela e a suas irmãs:

— Vocês devem se despedir de seu pai e de sua mãe.

— Despedir? — gritou Ogo, apavorada.

Tomando suas irmãs pela mão, Chacha se levantou. Havia chegado o momento da morte. Ohatsu e Ogo, como que subjugadas pela atitude da irmã, seguiram-na em silêncio. As três irmãs se sentaram diante de Katsuie e de Oichi. O silêncio invadiu o salão, e Chacha sentia os olhares dos convivas sobre eles. Pela primeira vez naquela noite, ficou satisfeita ao ver que Oichi olhava para elas.

As três fizeram uma reverência respeitosa para os pais, primeiro Chacha, seguida pelas irmãs. Iam retornar a seus lugares, quando alguns guerreiros se aproximaram e as tomaram pelos braços.

— O que estão fazendo? — perguntou Chacha, enquanto as duas irmãs já iam sendo levadas em direção à escadaria. Ogo se debatia e gritava, Ohatsu chamou pela mãe, e depois se ouviu que soluçava.

Ao compreender que ela e as irmãs estavam sendo levadas embora dali para algum lugar seguro, Chacha adquiriu a energia do desespero e se pôs a lutar com todas as forças para se desvencilhar dos homens que a prendiam. No entanto, levantada pelos dois braços por dois guerreiros, seus esforços foram inúteis, e ela foi arrastada, como sua irmã, para fora do salão.

As três meninas foram levadas através de duas salas e um corredor até os jardins internos e colocadas juntas em uma pequena liteira, protegida por cerca de dez damas de honra. Era inútil resistir.

Sentiram em seguida que a liteira se erguia. Mal haviam se sentado, e o veículo já atravessava a porta da muralha interna. A liteira parou uma única vez, para que o guerreiro e as damas de honra dessem meia-volta e retornassem ao castelo; logo depois, retomou seu percurso.

Já haviam atravessado a muralha externa quando, em meio a soluços, as irmãs tentaram espiar para fora da liteira. O espetáculo que viram era dos mais estranhos: as tropas inimigas se abriam em alas para que elas passassem.

A liteira parou finalmente diante do monte Asuwa, próximo ao acampamento de Hideyoshi. Tomadas pela dor da despedida, as princesas não queriam olhar em torno, para ver onde estavam. Depois de uma parada de cerca de uma hora, a liteira retomou sua trajetória, contornando a elevação. As três meninas não diziam nada, sacudidas pelo veículo, que não parou mais.

Como era verão, amanheceu rápido, quando estavam atravessando um bambuzal ao pé do monte Asuwa. Nesse momento, podiam-se ouvir gritos de guerra ao longe. Na liteira, as três irmãs sentiram o corpo enrijecer de tensão, mas os gritos cessaram de repente, como haviam começado. A meio caminho em torno da colina, a liteira chegou à entrada de um monastério, situado em posição oposta ao Castelo de Kitanosho, do outro lado do monte.

As meninas saíram da liteira. O dia estava claro. O frio da manhã feria o rosto. Foram levadas a uma peça isolada do monastério.

Naquele dia, o ataque final fora lançado contra Kitanosho. Os gritos de guerra ouvidos no caminho eram do batalhão que atacara às quatro da madrugada. Combates ferozes ocorreram pela manhã nas portas da muralha interna, e quase ao meio-dia os invasores entraram finalmente na torre de menagem.

O exército de Hideyoshi avançou em direção ao castelo, mas Katsuie e trezentos soldados, entrincheirados na torre de menagem, resistiram bravamente. O exército de ataque investiu diversas vezes com grupos de lanceiros contra a torre, e pouco a pouco as forças de defesa foram sendo encurraladas na cumeeira.

Quando Katsuie se instalou para a cerimônia de suicídio, havia apenas trinta sobreviventes, entre soldados e mulheres. Oichi foi a primeira a escrever seu poema de despedida:

Na já sonolenta noite de verão
Ao caminho dos sonhos
Convida o rouxinol.

Depois, Katsuie pegou o pincel e escreveu em resposta:

*Na triste noite de verão
Leva minha amada
Pelo caminho dos sonhos
À fonte das Neves,
Ó rouxinol das montanhas.*

Às quatro da tarde, Katsuie mandou incendiar a torre de menagem. As chamas subiram rápidas, e, no momento em que atingiam o último andar, Katsuie, seguido de Oichi, rasgou o ventre com a espada. Katsuie tinha 53 anos; Oichi, 36. Seus assistentes na cerimônia foram Bunkasai e Tokuami, que os acompanharam até o fim.

Naquele momento, Chacha e suas irmãs saíam do monastério para retomar a liteira. Ouvindo os clamores das pessoas que as acompanhavam, Chacha ergueu um pouco a cortina e viu o brilho avermelhado que tingia em pleno dia uma parte do céu. O Castelo de Kitanosho, do qual estavam distantes, desaparecia nas chamas, que atacavam agora os prédios circundantes.

A liteira parou de repente entre dois arrozais. Chacha e suas irmãs desceram e tiveram de esperar em pé, junto às damas de honra, no acostamento desse caminho que atravessava os campos de arroz, um pouco afastado da estrada principal. Logo, um batalhão de cavalaria de cerca de cem homens passou por elas a toda brida em direção ao norte, levantando uma nuvem de poeira. Viram depois passar milhares de soldados, divididos em regimentos. O olhar de Chacha se deteve sobre um general, que cavalgava majestosamente com um regimento de infantaria. Compreendeu na mesma hora que era Hideyoshi. Ele passou, segurando as rédeas, ereto na montaria, sem olhar para as meninas. Parecia bastante diferente do personagem que ela encontrara em Kiyosu, com uma expressão endurecida e tristonha. Mal acabara de tomar Kitanosho e já se dirigia ao castelo de Sakuma Morimasa.

Naquela noite, Chacha e suas irmãs foram se acomodar em uma grande casa de agricultores. Passaram a noite em claro e em silêncio, deitadas lado a lado, como cadáveres.

Na manhã seguinte, um guerreiro se apresentou diante da varanda e veio lhes trazer a notícia do suicídio de sua mãe e de seu padrasto. As três irmãs começaram a chorar. Ohatsu e Ogo choraram por muito tempo. Chacha logo se acalmou, e disse:

— Parem de chorar. A partir de hoje, somos órfãs. Se nossa mãe quis que fugíssemos daquele castelo, é porque não pôde escapar de seu mau fado e teve de seguir o marido na morte. Mas ela queria que ao menos nós vivêssemos e que fôssemos felizes. Não temos o direito de decepcioná-la.

Ogo ergueu o rosto cheio de lágrimas e perguntou:

— Felizes? Como assim, felizes?

Chacha não sabia o que responder, mas Ogo não repetiu a pergunta e disse, como se agora compreendesse:

— Ela ficaria feliz se fôssemos felizes, não é isso?

Ohatsu, que até então estava calada, declarou de repente, erguendo o rosto:

— Feliz não sei, mas estou decidida a sobreviver. Eu vou viver, custe o que custar.

Chacha pensou que suas palavras se pareciam muito com as de Takatsugu. Já ela tinha pensamentos bastante diferentes. A felicidade, para Chacha, era a vitória. Era o único significado que a interessava. Com apenas dezesseis anos, a derrota lhe arrancara todos os entes queridos: seu pai, Nagamasa; seu avô, Hisamasa; seu tio, Nobunaga; e hoje seu padrasto, Katsuie, e sua mãe, Oichi.

Ela se lembrou dos dois castelos que vira desaparecer nas chamas: um na véspera, outro havia dez anos. Um desses incêndios havia avermelhado o céu em pleno dia; o outro, iluminado a cúpula da noite. Enquanto se recordava desses braseiros cujas chamas haviam consumido todos os seus parentes, outro fogo bem seu, que alternava fúria e tristeza, devorava-a internamente.

Capítulo 3

Chacha, Ohatsu e Ogo pousaram por dois dias naquela residência rural, entre Kitanosho e Fuchu. No terceiro dia, foram instaladas outra vez em três liteiras e retomaram viagem. Brilhava um lindo sol, que iluminava a paisagem, e o vento agitava as jovens folhas ao longo do caminho. Percorridos cerca de quatro quilômetros, o cortejo de liteiras, escoltado por damas de honra, penetrou na aldeia do Castelo de Fuchu, atravessando os portões da residência de Maeda Toshiie.

Maeda Toshiie fora, juntamente com Shibata Katsuie, o instigador da batalha de Yanagase. No entanto, tinha antigos laços de amizade também com Hideyoshi e, se a posição de suas terras o havia obrigado a se aliar a Katsuie durante os últimos conflitos, este daimiô não tinha objeção, em princípio, ao domínio de Hideyoshi. Portanto, depois da derrota de Yanagase, ele rompera seu acordo com Katsuie, e Hideyoshi dera mostras de que não pretendia se vingar de sua aliança temporária com o inimigo. Maeda era um oportunista, que sabia evitar erros táticos.

Chacha e suas irmãs foram levadas a uma peça dos aposentos das mulheres, onde foram recebidas com grande cerimônia; no dia seguinte a sua chegada, foram ter com o senhor do lugar. Em Kitanosho, Chacha tivera duas oportunidades de ver esse senhor da guerra, ainda jovem em seus cinquenta anos, de traços simpáticos e pele clara. O homem, sentado tranquilamente de frente a elas, provocava-lhe sentimentos complexos. Mesmo tendo lutado contra Hideyoshi ao lado de seu padrasto, não parecia abalado pela derrota, ainda que Katsuie e Oichi tivessem se suicidado em consequência da batalha.

As três irmãs se aproximaram do daimiô, uma depois da outra, sem expressão no rosto. Desde sua chegada ao castelo, elas não haviam falado entre si, e a indiferença de seus semblantes, como de máscaras de nô, não era fingida.

— Princesas, permitam-me expressar meus pêsames — disse Maeda Toshiie, a voz um pouco rouca.

Chacha ergueu o rosto, sentindo uma vaga indignação. Nas vezes em que o vira em Kitanosho, era ela que se encontrava em um plano mais elevado; agora, Maeda Toshiie estava sentado no lugar de honra do salão, e Chacha e suas irmãs tinham sua posição rebaixada.

— Minha filha, Omaa, também estava em Kitanosho quando o castelo caiu; achei que a tivesse perdido. Mas, afortunadamente, chegou aqui sã e salva hoje de manhã. Vai viver aqui com Vossas Senhorias por algum tempo.

Chacha não sabia que Maeda Toshiie tinha uma filha que vivera em Kitanosho.

— Folgo em saber que esteja sã e salva. Isso é o mais importante de tudo — disse Chacha, com polidez. Toshiie respondeu:

— Vossas Senhorias serão transferidas mais cedo ou mais tarde para Azuchi; nesse meio-tempo, eu me encarregarei de sua proteção. Faço votos de que superem as tristezas que o destino lhes impôs e de que esqueçam a mágoa e o luto.

As princesas se retiraram. Chacha soube por uma dama de honra que Omaa, a terceira filha de Toshiie, fora enviada como refém[35] a Kitanosho no início do ano, e que estava prometida em casamento a Sakuma Juzo, vassalo de Katsuie. Seu noivo fora morto na batalha, mas Omaa conseguira escapar pouco antes da queda do castelo, em companhia de uma dama de honra.

Chacha encontrou Omaa naquela mesma noite, por acaso, nos jardins do castelo. Assustadas, as duas princesas pararam, inclinaram-se em reverência e retomaram seus caminhos, sem dizer nada. Aos treze anos, Omaa era clara como seu pai e alta para sua idade.

---

35. Prática comum no Japão feudal. Mulheres e filhos de daimiôs eram muitas vezes utilizados como "reféns", ou seja, garantia de lealdade, vivendo como hóspedes e prisioneiros nos castelos dos aliados ou dos senhores de seus maridos ou parentes.

Chacha pensou que, mesmo vivendo no mesmo lugar, elas não se tornariam amigas.

Em Kitanosho, Omaa tivera uma vida modesta. Lá, ela fora um refém; aqui, a situação era contrária. Chacha e suas irmãs eram filhas do vencido, prisioneiras cuja sorte dependia da boa vontade de seus protetores.

Alguns dias depois, Hideyoshi, que conquistara Kitanosho e agora partia para a batalha em Noto e Kaga, decidiu fazer uma parada em Fuchu. Era o dia 1º de maio.

Ao saber da vinda de Hideyoshi, Ohatsu e Ogo ficaram pálidas e se encolheram num canto de seus aposentos. Chacha não compreendia por que suas irmãs agiam assim. Talvez fosse uma mistura de raiva e medo. Já ela não sentia nada daquilo, não nutria simpatia pelo vencedor, nem tampouco lhe tinha ódio.

Pensando bem, foram as tropas de Hideyoshi que destruíram Odani, e fora ele que abatera a casa de Azai e provocara a morte de seu avô e de seu pai. Havia sido ainda ele que tinha assassinado seu irmãozinho e em seguida o esquartejado; e que levara seu padrasto ao suicídio, junto com sua mãe. Mesmo assim, Chacha não lhe sentia ódio mortal, o que a surpreendia um pouco.

As três irmãs passaram o verão isoladas em seus aposentos, naquele castelo a caminho do norte. Falavam pouco, e apenas após o fim total das hostilidades souberam que Oda Nobutaka, o filho de Nobunaga que residia em Gifu, suicidara-se após um ataque de seu irmão, Nobukatsu, senhor de Kiyosu, no dia 2 de fevereiro, depois da morte de Katsuie. Depois de tudo por que haviam passado, essa notícia não lhes provocou muita emoção. Quando Ohatsu pensava em sua mãe, ela às vezes chorava. Chacha e Ogo, cada uma a seu modo, observavam em silêncio essas crises. Ogo estava sempre indiferente a tudo, e suas irmãs chegavam a pensar que estivesse de mal com o mundo. Quando lhe falavam, Ogo olhava para outro lado, com um vago sorriso na boca, como se estivesse troçando de si mesma. A atitude não combinava muito com uma menina de doze anos.

Apesar de não compreender as crises de choro de Ohatsu, Chacha achava ainda mais difícil saber o que se passava na cabeça da irmã menor. Era obrigada a admitir que a incapacidade de Ogo para a autopiedade e a lamentação era, de certa maneira, invejável.

Ao fim do verão, um caixeiro-viajante de passagem contou-lhes o fim de Sakuma Morimasa, que fora muito comentado em Kyoto. Hideyoshi propusera ao prisioneiro, levado até a capital, que se tornasse seu vassalo; a proposta fora recusada com desprezo. Então acorrentaram Morimasa e o exibiram nas ruas; à noite, decapitaram-no. Sua armadura tinha ombreiras folheadas a ouro, e ele vestia um manto cerimonial vermelho-cinábrio. No momento de subir à carroça que o levaria à execução, o guerreiro pediu para ser amarrado.

O caixeiro descrevia a cena como se a houvesse visto. Contou ainda que os doze camponeses que haviam capturado Morimasa em Tsuruga e o entregado a Hideyoshi, na esperança de serem recompensados, foram condenados à crucificação por terem se metido em histórias de samurais, que não lhes diziam respeito. Morimasa foi, finalmente, considerado por todos como o herói da batalha de Yanagase.

Quando o caixeiro começou a falar de Morimasa, Ohatsu e Ogo saíram da peça, mas Chacha permaneceu até o fim do relato. É claro que a história foi sendo exagerada à medida que era recontada, mas os detalhes eram característicos do grande guerreiro. Por um momento, pensou em sua figura, vestida suntuosamente, a ferros sobre uma carroça nas ruas da capital; no instante seguinte, a imagem se desvaneceu. Com os olhos fixos sobre a verdura do jardim, sob a luz do sol forte e estival, Chacha sentiu que crescia dentro de si um sentimento de violência inopinada. Pela primeira vez, pensou que os últimos momentos de vida daquele guerreiro — que um dia lhe dissera estar pronto para a morte, a fim de que ela e sua família pudessem viver em paz em seu castelo — eram de um brilhante esplendor.

Pensou nele o dia inteiro. Ao anoitecer, sentada na varanda, enfim chorou. Derramou lágrimas — que não vertera por seu padrasto nem por Oichi, sua mãe — por aquele jovem guerreiro, pelo qual, enquanto era vivo, ela demonstrara apenas frieza e indiferença.

Ohatsu, Ogo e suas damas de honra achavam que, sem Morimasa, a batalha não teria sido perdida, e lhe atribuíam a responsabilidade pela derrota de Yanagase. Chacha não estava de acordo. Admitia que Morimasa agira de maneira temerária, devido a sua juventude e intrepidez; no entanto, independente disso, Katsuie estava destinado ao fracasso. Não era adversário à altura de Hideyoshi, como seu pai, Narimasa, caído em Odani, nem fora páreo para Nobunaga. Sobrevivente da queda de dois castelos, Chacha adquirira uma visão fria da glória militar, que não aprendera de ninguém.

O verão daquele ano foi instável. Em julho, a chuva torrencial causou enchentes em Kyoto, Mikawa e Hitachi, levando casas de camponeses na enxurrada. No mês seguinte, foi a vez de Suruga. Essas notícias chegaram ao norte no início do outono. Todos os dias o céu se apresentava azul-claro, e o ar era de um frescor revigorante. Era o primeiro outono das três princesas no norte, e a melancolia associada à estação lhes parecia difícil de suportar.

Com o outono, começaram a correr boatos de guerra. Dessa vez, Hideyoshi e Nobukatsu iriam se enfrentar, e esperava-se uma batalha de grande envergadura antes do fim do ano, que oporia a facção de Hideyoshi contra a de Nobukatsu na luta pela supremacia da casa de Oda. Um aumento na agitação cotidiana no Castelo de Fuchu parecia confirmar esses rumores. As idas e vindas de militares se intensificaram.

Em novembro, três guerreiros de Fuchu foram enviados a Osaka para a inauguração do novo castelo que Hideyoshi mandara construir. As imensas obras começaram em maio e já estavam quase acabadas. Hideyoshi se mudaria de Yamazaki ainda naquele mês.

Os três mensageiros voltaram em meados de novembro, e um deles trazia notícias inesperadas do primo das meninas Kyogoku Takatsugu, de quem não ouviram falar desde a queda de Kitanosho. Ficaram sabendo que conseguira escapar do ódio de Hideyoshi e agora vivia no Castelo de Wakasa.

Ele só se refugiara em Wakasa porque a castelã era sua irmã, Tatsuko, casada com Takeda Motoaki. Na verdade, a situação era mais complicada. Hideyoshi, após o Incidente de Honnoji, condenara Takeda Motoaki à morte por traição; era, portanto, junto à irmã viúva que Takatsugu havia buscado proteção.

A essas notícias surpreendentes vinha se somar uma mais espantosa: esperava-se que Tatsuko viesse viver em Osaka com Hideyoshi, como sua concubina. Talvez por causa disso, estimava-se também que Takatsugu receberia terras na província de Omi, onde iria residir. O guerreiro disse ainda que Tatsuko tinha dois filhos e uma filha com seu falecido esposo e que não se sabia o que acontecera a eles; os boatos propunham diferentes hipóteses.

Se todas essas informações eram acessíveis a um militar que estivera em Osaka por apenas um mês, era de imaginar que toda a cidade estava falando de Tatsuko e de Takatsugu, e que todos também os criticavam. Eram boatos bastante diferentes dos associados ao nome de Morimasa; afinal, Tatsuko estava em vias de se tornar a concubina de seu pior inimigo, e Takatsugu aproveitava a ocasião para salvar a pele.

As três irmãs reagiram de maneiras distintas.

— Que gente imunda — disse Ogo, manifestando seu claro desprezo.

Uniu a palavra ao gesto e se retirou, para não ter mais de ouvir falar deles. Pôs seus tamancos de jardim e foi passear na neve fina.

Ohatsu se pôs de repente a rir; depois, adotou um semblante de frieza e comentou:

— Ele bem disse que ia sobreviver, custasse o que custasse, e parece que fez isso mesmo.

Depois acrescentou, como que para protegê-lo do desprezo de Ogo:

— Estou feliz que pelo menos ele esteja vivo. Nós também não sobrevivemos?

Chacha tinha seus sentimentos, mas não quis dizer nada contra nem a favor do primo, pois sabia que Takatsugu estava disposto a qualquer concessão para sobreviver, e pressentia que esse novo curso de ação poderia levá-lo à desejada restauração do poder de sua casa. Tudo vinha confirmar o que Gamo Ujisato dissera: "Takatsugu não tinha nenhuma vergonha e usaria qualquer meio que o levasse a restabelecer a honra dos Kyogokus." Lembrou-se da noite em que ele chegara a Kitanosho, quando dera a entender que o motivo por que decidia sobreviver fora ela, Chacha. Ela o desprezara por isso. Agora, pensava que talvez sua reação tivesse sido precipitada. Sim, aquela fora uma tácita declaração de amor; mas não apenas de amor. Afinal, se Takatsugu estava pronto a dispor da irmã como concubina de Hideyoshi para reaver o esplendor de sua família, poderia estar pensando, na época em que se declarara a Chacha, em aumentar seu poder pelo matrimônio.

Agora era tarde, pensava ela, sem saber muito por quê. A chama que sentia por seu primo se apagara e não mais se acenderia. Já não tinha temor reverencial pela casa de Kyogoku, desfeito no curso das vicissitudes de sua vida. Ao perder o respeito pelo nome da família, parecia-lhe que o amor pelo primo havia também se ido.

Dessas histórias, interessava-lhe mais a situação da prima do que a do primo. Sentia uma alegria maliciosa quando pensava em Tatsuko, obrigada a se entregar ao inimigo responsável pela morte de seu marido, embora nem soubesse o que acontecera com os próprios filhos.

No começo de dezembro, Maeda Toshiie anunciou de repente que iria se transferir de Fuchu para o Castelo de Kanazawa, em Kaga, nas terras que Hideyoshi lhe destinara, juntando dois novos distritos, Ishikawa e Kawakita, às suas antigas propriedades em Noto. Todo o castelo pôs-se em atividade com os preparativos para a partida. No momento da mudança, estabeleceu-se que Chacha e suas irmãs se transfeririam da residência de Toshiie para Azuchi. Este castelo era domicílio de Sanboshimaru, o jovem herdeiro de Nobunaga, onde era protegido por Maeda Gen'i e por Hasegawa, senhor de Tanba. Chacha e suas irmãs tinham sangue Oda, e por isso estavam designadas para viver nesse castelo, junto ao herdeiro da casa.

Em meados de dezembro, as três meninas tomaram a rota contrária àquela que haviam feito no ano anterior, com uma escolta bem menor. Ao longo do caminho, reencontraram paisagens conhecidas, agora sob neves esporádicas.

Quando avistaram o espelho azul-escuro do lago Biwa, Chacha e Ohatsu se sentiram mais tristes, angustiadas com a ideia da nova vida que as aguardava em Azuchi. Apenas Ogo, toda alegre, descia às vezes da liteira, aproximando-se de suas irmãs e falando-lhes da janela. Parecia ter deixado sua morosidade em Fuchu e retomado sua despreocupação anterior.

Chacha e as irmãs passaram o Ano-Novo do ano 12 do período Tensho no castelo do lago Biwa.

O novo Castelo de Azuchi era pequeno e simples, comparado ao anterior, que fora incendiado por Akechi Mitsuhide após o Incidente de Honnoji. A diferença de importância da construção era proporcional à queda do poder da casa de Oda, depois da morte de Nobunaga. Ainda assim, os daimiôs de todas as províncias, a caminho de Kyoto para passar o Ano-Novo, paravam em Azuchi para apresentar seus respeitos ao jovem herdeiro do clã; após essa data, o castelo voltava ao silêncio.

As três meninas viviam em uma peça isolada desse castelo, que tinha um pequeno jardim, e contavam com a companhia de duas damas de honra. O frio não era penetrante como ao norte, mas o vento que vinha do lago era gelado. Talvez devido à intensidade do vento, ali não nevava.

No segundo mês, Ohatsu disse a Chacha, sem revelar a origem da informação, que Takatsugu recebera cinco mil *koku* em terras na província de Omi, e que residia no Castelo de Osaka.

— O senhor Takatsugu deve saber onde moramos agora, e talvez venha nos visitar — acrescentou.

Ainda que fosse apreciar uma visita de Takatsugu naquele castelo onde viviam em solidão e quase nada acontecia, Chacha preferia não esperar sua vinda.

As meninas tinham uma vida tranquila em Azuchi, mas os boatos falavam de conflitos em todo o país. Nobukatsu, diziam, firmara aliança com Tokugawa Ieyasu, e os atritos com Hideyoshi poderiam provocar uma guerra a qualquer momento. Os guerreiros do castelo onde elas viviam levavam, em contraste, uma vida calma, como se isso não lhes dissesse respeito.

No início de março, após o período das cerejeiras em flor, informações do exterior confirmaram os boatos. Na manhã em que receberam as notícias, Chacha foi despertada pelo relinchar dos cavalos, que chegavam em grande número, aprontando-se para a batalha. Havia regimentos vindos não se sabe de onde, e militares e suas montarias pisoteavam todo o pátio do castelo. O tumulto durou uns dez dias. Depois, no dia 21 de março, os habitantes do castelo viram passar por ali um exército de dez mil homens, chefiados por Hideyoshi. Esses soldados tinham partido de Osaka e se dirigiam ao leste. Chacha e suas irmãs viram o desfile instaladas numa guarita do castelo. O dia inteiro, um destacamento interminável de soldados levantou uma nuvem de poeira sobre a estrada. Hashiba Hidekatsu, Hashiba Hidenaga, Gamo Ujisato, Hori Hidemasa. As irmãs ouviam os nomes dos generais famosos das bocas dos guerreiros do castelo, que os reconheciam ao passarem.

O regimento de Gamo Ujisato foi o único que interessou Chacha. Parecia-lhe ter sido ontem que ela lhe pedira conselho sobre o casamento de sua mãe. Os homens chefiados pelo jovem general de 28 anos faziam parte do grupo mais poderoso do exército dos Hashibas. Enquanto passavam, Chacha pensou que era o regimento mais belo e ordenado de todos.

Os enfrentamentos entre os aliados de Tokugawa e Nobukatsu e os de Hideyoshi duraram muito mais do que o previsto. As forças do campo de batalha não conseguiam avançar; o verão e o outono passaram nessa inércia. Hideyoshi firmou acordos de paz separados, primeiro com Nobukatsu, depois com Tokugawa Ieyasu. Em novembro, os soldados voltaram para casa. Depois da campanha, que parecera interminável, os regimentos, como no início das batalhas, levaram diversos dias passando pela estrada de Azuchi. Apenas o batalhão de Mori Nagayoshi, de Omi, que morrera na guerra, tinha uma aparência lúgubre, abatido pela morte de seu general.

Após o retorno das tropas do campo de batalha, Chacha teve oportunidade de rever Gamo Ujisato pela primeira vez em muito tempo. Ao saberem que Ujisato, que estava ali para uma audiência com Sanboshimaru, viria vê-las em instantes, as três meninas mandaram limpar a peça e se vestiram com suas melhores roupas. Era a primeira visita que recebiam desde sua chegada ao castelo.

Prepararam com cuidado o assento de Ujisato, no lugar de honra, de frente para elas. Ao chegar, ele se instalou ali sem maior cerimônia. Depois de dois anos sem vê-lo, notaram que o rosto do jovem guerreiro fora substituído por uma máscara de general, impressionante e madura.

— Princesas, folgo muito em vê-las com boa saúde, a mais importante das coisas. Fui informado de que estavam aqui no fim do ano passado. Mas, como Vossas Senhorias devem saber, os combates me impediram de vir antes prestar meus respeitos.

Chacha escutava, o rosto abaixado.

— Decidi vir de repente, pois devo logo me mudar para Matsugasaki, em Ise. Depois da mudança, não sei quando poderemos nos ver de novo.

Suas palavras davam a entender que não viera para uma audiência com Sanboshimaru, e sim para vê-las. Não havia intenção deliberada no que ele dizia, mas, sem que ele quisesse, transparecia em seu discurso a nova posição que agora tinha dentro da hierarquia da casa de Oda. Ainda assim, sua visita alegrou o coração das três irmãs.

— Senhor Gamo, levamos uma vida isolada, mas sabemos que o senhor se tornou um personagem ilustre — disse Chacha, com sinceridade.

Alguns dias antes, ela ouvira o boato de que Ujisato receberia terras equivalentes a 120 mil *koku* em Matsugasaki. Hideyoshi também apreciava o valor do guerreiro, outrora o preferido de Nobunaga. Ujisato, ao contrário de Takatsugu, era sempre prudente, e soubera evitar os conflitos com Hideyoshi que poderiam decorrer de sua posição anterior junto a Nobunaga. Sua ascensão continuava, constante e regular, e sua posição era firme.

O cumprimento de Chacha se refletiu no brilho dos olhos do guerreiro.

— Ninguém sabe o que nos reserva o dia de amanhã. A vida dos homens é assim. Somos presas do destino que recebemos ao nascer.

— Nesse caso, Vossa Senhoria considera que talvez seja melhor que nós continuemos aqui, isoladas de tudo, esperando a realização de nosso destino? — perguntou Chacha, sem saber de onde vinha o impulso para dizer essas coisas. Depois de um momento de silêncio, Ujisato respondeu:

— Não é aceitável que Vossas Senhorias não venham a conhecer a felicidade. Mais dia menos dia, a felicidade as encontrará.

— Como pode o senhor afirmar isso?

— Se Vossas Senhorias não conhecerem a felicidade, quem a conhecerá? — e mais não disse, parecendo se interromper para buscar o que falar, mas não encontrou.

— Muito bem. Ficaremos então aqui paradas, esperando nossa felicidade — concluiu Chacha, sem saber, no entanto, as verdadeiras intenções de Ujisato. Como assim, elas deviam um dia conhecer a felicidade? Que mais direito do que os outros tinham a ela?

Ujisato ficou ainda ali por quase uma hora, contando os feitos da batalha de Komaki, e depois se despediu, reafirmando que não poderia voltar a vê-las nos próximos um ou dois anos.

Depois que ele foi embora, Chacha foi sozinha ao jardim. Queria ver Ujisato deixando o castelo; contudo, ao sair mudou de ideia e se dirigiu ao mirante que dava para o lago. Mais além, o monte Hira erguia-se majestoso, coberto de uma neve imaculada. Talvez por causa do vento da manhã, o lago encrespava-se de pequenas ondas.

Chacha pensou em seu primo Takatsugu, que não as visitara em Azuchi uma única vez. Não gostava da maneira como seu coração funcionava: ao receber visitas de Ujisato, punha-se a pensar no primo; e, quando via Takatsugu, lembrava-se de Ujisato.

———

No início do ano 13 do período Tensho, Chacha tinha dezoito anos; Ohatsu, dezesseis; e Ogo, catorze. Passavam seu segundo Ano-Novo no castelo próximo ao lago Biwa. Naquele ano, as festividades em Azuchi foram ainda mais simples do que no anterior, quando alguns antigos vassalos da casa de Oda haviam passado pelo castelo, a caminho de Kyoto. Dessa vez, ninguém viera visitá-las. Chacha nutria a esperança de que ao menos Ujisato, que estava agora em Matsugasaki, viesse vê-las; no entanto, quando descobriu que suas irmãs tinham expectativas semelhantes, franziu o cenho.

— Vocês esqueceram que o senhor Gamo disse claramente que ia levar um ou dois anos antes de vir nos rever? E por que viria a este castelo sem importância, onde não tem nada a fazer?

Sua observação deixou Ohatsu de mau humor. Ela respondeu:

— Também não precisa ficar brava por causa disso. Falei na visita de Ujisato porque achei que era o que você desejava.

— Eu? Por quê? — perguntou Chacha.

— Não sei. Só pensei que você queria assim. Só isso. Você não acha, Ogo?

A irmã mais nova respondeu com uma careta, comunicando que não ia se meter na briga das outras duas:

— Eu prefiro que não venha ninguém. Quem quer que seja, irá ver a pobreza em que a gente vive.

As palavras de Ogo silenciaram as duas irmãs mais velhas. Era verdade que preferiam que ninguém visse a que ponto sua situação mudara.

Como sempre, as únicas notícias que recebiam, pelas damas de honra ou pelos raros visitantes, eram de guerra. A luta pelo poder entre Hideyoshi e Ieyasu passava por um período de trégua, mas novos combates eram previstos em Kishu, como se podia deduzir das mobilizações de soldados naquela região.

No início de março, as três irmãs receberam a visita inesperada de Takatsugu. Chegou um belo dia, sem avisar, ao jardim dos seus aposentos. A primeira a vê-lo foi Ogo, que foi ligeiro contar a suas irmãs, que estavam sendo penteadas pelas damas de honra, na peça ao lado. Quando escutaram a novidade, ficaram paralisadas, sem saber o que fazer. Chacha deu logo ordem para que o fizessem entrar. Disse, em seguida, a Ohatsu:

— Arrume-se e vá cumprimentá-lo.

— E você?

— Eu vou mais tarde.

Ohatsu se preparou correndo e saiu. Chacha se penteou então bem devagar e trocou de quimono. Também estava nervosa com a chegada de Takatsugu, mas tinha logo se recomposto. Era como se o coração tivesse dado um salto repentino, e ela tivesse retomado em seguida seu controle. No entanto, não sabia dizer por que reagira assim.

Ao entrar no salão, Takatsugu estava junto à varanda e Ohatsu, próxima a ele. Ambos sorriam. Até mesmo Ogo, sentada a pequena distância, parecia contente — ela que, ao saber da conduta de seus primos em situações anteriores, expressara seu desprezo se retirando, parecia agora haver esquecido sua primeira reação. Takatsugu, ao ver Chacha, retificou sua postura, e os dois se saudaram de maneira demasiado cerimoniosa para as circunstâncias.

— Quando nos despedimos naquele dia em Kitanosho, jamais pensei que o reveria tão bem de saúde.

O jovem, de 22 anos, estava emagrecido, mas seu rosto, de traços suaves, sua nobre testa e seu olhar severo não haviam mudado.

— Sim, é estranho, mas ainda estou vivo — disse Takatsugu, com um sorriso amargo, deixando a curta frase falar de seus sentimentos.

— Permita-me expressar minha simpatia pelos seus muitos sofrimentos.

— Vocês também passaram por tanta coisa... eu, em comparação... — fez uma pausa, e continuou — mas, vejam, ainda estou vivo, e o nome Kyogoku ainda vive!

De fato, desafiando o destino, ele conseguira, ao cabo de muitas peripécias, conservar sua vida e o nome Kyogoku. Ainda assim, a afirmação parecia triunfal demais para Chacha, que resolveu dizer:

— Tenho ouvido boatos sobre Tatsuko.

Entretanto, nem bem terminara de falar, ela se arrependeu. Uma expressão dolorosa atravessou o rosto de Takatsugu; mas ele retorquiu:

— Comparada à honra dos Kyogokus, a vida de uma irmã é pouca coisa.

Sua voz tremia. Chacha ergueu o rosto:

— Vossa Senhoria acha mesmo?

— Gamo Ujisato, que está no auge de sua popularidade, também mandou a irmã mais nova morar com Hideyoshi em seu castelo.

Para nós, os Kyogokus, que estamos com nosso poder diminuído, pode-se dizer que isso era inevitável.

— A irmã do senhor Gamo? Isso é verdade? — perguntou Chacha, achando que seus ouvidos estavam lhe pregando peças. A irmã de Ujisato ter se tornado concubina de Hideyoshi lhe parecia o cúmulo da improbabilidade.

— Vocês não ouviram falar da concubina da Terceira Avenida, que vive em Kyoto?

Chacha havia ouvido falar dessa famosa cortesã, mas estava longe de imaginar que se tratasse da irmã de Ujisato. Virou-se para o jardim invernal de árvores sem folhas. Sentia muita tristeza no coração. Ujisato lhe parecia ser o único homem capaz de se recusar a fazer todas as vontades de Hideyoshi; mas essa impressão era agora desmentida. Sua glória e ascensão lhe soaram então um pouco desbotadas.

Ao cabo de duas horas, Takatsugu voltou para Tanakazato, as terras de que estava cuidando, prometendo vir de novo conversar com elas. Depois que ele foi embora, cada uma das irmãs reagiu de acordo com sua personalidade às novidades que ele trouxera. Ohatsu, que se mantivera calada durante a visita, encheu-se de vivacidade assim que ele partiu. Chacha ficou constrangida de ver sua irmã tão animada e não pôde se segurar:

— A casa de Kyogoku já caiu no esquecimento, mas oferecer a própria irmã para ser concubina do inimigo que assassinou seu marido, em nome de uma família desconhecida por todos, é de uma vileza indizível.

— Dizem que a senhora Matsunomaru é muito infeliz — acrescentou Ohatsu.

— Senhora Matsunomaru?

— É assim que chamam Tatsuko, desde que se tornou concubina de Hideyoshi.

— É infeliz porque teve de se tornar uma cortesã. A vergonha é de quem a deu em troca de proteção.

Sua crítica se dirigia a Takatsugu. Ela sabia que ele não oferecera sua irmã a Hideyoshi em troca de apoio, e sim por que não tinha outra opção, se quisesse restaurar a casa de Kyogoku. Chacha sabia perfeitamente disso e em outra época não teria esperado outra atitude dele, mas agora se dava conta de que seus sentimentos pelo primo estavam se tornando cada vez mais complexos.

E por que a paixão simples de antes não ardia mais pura? Por um lado, achava que Takatsugu não era mais o jovem franco que um dia ela conhecera, mas a verdade não se resumia a esse fato. Talvez fosse porque o nome Kyogoku não significasse mais nada nos tempos correntes. O sonho do primo de recuperar o esplendor de sua casa parecia em descompasso com a época em que viviam. Ela também considerava a atitude de Takatsugu, disposto a qualquer humilhação para obter o que desejava, contaminada por certa desonestidade. Ainda assim, ficava confusa por não conseguir se controlar diante dele. Buscava sempre dizer algo para magoá-lo.

Naquele dia, ela refletiu por muito tempo. Pensava também em Ujisato. Era mais fácil entender as razões de Takatsugu; as do senhor Gamo ainda lhe pareciam obscuras. Ele teria sido forçado a se submeter a Hideyoshi, ou utilizara igualmente a irmã para obter favores e ascensão?

Hideyoshi, o homem no poder, esse guerreiro de cinquenta anos de idade, também ocupava seus pensamentos. Segundo os boatos, ele se intitulava agora *Otenka-sama*.[36] Esse mestre inconteste fizera das irmãs de Takatsugu e de Ujisato suas concubinas. Chacha não conseguia imaginar bem que tipo de personagem Hideyoshi seria no fundo. A única vez que lhe falara fora em Kiyosu, havia muitos anos. Naquela época, Chacha enxergara nele apenas um guerreiro de quarenta anos, baixinho, suave, mas ardiloso. Desde então, ela o viu mais uma outra vez, a cavalo à frente de suas tropas, defronte ao Castelo de Kitanosho, em direção às batalhas do norte. Não sabia nada mais dele, a não ser que destruíra todos os membros de sua família.

Em setembro daquele ano, encontrou-o pela terceira vez. Dois meses antes, em julho, Hideyoshi recebera o título de *kanpaku*.[37]

---

36. Senhor do Império [do Japão].
37. Chanceler do imperador. Na realidade, o verdadeiro líder do poder em todo o Japão.

Chacha e suas irmãs não compreendiam bem o que significava esse cargo, mas sabiam que Hideyoshi se tornara, de nome e de fato, o verdadeiro líder do país. Para comemorar, diversos barris de saquê foram enfileirados no largo central da aldeia do castelo, e um banquete foi oferecido ao povo. Ogo, acompanhada por uma dama de honra, foi ver as festividades, mas Chacha e Ohatsu permaneceram em seus aposentos.

No dia seguinte aos festejos, Chacha viu, do alto da torre de vigia, um grande exército se dirigir a leste. Todos os batalhões se encontravam sob as ordens de Hideyoshi, enviados para pacificar a costa norte; mas os guerreiros do Castelo de Azuchi não sabiam dizer se o próprio comandante se encontrava entre os expedicionários. Todo o norte caiu sob o poder de Hideyoshi em curto espaço de tempo, e em setembro os soldados passaram de novo por Azuchi, em seu caminho triunfal de volta a casa. Um batalhão se destacou dos outros e entrou no castelo.

Naquele dia, o castelo estava agitado. Chacha e suas irmãs adivinharam que algo terrível estava prestes a acontecer e se refugiaram em seus aposentos. Ao anoitecer, vieram lhes dizer que se aprontassem para uma entrevista com Hideyoshi. As três irmãs empalideceram com a notícia. Ogo e Ohatsu se agarraram, aterrorizadas, ao pescoço de Chacha, como se sua vida estivesse em perigo. Apenas a irmã mais velha mantinha seu sangue-frio, ainda que tivesse o rosto branco como o das outras duas. Repreendeu-as com mais veemência do que de costume:

— Vocês vão erguer bem o rosto e encarar o *Otenka-sama* de frente. Não vão se distrair e abaixar a cabeça para ele.

— O que vai ser de nós? — lamentou-se Ohatsu, que parecia genuinamente convencida de que teria a cabeça cortada. Ogo estava mais calma, conforme sua personalidade:

— Posso então ficar olhando o *Otenka-sama* bem de frente? Posso encará-lo nos olhos?

Com a ajuda de damas de honra vindas da torre de menagem, elas se arrumaram e foram para a varanda aguardar que as buscassem. Durante a espera angustiada, Ohatsu e Ogo observaram que Chacha estava virada exatamente como fazia sua mãe, Oichi.

Por volta das oito, mensageiros da torre de menagem vieram buscá-las. As três meninas deixaram seus aposentos, acompanhadas por dois guerreiros e três damas de honra, e atravessaram o jardim, onde cantavam os grilos de outono.[38] Um vento frio soprava, anunciando a chuva, e a lua estava clara no céu, ainda que houvesse nuvens se aproximando.

Chegaram ao pátio central e em seguida foram levadas a um grande salão no andar térreo. Esperavam encontrar um lugar cheio de luzes, mas entraram numa sala escura, com apenas um canto iluminado por tochas, próximo à varanda, onde estavam sentados cerca de dez homens e mulheres.

As três irmãs se aproximaram e receberam os cumprimentos do grupo. Atravessaram o círculo para se sentar no local indicado, que parecia ser o posto de honra. Quando Chacha se sentou, todos de novo se inclinaram profundamente; apenas uma jovem, que estava sentada a sua frente, manteve-se ereta. Chacha saudou-a com uma ligeira reverência, ignorando sua identidade. Ao olhar de novo, quase deixou escapar um grito de surpresa: era Omaa, a terceira filha de Maeda Toshiie, com quem ela cruzara um dia nos jardins do Castelo de Fuchu.

Ficou de olhos arregalados diante do espetáculo. Omaa era um ano mais nova do que ela, devia estar com quinze. Sempre fora alta, mas não era por isso que parecia mais velha; talvez fossem as dificuldades por que passara, presa como refém em Kitanosho, e depois com a perda do noivo em combate. Depois de lhe prestar reverência, Chacha a apresentou a suas irmãs:

— Esta princesa é filha do senhor Maeda, a quem devemos gratidão por sua hospitalidade.

Ohatsu e Ogo, também sentadas diante de Omaa, inclinaram-se em cumprimento; a jovem repetiu o gesto em resposta, mas não disse nada. Chacha sentia por ela a mesma antipatia que no dia em

---

38. *Akimushi.* Literalmente, os "insetos de outono". Espécies como o *suzumushi* (*Homoeogryllus japonicus*) e o *matsumushi* (*Xebogryllus marmoratus*), que cantam no outono japonês.

que se cruzaram em Fuchu. Omaa tinha um olhar frio, e seu rosto era uma máscara rígida, que não revelava sentimentos.

Nesse momento, outras pessoas se aproximaram do grupo. Todos se inclinaram profundamente, inclusive Omaa. Chacha e suas irmãs fizeram uma ligeira reverência, imaginando que se tratava de Hideyoshi. O homem se aproximou com rapidez, rindo, e sentou-se ao lado de Omaa, mais ao alto. Antes mesmo de se sentar, perguntou:

— Então, as princesas já conversaram?

Omaa respondeu com uma voz cristalina:

— Não.

Era a primeira vez que Chacha escutava a voz da jovem princesa.

— E por que não conversaram?

Dirigindo-se a Chacha e suas irmãs:

— Então, princesas de Azuchi, como têm passado?

— Bem — disse Chacha, de rosto erguido, a menos de dois metros de distância do grande senhor. Hideyoshi parecia estar se divertindo; sorria, e seu rosto estava muito vermelho. No escuro, não se podia saber se sua coloração se devia ao sol ou ao álcool.

— Você é Chacha. E como se chama a segunda?

— Ohatsu — respondeu Chacha, no lugar da irmã.

— E a terceira?

— Ogo.

— Como vocês três são lindas. Vocês precisam se dar bem com a princesa de Kaga, senão vou me zangar.

Dirigiu-se a Omaa:

— Quando você não tiver nada para fazer em Osaka, pode vir visitá-las.

— De jeito nenhum.

O grupo todo teve uma reação de surpresa diante da resposta categórica.

— Como assim, de jeito nenhum?

— Não teria graça nenhuma.

— Não? Que pena.

Hideyoshi se pôs a rir, como se estivesse falando com crianças.

A atitude de Omaa era bastante desagradável, mas Chacha estava mais interessada em observar aquele homem, que se intitulava *Otenka-sama*. Ele viera de baixo e subira na vida sozinho, destruindo a casa de Azai e os Shibatas, levando o padrasto e a mãe de Chacha à morte; depois, chegou ao posto de chanceler do Império. Chacha não conseguia tirar os olhos dele.

Estava decidida a não abaixar os olhos se Hideyoshi a encarasse, mas não teve essa oportunidade porque ele não olhava ninguém nos olhos. Tinha a atitude de um adulto que viera olhar umas crianças brincando. Perguntou uma coisa ou outra a Omaa; em seguida, a Chacha e às suas irmãs — o que elas gostavam de comer, se criavam passarinhos, ou se já tinham pescado —; e depois mandou todo mundo ir se deitar. Antes de se retirar com as damas de honra, Chacha inclinou a cabeça na direção de Hideyoshi para cumprimentá-lo, gesto imitado por todos, menos por Omaa, que continuava sentada ao lado do grande senhor, contemplando o grupo com seu rosto frio. Sua atitude pareceu estranha a Chacha.

De volta a seus aposentos, as três irmãs souberam pelas damas de honra que Hideyoshi tomara também Omaa como concubina e que a levaria para Osaka. Surpresa, Chacha compreendeu enfim que a atitude esquisita de Omaa se devia a sua nova posição, como cortesã do chanceler. Sentiu ao mesmo tempo um medo profundo, difícil de descrever. Todas as meninas de sua idade que conhecia foram se tornando uma a uma concubinas de Hideyoshi: Tatsuko, Omaa, a irmã de Ujisato... e se a mesma coisa acontecesse com ela? Chacha foi tomada pela primeira vez por uma enorme tristeza e angústia, ao compreender que seu destino e o de suas irmãs dependiam totalmente daquele grande senhor.

Na primavera seguinte, do ano 14 de Tensho, em que Ogo fazia quinze anos, Maeda Gen'i arranjou o noivado dela com Saji Yokuro. A notícia foi um imenso choque não só para a menina, mas também para suas irmãs.

O noivo era senhor de terras equivalentes a sessenta mil *koku* e do Castelo de Ono, em Owari. Tinha dezessete anos, e sua mãe era uma das irmãs mais novas de Nobunaga — ou seja, prima de Chacha e de suas irmãs, que, no entanto, nunca tinham ouvido falar desse castelo nem dessa gente.

As razões para o matrimônio foram em seguida reveladas. Nobukatsu, filho de Nobunaga, primo também de Saji Yokuro, estava em busca de uma esposa para o jovem, e Ogo fora a escolhida para o sacrifício. Outra versão apontava Hideyoshi, e não Nobukatsu, como o autor da ideia. Chacha nunca soube a verdade sobre esse conchavo, mas tudo indicava que Hideyoshi ao menos aprovava a união.

Nessa época, mais do que a origem dos arranjos, preocupava a Chacha saber se Ogo seria feliz nesse matrimônio. As três irmãs não dispunham de informações suficientes para julgar. Tudo o que Chacha sabia era que Saji Yokuro pertencia ao mesmo nível que elas, que também tinha sangue Oda e era de importante família da província de Owari.

Com relação à estratégia política, Saji Yokuro era capitão sob o comando de Nobukatsu e, como Nobukatsu era aliado de Tokugawa, em caso de conflito entre Ieyasu e Hideyoshi, ele devia ser visto como pertencente ao campo de Ieyasu. No entanto, o casamento o punha em posição delicada com relação a Hideyoshi.

Alguns dias após o recebimento da proposta por intermédio de Maeda Gen'i, Chacha resolveu conversar sobre o assunto com Ogo. A menina, então com quinze anos, respondeu com uma indiferença que revelava a que ponto ela não aguentava mais a vida de reclusa naquele castelo:

— Ono fica em Owari, não é? Você acha que é bom viver em Owari? Se for um lugar agradável, fico até contente de ir.

Mas Chacha não ia permitir que ela decidisse assim tão fácil. Ohatsu, que andava também preocupada com a irmã mais nova, ao imaginá-la indo viver tão longe, disse:

— Temos de nos informar. Vai ver é um castelo minúsculo.

Ogo respondeu:

— Castelo grande, se tiver de ser destruído, também será.

O Castelo de Odani, nem me lembro direito, era grande, não era? Pois destruíram o Castelo de Odani; e Kitanosho, aquele castelo enorme, não incendiaram? É a mesma coisa, não interessa onde. Antes deste castelo pequeno, havia neste lugar um outro Castelo de Azuchi, o maior do país; e não queimaram este também?

Ela tinha razão. Todos os castelos que Chacha conhecera haviam sido destruídos, incendiados, aniquilados. De nada adiantava se inquietar por esse casamento, já que a noiva estava assim tão despreocupada. Sua atitude parecia dizer que não se importava de se casar nem de ir morar num castelo distante.

O casamento foi dado como certo no início daquele verão. Fixou-se a data para o fim de outubro. Primeiro, acreditava-se que o procurador oficial do matrimônio seria Nobukatsu, mas depois, sem que se soubesse o motivo, o assunto morreu.

Quando o verão teve início, as três irmãs ficaram bem mais ocupadas. Diversos mensageiros da família de Saji Yokuro vieram a Azuchi para combinar os preparativos. No outono, membros da casa de Oda as visitaram, fazia anos que não davam notícias. Com os visitantes, chegavam também presentes de casamento.

Finalmente, chegou o dia em que Ogo devia partir em liteira para seu novo domicílio. O tempo era muito frio, mais próximo do inverno do que do outono. Ainda não nevava, mas o céu estava nublado e baixo. O dia previsto para a cerimônia era o mesmo em que Ieyasu iria a Osaka, para se entrevistar com Hideyoshi; em meio ao alvoroço desse encontro, o casamento de Ogo passou despercebido.

— Bom, vou indo, então — disse Ogo, meio distraída, meio de brincadeira.

Para suas irmãs, a figura da menina, vestida de branco, parecia tão bela e grave quanto a de alguém destinado à morte.

No momento da despedida, Ohatsu era a mais triste. Talvez porque estivesse abalada pela partida da irmã, talvez porque estivesse pensando que sua mãe não estava ali para vê-la de noiva, Ohatsu se sentia infeliz, e disse a Chacha que achava que nunca mais veriam Ogo.

Chacha também se sentia cada vez mais angustiada à medida que se aproximava a hora de se despedir. Imaginava o jovem guerreiro com que Ogo ia se casar e seu pequeno castelo, e achava cada vez mais que a situação de sua irmã era das mais tristes. Tinha um pressentimento ruim em relação ao matrimônio, que a agitava de tal maneira que não conseguia ficar parada.

— Ogo, se esse castelo um dia for incendiado, prometa que vai voltar viva — disse, em um rompante de amor fraternal.

— Não precisa se preocupar, vai dar tudo certo — respondeu Ogo com um sorriso, erguendo-se para seguir o mensageiro de Saji Yokuro que a viera buscar.

Chacha e Ohatsu acompanharam a irmã até a porta do castelo, que fora iluminada especialmente para essa ocasião. Foi o único momento em que Ogo se inclinou com humildade diante das irmãs. Depois disso, sua figura desapareceu dentro da liteira. O cortejo não parecia o de uma noiva. Cinco liteiras, rodeadas por trinta guerreiros armados, tomaram a estrada em direção a Owari, contornando o lago ao crepúsculo. Chacha não entendia bem o significado político dessa união, mas, ao observar o cortejo que se distanciava, não conseguia parar de pensar que perdera a irmã para sempre.

Pouco tempo depois, no Ano-Novo do ano 15 de Tensho, Maeda Gen'i veio de novo a Azuchi, dessa vez para falar com Chacha sobre uma proposta para Ohatsu:

— Venho solicitar que Vossa Senhoria, senhora Chacha, reflita sobre essa questão que me permito lhe apresentar — disse, em tom de piada, o velho guerreiro. Acrescentou que se tratava de pedir a mão de Ohatsu em casamento para um jovem guerreiro, de uma das cinco famílias mais nobres do Japão, e que tinha a total confiança de Hideyoshi.

— E quem é esse rapaz?

— Alguém que Vossa Senhoria conhece.

— De quem se trata?

— Do senhor Kyogoku Takatsugu.

Chacha teve a impressão de que uma pequena faísca brilhou nesse momento nos olhos normalmente doces de Maeda Gen'i.

— É alguém de muito lustro, tanto pela nobreza do sangue, quanto por sua capacidade...

— Basta. Não tenho objeção a Takatsugu e nem creio que Ohatsu tenha.

Sentia-se um pouco triste, como se sua irmã lhe tivesse roubado alguma coisa; por outro lado, era com grande alívio que resolvia aquela questão.

— E o senhor Kyogoku já sabe da decisão?

— Não falei ainda com ele, mas não creio que a recuse.

Maeda Gen'i nada disse, mas estava posto que aquela união fora determinada por Hideyoshi, e que não havia nada que um vassalo pudesse opor aos desígnios do chanceler do Império.

Naquela noite, ao se retirar aos seus aposentos, Chacha mandou chamar Ohatsu e contou-lhe a proposta:

— É a sua mão que pedem, Ohatsu, não a minha.

— Eu? Com o senhor Takatsugu?

— A ideia não a agrada?

Ohatsu enrubesceu.

— Bem, mas e o senhor Takatsugu, ele, o que ele... — tinha dificuldade em esconder sua alegria.

— Não precisa se preocupar com ele. Ordens são ordens — disse Chacha, com um pouco de crueldade.

Mas Ohatsu estava nas nuvens com a notícia e começou a rir como uma endemoniada. Só parou quando Chacha perdeu a paciência.

Após a comunicação da proposta, Takatsugu veio falar com as duas irmãs em Azuchi. O primeiro mês do ano chegava ao fim. Caía muita neve, uma neve fina, que logo derretia, mas não parava de cair em pequenos turbilhões. No dia da visita de Takatsugu, os flocos brancos dançavam no ar, levados pelo vento em direção ao lago Biwa. De vez em quando, a neve parecia parar, e se podia ver um canto de céu azul; mas logo em seguida os flocos retomavam sua queda.

Como na visita anterior, Takatsugu apareceu de repente, sem avisar, pelo caminho do jardim interno. Chacha, que acabara de abrir as portas de correr para arejar um pouco o salão, viu uma figura coberta de neve vindo em sua direção. Soube no mesmo instante que era ele, pois, mesmo caminhando na neve, mantinha seu passo orgulhoso.

Havia quase dois anos que não se viam. Ele afirmara que viria vê-las mais regularmente, mas isso não ocorrera.

No momento de sua chegada, Ohatsu não estava, pois fora, acompanhada de uma dama de honra, a uma cerimônia do chá em um templo da aldeia do castelo. Ohatsu tinha um temperamento preguiçoso e quase nunca saía do castelo; no entanto, desde que soubera que ia se casar com esse primo, tinha se transformado por completo, andava cheia de vida, saindo por qualquer coisa, como se não aguentasse mais ficar parada esperando. Ao observá-la, Chacha pensava que tudo nela mudara, inclusive sua maneira de se mexer. Caminhava com impulso pelas tábuas da varanda, e de vez em quando se ouvia a madeira ranger sob seus pés.

— Você não pode caminhar mais levemente?

— É que engordei — respondia Ohatsu. — Meu peso abala as tábuas, não tem jeito.

Como que para provar que havia mesmo engordado, dava voltinhas para se mostrar a Chacha. Era verdade que crescera muito no último ano, a ponto de Chacha lhe invejar o corpo bem-feito. Ogo, que deixara o castelo com uma aparência ainda de criança, parecendo ainda mais mirrada se posta ao lado de Ohatsu, agora estava bem crescida.

Ao chegar mais perto, Takatsugu avistou Chacha, que estava sentada à varanda. Parou de repente, depois retomou o passo, olhando-a no rosto. Normalmente pálido, encontrava-se enrubescido, talvez devido ao frio e à neve. Chacha mandou-o entrar, fechou as portas de correr e se sentou à sua frente.

— Você nunca veio nos visitar, como tinha prometido.

— Vim uma vez no ano passado, pelo jardim, como hoje, mas fiquei escutando-as falar, por trás da porta, e depois fui embora.

— Por que não anunciou sua presença?

— Na verdade, eu vim outra vez, no fim do ano passado. Era de noite. Cheguei bem perto, mas voltei.

Chacha sentia-se constrangida em sua presença. Estava com o rosto baixo, sem encará-lo, com medo de avistar, caso levantasse os olhos, o rosto deformado pela paixão que ele havia lhe mostrado em Kitanosho, no dia em que quase declarara seu amor.

Sabia o que ele viera lhe dizer. Uma tensão palpável tomava a sala, onde estavam sozinhos. O que será que ele achava desse casamento?

— Você soube de Ohatsu?

— Não, o quê?

Então, ele ainda não sabia!

— Nada, não é importante.

Takatsugu de repente disse:

— Chacha, você não gostaria de casar comigo? Você tem o sangue dos Azais, e eu tenho o sangue dos Kyogokus.

— Anos atrás, eu também sonhei com essa união.

Pela primeira vez, permitiu-se ser franca com ele, sabendo que o casamento de Takatsugu com sua irmã Ohatsu era inevitável, pois fora determinado por Hideyoshi. Podia agora enfrentar sua paixão como algo inútil, fadado ao fracasso. Escutava sua declaração como um sábio guerreiro suporta a falsa acusação de um jovem vassalo.

— Mas hoje eu desisti desse sonho.

— Desistiu?

— Os nomes de Azai e de Kyogoku pertencem a águas passadas. Os tempos mudaram. Eu também tive esse sonho. Minha família foi responsável pela aniquilação da sua. Eu achava que essa união poderia compensar o ódio que você tinha pelos Azais, e que, juntos, poderíamos reconstruir a glória passada da minha família e dos Kyogokus. Mas isso já faz muito tempo, e agora penso que não é mais possível.

— Por quê?

— Tudo mudou, e essas ideias são antiquadas. Nos últimos dez anos, todas as grandes casas foram aniquiladas: os Takedas, os Akechis, os Shibatas. Até a casa de Oda vai desaparecendo aos poucos... e quem se lembra dos Azais?

— É claro que você tem razão. Deixe-me mudar minha proposta.

Esqueça o nome Azai, esqueça o nome Kyogoku. Proponho que você se case comigo, Takatsugu, senhor de terras de dez mil *koku* em Omizo. Assim você aceita?

— Dez mil *koku* em Omizo? — Chacha levantou o rosto. Não ouvira falar que Takatsugu tivesse terras lá.

— Na verdade, eu também acabei de ficar sabendo, desde ontem. Só será anunciado oficialmente no fim do verão.

— Meus parabéns. Quem lhe contou?

Takatsugu, sem se mover, as mãos sobre os joelhos conforme as regras de etiqueta, não respondeu a pergunta.

— Foi decisão do chanceler? — perguntou Chacha, dando um tom sarcástico à questão que não conseguia calar. Mesmo assim, Takatsugu nada disse. Seus ombros tremeram com tristeza; mas no tremor havia também a intempestividade de seu caráter.

Chacha se ergueu, abriu as portas de correr e chamou uma dama de honra. Finos flocos de neve caíam em espiral.

— Chacha...

Takatsugu foi em sua direção, de joelhos sobre o tatame.

— Você me despreza pela maneira como obtive essas terras?

— O que você está dizendo? Imagine...

— Eu sei o que você está pensando. O que pensa de mim e de minha família. Minha irmã é uma concubina...

— Deixe de dizer absurdos.

Chacha recuara com violência. Estava de pé; olhava Takatsugu, ajoelhado a seus pés. Mudou de tom para dizer:

— Você sabia em que estava se metendo. Eu pelo menos pensava que você tinha tomado suas decisões conscientemente. Depois de Omizo, você vai receber outras terras mais vastas e um castelo. É natural que você e sua irmã trabalhem em harmonia. Acho que sua atitude é digna de elogio.

— Nesse caso...

Mas Chacha o interrompeu:

— Não.

Desviou o rosto do olhar ardente de paixão de Takatsugu; em seguida, sentiu seu quimono sendo puxado com força. O homem agarrava a barra de sua roupa com a mão direita. Nunca alguém tivera para com Chacha um gesto tão grosseiro e inconveniente. Mas ela se sentia também lisonjeada pela atitude de Takatsugu.

Ela bateu palmas para chamar uma dama de honra, livrou o quimono das mãos de seu visitante e dobrou os joelhos para se sentar. O homem recuou para criar entre eles uma distância conveniente.

— Sua proposta está feita. Dê-me tempo para pensar — disse Chacha. As palavras ainda encerravam alguma esperança, mas sua postura fria expressava uma recusa.

— Se não lhe agrada que eu receba as terras de Omizo, posso devolvê-las. Pouco me importa agora o futuro da casa de Kyogoku.

Chacha nada disse.

— Vim aqui hoje para lhe dizer tudo.

Nesse instante, a dama de honra chegou. Chacha pensou em mandá-la trazer chá, mas mudou de ideia:

— Queira acompanhar o senhor Takatsugu, que está de saída.

Ao dizer essas palavras, sentia crueldade nelas. Takatsugu pareceu desistir.

— Peço que reconsidere minha posição — disse, e se levantou com calma para partir.

O anúncio oficial do casamento de Takatsugu e Ohatsu aconteceu na primavera. Os preparativos ocupavam a todos; ao contrário do casamento de Ogo, essa cerimônia seria realizada com grandes pompas. Maeda Gen'i era o responsável pela organização, e diversas novas damas de honra foram postas a serviço de Ohatsu. Todo dia havia gente atarefada nos aposentos das duas irmãs. Ohatsu partiria no fim de agosto para as terras de seu novo esposo.

Em julho, Takatsugu foi feito senhor de Omizo. Então não era mentira, pensou Chacha. No entanto, cometera um enorme erro de cálculo ao achar que poderia desposar Chacha, quando na verdade Hideyoshi havia planejado desde o início dar-lhe Ohatsu em casamento. É claro que sua irmã, Tatsuko, agora concubina do chanceler do Império, também deveria ter tido alguma influência na decisão.

Chacha pensava com frequência no olhar endemoniado de Takatsugu enquanto ele se agarrava a seu quimono. Enquanto observava o rosto feliz de sua irmã, sinceramente maravilhada por estar se casando com Takatsugu, Chacha se lembrava dos breves instantes que ela e seu primo haviam passado juntos sem o conhecimento da noiva, e tinha uma sensação estranha.

No início do verão, Takatsugu veio de novo em visita, para uma entrevista oficial com a noiva. Chacha organizou o encontro, mas não se fez presente; procurava evitar Takatsugu, de forma a não forçá-lo a vê-la face a face. Achava que se o encontrasse talvez não conseguisse manter a calma.

No dia da partida de Ohatsu, já passara o calor do verão e, pela primeira vez no ano, a baixada onde se encontrava o castelo estava coberta por uma atmosfera outonal. Naquela manhã, as damas de honra avistaram sobre o lago dezenas de pássaros migratórios brancos, que nunca haviam visto antes, e vaticinaram que se tratava de um sinal de boa sorte. Em pé na varanda, Chacha também observou a passagem dos pássaros, pequenos pontos brancos que brilhavam aqui e ali no céu de outono.

As pompas do matrimônio de Ohatsu foram sem comparação com as de Ogo. Vendo-se a noiva, jamais se imaginaria que se tratava de uma jovem que escapara por pouco da morte havia apenas cinco anos, no Castelo de Kitanosho. No momento de subir na esplêndida liteira coberta de laca vermelho-cinábrio, Ohatsu se inclinou para sua irmã antes de abaixar a cortina. Ogo partira alegre; mas Ohatsu, angustiada pela despedida, escondia o rosto nas mangas de seu magnífico quimono cerimonial. Chacha se aproximou para repreendê-la:

— Não chore, Ohatsu. Você não vai para longe, como Ogo; seu castelo fica do outro lado do lago.

As lágrimas corriam sem parar pelo rosto maquiado da noiva de dezoito anos. Chacha achava difícil compreender o comportamento excessivamente feminino de sua irmã, que até pouco tempo atrás estava ansiosa para partir, e agora sofria os tormentos da despedida.

O cortejo partiu. As doze liteiras das damas de honra foram na dianteira, seguidas por outras trinta, ocupadas por pessoas desconhecidas de Chacha e escoltadas por sete cavaleiros. Essa longa fila de liteiras era seguida pelo frete de móveis e utensílios, onde havia estojos de conchas[39], baús com quimonos, estantes com oratórios, prateleiras de laca preta, biombos e outros objetos. O cortejo iria até Otsu, e de lá seguiria de barco a Omizo.

Chacha acompanhou o cortejo até as portas do castelo, e depois subiu em uma guarita para acompanhá-lo de longe. A longa procissão avançava muito lentamente pela estrada que serpenteava, contornando o lago. Chacha viu de novo os pássaros brancos que sobrevoavam as águas em direção ao norte; porém, não via neles bom augúrio, e sim uma imagem melancólica, de interminável deslocamento. Ainda assim, não teve pressentimentos ruins, como quando do casamento de Ogo.

Ao descer da guarita e se dirigir a seus aposentos, Chacha se sentiu pela primeira vez na vida totalmente só no mundo. Sentou-se, depois se levantou, e mudou diversas vezes de lugar, sem descanso. A peça em que vivia não parecia mais a mesma, como se não fosse mais sua. Não era a sucessão de despedidas — primeiro Ogo, agora Ohatsu — que lhe dava a sensação de estar só, mas uma angústia incessante que a atormentava, sem que ela soubesse por quê. Pressentia em sua solidão que algo de muito triste estava prestes a acontecer.

Todavia, continuou vivendo só e nada de triste lhe aconteceu. As damas de honra comentaram ainda por um bom tempo as festividades do casamento de Ohatsu; depois, passou-se a falar do Jurakudai, o novo e magnífico palácio de Hideyoshi, em Kyoto. Ficava em um enorme terreno, cercado de fossos profundos, tendo a leste, Omiya; a oeste, o templo Jofukuji; ao norte, a Primeira Avenida; e, ao sul, a rua Shimochojamachi. Nos jardins, foram construídas montanhas artificiais, lagos e diversos outros prédios de grande

---

39. *Kaioke*. Estojos em que se guardam jogos de concha chamados *kaiawase*. Elemento indispensável do enxoval tradicional da noiva japonesa, pois as conchas formam pares e simbolizam a felicidade conjugal.

suntuosidade. No dia 13 de dezembro, seis meses após o casamento de Ohatsu, Hideyoshi, sua família e agregados se mudaram para o Jurakudai. Muita gente do Castelo de Azuchi foi a Kyoto assistir à inauguração da nova residência do chanceler do Império, comemorada com grande pompa.

A agitação e os boatos provocados pela instalação de Hideyoshi no Jurakudai se acalmaram um mês depois, e o Castelo de Azuchi voltou a sua calma habitual. Chacha começava a se acostumar a sua vida solitária. Um dia, no início de outubro, recebeu a visita de Maeda Gen'i em seus aposentos. Queria convidá-la para visitar o Jurakudai, em Kyoto, com o intuito de que ela se distraísse um pouco. Chacha aceitou, obediente; sabia que por trás daquele convite havia uma ordem de Hideyoshi, e que não tinha escolha senão fazer o que lhe pediam.

Durante a viagem, em uma liteira rodeada por cinco outras com damas de honra, e sob a proteção de trinta cavaleiros, sentiu uma terrível angústia. Temia nunca mais conseguir sair do Jurakudai.

Mandou que parassem a liteira em Yamashina e perguntou a um dos militares onde estava Maeda Gen'i. Apeou, decidida a perguntar ao conselheiro de Hideyoshi se o objetivo da viagem era realmente uma visita ao novo palácio. De repente, avistou-o se aproximando a cavalo.

— Quando poderei retornar a Azuchi? — perguntou, com o olhar severo.

O guerreiro de cinquenta anos, que já fora monge, considerado o mais hábil dos políticos japoneses, respondeu, rindo muito:

— Vossa Senhoria gosta tanto assim do Castelo de Azuchi que mal saiu de lá e já quer voltar? Pode voltar quando quiser, mas amanhã visitaremos o Jurakudai. Vai ter de ser paciente e esperar ao menos até depois de amanhã.

A resposta não parecia esconder nenhum outro motivo, e Chacha se sentiu mais tranquila.

As liteiras retomaram seu curso e logo estavam em Kyoto. Era a primeira vez que Chacha via a capital. O vento gelado a impedia de deixar a cortina aberta, mas, olhando pelas frestas, ela avistou as ruas, cheias de homens e mulheres. Havia guerreiros, comerciantes, monges. As mulheres usavam roupas luxuosas, e não se podia saber sua classe social apenas pela qualidade do quimono.

À noite, Chacha dormiu em uma das residências para guerreiros que haviam sido construídas em torno do Jurakudai. Não sabia a quem pertencia aquela casa.

No dia seguinte, visitou o Jurakudai com Maeda. Atravessou os portões e um grande jardim de areia branca, e entrou em um grande prédio, onde uma governanta a aguardava para acompanhá-la. Atrás, vinha um grupo de damas de honra de menor posição. Maeda Gen'i, encabeçando o cortejo, levou-a para ver as muitas peças do palácio. Chacha nunca vira tantas coisas bonitas juntas, mas nada em especial a fascinou. No início, observava com cuidado as pinturas das portas que separavam cada um dos aposentos, mas aos poucos foi dando menos atenção a cada detalhe. Depois de atravessarem muitas salas, chegaram a um jardim, ao fim do qual havia nova sucessão interminável de peças. Os jardins encontravam-se decorados com gosto, seguindo diferentes motivos, mas como havia uma numerosa sucessão de vistas Chacha começou a achar que eram todos parecidos.

— Por aqui, senhorita — disse a governanta, com o rosto impassível de uma máscara de nô, fazendo-a entrar em uma peça, e Chacha de repente se encontrou sozinha com essa mulher mais velha. Maeda Gen'i desaparecera, assim como as outras damas de honra.

A peça era uma pequena sala. Em um nicho, no lugar de honra, estava exposto um desenho de um pavão; sobre algumas prateleiras, havia diversas caixinhas de madeira decoradas com laca. No meio da peça, tinha uma grande mesa em estilo ocidental. Chacha sentou-se diante da mesa e escutou pessoas andando com pressa, uma das quais era um homem, que dava passos largos. Ouviu também vozes e risos misturados aos passos, que agora se aproximavam, e escutou uma risada contente, que reconheceu de uma ocasião anterior, no Castelo de Azuchi.

Quando Hideyoshi entrou na peça, Chacha levou um susto com seu rosto, que estava muito envelhecido. Na vez anterior em que se encontraram, ela não percebera as rugas na escuridão, mas agora podia ver que elas cobriam a face do velho guerreiro. No dia seguinte à queda de Kitanosho, Chacha o vira passar em direção ao norte no comando de suas tropas, mas achava agora difícil crer que o orgulhoso cavaleiro de sua memória fosse o mesmo velhinho que entrava naquela peça.

— Chacha, como você cresceu! — disse ele ao entrar, antes mesmo de se sentar.

Quando visitara Kiyosu, pouco depois do Incidente de Honnoji, Hideyoshi a tratara de princesa, o mesmo tratamento que lhe dispensara em Azuchi; agora, no entanto, ele a chamou apenas de Chacha.

Sem dizer nada, Chacha inclinou a cabeça diante do homem mais poderoso do Japão. Hideyoshi era o único ainda em pé. Os outros se inclinavam em sinal de respeito.

— Você janta conosco hoje? — perguntou Hideyoshi.

— Estou exausta — disse Chacha, tentando escapar do convite.

— Levante o rosto, quero ver.

A jovem obedeceu.

— Você me parece estar em perfeita saúde, não há nada para se preocupar. No entanto, se está mesmo cansada, é melhor ir descansar. O que você quer de presente, para levar de volta a Azuchi? Quero que todas as damas de honra voltem com as mãos carregadas.

— Não posso eu mesma levar os presentes?

— Você? Ora, que absurdo, você não precisa carregar nada.

Hideyoshi dirigiu-se à saída.

— Você achava que ia carregar os presentes? — perguntou, como que para si mesmo, e deu uma gargalhada. Distanciou-se rindo, pela varanda.

O grupo que o acompanhava se retirou em seguida, às pressas, deixando Chacha novamente sozinha com a governanta. Hideyoshi partira, deixando atrás de si uma estranha agitação. Algumas damas de honra, vindas não se sabe de onde, guiaram Chacha por vastos jardins em direção a uma magnífica torre de menagem. No jardim interno, algumas dezenas de lespedezas, plantadas a distâncias regulares, estavam carregadas de flores violeta-claro. Ao ver as flores,

Chacha se emocionou pela primeira vez com a beleza do Jurakudai. Além das árvores floridas, o jardim tinha apenas um canteiro de areia branca. Chacha ficou admirando as maravilhosas flores, e uma dama de honra lhe disse que essa residência era da concubina Kaga.

— Kaga? A filha de Maeda Toshiie?

— Sim. Ela adora as lespedezas, e este jardim foi criado especialmente para ela. Foram plantadas no ano passado, e ainda não dão muita flor. Além disso, a época da florada já meio que passou...

Ao saber que o jardim pertencia a Omaa, sentiu esfriar seu interesse pelas belas flores. A influência dessa concubina, que lhe permitia mandar e desmandar em jardineiros e árvores no Jurakudai, era mais do que Chacha podia aceitar de bom grado. Que espécie de poder era esse que uma menina dois ou três anos mais nova do que ela, ainda que bonita, podia exercer sobre Hideyoshi? Além do que, mesmo bela, sua beleza era fria e distante.

Chacha passou três dias em Kyoto. Visitou alguns templos, acompanhada por Maeda Gen'i. Depois, voltou a Azuchi, dessa vez realmente exausta.

Depois de voltar à vida simples em Azuchi, Chacha pensou em tudo o que vira durante sua breve viagem. Lembrou diversas vezes a beleza das paisagens de Saga e de Daigo, os prédios bonitos como sonhos, o Jurakudai, o jardim de lespedezas e o riso contente de Hideyoshi.

Quase nunca recebia notícias de Ogo, mas Ohatsu lhe escrevia com frequência, pelo menos uma vez a cada dez dias. Agora que viviam separadas, Chacha se deu conta de que sentia muito mais saudades de Ohatsu do que da irmã caçula. Ohatsu sempre se despedia convidando-a a visitá-la em Omizo, e Chacha acabou se convencendo. É claro que o motivo por que ainda não fora era seu primo, que ela seria finalmente obrigada a encarar; contudo, já que Takatsugu e Ohatsu agora eram marido e mulher, será que não conseguiriam todos conversar de forma amistosa? Ao falar a Maeda Gen'i sobre sua intenção de viajar, ele se mostrou bastante surpreso:

— Princesa, Vossa Senhoria não pode se comportar assim tão levianamente. Duvido que lhe deem permissão para fazer essa viagem.

— Permissão? E a quem devo pedir essa permissão?

Maeda não respondeu a pergunta, mas deu a entender que uma pessoa de alta posição como ela não podia sair por aí se deslocando como bem entendesse.

Chacha voltou a seus aposentos e olhou em volta o cenário de sua vida. A sala isolada no fundo do Castelo de Azuchi pareceu-lhe de repente uma jaula. Pela primeira vez compreendeu, com horror, que era prisioneira daquelas muralhas.

Capítulo 4

Chacha passou o Ano-Novo do ano 16 de Tensho isolada em seus aposentos. Suas irmãs não estavam mais lá. Tinha duas damas de honra a seu serviço, mas só lhes dava ordens, nunca falava com elas. Tinha um pressentimento de que tudo iria mudar. Apenas ela, Chacha, escapara ao destino reservado a Omaa, filha de Maeda Toshiie, a Tatsuko, irmã de Takatsugu, e à senhora Sanjo, a concubina da Terceira Avenida, irmã de Gamo Ujisato.

Até então, não sentira a mesma raiva que sua falecida mãe e suas irmãs tinham de Hideyoshi. Os quatro encontros que tivera com ele haviam lhe deixado uma impressão diferente. No entanto, exceto a vez que o vira paramentado para a guerra, montado em seu cavalo, ele sempre lhe parecera ser um velhinho contente. Com suas próprias mãos, Hideyoshi havia dizimado as casas de Azai e de Shibata e causado a morte de toda a família dela, mas Chacha nunca fora capaz de lhe dedicar o ódio mortal que se reserva a um inimigo. Porém, quando finalmente compreendeu que era sua prisioneira no Castelo de Azuchi, começou a sentir-lhe horror. Toda vez que pensava nele, um tremor gelado percorria-lhe o corpo.

No início de março, quando os botões de flor começam a crescer com rapidez nas cerejeiras, o pressentimento de Chacha se confirmou. O número de damas de honra a seu serviço aumentou de uma hora para outra, e seus aposentos tornaram-se o centro de idas e vindas e de grande rebuliço, como à época do casamento de Ohatsu. Roupas esplendorosas foram-lhe trazidas, e seu quarto se encheu de repente de móveis e utensílios de luxo. Essa agitação durou cerca de dez dias; depois, Chacha recebeu uma visita de Maeda Gen'i, que lhe comunicou que dentro de poucos dias ela se mudaria para o

Jurakudai. Sua maneira de falar com Chacha estava mais respeitosa do que nunca, e ela, sem mostrar oposição ao que fora decidido, perguntou apenas quando ocorreria a mudança.

— Em dez dias, quando as cerejeiras estiverem em flor.

Chacha não transpareceu aprovação nem recusa em sua atitude. Ficou em silêncio, refletindo sobre os dez dias que lhe restavam para decidir. Ela tinha a opção do suicídio. Seu pai, sua mãe, seu avô, seu padrasto, todos escolheram essa via. Se decidisse pela morte, saberia repetir o gesto que o frágil braço de sua mãe executara no passado.

No dia seguinte ao da entrevista com Maeda Gen'i, enviou um mensageiro ao Castelo de Omizo com a incumbência de perguntar a Ohatsu se Takatsugu poderia vir vê-la, pois queria consultá-lo urgentemente sobre um assunto muito grave.

Desde o dia seguinte ao envio do mensageiro, esperou Takatsugu com impaciência. Sabia que o primo agora era senhor de terras de dez mil *koku* e que não podia ficar indo e vindo com a mesma facilidade. No entanto, achava que ele poderia arrumar um jeito de vir, pois era ela quem estava pedindo. Pensava que ele deveria ainda ter interesse suficiente por ela para atender a seu chamado.

Cinco dias depois do envio do mensageiro, Takatsugu apareceu. Comunicada sua presença, Chacha mandou que as damas de honra se retirassem e preparou ela mesma o assento no lugar de honra, no salão cujas portas estavam entreabertas, apesar do frio. Então Chacha se sentou e aguardou que ele entrasse.

Takatsugu, ao contrário das outras vezes, chegou pelo corredor, com toda a dignidade de um daimiô, e se ajoelhou na entrada da peça, pedindo educadamente desculpas por não ter dado notícias antes. A intensidade e o orgulho de sua presença haviam desaparecido, em seu rosto aparecia apenas uma fria sobriedade. Chacha achou-o cruel em sua nova atitude, em que já não se via mais o amor que o levara a se agarrar à barra do quimono dela na última vez em que se encontraram.

Convidou-o a entrar, indicando seu lugar, mas ele parecia decidido a ficar ajoelhado na entrada da peça. Chacha desistiu de tentar fazer com que mudasse de lugar, e perguntou:

— Vossa Senhoria ouviu os boatos?

Takatsugu, mãos sobre os joelhos conforme a etiqueta, respondeu:

— Sim, ouvi.

— Está frio, Vossa Senhoria não acha?

Chacha se levantou e fechou as portas da peça.

— Se Vossa Senhoria não se importar, creio que é melhor deixar as portas abertas — disse Takatsugu.

— Por quê?

Takatsugu não respondeu, apenas repetiu:

— Acho melhor Vossa Senhoria deixar as portas abertas.

Sua voz tinha um fundo de urgência. Chacha se levantou de novo e deixou as portas entreabertas, como estavam antes. O crepúsculo da primavera se insinuava pelas frestas.

— Vossa Senhoria, o que acha disso tudo?

— Acho bom — respondeu Takatsugu.

— Essa é realmente a opinião de Vossa Senhoria?

— Sim, eis o que acho.

— Foi o *Otenka-sama* quem destruiu a casa de Azai e a casa de Shibata.

— Vossa Senhoria esquece ter afirmado, na última vez em que tive a honra de vê-la, que isso pertence a um passado que já não existe?

— É verdade, eu disse isso. Os tempos mudaram. Mas penso que a situação em que me encontro no momento não pode ser resolvida assim com tanta facilidade.

— Peço humildemente que Vossa Senhoria me dispense de lhe oferecer conselho sobre esse problema. Desculpe-me pelo que vou dizer, mas creio que seu pedido para que eu venha aqui hoje lhe aconselhar sobre essa questão é um pouco demais da conta, e que Vossa Senhoria está fazendo troça de mim.

Takatsugu empalideceu ao dizer essas palavras.

Por um lado, Chacha era obrigada a admitir que ele tinha razão. Ela ainda se lembrava muito bem do olhar apaixonado de Takatsugu, e de suas palavras, de que ele queria viver com ela, sem glória, sem posição, sem terras. Realmente, era cruel tê-lo rejeitado e agora querer conselhos sobre se era conveniente ou não ser concubina de Hideyoshi. Além do que, se ele fosse contra, o que poderia fazer? A ordem era de um homem com poder absoluto. Recusar uma ordem do chanceler do Império significaria a morte.

Os dois ficaram se olhando em silêncio. Takatsugu se voltou para o jardim e disse:

— Está escurecendo. Permita-me que me retire agora e que volte amanhã para continuarmos nossa conversa.

Ele se levantou. Primeiro, evitara estar com ela em uma peça fechada; agora, não queria que estivessem juntos na escuridão. Chacha se manteve com a cabeça baixa. Sabia que ele estava se retirando e não o impediu. Ficou sozinha no escuro até que uma dama de honra trouxe um castiçal. Por que o chamara até ali? Ela sabia muito bem que ninguém poderia fazer nada para ajudá-la.

Mandou que uma dama de honra fosse perguntar onde ele passaria a noite. A mulher voltou em instantes:

— O senhor Kyogoku vai passar a noite no pavilhão do Falcão, foi o que me informaram.

Naquela noite, Chacha dispensou suas damas de honra por volta das oito horas, saiu para a varanda e deixou as portas abertas. A lua tinha um brilho fraco. Desceu ao jardim e foi tomada pelo frio da noite, ainda que pressentisse a primavera nos galhos das árvores, que se enchiam de brotos.

Chacha ia contornar o prédio a pé, mas logo parou. Sentia o coração batendo forte, como ondas do mar; ou seria um barulho externo, como o som abafado de um banquete distante?

Sob a pálida claridade da lua, foi pelos jardins ao lado dos prédios, para não ser vista, em direção às construções da muralha noroeste. Aproximou-se da varanda que passava pelo pavilhão do Falcão, onde dormia Takatsugu, e ficou ali de pé por instantes, procurando avistar na escuridão o interior da peça. Não se escutava nenhum ruído. Takatsugu estaria adormecido ou ausente.

Deu duas ou três batidinhas na porta. Nada aconteceu. Bateu de novo, com mais força. Escutou então um roçar de panos no interior da sala; e depois, passos que se aproximavam da varanda. Saiu dali correndo e se escondeu atrás de um arbusto.

Uma porta se abriu, e apareceu a figura de um homem. Era Takatsugu, que ela reconheceu pelas roupas, as mesmas que ele estava vestindo durante o encontro dos dois. Chacha se mostrou. Takatsugu olhou-a fixamente, como que hipnotizado, e depois foi de pés descalços ao jardim. Parecia não querer que ela se aproximasse do quarto. Agora estava de pé diante dela; porém, talvez por medo de ser visto com Chacha, trouxe-a para a varanda.

— Por que você me faz uma coisa dessas? Você está me causando muito constrangimento — murmurou ele.

Chacha ia começar a dizer alguma coisa, mas foi interrompida:

— Shhh. Silêncio. Tenha a bondade de se retirar.

— Decidi, conforme seu conselho, ir viver no Jurakudai. Vim lhe comunicar minha decisão.

Takatsugu, ainda assustado, trouxe-a para dentro de seus aposentos. Devia estar escrevendo, pois havia uma escrivaninha no meio da peça, com um castiçal ao lado. A peça parecia bastante iluminada, em contraste com a escuridão da rua. Sentaram-se de frente um para o outro, ao lado da escrivaninha; Chacha repetiu:

— Decidi ir viver no Jurakudai. Vim lhe dizer isso. Vim também lhe pedir que me deixe passar a noite aqui com você.

Takatsugu, que a contemplava, imóvel, respondeu:

— Vossa Senhoria perdeu completamente a razão?

Sua voz saía abafada, como se quisesse evitar ser ouvido da rua.

— Eu pareço alguém que tenha perdido a razão? — perguntou ela.

De cabeça erguida, Chacha o olhava nos olhos. Não esperava que ele fosse dizer aquilo, pois achava que nunca, em seus dezenove anos de vida, agira com tanto sangue-frio como naquele momento. Com a mente desanuviada, parecia-lhe ver agora toda sua vida diante de si, como um único caminho levando até aquele instante: a noite de Odani, viva em sua memória como em um sonho;

os dias silenciosos passados dentro do Castelo de Kiyosu; Oichi, sua mãe tão gentil; a figura de suas irmãs quando eram ainda pequenas; seu pai, Nagamasa; a angústia da noite em que souberam do Incidente de Honnoji; a festa dos fogos no antigo Castelo de Azuchi; os cavalos brancos, correndo como alucinações por entre as luzes; o casamento de sua mãe; os flocos de neve dançando no céu do norte; o padrasto, Katsuie, em trajes de guerra; a escuridão da estrada de fuga quando da queda do Castelo de Kitanosho. Essas imagens, uma a uma, atravessaram a mente de Chacha, que pensou naquela hora poder lembrar todos os dias de sua vida, todos os detalhes, até o tempo que fazia.

— Eu nasci com este destino. Até há pouco, estava pensando em me suicidar. Mas agora, não. Quero viver. Meu pai, meu avô, minha mãe, meu padrasto, todos lutaram até o fim, até o último momento, quando seus castelos desapareciam no fogo. Eu quero viver assim também. Quero viver até o momento em que não me reste outra coisa a fazer senão me matar.

Takatsugu escutava em silêncio. A atitude e as palavras de sua prima o impediam de dizer algo. Então, sem transição, ela continuou:

— Quero passar a noite aqui com você.

Takatsugu lhe dissera um dia que a queria como mulher, e agora ela queria oferecer-lhe seu corpo.

Seu gesto não era inspirado pelo amor, não pensava amá-lo naquele momento. Oferecer-lhe seu corpo nada tinha a ver com amor. Simplesmente, achava que o brilho que um dia vira nos olhos de Takatsugu não podia mentir, e agora queria lhe dar o corpo que logo pertenceria a Hideyoshi.

— Vossa Senhoria perdeu o juízo?

— Não estou louca.

— Acaso alguém teria ideia semelhante se não estivesse louca? Não diga mais absurdos e tenha a bondade de se retirar.

— Absurdos?

— Totalmente.

— Por que absurdos?

Chacha sentia seu olhar e o de Takatsugu unidos numa luta no espaço, o primeiro a abaixar o rosto perderia.

— Vá embora.

Chacha não respondeu.

— Se Vossa Senhoria não se retirar, sou eu quem vai embora.

Chacha permanecia calada. Viu que Takatsugu se levantava. Nesse momento, ela se agarrou à barra de seu quimono, como ele fizera uma vez. Seu gesto tinha a mesma determinação, mas seus olhos não brilhavam com a paixão que Takatsugu demonstrara naquele dia.

Takatsugu se soltou e saiu da peça. Chacha ficou ali algum tempo, sentada, e, quando teve certeza de que ele não voltaria, foi embora também.

Saiu pela varanda que dava para o jardim e se dirigiu lentamente até seus aposentos. Enquanto caminhava, pensou que não era mais uma menina, já era uma mulher, cuja existência estava ligada à do homem mais poderoso do Japão. A recusa de Takatsugu poderia ser explicada pelo respeito, misturado ao temor, que lhe inspirava a futura concubina de Hideyoshi.

Dois dias depois da partida de Takatsugu, Gamo Ujisato veio inesperadamente ter com Chacha. Sua última visita fora após a batalha de Komaki, no ano 12 de Tensho, mais ou menos quatro anos antes.

Chacha recebeu com todo respeito esse homem que agora comandava terras de 320 mil *koku* em Matsuzaka. Aos 31 anos, não havia mais traço de juventude no rosto de Ujisato. Sua presença era suave, e sua voz era tão serena que lhe conferia uma dignidade especial.

— Princesa, permita que lhe apresente meus cumprimentos — usava o tratamento de "princesa" como outrora. — Não pude vir cumprimentar suas irmãs quando se casaram, mas desta vez decidi vir especialmente.

Ele começou seu discurso cumprimentando-a pelo fato de que se tornaria uma das concubinas de Hideyoshi, falando sem rodeios.

— O senhor acha então que esse acontecimento é motivo de felicidade? — sondou Chacha.

Ujisato repousou um pouco o olhar sobre ela antes de responder:

— Por que não seria? São notícias alvissareiras. Se Vossa Senhoria tiver um filho dele, essa criança com sangue Azai será um dia...

— mas não foi até o fim.

Chacha completou a frase mentalmente: "... o homem que comandará todo o Japão."

— Eu, um filho? — começou a chorar.

A possibilidade ainda não lhe ocorrera. Um filho de Hideyoshi. Um filho do homem que destruíra sua família, roubando aquilo que lhe era mais caro. Sem se importar com a presença de Ujisato, deixou as lágrimas correrem. Não eram lágrimas de tristeza, mas a expressão de sentimentos inconfessáveis, agora que compreendia qual era a vida que a aguardava e o verdadeiro peso do seu estranho destino.

Ujisato deixou que chorasse em silêncio. Logo, ela enxugou as lágrimas e pediu desculpas por ter expressado suas emoções.

— Vossa Senhoria já foi ao Jurakudai?

— Apenas uma vez.

— É um lugar maravilhoso, não é?

— Não achei tanto assim.

— Que pena — disse Ujisato. Pensou um pouco e acrescentou: — Mas se Vossa Senhoria não gosta do Jurakudai pode mandar fazer um castelo para ir morar.

— Como assim?

— Se Vossa Senhoria não puder, então ninguém pode!

— Mas onde?

Ujisato sorriu.

— Vejamos. Um castelo onde Vossa Senhoria poderia viver agradavelmente... que tal perto de Yodo? Já tem um castelo lá, mas seria necessário reformá-lo... fica perto de Kyoto e de Osaka, e também, é claro, do rio Yodo. Do alto da torre de menagem, Vossa Senhoria poderia desfrutar de uma vista magnífica dos arredores. As baixadas se estendem até o horizonte.

Ujisato falava como se já pudesse enxergar o castelo. Chacha chorou de novo, imaginando-se no alto da torre de menagem do suposto castelo, compreendia ainda mais dramaticamente que seria uma prisioneira pelo resto de sua vida.

— Seguirei seus conselhos, senhor Ujisato. Terei um herdeiro e construirei um castelo — respondeu ela.

— Mas então, o que há de triste nisso?

— Sim, o senhor tem razão.

Chacha pensou que acabava de selar seu destino a partir de conselhos de Ujisato, como acontecera antes com o de sua mãe. Se o final para Oichi fora o suicídio, o que aconteceria com ela?

Ujisato ficou quase uma hora falando com ela. Depois, foi a vez de Maeda Gen'i, de volta de Kyoto.

— Você parte amanhã para o Jurakudai. Às sete da manhã.

Era um anúncio repentino, mas a floração total das árvores do Jurakudai seria no dia seguinte.

Ainda que fosse capaz de imaginar a suntuosidade do espetáculo das cerejeiras em floração total no Jurakudai, Chacha não sentia a mínima vontade de partir. Depois de viver em quatro castelos — Odani, Kiyosu, Kitanosho e Azuchi —, ela já imaginava o seu, às margens do Yodo, conforme a descrição de Ujisato.

Na manhã seguinte, quando ia subir à liteira para deixar o castelo com sua escolta, Chacha lançou um último olhar emocionado àquele lugar, onde passara seis anos de sua vida. Ali, com suas duas irmãs, isolada do mundo, ela foi pouco a pouco se tornando mulher. Ogo e Ohatsu já haviam tomado o rumo de suas vidas; agora era sua vez de cruzar a porta daquelas muralhas, de dar o primeiro passo em direção a seu destino.

Naquele ano, a primavera estava demorando para começar, e o sol de fim de março não aquecia ainda a planície gelada que contornava o lago Biwa. As cerejeiras de Azuchi começavam a florir, mais atrasadas do que as do Jurakudai. O cortejo que deixava o castelo naquele dia era fora do comum. Ainda que não tivesse a pompa de um casamento, não era discreto como o de uma viagem normal. Os muitos móveis e objetos encaminhados de presente por Hideyoshi seriam transportados mais tarde. Ainda assim, a fila tinha quase trinta liteiras, no centro das quais estava a de Chacha, escoltada por trinta soldados armados.

Chacha não conhecia a maior parte das damas de honra que faziam parte do cortejo. Não sabia nem de onde nem quando haviam chegado, mas no momento da partida todas tinham se apresentado nas portas do castelo. O rosto delas era estranhamente inexpressivo, como que incapaz de alegria, raiva ou tristeza. Tinham uma atitude respeitosa, mas suas reverências eram de grande frieza.

Os cavaleiros eram de um zelo incomum, como que responsáveis por um tesouro precioso, ainda que os bens que transportassem não fossem tão valiosos como um enxoval de casamento. O cortejo ia a grande velocidade. Chacha às vezes erguia a cortina e olhava a paisagem. De quando em quando, cruzavam por grupos de mulheres e crianças, que acorriam para vê-los passarem.

A primeira parada foi na aldeia de Otsu, para descansar. Todas as mulheres desceram de suas liteiras, menos Chacha, que afirmou não estar se sentindo bem. Nesse momento decisivo de sua vida, não tinha vontade de encarar multidões. Não havia nenhuma embarcação no azul-escuro do lago Biwa. Ali em Otsu, as cerejeiras haviam atingido apenas um terço de sua floração. Foi só quando se aproximaram de Yamashina que avistaram aqui e ali cerejeiras em floração total. No entanto, Chacha não conseguia apreciar o espetáculo. As flores tinham pouco vermelho, pareceram-lhe desbotadas, pequenas, pálidas; davam uma ideia de sujeira, de tristeza ou solidão.

Quando por fim chegaram a Kyoto, achou a capital tão animada quanto da última vez em que estivera ali, no outono. A multidão das ruas estava atarefada como sempre. Os passantes paravam para contemplar o cortejo. Na vez anterior, Chacha ficara hospedada em uma casa de militar; dessa vez, sua liteira foi levada diretamente para dentro do Jurakudai.

Entrou por uma porta diferente e, ao descer da liteira, viu que estava defronte a uma pequena casa. Deu um gritinho de surpresa diante da massa compacta de flores de cerejeira que preenchia todo o retângulo ajardinado à frente da residência. Eram flores de qualidade distinta das que conhecera até então, seja na cor, no tamanho ou na forma. Não havia vento, e as floradas haviam atingido o clímax, antes de começar a cair. De pé, Chacha olhava com espanto e prazer o complexo entrelaçamento de galhos floridos acima de sua cabeça. De repente, percebeu que estava rodeada de mulheres, que se curvaram todas ao mesmo tempo, como que a um sinal combinado. Desviou o olhar das flores para fitá-las com certa desconfiança. Viu também que, à entrada da casa, havia mais mulheres, de joelhos, mãos sobre o piso, em reverência. A imobilidade dessas damas de honra dava-lhes uma aparência artificial como a das cerejeiras. Chacha sentia-se como a única pessoa viva em um cenário de seres fictícios.

Chacha caminhou até o *genkan*.[40] As mulheres se levantaram todas ao mesmo tempo. Como que obedecendo a uma coreografia ensaiada, organizaram-se em fila indiana atrás dela e a seguiram. À frente de Chacha, ia a governanta designada para atendê-la, a qual não era a mesma da sua outra visita. Seus aposentos tinham um jardim posterior igualmente cheio de cerejeiras floridas. Enquanto observava o mar de flores diante de si, lembrou as lespedezas da residência de Omaa e pensou que, embora não gostasse muito de cerejeiras, elas eram menos tristes do que as árvores da outra concubina.

A ala independente que ocupava era ao fundo de um prédio, e incluía uma antecâmara seguida de um quarto. Diversas outras peças se sucediam ao longo da varanda. Talvez fossem os quartos de suas damas de honra, pois as mulheres que a seguiram desde Azuchi se instalaram ali. Enquanto Chacha descansava no salão, Maeda Gen'i veio vê-la.

— Que tal este lugar, princesa, é de seu agrado? As cerejeiras daqui são as mais bonitas do Jurakudai. A partir de hoje, Vossa Senhoria é a dona deste lugar. Talvez se sinta só no início, mas a vida aqui é agradável. Nas próximas duas semanas, todo mundo no palácio vai estar bastante ocupado com os preparativos para a visita de Sua Alteza, o Imperador.

---

40. Espécie de *hall* de entrada da casa tradicional japonesa, parte rebaixada logo junto à porta, onde se tiram os sapatos para subir ao interior da casa propriamente dita.

Chacha compreendeu que não receberia a visita de Hideyoshi nas próximas duas semanas. Ele aguardaria o fim da visita imperial. Essa notícia a deixou um pouco aliviada.

Na sua primeira noite no Jurakudai, Chacha recebeu a visita de Tatsuko, a irmã de Kyogoku Takatsugu. Conhecida ali como senhora Kyogoku, ela era uma das concubinas de Hideyoshi, famosas em todo o Império, juntamente com Omaa (senhora Kaga) e a irmã de Ujisato (senhora Sanjo, a concubina da Terceira Avenida), entre outras.

Havia treze ou catorze anos que as primas não se viam. Chacha lembrava bem o dia em que seus primos a visitaram no Castelo de Kiyosu, no ano 2 de Tensho. A figura de Tatsuko, quatro ou cinco anos mais velha, alta e esguia, não se apagara da memória de Chacha. Tinha nítida lembrança das mãos da prima, brancas como cera, dos cabelos cortados à altura das maçãs do rosto, e do quimono verde-claro com um *obi* vermelho-cinábrio.

A impressão que lhe ficara desse primeiro encontro era de uma princesa de linhagem alta — a casa de Kyogoku —, cuja docilidade parecia prepará-la para suportar o mais sofrido destino. Não era arrogante nem convencida, e tinha a frágil beleza das donzelas de sangue em extinção.

A senhora Kyogoku chegou acompanhada por um grande séquito de damas de honra, mas entrou sozinha no quarto da prima.

— Senhora Chacha, há quanto tempo! Vossa Senhoria se lembra de mim, daquela época distante? Foi no Castelo de Kiyosu. Eu e meu irmão fomos generosamente recebidos pela senhora sua mãe.

Tinha um leve sorriso no rosto oval, de que Chacha se lembrava bem. A voz era estranhamente alegre. Chacha não conseguia ver na senhora Kyogoku nada que insinuasse a tristeza que ela associava à condição de concubina de Hideyoshi.

— Quantos anos faz desde aquele dia? Tanta coisa aconteceu depois comigo e também com Vossa Senhoria.

Era difícil para Chacha acreditar que aquela bela mulher, mais velha do que ela, tinha sido casada com Takeda Motoaki, daimiô da província de Wakasa, e que perdera depois o marido. Além disso, o homem que havia matado seu esposo, seu arqui-inimigo Hideyoshi, tomara-a finalmente por concubina. Chacha também sofrera muito, mas nada comparado às provações por que passara a senhora Kyogoku. Chacha havia perdido mãe e padrasto; mas Tatsuko perdera marido e filhos. Destes últimos, ninguém sabia o paradeiro. Alguns afirmavam que haviam sido assassinados, outros diziam que estavam escondidos em algum lugar.

No rosto de Tatsuko, que não revelava nenhum ressentimento, Chacha reconheceu alguns traços de sua mãe, Oichi. Tinha a serenidade de uma mulher que passara por muitas provações. O reencontro não foi cheio de alegria, mas reacendeu a intimidade que apenas os laços de sangue asseguram. À noite, a prima levou Chacha ao jardim para admirar as flores. Não havia calçados no piso de pedra do jardim, então Tatsuko bateu palmas, e uma dama de honra logo apareceu com dois pares na mão.

— Tenha a bondade — disse Tatsuko, e Chacha, obediente, desceu primeiro.

As duas caminhavam sob as cerejeiras quando Chacha de repente percebeu que Tatsuko a tratava com reverência, como se fosse sua criada. Tentou reverter as posições e fazer com que a prima, que era mais velha, fosse à frente; mas, talvez sem se dar conta, Tatsuko não tomava a precedência.

Chacha ignorava como seria a vida de concubina. No entanto, a presença da senhora Kyogoku a seu lado parecia lhe dar força.

As pétalas das flores de cerejeira caíram logo, e brotos verdes surgiram nas árvores. Em abril, intensificaram-se os preparativos para a visita do imperador Goyozei. Essa visita fora anunciada no Ano-Novo por um decreto imperial e era esperada para daí a duas semanas. No palácio de Hideyoshi, todos estavam muito ocupados em vista do acontecimento, sob a coordenação de Maeda Gen'i. Uma visita desse tipo ocorrera pela última vez na era Muromachi, e fora necessário consultar os antigos arquivos das famílias nobres sobre o protocolo a ser seguido.

Enquanto isso, Chacha só ficava sabendo alguma coisa sobre os preparativos quando uma dama de honra lhe contava, pois passava os dias enclausurada em seus aposentos. Por volta do dia 10 de abril, suas damas de honra disseram-lhe que os daimiôs de todas as províncias do Japão logo chegariam ao Jurakudai para assistir ao evento. Entre esses daimiôs estavam Maeda Toshiie, Gamo Ujisato, Kyogoku Takatsugu... apenas Tokugawa Ieyasu já se encontrava na capital havia cerca de um mês.

Choveu até o dia 13, mas no dia seguinte o tempo melhorou. Naquela manhã, Hideyoshi foi ao palácio imperial encontrar o imperador e o escoltou pessoalmente até o Jurakudai, sob a guarda de guerreiros de Maeda Toshiie. A escolta era tão numerosa que tomava todos os sessenta quilômetros[41] que separavam o Jurakudai do palácio imperial. A vanguarda do cortejo chegou ao Jurakudai antes que a retaguarda saísse do palácio; as ruas eram tomadas por uma multidão de gente de todas as províncias, amontoada em Kyoto para o cortejo do imperador. Mais de seis mil soldados patrulhavam as encruzilhadas.

No início do cortejo, vinham samurais com chapéus *eboshi*, indicando seu escalão; em seguida, a liteira da imperatriz e logo atrás as concubinas imperiais e as damas de honra. Depois, mais de cem pessoas sustentavam um altar xintoísta, acompanhado por catorze liteiras de laca. Após mais cinco liteiras, vinham a guarda imperial; os sacerdotes do palácio; os generais; os músicos da corte, tocando seus instrumentos; e a carruagem imperial, que se deslocava na morna brisa de primavera, anunciando já o verão. Atrás, seguiam o ministro da esquerda, Konoe Nobusuke; o ministro do centro, Oda Nobukatsu; e a elite dos generais de Hideyoshi — entre eles, Tokugawa Ieyasu, Ukita Hideie e Toyotomi Hidetsugu. Por último, vinha a liteira de Hideyoshi e sua escolta.

À frente de Hideyoshi, mais de setenta vassalos próximos avançavam em grupo — entre eles, Ishida Mitsunari —, e atrás vinham mais de cem vassalos em três filas, seguidos por 27 importantes daimiôs, como Maeda Toshiie. Finalmente, passou um grande número de guerreiros a serviço dos daimiôs. As luxuosas roupas das

---

41. No original, 15 *ri*.

pessoas desse desfile pareciam aos homens, mulheres e crianças que se amontoavam nos acostamentos do caminho como que objetos de um esplendor de outro mundo. O brilho dos brocados de seda obnubilava.

Após a chegada do cortejo ao Jurakudai, deu-se início às festividades, com um banquete ao meio-dia, seguido por um concerto noturno de instrumentos de sopro e de cordas. Chacha estava junto à porta do Jurakudai para receber a liteira imperial, conforme ordens recebidas, e depois voltou para a sua casa, onde passou o dia bastante ansiosa. No interior do Jurakudai, havia o dobro ou mesmo o triplo de pessoas que costumavam estar no castelo; no entanto, reinava um silêncio opressivo. À noite, Chacha desceu ao jardim e passeou na luz azul da lua. Reinava uma estranha calma nessa noite em que ocorria a mais suntuosa das cerimônias. Se Oda Nobunaga não tivesse morrido em Honnoji, seria ele hoje a comandar os eventos, e não Hideyoshi, pensou ela. Depois se perguntou se a posição atingida aquele dia por Hideyoshi, reconhecida pelo próprio imperador, devia-se a sua inteligência ou à mera sorte.

Caminhando no jardim banhado de luar, Chacha pensou, pela primeira vez em muito tempo, em seu pai e em sua mãe, em seu tio Nobunaga e em seu padrasto Katsuie. Agora, espantava-se com a sombra de infelicidade que sempre vira estampada em seus rostos.

Para o dia seguinte, estava previsto um concurso de poesia, que foi adiado, pois o imperador decidiu ficar mais tempo no Jurakudai. A partir do meio-dia, o vento trouxe até os aposentos de Chacha sons de tambores e flautas, vindos do banquete. Naquele dia, Hideyoshi ofereceu ao imperador o pagamento de taxas enfitêuticas por terras da capital, no valor de mais de 5.530 moedas de prata e oitocentos *koku* de arroz. Ainda designou terras de Takashima, na província de Omi, no valor de mais de oito mil *koku*, ao príncipe imperial, aos altos dignitários e aos altos sacerdotes da corte. Nesse mesmo dia, juraram lealdade e obediência ao imperador os guerreiros sob as ordens de Tokugawa Ieyasu e de Maeda

Toshiie, juramento que valia pelas próximas duas gerações; depois, foi a vez do próprio Hideyoshi. Todos os daimiôs apresentaram o mesmo juramento por escrito.

No terceiro dia, o céu estava nublado desde a manhã e caiu uma fina garoa; o tempo melancólico era apropriado ao concurso de poesia. O imperador compôs o seguinte poema, intitulado "Canto em homenagem aos pinheiros":

Nesse dia tão esperado
Possa o juramento durar
Como as folhas dos pinheiros.[42]

Hideyoshi compôs então um poema com o título "Novo canto em homenagem aos pinheiros no Jurakudai":

Dez mil anos dure
O reino de nosso imperador
Que sob as folhas dos pinheiros
Honra-nos hoje com sua visita.[43]

Ieyasu também compôs versos com o mesmo título:

Mil anos dure verde
Como as folhas dos pinheiros
O juramento a nosso imperador.[44]

Ao todo, 97 competidores leram poemas durante a competição, mas a maioria dos guerreiros ali reunidos não tinha interesse por poesia. Depois do concurso, houve um banquete que durou até tarde da noite.

---

42. A palavra "pinheiro", em japonês (*matsu*), permite jogos de duplo sentido com o verbo "esperar" (também *matsu*).

43. Os dez mil anos (quantidade tradicional nas línguas asiáticas) a que se refere o poema são metonímia para "eternidade".

44. As folhas dos pinheiros são sempre verdes, e simbolizam a constância.

No dia seguinte, apresentaram-se danças em honra do imperador, *Manzairaku, Engiraku, Taiheiraku*[45], e outras músicas de boa sorte. Depois, mais banquetes foram realizados até o dia 18, quando o imperador voltou a seu palácio. Dessa vez, encabeçavam o cortejo vinte baús de laca, pintados com ouro e prata, com o brasão do crisântemo, da família imperial, contendo as oferendas de Hideyoshi ao imperador.

As cerimônias foram um grande sucesso, mas no dia seguinte, como se estivesse aguardando a volta do imperador a sua residência, uma terrível tempestade se abateu sobre a capital. No final da tarde, Chacha ficou em seus aposentos observando a chuva cair. Sentia-se angustiada, pois, com a partida do imperador, acreditava que Hideyoshi viria visitá-la a qualquer momento. Já tinha decidido aceitar o mesmo destino que Omaa ou Tatsuko, mas agora que estava prestes a se entregar dava-lhe repugnância dormir com o homem que destruíra sua família. Lembrou os conselhos de Ujisato de que ela desse à luz um herdeiro e mandasse construir seu próprio castelo. Apenas essas ideias a consolavam.

A tempestade continuou feroz noite adentro e se manteve durante todo o dia seguinte. O jardim interno parecia um lago e, no jardim da frente, no canto oeste, corria água como numa ribeira. O vento quebrara muitos galhos das árvores, que eram vistos caídos aqui e ali.

De tarde, o vento amainou. A chuva diminuiu e, ao anoitecer, parou. De seu salão, Chacha contemplava o jardim destruído. No céu, as nuvens se deslocavam lentamente na direção oeste.

Chacha ouviu um rebuliço no *genkan*. Logo uma dama de honra pôs a cabeça entre as portas de correr para avisar que o chanceler do Império estava chegando de visita.

Ela não pudera se preparar para a chegada de Hideyoshi, que era bastante inesperada. Saiu para a varanda e viu a pequena figura

---

45. Literalmente, "Dança dos dez mil anos", "Dança da felicidade eterna" e "Dança da paz". Trata-se de títulos tradicionais de *gagaku*, danças e música clássica da corte imperial japonesa.

do chanceler se aproximando. Ajoelhou-se e pôs as mãos no chão, em reverência, o rosto voltado para baixo. Os pés de Hideyoshi se apresentaram diante de seus olhos.

— Você passou bem a noite, apesar da tempestade? — perguntou. Depois, dirigiu-se ao salão, seguido por duas damas de honra, que lhe prepararam um lugar para sentar e se foram.

Chacha estava decidida a permanecer na mesma posição até que Hideyoshi a chamasse pelo nome. Depois que ele fez isso, ela entrou na peça, tomou um lugar a sua esquerda e o saudou formalmente:

— Permita-me que o felicite pela visita de Sua Alteza Imperial. Alegra-me que as festividades tenham sido um sucesso.

— Você viu o cortejo? — perguntou Hideyoshi, como se falasse a uma criança.

— Eu estava ao lado da entrada no momento da acolhida ao imperador.

— E o que você achou?

— Achei magnífico.

— Você viu a cara?

"Cara de quem?", perguntou-se Chacha e, surpresa com a pergunta, ergueu o olhar. Hideyoshi continuou:

— Aqueles preparativos me deixaram tão tenso e cansado que eu preferia que você não tivesse visto minha cara — e depois riu.

A cara dele mesmo, espantou-se Chacha, não a do imperador.

— E que tal as danças?

— Não tive a honra de vê-las.

— Por quê?

— Não houve ordem de que as assistisse.

— Ordem? Como assim?

Hideyoshi parecia indeciso, mas acrescentou:

— Bom, não era tão interessante assim. — Depois permaneceu um instante em silêncio. Parecia refletir.

Era a quinta vez que se viam, mas a primeira a sós. Aos 51 anos de idade, Hideyoshi tinha um rosto jovial, apesar da teia de rugas em sua pele queimada de sol. A impressão de jovialidade podia ser resultado de seu comportamento infantil, ao lhe perguntar se tinha visto sua cara quando o imperador chegou.

Diante do ditador silencioso, Chacha se sentia constrangida. Pensou em lhe dizer algo; ergueu o rosto e se surpreendeu ao ver a expressão dele, absorto a contemplar um ponto no jardim. Ao cabo de alguns instantes, ele pareceu despertar de suas elucubrações e chamou:

— Tem alguém aí?

Chacha bateu palmas e apareceu uma dama de honra. Hideyoshi mandou que fosse buscar o vassalo que o trouxera até ali. Um samurai de cerca de quarenta anos de idade se apresentou na varanda, e Hideyoshi lhe disse:

— Eu ordenei que o poema que escrevi para a corte imperial fosse dedicado aos senhores Kikutei e Kajuji. Mudei de ideia. Incluam o senhor Nakayama. Portanto, o poema é dedicado a três pessoas.

Insistiu e, por via das dúvidas, repetiu sua ordem ainda duas vezes; depois, dispensou o guerreiro, voltando a sorrir.

— "Mesmo o sol, esperando a visita imperial, se pôs a brilhar nesse dia...", depois vinha o quê? Ah, sim: "Agora a chuva encharca o jardim chuvoso." Belo poema, não? Você entende alguma coisa de poesia, Chacha?

— "Chuva no jardim chuvoso" não me soa muito bem...

— Que tal "água no jardim"?

— Ou talvez "a chuva sobre o solo do jardim"...

— Hmmm... sim, parece bom. "A chuva encharca o solo do jardim." Ótimo.

Hideyoshi voltou-se surpreso para Chacha.

— Não é um belo poema? Choveu até a véspera da visita de Sua Alteza, depois fez bom tempo, e assim que ele foi embora o mundo veio abaixo.

— O senhor fez esse poema agora?

— Agora? Não, não foi agora.

— Ontem?

— Sim, ontem.

Hideyoshi riu; depois, retomou a expressão séria e disse:

— Mande vir alguém.

Outro samurai se apresentou.

— Diga que a data do poema deve ser 20 de abril. Eu havia dito que pusessem 19, mas agora quero que seja 20.

O guerreiro se foi, e Hideyoshi pareceu de novo menos tenso.

— Muito bem, Chacha, que castelo você prefere, este aqui ou o de Azuchi?

— Prefiro o de Azuchi.

— O de Azuchi? Essa não! Você ainda não sabe como o Jurakudai é um lugar bom de se morar. Você nem viu ainda todo o palácio. Há salões magníficos, todos decorados, você tem muitas damas de honra, jogos para se divertir... não adianta dizer que gosta mais do Azuchi, não posso mais deixar você ir morar lá.

As últimas palavras do chanceler soaram aos ouvidos de Chacha como uma ordem. Ele ficou sério de novo:

— Vim aqui porque queria ficar um pouco tranquilo em sua companhia, mas acabo de lembrar que preciso resolver um problema urgente.

Já estava de pé. Chacha pensou que ele devia estar preocupado com as ordens e contraordens que dera sobre o poema.

Depois de sua partida, Chacha se sentiu exausta. Ao mesmo tempo, estava aliviada, porque um acontecimento desagradável fora adiado. No entanto, naquela noite, por volta das sete, uma governanta veio buscá-la:

— Venho transmitir-lhe um convite para distraí-la de seu tédio.

Apenas os lábios da governanta se moviam, seu rosto era uma máscara de nô.

— Vamos — disse Chacha, um pouco assustada, mas disposta a ir ter com Hideyoshi. Já havia decidido que teria um filho seu e que mandaria construir um castelo.

A velha tomou a mão de Chacha na sua, que era descarnada e enrugada, e elas deixaram a residência, acompanhadas de duas damas de honra. O luar banhava o jardim encharcado, e as nuvens continuavam sua fuga para o oeste. O vento era morno e desagradável.

Chacha saiu dos aposentos de Hideyoshi ao amanhecer e voltou para sua residência, passando por diversos prédios, cujos habitantes não conhecia. A governanta ia à sua frente, e atrás vinham duas damas de honra.

A governanta parava de quando em quando, de maneira imperiosa, como que para evitar que Chacha se cansasse. A mulher, tão cheia de respeito e atenção a cada parada, levava Chacha a se sentir como se a estivessem humilhando. A certa altura, a mulher parou e Chacha continuou a caminhar.

— Vossa Senhoria não está com frio? — perguntou a governanta.
— Não — disse Chacha, contrariada.

Fazia muito frio no início da manhã. A primavera já chegara ao fim, o verão já se anunciava. O sol já estava alto no horizonte, mas as dependências do palácio se encontravam ainda mergulhadas no silêncio. Não havia ninguém nos caminhos dos jardins.

As três mulheres deixaram Chacha à entrada de sua residência, onde duas damas de honra a receberam e a acompanharam até o quarto, onde um futon fora preparado para ela. Chacha sentiu-se novamente humilhada. Mandou que as damas de honra abrissem as portas e se retirassem. Ficou bastante tempo imóvel, sentada no futon. Pelas portas abertas, avistava, próximos, pés de *yamabuki*[46] floridos, cuja luminosidade enchia seus olhos sonolentos. Estava exausta, mas temia dormir, pois isso seria mais uma humilhação.

Acabou dormindo até o meio-dia. Ao despertar, encontrou ao lado do travesseiro duas bandejas de laca, cheias de *manju* e *rakugan*[47], que Hideyoshi lhe mandara enviar.

Nos cinco dias seguintes, recebeu mais presentes, mas nenhuma notícia. No momento em que começava a esquecer sua vergonha, ela foi de novo convidada a se encontrar com Hideyoshi.

---

46. Ipê-anão (*Kerria japonica*), arbusto de belas flores amarelas, semelhantes a rosas.
47. Confeitaria japonesa. *Manju* é um bolinho doce feito com pasta de feijão branco e recheado com doce de feijão azuki. *Rakugan* é um biscoito doce feito de farinha de arroz.

Dessa vez, foi levada a um suntuoso salão, onde, sentada em uma cadeira em estilo ocidental ao lado do chanceler imperial, assistiu a um espetáculo de danças bárbaras. Os dançarinos estrangeiros tinham olhos e cabelos de cores estranhas. Depois, malabaristas apresentaram um número com pratos que rodopiavam. As diversas apresentações se alternavam, de magia a danças estrangeiras e outros espetáculos. Quando Chacha achava alguma interessante, Hideyoshi mandava que repetissem; e, quando ela desviava o olhar, dava ordens para que encerrassem a apresentação.

Nessa noite, ela bebeu álcool pela primeira vez. Serviram-lhe a bebida vermelha em um copo de cristal cinzelado.[48] Ao sorvê-la, sentiu a boca se encher de um aroma açucarado. No segundo copo, estava embriagada; foi quando percebeu que Hideyoshi não estava mais ali. Ela voltou para seus aposentos, acompanhada de duas damas de honra. Ao chegar lá, levou um susto: Hideyoshi a aguardava em seu quarto.

Chacha acordou no meio da noite. Escutou a chuva caindo sobre o telhado. Pensou que, se quisesse, seria fácil matar Hideyoshi. Ele dormia a seu lado, o rosto envelhecido virado para cima. Lembrou que tinha um punhal escondido, e estranhamente a lembrança a acalmou.

Por causa daquele homem a seu lado, sua mãe, seu pai, seu avô e seu padrasto haviam perdido a vida. Recordou-se de sua infância, da tristeza de sua mãe ao saber que Manpukumaru fora esquartejado.

Hideyoshi era o responsável pela morte de todos os seus entes queridos. Se ela quisesse, a vingança estava a seu alcance. Era estranho pensar que esse homem tão odiado encontrava-se agora ali, à sua mercê.

Pegou no sono quando amanhecia. Apenas o poder de vida ou morte sobre Hideyoshi acalmava sua vergonha.

---

48. Toda esta cena explora uma moda da época: o fascínio despertado por objetos importados do Ocidente. A cadeira, o vinho e o cálice de cristal cinzelado são de grande exotismo nesse contexto.

Pouco tempo depois, no dia 13 de março, danças *kagura*[49] foram apresentadas no templo do Jurakudai. Nessa ocasião, Chacha ouviu falar pela primeira vez da existência de uma esposa de Hideyoshi. Um mês antes, quando visitara o Jurakudai, o imperador havia conferido um título de nobreza do mais alto escalão à Kitanomandokoro[50], que agora oferecia essas danças à corte em agradecimento.

A Kitanomandokoro vivia no Castelo de Osaka, e Chacha não tivera ainda a oportunidade de encontrá-la. Essa dama vinha agora ao Jurakudai oferecer um espetáculo de *kagura*, o que soava muito estranho para Chacha. E lhe era ainda mais estranho o fato de Hideyoshi ter uma esposa, da qual ela até então não ouvira falar.

No dia seguinte à apresentação das danças, Chacha quis ir ver a senhora Kyogoku, cuja residência ainda não conhecia. Era uma maneira de lhe agradecer a visita que recebera ao chegar ao Jurakudai. Enviou à casa da prima um mensageiro, que trouxe uma resposta que dizia ser melhor adiar a visita, devido à presença da Kitanomandokoro no Jurakudai. A mensagem a surpreendeu: quem era essa mulher, que podia mesmo impedir uma visita a sua prima?

Naquele dia, Chacha recebeu um convite da própria Kitanomandokoro. Sem saber o que responder, mandou novo mensageiro à senhora Kyogoku, pedindo seu conselho.

Trocou de roupa de acordo com as instruções de Tatsuko e dirigiu-se à torre de menagem, onde a esposa de Hideyoshi a aguardava. Sentou-se ao fundo do grande salão, junto a uma fila de damas de honra. Quando a grande dama mandou chamá-la, aproximou-se.

Chacha inclinou-se respeitosamente e olhou a mulher, que devia ter uns quarenta anos. Tinha o rosto rígido e o olhar frio.

— Oh, que belo rosto. Que idade tem, senhora Chacha?

— Tenho 21, minha senhora.

Chacha podia sentir a antipatia daquela senhora. Nunca ninguém a tratara daquele jeito antes. Todas as mulheres de sua relação

---

49. Forma de teatro e dança característica do xintoísmo e que se realiza em cerimônias e festas importantes.
50. Literalmente, "dama da ala norte". Título reservado à esposa do chanceler imperial.

sempre tiveram por ela o mais profundo respeito. Ainda que tivesse vivido quase toda a sua vida como uma prisioneira, nunca tivera de baixar o olhar para outra mulher.

— Sua tarefa deve ser bastante desagradável, mas peço que aguente firme por algum tempo — disse a Kitanomandokoro.

Fez sinal a uma dama de honra, que entregou presentes a Chacha: um quimono cerimonial e um magnífico pente de tartaruga.

— Recebo humildemente e com grande gratidão — disse Chacha, sem no entanto se curvar mais do que o necessário.

Sabia que a Kitanomandokoro oferecia-lhe prendas por obrigação, sem nenhuma espécie de simpatia por ela. Quanto a Chacha, tinha profunda consciência de sua linhagem — era sobrinha de Oda Nobunaga, filha de Azai Nagamasa — e não ia abaixar a cabeça para qualquer uma. Além disso, não se via em posição de inferioridade devido ao fato de ser uma concubina diante da esposa legítima, nem via motivos para nutrir nenhuma rivalidade para com a Kitanomandokoro. Se ela amasse Hideyoshi, talvez sentisse agora ciúmes; mas esse tipo de sentimento ainda não existia. Tinha apenas a sensação desagradável de estar sendo destratada. Afinal, a Kitanomandokoro era descendente de plebeus da província. Finalmente, surpreendeu-se tremendo de raiva diante daquela injúria.

Quedou-se ali por algum tempo; depois, solicitou permissão para se retirar. Saiu respeitosamente, mas não abaixou a cabeça nenhuma vez. Para suportar a presença de Hideyoshi, dizia-se sempre que, se quisesse, poderia matá-lo. Essa possibilidade não existia no caso da Kitanomandokoro. Sua raiva por aquela mulher não tinha válvula de escape e deixava-lhe um gosto amargo na boca.

Capítulo 5

A primavera e o verão do ano 16 de Tensho se passaram rapidamente. No início do outono, Chacha notou mudanças em seu corpo. A primeira a perceber foi uma atendente, uma senhora que Chacha tinha a seu serviço desde que morava no Castelo de Azuchi. A dama de honra chamou um médico, que confirmou a gravidez. Isso aconteceu em meados de outubro, quando o Jurakudai recebia muitos visitantes que vinham admirar as folhas vermelhas das árvores.

O boato da gravidez de Chacha logo se espalhou em todo o palácio. Hideyoshi foi o primeiro a ficar contente com a notícia; seu rosto vermelho e seus gritos de júbilo deixaram Chacha muito espantada. Passou a visitá-la com mais frequência, como se só conseguisse se tranquilizar se fosse pessoalmente ver se tudo estava bem com ela.

A residência de Chacha ficou mais agitada. Aumentou o número de damas de honra, algumas parteiras experientes vieram vê-la, e havia sempre alguém a sua volta.

A alegria de Hideyoshi não foi surpresa. Muitos o consideravam estéril, e eis que, aos 52 anos de idade, conseguia engravidar uma mulher. Quanto a Chacha, não sabia se devia ficar triste ou contente com o fato de esperar um filho de Hideyoshi.

Achava um pouco sinistro imaginar a pequena bola de carne que estava se formando em seu ventre. Finalmente, decidiu pensar no bebê apenas como uma vida nova, e não como um filho de Hideyoshi.

Não esquecera os conselhos de Gamo Ujisato. Desistira do suicídio, devido a seus novos planos: ter um filho de Hideyoshi e construir um castelo. Por isso, concordara em ser concubina. No entanto, agora que estava grávida, tinha certa repulsa pela vida que carregava, na qual seu sangue se misturava ao de seu inimigo.

Teve crises de mau humor, mesmo com o próprio Hideyoshi; mas ele não se importava. Qualquer que fosse a atitude desaforada de Chacha, cobria-a de apelidos carinhosos, chamava-a de "mãe de príncipe", mesmo antes de a criança nascer. Um dia, chegando à casa de Chacha, encontrou-a sentada na varanda e perguntou:

— Você está pensando em quê?

Chacha levou um susto com a pergunta.

— Não estou pensando em nada.

— Você quer alguma coisa? Diga o que você quer.

— Não, não quero nada. Talvez um castelo...

— Um castelo! — foi a vez de Hideyoshi levar um susto. — Por que você quer um castelo?

— Eu queria morar num castelo que fosse do jeito que quero...

— Você diz coisas que me deixam embaraçado. Mas, como é para você, parece que vou ter então que mandar construir um castelo — disse Hideyoshi, mas Chacha não tinha certeza se ele estava brincando ou falando sério.

Chacha achava que, se fosse morar em um castelo feito só para ela, poderia se afastar um pouco de Hideyoshi.

Depois de Hideyoshi, quem ficou mais feliz com a gravidez de Chacha foi a senhora Kyogoku. Veio dar os parabéns à prima, adotando mais do que nunca uma distância respeitosa, como se fosse uma dama de honra de Chacha. Parecia ter o mesmo ressentimento que Chacha com relação à esposa de Hideyoshi, e pelos mesmos motivos. Das três, era a senhora Kyogoku quem tinha o sangue mais nobre. Nem Chacha, que, no entanto, era descendente dos clãs Oda e Azai, nem a Kitanomandokoro, que tinha origens humildes, eram páreo para a família de Tatsuko, a mais importante da província de Omi, e uma das quatro mais nobres da era Muromachi.

A senhora Kyogoku, que em outras ocasiões expressava orgulho em pertencer a tão importante família, comportava-se na presença de Chacha como se fosse inferior. É claro que sua atitude se devia um pouco ao fato de Oichi tê-la protegido quando era pequena; ela também sabia que Chacha, mesmo pertencendo a família menos nobre, tivera uma vida de maior pompa e conforto do que a sua.

Quando a senhora Kyogoku nasceu, sua casa já havia perdido todo o poder, e ela teve uma infância pobre apesar da nobreza de seu nome.

Também por essas razões, a senhora Kyogoku evitava falar com a Kitanomandokoro e não travara relações de amizade com as outras concubinas. Era polida com Omaa e com a senhora Sanjo, mas não as visitava. Por outro lado, sua amizade com Chacha parecia reafirmar sua posição e nobreza. Chacha sentia por Tatsuko, cujo rosto lembrava o de Takatsugu, uma confiança e um amor fraternal que não se explicavam apenas pelos laços de sangue.

No entanto, havia uma coisa que Chacha não compreendia: Tatsuko sentia afeto verdadeiro por Hideyoshi. Não alardeava esse sentimento, mas amava o homem que era obrigada a dividir com uma esposa e diversas concubinas. Ela se satisfazia com o que tinha e não expressava nenhuma rivalidade com relação às outras mulheres; mas sua felicidade parecia estar sempre em risco. Chacha achava estranho esse comportamento.

— Seria tão bom se você tivesse um filho homem! — disse Tatsuko, séria, como se estivesse falando de si mesma. Orava todos os dias ao Buda e aos deuses, pedindo por Chacha, e sempre solicitava notícias dela às suas damas de honra.

No Ano-Novo do ano 17 de Tensho, Hideyoshi anunciou sua decisão de construir um castelo para Chacha em suas terras em Yodo. As obras seriam coordenadas pelo seu irmão, Toyotomi Hidenaga. Hideyoshi queria que o castelo estivesse pronto antes do parto de Chacha e exigiu que as obras fossem realizadas dia e noite, sem interrupção.

Desde o início da construção, Hosokawa Tadaoki reuniu a mão de obra e determinou a planta do castelo. Os daimiôs das terras circundantes também forneceram pedreiros e carpinteiros. Hideyoshi foi diversas vezes inspecionar pessoalmente a obra em Yodo.

O Castelo de Yodo ficou pronto em março. Era pequeno, como convinha a uma jovem castelã. Não tinha grandes muralhas, e a torre de menagem era modesta. Situado na planície de Yamazaki, o castelo era rodeado por três rios: o Yodo, o Katsura e o Kitsu. Ao sul, havia um banhado, que protegia o castelo do ataque de inimigos.

Assim que o castelo ficou pronto, Chacha, o corpo pesado pela gravidez, mudou-se para lá. Em Yodo, o panorama era muito bonito. Ao norte, havia os montes Eizan e Atago, e em dias de céu claro podia-se avistar ao longe a serra de Hira. A oeste, podia-se ver o monte Tenno; e ao sul, o monte Otokoyama, atrás de um banhado onde cresciam caniços.

Foi nesse castelo que, no dia 27 de maio, Chacha deu à luz um menino. As preces da senhora Kyogoku não haviam sido em vão.

Hideyoshi não cabia em si de felicidade. O bebê recebeu o nome de Tsurumatsu.

O palácio imperial enviou presentes ao recém-nascido, e guerreiros e nobres acorreram ao Castelo de Yodo para prestar homenagem à jovem mãe, trazendo muitas oferendas. Os moradores de Kyoto também mandaram presentes, entre os quais havia muitos *hakama* vermelhos, para dar sorte.

Ujisato veio visitar Chacha. Ela ainda estava proibida de se levantar, mas mandou trazer seu presente ao seu quarto. Era um punhal, considerado como um tesouro de família pelos Gamos e transmitido de geração a geração, pois fora feito de uma ponta de flecha utilizada por um ancestral para matar uma centopeia gigante no monte Mikami, em Omi. Prostrada em seu leito, Chacha tentava descobrir qual seria o significado do presente. Talvez quisesse dizer que Chacha devia criar Tsurumatsu para ser um grande guerreiro como o fundador da casa de Gamo. Ficou muito tempo contemplando o presente do homem que lhe recomendara ter um filho de Hideyoshi.

Sempre que Hideyoshi vinha visitar Chacha e o filho em Yodo, chamava a criança de Sute (rejeito). Alguém lhe dissera que esse apelido espantava o mau-olhado e asseguraria uma vida longa e feliz ao menino. O séquito de Hideyoshi adotou o mesmo costume e, ao cabo de algum tempo, ninguém chamava mais Tsurumatsu pelo nome.

Algum tempo depois, algo muito triste e inesperado aconteceu: no dia 13 de setembro, cem dias após seu nascimento, Tsurumatsu foi retirado da custódia de Chacha e levado ao Castelo de Osaka. Ela nunca pensara que isso aconteceria.

Depois que viu seu filho, vestido suntuosamente para a viagem, sendo levado em uma liteira para Osaka, Chacha passava os dias olhando para o nada, como que entorpecida, apesar de sempre virem mensageiros lhe trazer notícias do bebê. Soube que o imperador Goyozei lhe oferecera um grande punhal, e todos os dias inúmeras figuras ilustres lhe enviavam mensagens de felicitações. Mas nada disso a alegrava. No Castelo de Yodo, sozinha sem seu filho, Chacha sentiu pela primeira vez ciúmes de outra mulher. Quando pensava na Kitanomandokoro, sentia um ódio infinito por essa esposa, que tinha inclusive o direito de lhe roubar Tsurumatsu.

Foi nessa época que as pessoas começaram a chamar Chacha de dama de Yodo ou senhora de Yodo. Até mesmo Hideyoshi, que em pessoa continuava a chamá-la de Chacha, quando conversava com outros se referia a ela como dama de Yodo.

Muitas vezes, Chacha pensava em suplicar a Hideyoshi que lhe devolvesse o filho. Porém, lembrando os conselhos de Ujisato, controlava-se e não dizia nada.

No dia em que Tsurumatsu fora levado para Osaka, ela mandara um mensageiro a Gamo Ujisato, pedindo conselho sobre o que fazer. Afinal, havia sido ele quem lhe dissera para ter aquele filho. Três dias mais tarde, recebeu uma carta em que ele lhe dizia que o filho seria sempre dela, onde quer que estivesse, e que Hideyoshi planejava grandes coisas para aquela criança. Chacha devia confiar em Hideyoshi e em suas decisões; ela devia lhe obedecer. A resposta a decepcionou: era o mesmo que todos diziam.

Entretanto, seguiu o conselho de forma escrupulosa. Desde o episódio do casamento de sua mãe e, depois, quando concordara em ser concubina de Hideyoshi, ela fazia o que Ujisato lhe dizia. Ainda era cedo para saber se tinha razão; porém, achava melhor se curvar à opinião dele. Sem se dar conta, Chacha sentia uma espécie de alegria ao obedecer a Ujisato.

Ela demorou a se recuperar do choque da perda do filho e, durante o outono e o início do inverno, ficava a maior parte do tempo em seu quarto. Hideyoshi estava sempre indo e vindo de Kyoto a Osaka, e no caminho parava com frequência em Yodo, mas suas visitas eram sempre sem avisar.

Um dia, para sua surpresa, Chacha se deu conta de que aguardava com ansiedade as visitas de Hideyoshi. Sempre que ele aparecia, mesmo quando estava deitada, ela se levantava, punha sua maquiagem e ia receber aquele homem que, depois de matar sua família, lhe roubara o filho.

Um dia, Hideyoshi lhe disse:

— Você não parece bem, Chacha. Não quer ir visitar suas irmãs?

Chacha tinha saudades de Ogo e de Ohatsu, mas esta última, fiel e afetuosa, sempre lhe enviava cartas dizendo como ia. Já Ogo, desde que se casara, quase não mandava notícias. Quando Tsurumatsu nascera, o marido de Ogo, Saji Yokuro, enviara uma mensagem de felicitações, mas na carta não havia nada do próprio punho de sua irmã. Isso tudo era típico de Ogo; no entanto, Chacha sofria ao não saber se ela ia bem.

— Será que eu poderia convidar Ogo para me visitar? — perguntou Chacha.

— Enviarei agora mesmo uma mensagem a Yokuro.

No início de novembro, Ogo fazia uma entrada triunfal no Castelo de Yodo, acompanhada de dez damas de honra e escoltada por trinta samurais. Sua pomposa chegada tinha pouca naturalidade. Havia três anos, ela se casara com Saji Yokuro, deixando aos quinze anos o Castelo de Azuchi num dia de neve como aquele. Desde então, já tivera dois filhos. Não parecia mais uma criança e tinha engordado.

— Eu não estou doente, só queria muito ver você — disse com afeto Chacha.

— Eu bem que achei que era isso! — respondeu, rindo, Ogo.

Permaneceu três dias em Yodo. Chacha queria que ela ficasse mais tempo, para que pudessem ir juntas a Kyoto, mas Ogo não estava interessada na capital:

— Não tenho vontade de ir a Kyoto. Passei pelas ruas, vindo para cá; isso já foi o bastante.

— Então, por que você não vai a Omizo no caminho de volta? Ohatsu ficaria contente de encontrar você.

Mas a ideia de ver Ohatsu tampouco entusiasmou Ogo. Continuava a mesma de sempre: uma mulher sem complicações, que não tinha necessidade de laços de afeto com os outros, nem mesmo com sua própria família. Chacha tinha um pouco de inveja dela, pois Ogo nunca se abatera por nenhum acontecimento, nem quando era pequena.

No entanto, por ironia do destino, até Ogo ficou nervosa com o que aconteceu em seguida. O conselheiro Maeda Gen'i chegou de repente de Kyoto para anunciar à castelã de Yodo a intenção de Hideyoshi de mandar de volta a Ono apenas as damas de honra e a escolta, e manter Ogo presa como refém em Yodo.

— Então Hideyoshi quer tomar de volta a mulher que ele deu em casamento a outra família?

— Parece que sim — respondeu Gen'i, com o rosto inexpressivo que adotava quando as ordens que devia transmitir eram demasiado brutais.

De acordo com Maeda Gen'i, Hideyoshi nunca perdoara Saji Yokuro, desde a batalha de Komaki, no ano 12 de Tensho. Nessa batalha, Hideyoshi havia isolado Tokugawa Ieyasu, por meio de um bloqueio marítimo, e fechado seu caminho de retirada, em Mikawa; mas Saji Yokuro emprestara alguns navios a Ieyasu, salvando-o da enrascada. No entanto, Ogo era agora mãe de duas princesas, e Chacha achava que a decisão de mantê-la prisioneira em Yodo era desumana e ilógica. Decidiu interceder junto a Hideyoshi para tentar dissuadi-lo de manter sua irmã como refém.

Nesse meio-tempo, cumpria-lhe notificar Ogo da decisão do chanceler imperial. Ao escutar a notícia, Ogo empalideceu; contudo, sua resposta foi firme e surpreendente:

— Deixei minhas filhas em Ono. Elas me são tão queridas quanto Sute é para você. Gostaria que você interviesse junto a Hideyoshi quanto a essa questão.

Depois desse dia, Ogo permaneceu encerrada em seu quarto. De vez em quando, Chacha ia vê-la e a encontrava sempre sentada num canto, os olhos inchados de lágrimas.

Chacha queria falar com Hideyoshi sobre o assunto o mais rápido possível, mas dezembro chegou e ele não foi vê-la uma única vez. Ele lhe enviava mensagens, começando com "Querida Chacha", a letra grande de quem escreveu às pressas, em que se justificava dizendo que estava se preparando para uma batalha em Kanto, que estava muito ocupado e não podia ir vê-la. Acrescentava que ia às vezes a Osaka ver seu filho, que era sua maior alegria. Ele sabia que Chacha também queria vê-lo, mas lhe implorava que aguentasse ainda mais algum tempo. Terminava suas cartas sempre com um "Respeitosamente seu" e assinava "Tenka", ao invés de "Hideyoshi".

É verdade que os preparativos dessa nova expedição militar mantinham Hideyoshi muito ocupado. No início de dezembro, ele enviou a todas as províncias um anúncio oficial da expedição punitiva a Kanto, que realizaria na primavera, comunicando a data precisa em que atacaria os Hojos, um clã que se negava a reconhecer sua autoridade. Para formar o exército de sua expedição ao leste, recrutou soldados em todas as províncias. Depois, nomeou Natsuka Masaie para organizar as provisões, com dez subalternos às suas ordens. No começo do ano, recolheu duzentos mil *koku* de arroz, para serem levados aos portos de Ejiri e Shimizu. Além disso, comprou todo o arroz que pôde nas províncias por que passava a estrada de Tokaido[51], com ordens de que os mantimentos estivessem preparados para ser enviados a Odawara, onde ficava o castelo dos Hojos. Em seguida, nomeou Mori Terumoto governador da capital em sua ausência, e determinou que Kobayakawa Takakage ficasse responsável pelas fortificações a caminho do campo de batalha.

Em 10 de dezembro, Tokugawa Ieyasu, Uesugi Kagekatsu e Maeda Toshiie foram chamados para participar de um conselho de guerra, em que se decidiu que Tokugawa seria o primeiro a partir em direção ao leste. No dia seguinte, Ieyasu enviou mensageiros a suas terras em Sunpu, dando ordem para partirem, e foi para lá em seguida.

Hideyoshi só foi visitar a dama de Yodo no fim de dezembro. Chegou sem avisar, tarde da noite, e na manhã seguinte retomou

---
51. A estrada que levava de Kinki a Kanto, contornando a costa leste.

viagem para Kyoto. Chacha pediu-lhe que reconsiderasse o caso de sua irmã, e Hideyoshi respondeu, rindo, que não se lembrava mais qual fora o pecado de Saji Yokuro, mas que esse problema teria de esperar, pois estava muito ocupado naquele momento. Depois, perguntou:

— Você não sabe por que eu prendi Ogo aqui? O marido dela é meu cunhado, tio de Tsurumatsu. Depois que eu morrer, preciso ter certeza de que ele irá ajudar você e proteger nosso filho. A única maneira de garantir sua lealdade é guardando sua irmã aqui como refém.

Suas palavras pareciam definitivas. Além disso, ele tinha razão. Aos 53 anos de idade, Hideyoshi tinha a obrigação de proteger Chacha e seu filho para a eventualidade de sua morte. Compreendendo suas intenções, Chacha não mais insistiu. Era uma pena que isso prejudicasse Ogo, mas Tsurumatsu precisava de segurança, e o marido de sua irmã, ainda que dono de um castelo pequeno e sem importância, tinha por trás de si o apoio do poderoso Tokugawa Ieyasu.

Chacha acompanhou Hideyoshi até os portões do castelo e voltou a seu quarto. Lá, encontrou sua irmã esperando. Em seu rosto, havia um mês não brotava um sorriso. Ela perguntou:

— Você conseguiu intervir a meu favor?

— Falei com o chanceler imperial, mas ele ordenou que você fique aqui até o fim da expedição a Odawara. De nada adianta pedir agora.

Ogo levantou a cabeça e lançou um olhar malévolo em direção a Chacha. Ao deixar a peça, disse apenas:

— Compreendo.

No Ano-Novo, chegaram boatos sobre a guerra ao Castelo de Yodo. Tokugawa Ieyasu, Oda Nobukatsu e Gamo Ujisato se dirigiam ao leste pela estrada de Tokaido; Uesugi Kagekatsu e Maeda Toshiie iam pelas montanhas. Estimava-se que as tropas chegariam ao campo de batalha em meados de fevereiro ou, mais tardar, no início de março.

Circulavam diversos boatos absurdos. Um deles era que Ieyasu e Toshiie iriam se aliar aos Hojos. Como que para desmentir as maledicências, Tokugawa enviou Nagamaru, seu filho de onze anos, para o Jurakudai, escoltado por famosos vassalos, como Ii Naomasa e Sakai Tadayo. Ieyasu queria evitar toda e qualquer forma de atrito com Hideyoshi, e enviara seu filho como refém ao palácio do chanceler. Hideyoshi organizou para Nagamaru uma cerimônia da maioridade, em que mudou seu nome para Hidetada, presenteou-o com uma espada de ouro, mandou que lhe fizessem o penteado de um samurai adulto, ensinou-lhe os usos da capital, e o devolveu às suas terras em Sunpu. Com esses gestos, deixou claro que tinha total confiança em Tokugawa e não precisava prender os seus como reféns.

No fim de janeiro, todos os boatos falavam dos combates iniciais. Uma grande ponte foi construída na Terceira Avenida de Kyoto, para permitir a passagem das tropas. Na entrada da ponte, havia um cartaz com o seguinte decreto, assinado por Hideyoshi:

1. Os infratores que forem culpados de violência e desordem em terras aliadas serão executados.
2. Os responsáveis por incêndios em nossos campos serão perseguidos e presos. Se fugirem, seu superior será responsável por seus crimes.
3. A distribuição de arroz, palha, lenha e outros mantimentos não pode ser realizada sem autorização de um superior.

A agitação não cessou em fevereiro. Em março, comentava-se que a partida de Hideyoshi era iminente; porém, ele continuava na capital.

De um samurai que voltava de Sunpu, Chacha soube que Ujisato deixara o Castelo de Matsuzaka, em Ise, no início de fevereiro, para partir em expedição. Chacha pensou nele com saudades; ainda assim, não era mais a emoção intensa que sentia antigamente. A imagem que tinha de Ujisato havia se transformado depois que ela se tornara adulta.

Ainda no começo de fevereiro, Hideyoshi veio visitá-la; era o primeiro encontro dos dois naquele ano. Ele a abandonara por muito tempo, o que despertava certa angústia em seu coração de mulher. Tinha muitos ciúmes ao pensar nas jovens concubinas que viviam a pouca distância de Hideyoshi no Jurakudai, enquanto ela morava naquele longínquo castelo. Ao ver Hideyoshi, no entanto, compreendeu que não tinha motivos para sentir ciúmes. Nem mesmo o corpo jovem de Chacha conseguia acalmar o ditador, presa de sua agitação, pensando em combates e estratégias. Com a cabeça no travesseiro, Hideyoshi parecia abraçar Chacha por obrigação e, depois do ato consumado, falava sem parar da situação no campo de batalha.

— A vanguarda já chegou a Kisegawa, mas a retaguarda ainda está em Mino ou Owari — disse ele.

Logo depois, continuou:

— No dia 1º de março, irei ao templo imperial para que o imperador me entregue uma espada para abater os rebeldes. Depois disso, partirei. Você irá assistir à cerimônia. Em que tribuna você vai estar para assistir a minha partida em expedição?

Hideyoshi estava cheio de energia e entusiasmo, como se falasse de uma festa, e não de uma batalha.

Na manhã de 1º de março, a dama de Yodo saiu pela primeira vez de seu castelo e foi a Kyoto, com o intuito de assistir, de acordo com as ordens de Hideyoshi, à sua partida para a batalha. Alguns guerreiros levaram-na até uma tribuna, construída no bairro de Sanjokawara. A fila de tribunas continuava a perder de vista pela rua. As tribunas, explicou o guerreiro que a conduzia, atravessavam Yamashina até Otsu, e a multidão que acorrera para ver a partida das tropas do chanceler imperial vinha de longe: de Osaka, de Fushimi, de Nara.

A dama de Yodo esperou por mais ou menos uma hora. Sentada no palanque, não lhe parecia estar assistindo a uma partida para a guerra. Por fim, a vanguarda do exército começou a desfilar diante dela. Os guerreiros em armas e armaduras, indo para o distante campo de batalha, avançavam lentamente, como se estivessem em um desfile. Ela viu passar bandeirolas e flâmulas que coruscavam no sol de primavera, cavalos carregados de moedas de ouro, carregadores com dinheiro pendurado ao pescoço, grupos de carpinteiros cheios de ferramentas, guerreiros com o punhal desembainhado. Todos avançavam com uma expressão que não evocava a guerra — talvez porque a primeira etapa em que se aquartelaria esse exército de seis mil homens fosse em Otsu, não longe dali.

No meio dos regimentos, Chacha avistou um personagem estranho. Situado no meio do desfile, estava montado em um magnífico corcel, com o peito inflado de orgulho, carregando um arco de laca vermelho-cinábrio, na cabeça um capacete medonho, e vestindo uma armadura de cadarços vermelhos. Chacha demorou algum tempo para reconhecer Hideyoshi nessa espécie de marionete colorida. Um tufo de barba falsa, preso ao capacete que completava a fantasia, impedia que se visse todo o seu rosto, mas era ele, sim. Até o cavalo, coberto de uma carapaça decorada em ouro, com franjas vermelho-cinábrio, estava horrivelmente vistoso.

Chacha ficou espantada de ver Hideyoshi passar vestido daquela maneira. Nunca imaginou que ele partia assim para a guerra. Mas ela não era a única embasbacada pelo espetáculo. A multidão das ruas estava fascinada e aclamava o general. Atrás de Hideyoshi, vinha um cortejo de guerreiros também vestidos de maneira suntuosa.

Ela ficou em pé em sua tribuna até os últimos batalhões desaparecerem para os lados de Yamashina. Pensou que vira Hideyoshi naquele dia como um homem diferente de todos os que conhecia. Só ele seria capaz de organizar uma partida para a guerra como se fosse uma festa. O resultado era ridículo, mas ao mesmo tempo agradável. Hideyoshi surpreendera as pessoas. Além disso, com aquele festival, ele forçava que todos reconhecessem seu poder absoluto.

Ao lembrar o rosto de Hideyoshi, escondido em seu capacete e sua barba falsa, ela pensou que jamais escaparia do fascínio que aquele homem exercia sobre ela. Ele era o único que podia conquistar seu coração.

Queria ir ao Jurakudai prestar suas homenagens à Kitanomandokoro antes de voltar a Yodo, mas mudou de ideia. Quando finalmente ela e seu séquito avistaram o Castelo de Yodo, os últimos raios de sol já tingiam a baixada de tons avermelhados.

Chacha, pensando que Hideyoshi já devia ter chegado a Otsu e que ele talvez agora só se preocupasse com seus combates, voltou tranquila ao castelo.

Desse dia em diante, sentiu que estava transformada. A partida de Hideyoshi mudara seus sentimentos pelo velho guerreiro.

No dia seguinte, ela recapitulou cada etapa prevista para o avanço do exército de Hideyoshi, imaginando a figura do velho guerreiro em cada uma daquelas paisagens. Hidenaga, o conselheiro que era responsável pela guarda da capital na ausência de Hideyoshi, enviava diariamente a Yodo um mensageiro para informá-la dos movimentos das tropas. Dia 10, estava em Yoshida; dia 18, em Sunpu; a partir desse ponto, a velocidade diminuíra; dia 23, estava em Kyomidera; dia 26, em Yoshiwara; finalmente, dia 27, encontrava-se no Castelo de Numazu. Em seguida, veio a notícia da queda do Castelo de Yamanaka, em Hakone, que pertencia aos aliados de Hojo. Alguns dias mais tarde, foi informada do cerco à fortaleza de Odawara.

Chacha ia todo dia falar com Ogo e a convidava para passear nos jardins, com a intenção de melhorar o humor dela, mas sua irmã sempre recusava. Esta tinha um olhar frio e cheio de ressentimento.

A dama de Yodo deixava-a em paz, pensando que não podia fazer nada para mudar a opinião da irmã. Sabia que Ogo devia estar sofrendo, sem o marido e as filhas, e compreendia que sua tristeza era difícil de aliviar; contudo, também não gostava de ver o olhar cheio de ódio da irmã.

Em uma dessas visitas, Ogo lhe disse:

— Você mudou completamente.

— Mudei como? — perguntou Chacha.

Ogo não respondeu de forma direta:

— Tenho certeza de que Ohatsu também se surpreenderia ao ver você tão alegre. Você não parece ter vivido tantas dificuldades no passado.

Chacha se sentiu ferida pelo sarcasmo da observação, mas fingiu não ter sido atingida. É verdade que a lembrança das tragédias de sua vida já não a entristecia como antes. Ao pensar nos castelos de Kiyosu, de Azuchi e de Kitanosho, este último coberto de neve, achava estranho que tivesse vivido nesses lugares.

Os dois únicos motivos de tristeza em sua vida eram o afastamento de Hideyoshi e de seu filho. Quanto a Tsurumatsu, estava disposta a sofrer a separação se isso fosse indispensável para sua glória futura, já que o herdeiro de Hideyoshi não podia ser criado por uma mera concubina.

No fim de abril, ela recebeu uma mensagem inesperada do Jurakudai: a Kitanomandokoro mandava perguntar se Chacha estaria disposta a ir até Odawara fazer companhia a Hideyoshi, pois a fortaleza sitiada dava sinais de que ia resistir ainda muito tempo. Chacha logo respondeu que estava pronta para partir. Sentia-se um pouco ofendida pelo fato de a ordem ter vindo da esposa, e não de Hideyoshi, mas conteve seu orgulho ao pensar que provavelmente a Kitanomandokoro estivesse apenas transmitindo um desejo do marido.

Dois ou três dias depois, outro mensageiro do Jurakudai trouxe uma missiva da esposa de Hideyoshi, agradecendo à dama de Yodo pela resposta afirmativa e pedindo que se preparasse para partir a qualquer momento. A data da partida lhe seria comunicada posteriormente. Chacha não gostou de novo do tom peremptório da mensagem, mas obedeceu, feliz com a perspectiva de reencontrar Hideyoshi.

Um mensageiro de Odawara veio buscá-la em meados de maio. Chacha partiu de Yodo com oito damas de honra e uma escolta de dezenas de guerreiros. Quando o cortejo chegou a Kyoto, o mensageiro fez menção de se dirigir ao Jurakudai, mas Chacha pediu-lhe que não:

— Vamos atravessar Kyoto sem paradas, pois recebi ordens de chegar o mais rápido possível a Odawara.

A fila de liteiras atravessou Kyoto sem escalas e tomou a direção de Yamashina. Hideyoshi deixara mensageiros em diversos castelos da estrada de Tokaido, e o séquito foi crescendo à medida que ia avançando. Por onde passavam, Chacha e sua escolta eram recebidos com respeito, retomando a rota pela manhã.

À noite, aproximaram-se do monte Hakone, e o cortejo chegou ao acampamento de Hideyoshi, em Yumoto. Caía uma tempestade. O acampamento estava a cerca de quatro quilômetros de Odawara, mas ali não reinava clima de guerra. A aldeia de Yumoto estava cheia de samurais, mas também de comerciantes e tinha até muitas mulheres e crianças. Havia barracas novas por toda parte e homens e cavalos circulando por todos os lados. Algumas tropas atravessaram a aldeia, encharcadas pela chuva, para alguma missão especial, mas fora isso nada fazia pensar que o campo de batalha estava próximo. Havia muitas crianças vendendo mercadorias nos caminhos, atrapalhando o deslocamento dos samurais, e mulheres maquiadas que chamavam os soldados com vozes solícitas, esperando de pé nas entradas das lojas dos vendedores de saquê.

O quartel-general de Hideyoshi ficava ao lado do templo Sounji, afastado da zona mais animada da aldeia. Ali reinava um silêncio surpreendente. Chacha passou por grandes prédios, provavelmente a residência dos guerreiros, por diversos fossos, muralhas de pedra, até chegar à torre de menagem. O Sounji não era um simples templo, como o nome parecia indicar, mas um imenso monastério, cuja muralha protegia um vasto domínio, contornando de um lado o monte Hakone; e do outro, o rio Hayakawa. Hideyoshi transformara esse território murado em uma enorme fortaleza.

Depois do portão da muralha central, havia ainda certa distância a percorrer por um caminhozinho, que serpenteava preguiçosamente entre bosques de cedros, passando por postos de guarda, subindo até o quartel-general e os acampamentos dos soldados. O quartel-general de Hideyoshi era um prédio de paredes caiadas, com uma torre de menagem, uma guarita e alojamentos de pau a pique, rodeados de estandartes. Alguns samurais, molhados de chuva, montavam guarda diante do templo. Chacha foi levada a um salão no térreo, coberto de tatame, que dava para o jardim dos fundos. Esse anexo era ligado ao templo por um corredor coberto. Chacha se instalou nessa peça, e suas damas de honra ficaram nos quartos que a rodeavam.

Depois do jardim, que estava também encharcado, havia uma peça grande, que Hideyoshi adotara como salão privado. Chacha descansou um pouco; em seguida, viu soldados trazendo tochas para iluminar a sala em frente, que se encheu de gente, pessoas entravam e saíam sem parar.

Tomou um banho, para descansar da viagem, e foi ao salão se apresentar a Hideyoshi. Havia com ele muitos guerreiros que ela não conhecia. Ele se voltou para ela e, sem esboçar um sorriso, disse-lhe:

— Obrigado por ter vindo de tão longe. Aqui você pode descansar e passear onde quiser. Você vai ver, é mais divertido do que a capital!

Depois, voltou-se a seus companheiros e continuou a conversa que fora interrompida pela chegada de Chacha:

— Bem, então o Castelo de Iwatsuki já foi tomado. Não é uma grande façanha vinte mil homens renderem um pequeno castelo. Além disso, o castelo foi rendido sem autorização. Chamem logo Hitachi e Danjo, pois eles precisam se explicar. Por que renderam o castelo sem consultar seus superiores?

Hideyoshi estava furioso. Kimura Hitachi e Asano Danjo haviam partido de Odawara no dia 25 de abril para atacar as fortalezas dos Hojos espalhadas pela região de Kanto, com o objetivo de isolar Odawara. Um mês já se passara, e esses generais ainda estavam atacando dezenas de pequenos castelos nas províncias de Shimosa e Kazusa. Quando soube da queda do Castelo de Iwatsuki, notícia trazida com grande fanfarra, como se fora importante vitória, Hideyoshi ficou possesso. Não admitia que o castelo tivesse sido rendido sem sua autorização, e estava descontente também com a demora das comunicações entre os generais em campanha e seu quartel-general. Exigia de seus oficiais ataques rápidos e retornos imediatos, como ele mesmo fazia quando comandava uma investida.

Chacha retirou-se em seguida. A acolhida de Hideyoshi fora fria e formal, mas sua atitude ríspida para com seus subalternos indicava que ele estava em sua melhor forma. Naquela noite, Hideyoshi foi dormir em seu quarto. Parecia ter remoçado dez anos no campo de batalha. Foi muito carinhoso com ela. Explicou-lhe que o cerco a Odawara ia ser longo, mas Chacha não se importava que ele durasse um ano ou dois, desde que pudesse tê-lo só para ela, longe da Kitanomandokoro e das outras concubinas.

No dia seguinte, Chacha foi ver o campo de batalha. Não estava mais chovendo. Sua liteira descia por um caminho que contornava o rio. Ouvira dizer que o Hayakawa tinha belas praias, mas a chuva torrencial que caíra deixou suas águas altas e barrentas.

Era difícil passar por causa da quantidade de samurais e comerciantes que haviam se instalado no caminho, vendendo bebida e comida. Nada ali lembrava uma guerra; parecia mais um animado festival.

Na foz do rio, o clima era mais militar. Havia acampamentos de soldados, regimentos de elite de Niwa, Hori, Hasegawa e Ikeda. Do outro lado do rio, estavam acampados os soldados dos inimigos, Hojo Ujiteru e Matsuda Norihide.

Dezenas de estandartes coloridos se avistavam ao longe, na outra margem, minúsculos devido a distância. Passando o acampamento de Niwa Nagashige, o mais próximo da foz, a liteira desceu em direção ao mar. Ali havia muita agitação. O mar estava cheio de navios, cada um deles carregado com dez ou vinte mil *koku* de arroz, e em terra havia comerciantes de todas as partes do Japão. A alguma distância desse local, tinha uma aglomeração de barracas de prostitutas. Em toda parte, reinava um clima de festa e alegria.

Longe dali, Kimura Hitachi e Asano Danjo atacavam as fortalezas fiéis aos Hojos, espalhadas pelo sul da região de Kanto. Além disso, Uesugi Kagekatsu, Maeda Toshiie, Sanada Yukimura e outros generais, liderando trinta mil homens, entraram na província de Joshu e atacaram o Castelo de Matsuida. Em seguida, conquistaram diversas fortalezas na província de Musashi e agora faziam cerco ao Castelo de Hachigata. Essa era a situação quando a dama de

Yodo chegou a Odawara. Hideyoshi aguardava pacientemente que todos os aliados dos Hojos fossem derrotados, para que seu castelo ficasse isolado.

Desde sua chegada, Chacha se ocupava bastante. Ficava ao lado de Hideyoshi, quando este não estava envolvido em conselhos de guerra, e participava de todas as cerimônias do chá, grandes ou pequenas, que ocorriam no acampamento. Comparecia aos banquetes em honra de algum guerreiro recém-chegado de uma batalha, trazendo notícias da guerra em outras províncias. Essa situação privilegiada permitiu que Chacha ficasse conhecendo uma faceta de Hideyoshi que até então ela desconhecia.

No dia 25 de maio, Hori Hidemasa, o general que comandava as tropas ao sul da foz do Hayakawa, morreu de repente, vítima de uma doença. Tinha apenas 37 anos de idade e era um dos homens de confiança de Hideyoshi, que ficou muito consternado com sua morte. Quando recebeu a notícia, Hideyoshi se encontrava em um banquete. Empalideceu e em seguida se retirou. Seguido por Chacha, foi até a varanda e, voltado para o jardim, começou a chorar. Chacha ficou para trás, testemunha de sua tristeza, sem coragem para lhe falar. Depois de algum tempo, Hideyoshi voltou ao banquete e declarou, com uma expressão séria:

— Hidemasa era um guerreiro como poucos e nunca falhou como comandante. Hoje eu perco a joia mais preciosa que herdei do senhor Nobunaga.

As palavras eram formais, mas pronunciadas com tanta sinceridade que todos os presentes se emocionaram.

No dia 7 de junho, Chacha se encontrou com Maeda Toshiie. Ele estava chefiando o cerco ao Castelo de Hachigata, mas deixara o campo de batalha para vir ter com Hideyoshi em Odawara. Havia boatos de que Toshiie estaria ligado de alguma maneira a Date Masamune, um oportunista que se comentava estar envolvido em esquemas obscuros. Masamune estava em cárcere privado desde que chegara a Odawara.

Toshiie fora aos aposentos de Chacha.

— Dama de Yodo, que bom revê-la.

A cabeleira de Toshiie estava agora toda branca. Na entrada da peça, ele a cumprimentou respeitosamente, ajoelhado, com a cabeça baixa. Chacha também o saudou com amabilidade. Era um homem da maior confiança de Hideyoshi; no entanto, Chacha não sentia muita simpatia por ele, de quem fora hóspede, oito anos antes, no Castelo de Fuchu. A antipatia de Chacha se devia um pouco ao oportunismo político de Toshiie, que continuava a subir na hierarquia do poder, quaisquer que fossem as alianças do momento. Mas o que mais provocava sua repulsa era saber que ele era o pai da senhora Kaga — tinha o mesmo rosto de Omaa. Tudo nele, a maneira de falar, os gestos, faziam com que se lembrasse de sua rival. Toshiie fez-lhe uma revelação inesperada:

— Vossa Senhoria e a senhora Kyogoku devem estar bem desconfortáveis aqui neste acampamento de guerra...

Pelo resto da visita, Chacha permaneceu em choque. Quando ele partiu, interrogou quatro damas de honra. Apenas uma sabia da vinda da senhora Kyogoku. Deu ordens de que fossem se informar de mais detalhes. Era verdade, Tatsuko chegara alguns dias antes e residia em uma ala do quartel-general.

Chacha tinha por sua prima uma afeição especial e não lhe sentia raiva; contudo, não compreendia por que Hideyoshi lhe escondera sua presença. Para esclarecer a situação, naquela noite pediu a Hideyoshi que mandasse vir a senhora Kyogoku da capital, para lhe fazer companhia.

— Ela já está aqui, chegou faz dois ou três dias — disse Hideyoshi, com a maior naturalidade.

— Você a mandou vir?

— Não, ela veio sozinha.

— Ela decidiu sozinha vir até aqui?

— Não sei. Ainda não a vi. Mas não fui eu que ordenei. Talvez tenha sido decisão da Kitanomandokoro.

Chacha não sabia se podia acreditar nessa afirmação, mas não insistiu. Podia muito bem ter sido ideia da Kitanomandokoro. Dois ou três dias depois, Chacha recebeu a visita de Tatsuko. Como sempre, a senhora Kyogoku se comportava com a maior humildade diante dela e parecia muito contente em revê-la. No entanto, Chacha não acreditava que a Kitanomandokoro fosse a única cabeça por trás da ideia de trazer a senhora Kyogoku até ali. Era mais provável que Hideyoshi tivesse mandado dizer a sua esposa que queria a senhora Kyogoku em Odawara.

Fosse como fosse, Hideyoshi mentira ao dizer que ainda não havia visto Tatsuko, pois esta contou ter recebido sua visita no mesmo dia em que chegara ali. Chacha não tinha coragem de perguntar se naquela noite eles haviam dormido juntos.

Chacha falou sobre o assunto com Hideyoshi na próxima oportunidade. Ele respondeu:

— Mesmo? Ela disse que me viu no dia em que chegou aqui? Sim, fui recebê-la na chegada. Mas você não estava junto?

Chacha teve de se contentar com essa resposta evasiva e não pôde ir adiante em suas investigações. Se fosse outra concubina, ela teria respondido com alguma observação sarcástica; no entanto, como se tratava de sua prima, procurou controlar seus ciúmes.

Para se distrair da melancolia do cerco prolongado, Hideyoshi convidava seus subordinados a participar de cerimônias do chá, seu passatempo predileto. A sala reservada para as cerimônias não estava totalmente pronta, mas já havia sido decorada com utensílios de chá. Durante essas cerimônias, Chacha conheceu figuras importantes, como Sen Rikyu[52] e Tokugawa Ieyasu. Nessas ocasiões, teve a oportunidade de encontrar também Hosokawa Genshisai, Yoshimi Hotsukyo, Oda Nobukatsu, Hosokawa Tadaoki, Gamo Ujisato, Uesugi Kagekatsu e Hashiba, senhor de Shimosa.

Ujisato tinha agora 35 anos. Chacha compreendeu que já não tinham a mesma intimidade de antes; no entanto, isso era natural, pois seus sentimentos por ele também haviam mudado.

Além das cerimônias do chá, também havia com frequência espetáculos de nô. Um palco fora construído nos jardins do quartel-general, especialmente para esse fim. Um dia, um guerreiro armado passou

---

52. Sen Rikyu (1520-1591). O mais famoso dos mestres da cerimônia do chá, e um dos preferidos de Toyotomi Hideyoshi.

diante do palco, durante uma encenação, sem tirar o capacete. Um guarda o repreendeu, ao que o guerreiro disse:

— Eu devo descer do meu cavalo diante de generais que se divertem assistindo a uma peça em plena guerra? — e foi-se embora, orgulhoso, com o cavalo a trote.

A voz insolente do guerreiro chegou até Chacha, que estava sentada ao lado de Hideyoshi. Ela levou um susto, pois acreditou reconhecer na maneira orgulhosa de falar o seu primo Kyogoku Takatsugu.

Hideyoshi mandou perguntar quem era o impudente samurai. Disseram-lhe que era Hanafusa Motoyuki, um guerreiro sob as ordens de Ukita Hideie. Hideyoshi mandou chamar Ukita naquele mesmo dia e ordenou que decapitassem o insolente. O general já estava partindo para cumprir a ordem, quando Hideyoshi mandou chamá-lo de novo:

— Esse rapaz demonstra ter muita coragem moral; em vez de decapitá-lo, ordene que cometa suicídio pela espada.

Mas Hideyoshi mudou novamente de ideia:

— É um guerreiro de magnífica audácia, seria uma pena matá-lo. É melhor lhe dar uma promoção.

Chacha respirou aliviada. A voz de Hanafusa Motoyuki lembrara-lhe tanto a de Takatsugu que ela queria que ele sobrevivesse.

O Castelo de Hachigata, peça-chave do tabuleiro militar da região de Kanto, caiu no dia 14 de junho, sob o ataque das tropas de Maeda, Uesugi, Sanada, Asano e Kimura. Hideyoshi soube da vitória quatro dias mais tarde. Foi quando o ataque a Odawara na realidade começou, na forma de pequenas investidas. As negociações para um acordo de paz progrediam paralelamente. Tokugawa Ieyasu e Hori Hidemasa, o general que morrera doente, haviam tentado convencer os sitiados a se renderem, mas as negociações adquiriram, a partir de então, um caráter oficial. No dia 24, cumprindo ordens de Hideyoshi, Takigawa Kazutoshi e Kuroda Yoshitaka foram ter com Ota Ujifusa, general que defendia a fortaleza de Odawara, para convencê-lo a se render. Ukita também recebeu ordens de que agisse como mediador nas negociações, e que levasse víveres e saquê ao quartel-general de Ujifusa.

Soube-se então que os castelos de Tsukui e de Hachioji haviam sido capturados. O último bastião de resistência dos Hojos era o Castelo de Oshi, na planície de Musashi. Imaginava-se que a moral na fortaleza de Odawara deveria estar baixa. De vez em quando, ouviam-se tiros e gritos vindos de uma parte do castelo, mas não se sabia o motivo desses conflitos.

No dia 26, caiu Ishigaki, uma fortaleza que Hideyoshi desejava havia tempos conquistar. Ele decidiu transferir seu quartel-general para lá, levando consigo Chacha e Tatsuko. Nessa noite, por volta das dez horas, o exército de Hideyoshi começou a atacar Odawara com armas de fogo.

No dia 3 de julho, caiu também o Castelo de Nirayama, sitiado havia tempos, como Odawara. No dia 5, Hojo Ujinao saiu do Castelo de Odawara e capitulou. Hideyoshi poupou sua vida, mas exigiu a morte de Hojo Ujimasa, Hojo Ujiteru, Matsuda Norihide e Daidoji Masashige. Ujinao fora poupado por ser genro de Tokugawa Ieyasu.

No dia 7, o exército sitiado abandonou o castelo. Primeiro, saíram os generais e soldados, seguidos nos dias 8 e 9 pelos empregados. No dia 10, os vencedores tomaram posse do lugar. No dia 11, Ujimasa e Ujiteru cometeram *seppuku*, dando fim à dinastia dos Hojos, que dominara por muito tempo o leste do Japão.

Ao saber da queda do castelo, Chacha pensava que a derrota dos Hojos era definitiva. Ao menos os Azais e os Shibatas haviam perecido na defesa de seus castelos.

— Quando você partirá? — perguntou Chacha a Hideyoshi.

— Partir? Para onde? — respondeu Hideyoshi, surpreso.

— Você vai partir, não vai? Não sei para onde.

— Por quê?

— Depois de conquistar um castelo, você não parte sempre para destruir um próximo?

Ela se lembrava de Hideyoshi partindo do norte, com seu exército, no dia seguinte à queda do Castelo de Kitanosho.

— Vou embora amanhã — respondeu Hideyoshi, sem sorrir.

No dia seguinte, Chacha foi às portas da cidadela assistir à partida de Hideyoshi, que se dirigia ao extremo norte da ilha de Honshu.

Hideyoshi estava magnífico, montado em seu corcel, não lembrava em nada a marionete de barba falsa do desfile de Kyoto. Depois da vitória na região de Kanto, se conseguisse subjugar o norte da ilha, sua hegemonia se estenderia a todo o Japão.

Chacha não se cansava de contemplar a figura do velho guerreiro partindo sem olhar para trás, como se, cada vez que montasse em seu cavalo, ele se tornasse outra pessoa e esquecesse que ela existia. No coração da dama de Yodo, Hideyoshi não era mais o inimigo mortal que destruíra sua família. Ela recebera dele uma completude emocional e física que outros não lhe haviam dado. Quando sua figura desapareceu na distância, Chacha notou que surgiam os primeiros raios do sol da manhã, anunciando um dia tórrido de verão. O canto das cigarras a envolvia como uma chuvarada, e ela sentia uma espécie de embriaguez em seu peito.

Quinze dias após a partida de Hideyoshi, a dama de Yodo e a senhora Kyogoku deixaram Odawara em direção oposta. Em dez dias de viagem, chegariam a Otsu. As liteiras do séquito de Chacha iam à frente, seguidas pelo cortejo de sua prima. Às vezes, as liteiras paravam, e a senhora Kyogoku apeava para ir perguntar a Chacha se ela não estava cansada do sacolejo do veículo. A cena se repetiu diversas vezes, até que Chacha decidiu perguntar a Tatsuko:

— Quantas vezes o chanceler imperial a visitou em Odawara?

A senhora Kyogoku ficou vermelha de constrangimento e parecia que ia chorar. Chacha pensou que talvez fosse isso que Hideyoshi achava atraente em Tatsuko, e sentiu a tortura do ciúme, que ela tentara reprimir enquanto estiveram em Odawara. Em seguida, conseguiu se controlar e começou a rir; disse à prima:

— Eu queria que Hideyoshi fosse só de nós duas. Você não concorda?

A senhora Kyogoku ficou pálida e muda diante da observação da prima, que era realmente disparatada. Mas Chacha exprimia apenas uma ideia espontânea. Desde a primavera, compreendia que odiava as outras concubinas e mais ainda a Kitanomandokoro, esposa oficial de Hideyoshi. A senhora Kyogoku, essa mulher humilde e discreta, apesar de seu alto nascimento, era a única que ela admitia como concorrente na disputa pela afeição do chefe supremo do país.

Capítulo 6

Na manhã de 27 de julho, Chacha e a senhora Kyogoku estavam de volta à capital, acompanhadas por trinta cavalos de carga e seiscentos carregadores. Deixaram Odawara no dia 15, e os samurais sob as ordens de Hideyoshi levaram doze dias para trazer essa bagagem preciosa e pesada até Kyoto.

Quando chegou à capital, Chacha pediu uma audiência com a Kitanomandokoro. Na ida a Odawara, utilizara o pretexto da pressa para não ter de ir vê-la, mas agora, na volta, não tinha mais essa desculpa. Além disso, Hideyoshi lhe dissera que seu filho estava no Jurakudai, e ela queria aproveitar essa oportunidade para vê-lo.

Ao chegar ao Jurakudai, Chacha descansou um pouco nos aposentos de Tatsuko, e depois enviou um mensageiro à Kitanomandokoro para saber quando poderia vê-la. Recebeu a resposta de que podia ir agora. No entanto, ao chegar lá, foi obrigada a esperar por uma hora, sozinha, pois não trouxera consigo nenhuma dama de honra.

Por fim, a Kitanomandokoro entrou pelo corredor na antecâmara, seguida de um enorme séquito de damas de honra. Passou por Chacha, sem a cumprimentar, e desapareceu no salão ao fundo. Chacha ficou sentada, tremendo de raiva; embora o dia não estivesse quente, sentiu seu corpo se banhar de suor.

Algum tempo depois, uma dama de honra veio buscá-la e a levou ao salão onde a Kitanomandokoro a esperava, sentada de frente para a porta. Chacha fez uma reverência e disse:

— Acabo de chegar de Odawara.

— Obrigada por todo o trabalho que você teve. A longa viagem deve ter sido exaustiva — respondeu a Kitanomandokoro, com condescendência. Falava com suavidade, mas criava com o tom de voz uma distância entre ela e Chacha.

Chacha queimava de ódio por dentro, mas controlou-se e ficou ali, sentada diante de sua rival, mantendo o rosto inexpressivo como uma máscara de nô.

Sempre que era obrigada a falar com a Kitanomandokoro, o orgulho de sua nobreza e de seu alto nascimento fazia com que mantivesse a cabeça erguida. Afinal, ela era filha de Azai Nagamasa e sobrinha de Oda Nobunaga, que fora o líder soberano do Japão, e essa mulher que ela tinha diante de si era uma reles plebeia, de baixa linhagem.

— O jovem príncipe cresceu bastante — disse a Kitanomandokoro, e acrescentou, como se falasse a uma subalterna — Você quer vê-lo?

— Sim.

Após alguns instantes, Chacha acrescentou, com a cabeça erguida:

— Penso levá-lo comigo para Yodo.

As palavras lhe escaparam da boca. Até então, não tinha pensado dizer isso, mas uma força repentina a empurrara. Queria deixar claro para aquela senhora que era ela, Chacha, a mãe de Tsurumatsu. A Kitanomandokoro esboçou um leve movimento no rosto sem expressão, e disse baixinho:

— Muito bem. E o chanceler está ciente dessa decisão?

— Essa é também a vontade do chanceler.

— Sendo assim, consultarei Ishikawa Buzen e darei ordens nesse sentido.

Ishikawa Buzen era o preceptor de Tsurumatsu.

Chacha se retirou e foi para os aposentos da senhora Kyogoku. Esperou lá a tarde inteira alguma notícia da Kitanomandokoro.

Apenas ao anoitecer, anunciou-se que Tsurumatsu seria transferido para o Castelo de Yodo. A partida estava prevista para o meio-dia do dia seguinte. Na mensagem, a Kitanomandokoro declarava que o jovem príncipe estava doente, e que Chacha devia ter cuidados especiais com ele. Chacha ficou surpresa com essa informação, já que nada disso fora mencionado na entrevista. Pensou que, se houvesse sabido que Tsurumatsu estava doente, não teria pedido que ele viesse com ela para Yodo.

No dia seguinte, a liteira do jovem príncipe partiu do Jurakudai, seguida de uma grande escolta. Chacha e suas damas de honra partiram em seguida. Durante a curta viagem entre Kyoto e Yodo, ela se permitiu a alegria de pensar que estava reunida a seu filho. Chorava de felicidade e sonhava com o momento em que poderia abraçar seu filho, como um gatinho. Levantou a cortina da liteira e deixou entrar o vento suave que vinha do rio. Rezava para que Hideyoshi voltasse das batalhas são e salvo.

Quando chegou a Yodo, pôde ver Tsurumatsu, que achou muito magro. Quis pegá-lo no colo, mas o menino de um ano de idade, tímido devido a sua constituição frágil, não deixava que ninguém o tocasse. Apenas sua ama podia chegar perto dele. Ainda assim, Chacha estava contente de tê-lo perto de si. Naquele mesmo dia, mandou mensageiros a Nara, para que preces fossem ditas pela saúde de Tsurumatsu no templo Kofukuji e no grande santuário de Kasuga.

Hideyoshi, que tomara o rumo de Tohoku[53] um dia após a queda de Odawara, voltava agora por Kamakura. Ficou hospedado no Castelo de Edo até o dia 24 de julho, chegando a Utsunomiya no dia 26, e a Aizu no início de agosto. Tomou diversas medidas para finalizar a unificação do território japonês, subjugando os daimiôs do norte, e partiu de Aizu no dia 12 de agosto, para tomar finalmente a estrada do norte.

No dia 1º de setembro, Hideyoshi fazia sua entrada triunfal em Kyoto, depois de seis meses de ausência.

Quando chegou, toda a nobreza guerreira e os altos dignitários da corte foram acolhê-lo à entrada da cidade. Hideyoshi esperou a volta de seus vassalos e dos generais de seu exército para se apresentar à corte imperial, o que ocorreu apenas no dia 4 de agosto.

Chacha também queria ir a Kyoto saudar o chanceler, mas não pôde sair de Yodo devido à doença de Tsurumatsu, que não apresentava melhora. Recebeu uma carta de Hideyoshi, escrita no Jurakudai. Com sua letra grande, pedia desculpas por ter demorado tanto a escrever e por ter lhe causado tanta preocupação com seu

---

53. Extremidade norte da ilha de Honshu.

silêncio prolongado. Dizia ainda que imaginava que seu filho devia ter crescido, e aconselhava Chacha a tomar cuidado com os incêndios e a vigiar a conduta das damas de honra. Depois disso, acrescentava: "Volto no dia 20 e gostaria de ver meu filho e de dividir a cama com você", o que deixou Chacha muito feliz. No fim da carta, Hideyoshi continuava falando do filho e pedia a ela que não cometesse imprudências que pudessem ameaçar sua saúde.

Essa última frase a incomodou um pouco. Talvez a Kitanomandokoro tivesse dado a entender que Chacha era a responsável pela doença de Tsurumatsu.

Hideyoshi chegou a Yodo antes mesmo do dia 20. Chacha queria deixar claro desde o início que não fora responsável pela doença de seu filho, mas esqueceu sua determinação no momento em que Hideyoshi chegou e foi direto ver o filho, que não encontrava havia seis meses. Desmanchava-se de afeto para com o menino. Além disso, Tsurumatsu parecia já quase curado, a febre diminuíra, e ele estava cheio de vida.

Depois da queda de Odawara, Hideyoshi condecorou seus vassalos pela conduta heroica na batalha. Ieyasu ganhou novas terras, o que atraiu comentários de todos. Seis propriedades dos Hojos passaram para as mãos de Tokugawa: Musashi, Sagami, Izu, Shimosa, Kazusa e Kozuke, além de Awa e Shimotsuke. Recebeu ainda cem mil *koku* e o direito de caça em terras de Omi, Ise, Totomi e Suruga. Ieyasu recebia assim a maior parte das terras dos Hojos nas oito províncias orientais, mas em troca suas terras da região de Kinki passavam ao controle de Hideyoshi: Suruga, Totomi, Mikawa, Kai e Shinano. Nesses lugares, o chanceler imperial colocou vassalos de confiança na administração de fortalezas estratégicas.

Essas medidas visavam afastar o poder de Ieyasu da capital. Tokugawa era agora um poderoso e fiel aliado, mas no passado fora um temível rival. Por medida de segurança, agora suas terras ficavam todas para lá do monte Hakone, nas províncias orientais. No entanto, Hideyoshi fora muito generoso, dando-lhe muitas terras em regiões prósperas. Oda Nobukatsu não teve a mesma sorte. Foi exilado no extremo leste, recebendo vinte mil *koku* em Shimotsuke. Não se sabia as razões para Nobukatsu ter perdido as graças de Hideyoshi, mas havia um boato de que o chanceler lhe propusera ficar com as terras de Tokugawa, mas Nobukatsu recusara, preferindo manter suas propriedades em Owari. Hideyoshi teria se irritado com essas exigências e decidido privilegiar Ieyasu. Além disso, era uma oportunidade para isolar um rival, descendente de Nobunaga, e que diversas vezes se opusera a sua autoridade.

O exílio do descendente de Nobunaga teve terríveis consequências para Saji Yokuro, senhor do Castelo de Ono, esposo de Ogo e vassalo de Nobukatsu. Como não tinham mais suserano, suas terras lhe foram confiscadas. Havia um boato de que se suicidara, mas outros afirmavam que fugira e estava em local ignorado.

Chacha ouviu esses rumores no fim de setembro, mas não disse nada à irmã. Ogo já estava havia quase um ano em Yodo e quase nunca saía de seu quarto.

Um mês depois, Chacha, decidida a falar com Ogo, foi ao quarto dela, mas o encontrou vazio. Não havia sequer uma dama de honra. As mulheres deviam estar no jardim. Entrou na peça e viu alguns objetos estranhos numa estante. Eram tabuletas funerárias com os nomes do marido e das filhas de Ogo.

Saiu da peça logo em seguida. Ogo sabia da desgraça de seu marido. Chacha sentiu muito remorso. É claro que ela não era a responsável direta pela tragédia, mas poderia ter feito algo para evitá-la. Além do mais, Saji Yokuro, que poderia ter sido um aliado importante para Tsurumatsu depois da morte de Hideyoshi, já não existia.

Depois disso, Chacha encontrou a irmã em diversas ocasiões, mas elas nunca falavam sobre o assunto. No entanto, Ogo parecia mais tranquila depois da desgraça que se abatera sobre sua família.

Chacha passou o Ano-Novo do ano 19 de Tensho no Castelo de Yodo, com seu filho. Os mensageiros que vinham com votos de melhoras para Tsurumatsu deixavam Chacha um pouco melancólica.

No dia 5 de janeiro, Hideyoshi veio visitar seu filho, mas passou apenas duas horas com Chacha e já teve que partir, dizendo que estava muito ocupado.

— E o que você tem de tão importante para fazer? Agora que caiu Odawara, você vai para Tohoku em batalha? — perguntou Chacha, com um pouco de sarcasmo.

— Gamo Ujisato está em Tohoku, não tenho nada para me preocupar quanto a isso. Até o outono, o norte estará pacificado.

Depois do cerco a Odawara, Hideyoshi confiara a Ujisato novecentos mil *koku* em Aizu e a tarefa de pacificar a região de Tohoku. Era fulgurante a ascensão desse guerreiro de 34 anos, que um dia tivera 320 mil *koku* em Ise e agora se tornara o senhor de imensa propriedade em Aizu. A posição de Ujisato em seu novo posto, no entanto, era delicada. Falava-se de desentendimentos com Date Masamune, importante daimiô da região, e seus soldados, que não tinham o costume de lutar nas terras gélidas do norte, pereciam com frequência de complicações causadas pelo frio.

— Bem, se não é Tohoku que o preocupa, qual o motivo de tanta pressa?

— Mas você sabe do que se trata, Chacha. Tenho tantas decisões a tomar que não tenho tempo de dormir.

Se, por um lado, havia sempre deliberações desde o início do ano, nem por isso era verdade que Hideyoshi houvesse perdido o sono até então.

Hideyoshi voltou na segunda semana de janeiro. O conselho chegara a uma decisão: mandou-se construir uma gigantesca frota de navios de guerra em todas as províncias com saída para o mar. Havia quem dissesse que era para invadir a Coreia; outros afirmavam que seria usada para conquistar os mares do sul.

Hideyoshi não disse nada a Chacha a esse respeito, mas estava claro que ele tinha planos marítimos. A dama de Yodo, por sua vez, se ressentia com o fato de que as visitas do chanceler eram cada vez mais raras.

— Sinto-me muito isolada neste castelo. Você me deixa ir morar de novo no Jurakudai?

Hideyoshi ficou bastante surpreso.

— Ora, mãe de meu filho, mas você é a única que tem um castelo só para si!

— É que aqui não tem torre de menagem. Queria viver num castelo com torre. Li em algum lugar que as torres de menagem dos castelos não são lugares para mulheres. Quero viver em um lugar que não seja feito para mulheres.

— Muito bem, já entendi — disse Hideyoshi, rindo. — Então vou tirar Omaa da sua torre.

O chanceler cumpriu a promessa dois ou três dias depois. A senhora Kaga foi mandada para o castelo de Maeda Toshiie.

No início de fevereiro, a saúde de Tsurumatsu foi novamente ameaçada. Teve febre alta por diversos dias. Hideyoshi ficou três dias a seu lado. Mandou que orassem por ele nos templos e santuários dos arredores de Kyoto, e doou trezentos *koku* de arroz ao grande santuário de Kasuga, em Nara. A febre de Tsurumatsu baixou, mas ele continuou a tossir.

No começo de março, Chacha recebeu a visita inesperada de Takatsugu. Queria saber como ia Tsurumatsu, pois ouvira falar que estava doente. Em fevereiro do ano 18 de Tensho, antes do cerco de Odawara, Takatsugu fora transferido de Omizo para Hachiman, recebendo terras de 28 mil *koku*. Nessa ocasião, Chacha enviara uma mensagem de felicitações a Ohatsu, que respondera em seguida. Em sua resposta, afirmava estar muito feliz pela promoção do marido e mandava seus respeitos ao chanceler imperial. Chacha pensou que a mensagem era bem típica de Ohatsu. Ninguém poderia imaginar que anos antes Ohatsu afirmava odiar e temer Hideyoshi, como seu pior inimigo.

Takatsugu tinha agora 27 anos. Perdera a arrogância e a revolta da juventude. Suas maneiras e expressão tinham agora a serenidade e a frieza de um samurai de alto nascimento.

Chacha sentou-se diante do primo pela primeira vez em muito tempo. Custava a crer que, três anos antes, no Castelo de Azuchi, ela se jogara a seus pés.

— Agradeço sua visita. Espero que Ohatsu esteja gozando de boa saúde.

Depois do cumprimento formal, ela não sabia muito o que dizer. Takatsugu, depois de perguntar da saúde de Tsurumatsu, também ficou mudo. Passaram alguns instantes em silêncio, até que o rosto do primo sinalizou ter encontrado um assunto:

— Não sei bem os motivos, mas a morte de Sen Rikyu foi tão repentina...

— O que aconteceu com mestre Rikyu?

— Ele cometeu *seppuku* por ordem de Hideyoshi.

Chacha ficou estupefata com a notícia. Takatsugu contou-lhe então que Hideyoshi suspeitava de alguma coisa sobre Rikyu e mandara mantê-lo em cárcere privado no Jurakudai. No dia 28 de fevereiro, o mestre se suicidara.

Durante o cerco de Odawara, Chacha o encontrara diversas vezes. A atitude orgulhosa de Sen Rikyu, austera como a de um militar e fria como a de um monge, não a agradara, mas não conseguia entender o que havia levado Hideyoshi a mandar que se suicidasse. Afinal, em outras épocas o mestre do chá fora o personagem mais importante do séquito do chanceler. A história lhe parecia inacreditável, e esse aspecto da personalidade de Hideyoshi permanecia para ela um mistério. Ninguém sabia explicar a natureza dos crimes de Sen Rikyu, nem por que Hideyoshi tomara decisão tão extrema.

Era a coisa mais desagradável que ocorria desde que Chacha se tornara concubina do chanceler. Ela achava que não se podia condenar um homem dessa maneira, não depois de tê-lo em absoluta confiança por tanto tempo.

Até o verão, Chacha continuou em Yodo. Estava contente e passava o tempo todo com seu filho. Um mensageiro trouxe um recado da Kitanomandokoro, convidando-a para vir contemplar as cerejeiras em flor do Jurakudai, mas Chacha recusou, pretextando problemas de saúde.

Em junho, Chacha chamou a senhora Kyogoku para visitá-la. Tiveram longas conversas, pois havia muito tempo que não se viam. Apesar de ficar alegre quando encontrava a prima, Chacha sempre sentia vontade de dizer coisas para chocá-la. Da última vez, constrangera

Tatsuko ao dizer que queria Hideyoshi só para elas. Agora, contou--lhe o episódio em que tomara o castelo de Omaa:

— Fui eu que expulsei a senhora Kaga do Jurakudai e a mandei viver com *kyosoku* Maeda Toshiie — disse ela, enquanto sua prima empalidecia de vergonha e chegava quase às lágrimas.

Chacha continuava com suas provocações:

— Você não quer se livrar de mais ninguém?

A senhora Kyogoku estava desesperada de constrangimento.

— Quem? A senhora Sanjo?

— Não...

— A senhora Saisho?

A senhora Kyogoku levantou a cabeça, como que acuada, e disse baixinho, como se lhe tivessem arrancado um segredo:

— A Kitanomandokoro.

Foi a vez de Chacha de ficar espantada. Era como se Tatsuko a tivesse golpeado com uma espada.

— Prima, nunca mais vamos falar disso. Você sabe que sou sua aliada.

Apenas depois da partida da senhora Kyogoku foi que Chacha se deu conta de que a prima dissera o nome que ela tinha em mente.

No início de agosto, a saúde de Tsurumatsu, que melhorara um pouco até então, piorou de repente, levando todos a temerem o pior. Chacha não mais dormia; passava o tempo todo ao lado do travesseiro do filho. Os melhores médicos da capital vieram vê-lo. Hideyoshi mandou que se entoassem preces em favor do filho nos templos e santuários de todas as províncias, prometendo doações se ele melhorasse. Pediu que orassem nos templos do monte Koya, no Kofukuji, no templo Sogenji de Kinomoto, e em Omi, no templo de Jizo[54], que tinha reputação de protetor das crianças.

---

54. Jizo (*Kṣitigarbha*, em sânscrito) é um Bodhisattva, venerado no Leste Asiático como protetor dos fetos e crianças.

As preces, no entanto, não tiveram efeito, e Tsurumatsu faleceu no dia 5 de agosto, aos dois anos de idade. A perda do filho quase enlouqueceu Chacha; Hideyoshi mergulhou no desespero. Quando soube da morte do menino, o chanceler se encontrava no templo de Tofukuji, em Kyoto. Passou o resto do dia sozinho em um aposento do templo; no dia seguinte, cortou os cabelos e se vestiu de luto. Tokugawa Ieyasu e Mori Terumoto, que tinham vindo um dia depois prestar seus pêsames, e todos os guerreiros que vieram dar suas condolências a Hideyoshi também cortaram os cabelos em solidariedade.

Dois dias mais tarde, Hideyoshi foi ao templo de Kiyomizudera e se trancou em uma peça para meditar. Recusava-se a ver quem quer que fosse. No dia 9, foi à estação termal de Arima, procurando a solidão.

O funeral de Tsurumatsu foi realizado no templo Myoshinji, pois Ishikawa Buzen, preceptor da criança, era discípulo de Nangegenko, o superior daquele lugar.

Depois do funeral, Chacha, cega de dor, trancou-se no Castelo de Yodo, aguardando a visita de Hideyoshi, única pessoa no mundo que poderia dar-lhe um pouco de consolo.

Em meados de outubro, Hideyoshi a visitou e passou a noite no castelo. Era a primeira noite que passavam juntos desde a morte da criança. Naquela oportunidade, os habitantes do castelo foram convidados a um banquete de contemplação da lua cheia, que ocorreu na grande sala de recepção. Todos beberam saquê na varanda, até os mensageiros e os pajens. A noite foi impregnada de melancolia, e todos contemplaram a lua cheia refletida no rio Yodo. Hideyoshi e Chacha procuravam não falar de Tsurumatsu. Ele lhe falou sobre sua viagem à costa leste no ano anterior; das belas lespedezas de Iwatsuki; das paisagens do templo de Kiyomidera, em Okitsu; e da deslumbrante vista desde a baía de Tago.

Mudando de assunto, Chacha falou de Ogo. Hideyoshi disse:

— E se eu a casasse com alguém?

— Talvez fosse mais fácil consolá-la assim — disse Chacha.

— Muito bem. Que tal casá-la com Hidekatsu?

— Sim, pode ser.
— Neste mês ou no mês que vem?

Era uma decisão precipitada. Ogo fora privada do convívio de sua família para proteger o futuro de Tsurumatsu, mas agora que o menino morrera não fazia mais sentido mantê-la presa em Yodo. Hideyoshi sentia pena da irmã de Chacha e decidiu casá-la o mais rápido possível.

Durante o banquete, o bailarino Umematsu, que a criança adorava, foi convidado para executar uma dança em sua memória. Hideyoshi e Chacha assistiram ao espetáculo com o mesmo sentimento. Para ela, Hideyoshi não era mais um inimigo mortal, nem o libertino que torturava seu coração de ciúmes, andando com outras concubinas; era o pai de seu filho e compartilhava sua profunda dor. Finalmente, tornaram-se um casal unido na tristeza inconsolável.

Hideyoshi gostava de decisões rápidas; o casamento de Ogo não foi a única que tomou naquela noite. Anunciou a Chacha que faria de seu sobrinho, Hidetsugu, herdeiro aparente para sucedê-lo ao posto de chanceler imperial; ele ficaria também com o Jurakudai. Chacha compreendia a decisão: aos 54 anos de idade, Hideyoshi precisava pensar em sua sucessão.

Chacha queria também saber detalhes sobre os navios de guerra. Hideyoshi respondeu sem rodeios:

— Já decidi. Vamos conquistar a Coreia.

A morte do filho mergulhara Hideyoshi num mar de agitação; queria resolver todas as pendências da sua vida, tanto no plano privado como no público. Chacha sentia o coração apertado no peito, mas amava o velho guerreiro mais do que nunca e aprovava todas as suas ações:

— Sábia decisão — disse, simplesmente.

O projeto de sucessão foi realizado logo em seguida.

Hidetsugu, sobrinho de Hideyoshi, era o primeiro filho de Nisshu, sua irmã mais velha, e de Miyoshi, senhor de Musashi. Era o parente homem mais próximo do chanceler e tomara parte em diversos combates ao lado do tio. Havia sido ele quem derrotara o senhor do Castelo de Yamanaka, durante a campanha de Odawara, acumulando em seguida conquistas ao norte. Depois dessa campanha, Hideyoshi lhe dera o domínio dos antigos territórios de Oda Nobukatsu, no norte de Ise e em Owari, o que somava, junto com as terras que ele já possuía, um patrimônio de um milhão de *koku*.

Em novembro, Hidetsugu foi proclamado filho adotivo de Hideyoshi e, no dia 4 de dezembro, o chanceler pediu ao ministro do centro que tomasse as medidas necessárias para que o sobrinho fosse declarado herdeiro aparente de seu posto. No dia 28 de dezembro, Hidetsugu foi empossado como chanceler imperial, e Hideyoshi tomou para si o título de regente.

Hideyoshi casou Ogo com Hidekatsu, conforme prometera a Chacha, no início do primeiro ano do período Bunroku.[55] Hidekatsu era o irmão mais novo de Hidetsugu. Tinha 23 anos e era caolho; Hideyoshi o adotara no ano 13 de Tensho. Era senhor de terras em Kameyama, na província de Tanba, e capitão da guarda imperial da esquerda. Seu apelido era capitão Tanba. Hideyoshi deu-lhe terras de cinquenta mil *koku* em Echizen; em seguida, após a vitória de Odawara, conferira-lhe mais propriedades em Shinano e em Kai. Vivia no Castelo de Fuchu, mas depois fora se instalar com a mãe em Gifu.

Antes do anúncio oficial de noivado, Chacha foi encarregada de transmitir a notícia a sua irmã. O casamento era uma ordem do regente e não estava aberto a discussão; no entanto, Chacha queria dar a Ogo algum tempo para se preparar antes da cerimônia.

Chacha esperou a segunda semana de janeiro. Quando o castelo ficou mais calmo, ela visitou Ogo em seu quarto. A irmã a convidou respeitosamente a entrar.

— A que devo a honra dessa inesperada visita? — perguntou com calma Ogo.

Estava bem mudada. Tinha um desprendimento soberano com relação a coisas e pessoas, falava com Chacha como se fosse uma perfeita estranha.

---

55. Ano de 1592.

— Venho transmitir-lhe um projeto de casamento com o capitão Tanba.

— Casamento? Meu casamento, você quer dizer?

Ogo levantou um olhar tranquilo; não parecia alterada.

— Sim, foi ideia do regente.

Chacha procurava também ser cortês e impassível.

— Muito bem — disse Ogo, em voz baixa.

Sua expressão era de alguém que perdera todas as vontades deste mundo, disposta sempre a obedecer. Chacha pensou que, desde que perdera o marido e as filhas, a irmã não tinha escolha; obedecia para sobreviver.

No início de fevereiro, Ogo partiu de Yodo em direção a Gifu. Dias antes, dez damas de honra haviam chegado de Gifu para ajudá-la nos preparativos do casamento. Ogo tinha 21 anos.

Chacha acompanhou a irmã até as portas do castelo, como fizera seis anos antes no Castelo de Azuchi. Chacha tinha uma memória límpida daquele outro dia frio, do céu nublado sobre o lago, e do quimono branco da menina que tinha então quinze anos. Lembrava também com estranheza o amor que sentira por ela naquela primeira partida.

Ogo, que em geral não iniciava as conversas que tinha com Chacha, aproximou-se da irmã e agradeceu a longa hospitalidade. Chacha disse:

— Gifu fica perto de Kiyosu, onde nós vivíamos quando éramos pequenas. Você vai gostar de lá.

— Nunca senti nenhuma ligação com a província de Mino nem com a de Owari. Em Owari só me aconteceram desgraças. Em Mino, não sei o que me aguarda.

A resposta de Ogo deixou Chacha sem voz. Em Gifu, quando olhasse para o céu, Ogo se lembraria do céu de Ono e sofreria de saudades de sua família. De repente, Chacha teve vergonha das coisas que dissera. Era difícil para ela imaginar a situação de sua irmã.

Os preparativos para a expedição à Coreia começaram algum tempo depois da partida de Ogo. No dia 5 de janeiro, Hideyoshi enviou a seus vassalos uma ordem de mobilização geral. Depois, dois meses se passaram sem mais ordens do regente. Os boatos sobre a invasão da Coreia corriam o país, mas fevereiro chegou ao fim e nada mais se sabia do projeto. Até os generais começaram a duvidar de que Hideyoshi fosse mesmo partir para o exterior.

No dia 13 de março, Hideyoshi finalmente deu ordem a todos os generais para que partissem para a Coreia. Depois, anunciou que coordenaria a invasão a partir de seu quartel-general em Nagoya, na província de Hizen, na ilha de Kyushu.

A dama de Yodo e a senhora Kyogoku o acompanhariam até Kyushu, como haviam feito durante o cerco de Odawara. Hideyoshi teve de adiar sua ida, pois fora acometido de uma inflamação nos olhos; partiu no dia 26. Como na campanha de Odawara, a partida foi motivo para festividades de um luxo exagerado. Em vez de sair de Osaka, como estava previsto, Hideyoshi saiu de Kyoto, pois desejou dar aos habitantes da capital um espetáculo grandioso. Ao amanhecer, foi ao templo imperial, vestido com trajes cerimoniais, e às onze horas desfilou diante do palácio do imperador, junto com milhares de seus homens. As armas e armaduras reluzentes ofuscavam os olhos da multidão. O imperador Goyozei e a imperatriz Ogimachi assistiram ao desfile de um salão do palácio.

Hideyoshi usava uma roupa vistosa, como de costume nessas ocasiões. Tinha um manto de brocado e uma espada, e montava um corcel com uma carapaça de ouro. À sua frente, ia uma fila de monges ascetas da religião *shugendo*[56]; atrás dele, vinham dezenas de cavalos com capas de ouro e de brocado, e em seguida um esquadrão com punhais e escudos decorados com ouro. Hidetsugu, o chanceler imperial, acompanhou o regente até o santuário Muko. A multidão, vinda de todas as províncias, acotovelava-se pelas ruas.

O exército avançava menos de trinta quilômetros por dia. Passou por Hiroshima e continuou a avançar, chegando a Hizen no dia 25 de abril.

Chacha e Tatsuko partiram dois dias depois de Hideyoshi, com uma escolta de dezenas de guerreiros. No caminho, passaram por inúmeros mensageiros e samurais.

---

56. Culto das montanhas, com práticas de ascese e adoração de lugares sagrados.

A vida em Hizen era agradável para Chacha, pois podia passar todos os dias com Hideyoshi. A invasão da Coreia lhe permitia ter o regente só para si. É verdade que a senhora Kyogoku também viera junto, mas era muito discreta e apenas recebia Hideyoshi em segredo, poupando Chacha dos acessos de ciúme. De vez em quando, Hideyoshi não lhe dizia onde passaria a noite, e ela imaginava que seria com Tatsuko; mas isso não a perturbava muito.

Da península coreana, vinham notícias de vitórias japonesas, que eram comemoradas com festas e banquetes. No dia 2 de maio, as tropas de Konishi Yukinaga entraram em Kaesong, capital da Coreia.

Novas tropas desembarcaram na península. Em junho, Ishida Mitsunari, Mashida Nagamori e Otani Yoshitsugu mobilizaram suas tropas e se dirigiram à Coreia.

No início de julho, Hideyoshi recebeu uma mensagem de que sua mãe estava muito doente. No dia 21, ele partiu de Hizen para vê-la. Chacha não gostava de ficar sozinha, mas, como era a mãe dele que o mandava buscar, não podia se opor. No dia em que Hideyoshi partiu, a velha senhora morreu. Tinha 79 anos.

Hideyoshi chegou a Osaka no dia 29 e foi logo para Kyoto, ao templo Daitokuji, onde se realizaria o funeral de sua mãe.

Voltou a Hizen no fim de outubro. Durante sua ausência, Chacha fora torturada pelos ciúmes, sabendo-o próximo de suas outras concubinas. Enquanto Hideyoshi não estava, mandou chamar sua prima para fazer-lhe companhia. No entanto, quando estava na presença de Hideyoshi, não gostava de ver a senhora Kyogoku. Mesmo que não a odiasse como odiava as outras mulheres de Hideyoshi, ainda assim sentia-se atormentada ao pensar que ele dormia também com Tatsuko.

Depois que Hideyoshi voltou a Hizen, Chacha notou que seu corpo estava mudando. Ao saber que estava novamente grávida, seu olhar passou a irradiar luz. Não esperava mais engravidar do velho guerreiro e se sentia surpresa de viver de novo essa alegria.

Hideyoshi estava ainda mais feliz do que ela. Seu rosto se iluminou mais ao saber da notícia do que de uma vitória em sua guerra.

Depois da morte de Tsurumatsu, nada mais parecia interessá-lo, a não ser a vida de militar; mas a nova gravidez deu-lhe um motivo para viver.

Em dezembro desse primeiro ano do período Bunroku, Chacha escutou uma de suas damas de honra dizer que Omaa havia mandado, do Jurakudai, uma roupa nova de presente para Hideyoshi, para ser usada nas festividades de Ano-Novo. Isso nada tinha de fora do comum, mas Chacha ficou furiosa. Perguntou a Hideyoshi se era verdade; ele desconversou. Chacha insistiu até conseguir que lhe entregassem a roupa, que ela mandou queimar em um acesso de raiva. Talvez devido à gravidez, Chacha estava cada dia mais irritadiça. Hideyoshi se curvava a todos os seus caprichos, e se aproximava dela com a delicadeza de quem toca uma ferida.

Chacha fazia com que suas damas de honra revirassem a correspondência de Hideyoshi atrás de cartas das outras concubinas. Tinha vergonha de seu comportamento desprezível, mas não conseguia se controlar. Um dia, uma dama de honra trouxe-lhe um rascunho de uma carta de Hideyoshi para Omaa, agradecendo calorosamente pela roupa que lhe enviara. Era um texto composto com muito cuidado para lisonjear a leitora, típico da lavra de Hideyoshi, muito hábil na manipulação dos sentimentos femininos. Chacha tanto achou graça quanto se irritou com a mensagem.

Assim como usava finas estratégias na guerra, o regente procurava manejar com habilidade os sentimentos de suas concubinas, que estavam sozinhas a quilômetros de distância. Chacha sentia ao mesmo tempo raiva e amor pela personalidade sagaz de Hideyoshi.

Entretanto, Chacha não mencionou o rascunho a Hideyoshi, pois sabia que sua dama de honra seria condenada à morte se a espionagem viesse à tona.

No ano 2 de Bunroku, Chacha voltou para Yodo com a intenção de passar o resto de sua gravidez no castelo. Ficou surpresa com as precauções que Hideyoshi tomou para essa viagem. Sua liteira era objeto de muitos cuidados, como se transportasse a mais preciosa das joias. De Kyushu a Osaka, um trajeto que durava em geral um mês, o séquito de Chacha levou sessenta dias, devido ao número de escalas.

Chacha chegou a Yodo em meados de março. As águas do Yodogawa estavam cálidas, a baixada onde ficava o castelo perdera as cores invernais, e as plantas da primavera cresciam com abundância. Chacha sofria com a distância de Hideyoshi, mas o bebê que crescia em seu ventre a ajudava a não ter ciúmes. Um homem como ele não podia ter somente uma mulher. Hideyoshi não se contentaria apenas com a senhora Kyogoku em seu quartel-general. Ainda que não mandasse chamar as concubinas mais conhecidas, como Omaa e a senhora Sanjo, Chacha sabia que havia outras, de quem ela jamais ouviria falar. Não procurou saber. A pequena vida que se formava dentro dela libertara-a também da sensação de ser amaldiçoada.

Entre a primavera e o verão, recebeu inúmeras cartas de Hideyoshi, em que ele sempre falava do filho que ia nascer. Chamava-a de "mãe de príncipe", como durante a primeira gravidez. Nunca dizia nada sobre a Coreia. Parecia que, ao lhe escrever, dedicava-se apenas ao filho, esquecendo Chacha e a guerra.

O verão foi muito quente. Chacha não conseguia dormir devido ao calor. Na noite de 1º de agosto, ela teve um sonho: chamas vermelhas devoravam seu castelo, e ela contemplava o fogo, até que as línguas de fogo chegaram até ela e começaram a devorá-la também. No sonho, ela não tinha medo; mas não sabia em que castelo estava. Por vezes, esse incêndio parecia aquele que consumira o Castelo de Odani; por outras, o Castelo de Kitanosho.

Acordou-se banhada de suor e viu que estava em trabalho de parto. Pôs-se a combater as contrações, que iam e vinham. Perdeu a noção do tempo, pois as dores pareciam durar uma eternidade. Mandou-se rezar pelo seu bom parto nos templos e santuários de toda a região de Osaka e Kyoto.

Na manhã de 3 de agosto, deu à luz um filho homem. Estivera um dia e uma noite em trabalho de parto. Os nobres e guerreiros que guardavam o Castelo de Osaka mandaram-lhe os parabéns. A Kitanomandokoro mandou pargos de Akashi, para dar sorte, e um enxoval.

Depois, a Kitanomandokoro transmitiu ordens de Hideyoshi sobre uma simpatia que devia ser feita para proteger o bebê. Chacha devia fingir que abandonava a criança, que seria recolhida por Matsuura, senhor de Sanuki, guerreiro que coordenara os cuidados com a parturiente. Matsuura chamaria a criança de Hiroi (Achado). O filho falecido tivera o apelido de Sute (Rejeito), e Hideyoshi, por superstição, decidira dar ao novo bebê um nome que era o antônimo do nome do outro.

Hideyoshi partiu de Hizen no dia 25 de agosto para ver o recém-nascido, deixando o comando do exército a dois subalternos, um em Hizen e outro na ilha de Tsushima.

Assim que chegou a Yodo, anunciou a Chacha que Hiroi seria criado no Castelo de Osaka. Ela devia se mudar com o bebê se já estivesse restabelecida do parto. Depois, acrescentou:

— Quero dar o Castelo de Osaka a Hiroi, mas aí não vou ter onde morar. Preciso construir urgentemente um novo castelo.

Chacha achava que Hideyoshi estava brincando, mas ele falava sério.

A senhora Kyogoku voltara com o regente. Ela também se mudou para o Castelo de Osaka. Talvez Hideyoshi achasse que as primas deviam viver juntas, já que se davam tão bem.

No início de outubro, chegou uma notícia inesperada de Hizen: Hidekatsu, o marido de Ogo, morrera de uma doença na Coreia. Chacha pensou em Ogo com pesar. Sofria com a ideia de que ela enviuvara outra vez. Ainda que o casamento houvesse sido resultado de uma ordem de Hideyoshi, comentava-se que ela se dava bem com o marido, e que eram um casal harmonioso.

Chacha lembrou que Ogo previra novas desgraças no momento de partir de Yodo; seus pressentimentos se confirmavam. Mandou uma mensagem de pêsames a sua irmã, tentando consolá-la de mais uma tragédia em sua vida.

No início de novembro, Chacha veio se instalar no Castelo de Osaka com seu filho, enquanto Hideyoshi buscava uma localização para seu novo castelo. Parecia mais interessado nessa nova construção do que na Guerra da Coreia. Chacha atribuía essa energia frenética e irrefletida que Hideyoshi tinha havia alguns anos à idade avançada. Ultimamente, andava bastante envelhecido, talvez devido ao tempo que passara em Kyushu, ou à morte do primeiro filho.

No ano 3 de Bunroku, Hideyoshi anunciou oficialmente a construção de um novo castelo em Fushimi. O local ficava próximo de Kyoto, era de fácil acesso desde Osaka, contornando o rio Uji, tinha uma bela vista e se mostrava ideal do ponto de vista estratégico.

A construção começou em seguida. Hideyoshi vinha todos os dias de Kyoto para supervisionar o avanço dos trabalhos. No Ano-Novo, foi a Osaka ver o filho. Quando estava longe, escrevia cartas a Chacha, perguntando da saúde do filho, se ele estava se divertindo, e dizendo que viria logo cobri-lo de mimos, e que em sua ausência ninguém deveria abraçá-lo. Destinava agora à criança as mesmas frases de carinho que um dia dirigira a Chacha.

Quando o Castelo de Fushimi ficou pronto, o Castelo de Yodo foi destruído. Chacha recebeu ordens de ir se instalar com seu filho em Fushimi, antes mesmo de Hideyoshi se mudar para lá.

No entanto, o momento não era propício para a mudança de Hiroi. A ida para Fushimi estava prevista inicialmente para a época das cerejeiras em flor, depois foi adiada; temendo que algo acontecesse a Hiroi, como com seu outro filho, Hideyoshi decidiu instalá-lo em Osaka até a idade de dois anos, a mesma com que Tsurumatsu morrera.

Chacha acompanhou o herdeiro de Hideyoshi e foi se instalar no Castelo de Osaka. Sua única preocupação na vida era o bem-estar da criança. Hiroi nascera em um momento crucial da carreira de Hideyoshi, e o Castelo de Fushimi era de fácil acesso para alguém que tinha de se deslocar periodicamente até o sul, para controlar a campanha coreana. O regente quase não tinha tempo para dedicar a Chacha. Ao chegar a Osaka, ia sempre visitar seu filho para ver se estava bem de saúde; porém, depois de se certificar que sim, logo partia para tratar das outras obrigações.

Embora não conversasse mais com Chacha como antes, Hideyoshi continuou a lhe escrever, falando sempre da saúde de Hiroi e recomendando que ela não parasse de dar de mamar do peito à criança. Todas as cartas falavam de amamentação, pois Hideyoshi estava convencido de que essa era a melhor maneira de preservar a saúde do menino. Nunca perguntava a Chacha como ela ia, ou quando o fazia era para saber sobre o estado de seus seios, a qualidade de seu leite, e para lhe recomendar que se alimentasse direito. Parecia que agora ele a considerava apenas a ama de leite de seu herdeiro.

No entanto, a jovem mãe se satisfazia com esse estado de coisas. Estava muito bem de saúde, o que tornava um pouco ridículas as exageradas recomendações de Hideyoshi. Ela tinha muito leite e se preocupava com o fato de que pudesse estar gorda, pois aumentara bastante de peso. Se quando Tsurumatsu nascera ela havia até emagrecido, dessa vez estava tão rechonchuda que pensava que seu metabolismo havia mudado. Sua pele estava leitosa e úmida, e a cada movimento sentia seus peitos pesados se mexendo com o corpo. Para dar de mamar a Hiroi, tinha de segurar o seio com as duas mãos. Adorava sentir o líquido vital passar dela para o nenê, e chegava a se esquecer da existência do pai da criança. Até mesmo as lembranças das desgraças de sua vida pregressa foram transfiguradas pela maternidade. Agora, pareciam-lhe apenas obstáculos que ela precisara vencer para alcançar esse contentamento.

Hiroi tornou-se o centro da vida de Chacha e de Hideyoshi. Nada existia a não ser a criança. Chacha não se importava que o regente a houvesse esquecido, pois, para ela, o líder supremo do Japão não passava de um servidor dedicado de Hiroi.

O exército de Hideyoshi enfrentava as forças militares chinesas dos Mings, que intervieram em apoio à Coreia. Os japoneses conheceram vitórias e derrotas, os exércitos estavam se esgotando em batalhas sem fim. Chacha começara a ouvir falar em negociações de paz quando ainda estava grávida. Um tratado de paz obrigara Konishi Yukinaga a bater em retirada de Kaesong, capital da Coreia. Outros generais japoneses tiveram de recuar para Busan, ao sul. Pouco depois, Konishi estava de volta a Hizen, acompanhado de emissários Ming.

Em meados de setembro, enquanto Chacha se recuperava do parto, Hideyoshi encontrou-se com diplomatas chineses no Castelo de Fushimi. O regente interpretou como arrogantes algumas frases do documento enviado pelo imperador da China; então, expulsou os emissários e deu novas ordens de ataque.

Porém, só mais tarde Chacha soube desses acontecimentos. As cartas de Hideyoshi falavam apenas do bebê e de amamentação, e nenhuma dama de honra mencionava notícias da guerra, talvez devido a ordens do regente. A morte do marido de Ogo foi a única notícia que lhe chegou da campanha da Coreia.

Na primavera do ano 3 de Bunroku, Hideyoshi ficou mais livre de compromissos. Dera ordens para que se organizasse uma nova expedição, mas essa mobilização ia ainda demorar. Alguns boatos chegavam até Chacha: na capital, Hideyoshi dedicava grande parte de seu tempo ao teatro nô e às cerimônias do chá. Ela não se importava que o regente se divertisse nesses passatempos refinados; afinal, eram preferíveis à guerra.

Quando as cerejeiras começaram a florir, Chacha soube que Hideyoshi convidara a Kitanomandokoro para visitar o Castelo de Fushimi. Nessa época, tanto Chacha como a esposa oficial viviam no Castelo de Osaka. Chacha se sentia mais segura ao saber que a Kitanomandokoro estava ali no mesmo lugar que ela e podia ser vigiada de perto. Quando vinha a Osaka, Hideyoshi ia direto visitar o filho, e Chacha era informada das suas idas e vindas. Talvez para evitar conflitos entre as duas mulheres, Hideyoshi nunca passava a noite em Osaka, voltando sempre para Kyoto ou Fushimi após ter visto Hiroi. Se excepcionalmente era obrigado a pernoitar em Osaka, tomava o cuidado de alternar as noites que dormia com Chacha e com a Kitanomandokoro. Mesmo quando Hideyoshi passava a noite com a esposa oficial, Chacha não sentia ciúmes, pois sabia que a maior preocupação da vida do velho guerreiro era o bem-estar do filho.

No entanto, ao saber que a Kitanomandokoro fora convidada ao Castelo de Fushimi antes dela e de seu filho, Chacha ficou muito contrariada. Afinal, era o lugar para onde em breve se mudaria. Para construir o Castelo de Fushimi, fora necessário o trabalho de 150 mil carregadores apenas para trazer as pedras de Daigo e de Yamashina, e a madeira de Kiso e de Koya. Todas as muralhas tinham espessura dupla ou tripla, e do lado do rio Uji havia uma fortificação de sessenta metros de altura. Chacha tinha até dificuldade de imaginar um castelo assim. Ficou bem irritada ao pensar que a Kitanomandokoro poria os olhos nesse portento antes dela e de seu filho.

Quando Hideyoshi veio visitá-los, Chacha tentou expressar seu descontentamento com subentendidos.

— Hiroi diz que quer ir morar em Fushimi.

— E por que ele anda falando coisas que não entende?

— Ele não quer ver outras mulheres no castelo, só sua mãe...

— Ah, entendi — disse Hideyoshi, surpreso.

Depois de um momento, acrescentou:

— Muito bem, se Hiroi não quer, não levo mais ninguém para visitar o castelo.

— E quem já foi visitá-lo?

— Não se preocupe, vou mandar que ela saia de lá imediatamente.

A Kitanomandokoro já estava de volta a Osaka; portanto, era outra mulher que se encontrava em Fushimi. Chacha não esperava por essa nova complicação; imaginava que Hideyoshi andasse com outras concubinas, mas não a ponto de levar uma delas ao novo castelo.

— Quem está lá?

— Omaa — respondeu Hideyoshi, com a maior naturalidade.

Ao escutar aquele nome, Chacha achou que ia explodir de raiva. Hideyoshi ousara convidar a Kitanomandokoro e Omaa ao castelo antes dela! Tentou se controlar, e nada mais disse sobre o assunto, que ainda assim custou a esquecer.

Dez dias depois, enviou um mensageiro à senhora Kyogoku, pois queria vê-la para falar das angústias que a afligiam. Em resposta, soube que Tatsuko estava nas estações termais de Arima, curando-se de uma infecção dos olhos. Chacha achou a viagem muito suspeita. Alguém tão preocupado com etiqueta como a senhora Kyogoku jamais iria para uma estação de águas sem ao menos avisá-la. Ela devia estar em Fushimi também. Chacha sentiu-se isolada no mundo, sem mesmo uma amiga com quem dividir suas preocupações.

Outros dez dias se passaram, e a senhora Kyogoku veio vê-la. Afirmava ter mesmo uma doença nos olhos, e seu relato da viagem a Arima soava como verdadeiro. A prima também estava mais gorda, mas ainda tinha o aspecto juvenil de uma mulher sem filhos. Ao contemplar as mãos de Tatsuko, de uma cor saudável como se fossem maquiadas, Chacha sentiu uma ponta de inveja.

— Quando o senhor regente foi para Arima? — perguntou Chacha, com displicência.

A senhora Kyogoku baixou o olhar e respondeu com um movimento negativo da cabeça. Contudo, dessa vez Chacha não podia acreditar na prima. Tinha certeza de que Hideyoshi também fora para as estações termais, e de que era por isso que a senhora Kyogoku tentara lhe esconder a viagem.

— Por que você está tentando me esconder os fatos, prima?

— Não, juro que estou falando a verdade, só fui me curar. Minha mãe foi comigo. Pergunte, se quiser, ao senhor regente — disse Tatsuko.

— Não posso perguntar uma coisa dessas a ele. Você disse um dia que faria qualquer coisa por mim.

— É verdade.

— Enquanto você estava em Arima, o senhor regente lhe escreveu alguma carta?

— Sim.

— Então, mostre-me essa carta.

A senhora Kyogoku levantou a cabeça, espantada.

— Se você não me mostrar essa carta, não posso acreditar no que você está dizendo.

— Eu estava sozinha — disse Tatsuko, negando com a cabeça. Parecia desesperada.

— Muito bem. Mostre-me então a carta — disse Chacha, com uma maldade que ela mesma sentia.

Tatsuko não respondeu. Levantou-se e foi embora para seus aposentos. No dia seguinte, veio de novo ver Chacha, entregando-lhe, muda, uma carta.

Era de Hideyoshi. Chacha abriu o papel e pôs-se a ler. Tinha a data de 22 de abril e anunciava sua próxima visita ao Castelo de Osaka. "Como vão seus olhos? Dizem que as águas termais são boas para esse tipo de doença... Enviei Maeda Mondo para que dê ordens..." Então, era verdade que Tatsuko tivera um problema de saúde. Imperturbável, Chacha continuou a ler. "Vou mandar que arrumem acomodações para você em Arima, e que esteja tudo pronto para o dia 27 ou 28. É melhor que você vá sozinha, levando apenas sua mãe. Sinto muito não poder acompanhá-la, mas é importante que você cuide de seus olhos. As massagens e a moxibustão também podem ser benéficas..." Ele utilizou, como nas cartas a Chacha, um tom gentil e atencioso, destinado a seduzir o coração das mulheres. Escrevia com uma letra grande e apressada, como se traçasse palavras mágicas.

Chacha leu de novo a carta toda, enquanto a senhora Kyogoku esperava, prostrada no chão em sinal de respeito, o corpo tenso.

— Queira me desculpar por minhas suspeitas infundadas. Está melhor dos olhos?

A senhora Kyogoku ergueu o corpo, o rosto aliviado. Trouxera a carta porque não havia no texto nada comprometedor, nenhuma expressão afetuosa, nenhuma frase picante; porém, temia ainda assim que Chacha se ofendesse com a mensagem.

Por outro lado, Chacha não estava tão tranquila como aparentava. Acabara de compreender que não era a única que Hideyoshi amava. O amor que ele sentia pela senhora Kyogoku era diferente, mas era inegável que também tinha muita ternura por Tatsuko. As frases da carta exalavam um afeto sincero, como nas que escrevia a Chacha. Talvez escrevesse mensagens semelhantes à Kitanomandokoro, à senhora Kaga, à senhora Sanjo.

Depois que a senhora Kyogoku se foi, Chacha, exausta, foi dar uma volta nos jardins para descansar. Pensou, pela primeira vez em muito tempo, em Kyogoku Takatsugu e em Gamo Ujisato. Depois de se tornar concubina de Hideyoshi, esquecera esses outros homens e os sentimentos que nutrira por eles. Agora procurava rememorar as emoções que eles lhe haviam despertado.

Sabia que Hideyoshi a amava. No entanto, estava claro que não era a única. Essa reflexão levou-a a tentar entender se o que ela sentia por Hideyoshi era amor. Talvez amor mesmo fosse o que ela um dia sentira por Takatsugu e Ujisato. Porém, essa compreensão não diminuía a força daquilo que sentia pelo regente, pai de seus dois filhos. Talvez não fosse amor, mas era tão intenso quanto esse sentimento pode ser.

Ela atravessava o jardim iluminado pelo crepúsculo de início de verão. Pensava em seu passado. Quando fora feita concubina de Hideyoshi, chegara a querer matá-lo. Agora pensou de novo em matá-lo, mas a ideia foi efêmera. A ideia contrária nasceu em seguida em sua mente: Hideyoshi deveria viver muito tempo. Lembrou-se de seu filho e resolveu voltar a seus aposentos.

A lembrança de seu filho preencheu seu coração, que ela acreditava esvaziado. O amor pela criança a tomou com força e melancolia, como nunca antes. Sentia-se disposta a dar sua vida por Hiroi e Hideyoshi. Hideyoshi deveria viver o máximo de tempo possível, em proveito de seu filho.

Ao voltar aos seus aposentos, pediu que lhe trouxessem o bebê. O menino de um ano de idade dormia tranquilo e inocente; na penumbra, o rosto dele pareceu a Chacha um pouco pálido.

Chacha ficou contemplando a criança dormir, até que uma dama de honra trouxe uma tocha para iluminar a peça. Enquanto olhava, Chacha pensou que naquele bebê corria o sangue dos Azais e dos Odas.

Capítulo 7

A carta de Hideyoshi à senhora Kyogoku deixara Chacha um pouco preocupada. Mandou que Ofuku, uma de suas damas de honra, fosse se informar sobre o tratamento dispensado às outras concubinas. Soube então que a Kitanomandokoro já havia ido duas vezes ao Castelo de Fushimi, e que fizera com Hideyoshi duas visitas ao chanceler imperial. Na primavera, Hideyoshi fora contemplar as cerejeiras em flor em Daigo, em companhia da senhora Kaga, que havia ido também a Fushimi em três ocasiões, sendo que da última vez se hospedara lá por uma semana. A senhora Sanjo, a irmã de Gamo Ujisato, também fora levada a Daigo para ver as flores, e acompanhara Hideyoshi a diversos jantares em casas de daimiôs na capital. Ofuku não conseguira levantar os nomes dos daimiôs que haviam recebido o casal.

A senhora Kyogoku, por outro lado, nunca saía do Castelo de Osaka, exceto no período em que fora cuidar dos olhos em Arima. Talvez Hideyoshi se abstivesse de levá-la a outros lugares porque ela vivia no mesmo castelo que Chacha e a Kitanomandokoro. No entanto, havia um boato de que Hideyoshi mandara construir em Fushimi a Residência dos Pinheiros, onde planejava instalar a senhora Kyogoku. Além disso, em Fushimi havia uma ala que estava em construção, destinada à quinta filha de Oda Nobunaga, que também era concubina de Hideyoshi, embora as pessoas se esquecessem dela com facilidade, pois era feia e estava com o regente havia já muito tempo. Hideyoshi tinha ainda outras mulheres, plebeias de baixo nascimento. A mais famosa delas era Saisho. Andava igualmente com outras acompanhantes, que iam com ele ao teatro ou a cerimônias do chá.

No fim do verão, Hideyoshi passou três noites com Chacha, o que foi uma exceção. A Kitanomandokoro não estava, tinha ido a Kyoto visitar o túmulo da mãe de Hideyoshi.

Havia tempos, Chacha esperava a oportunidade de falar com Hideyoshi a sós. Os assuntos que tinha de tratar com ele não podiam ser discutidos nas curtas visitas que em geral fazia.

À noite, Chacha ordenou que preparassem o assento de Hideyoshi próximo à varanda e que trouxessem saquê e aperitivos. Depois, mandou que todos se retirassem. Escolhera esse lugar próximo à varanda porque a temperatura ali era mais agradável; além disso, dali se podia ver se havia alguém no jardim espionando.

— Há uma coisa que quero lhe pedir — disse Chacha, entrando direto no assunto. — Há muito tempo venho pensando em lhe falar sobre isso, mas ainda não tinha tido oportunidade.

— O que é? — perguntou Hideyoshi, a cara contrariada, na defensiva. Talvez fizesse a mesma cara com outras mulheres quando elas lhe pediam algo.

— Não é nada do tipo um passeio para ver as cerejeiras em flor em Daigo, nem também uma ida ao teatro, ou a uma cerimônia do chá, ou a Arima nas estações de águas — disse Chacha, pausadamente, insistindo em cada palavra.

Hideyoshi, como de hábito, escutava em silêncio, a boca entreaberta, um pouco irritado, o rosto inocente.

— Posso dizer do que se trata? — perguntou Chacha.

Hideyoshi, que tinha o olhar perdido no jardim, voltou-se para ela.

— Sim, o que é?

— Você se lembra do banquete de contemplação da lua, logo depois da morte de Tsurumatsu?

— Lembro.

— Aquele foi um momento de profunda dor para mim e para você. Você falou de diversos assuntos para distrair a tristeza, falou de diversos projetos: do casamento de Ogo, da invasão da Coreia...

Ao chegar a esse ponto, Hideyoshi compreendeu:

— Você quer falar de Hidetsugu, meu herdeiro aparente.

— Sim — respondeu Chacha, erguendo a cabeça.

Os dois se fitaram nos olhos por instantes; em seguida, desviaram o olhar. Depois da morte de Tsurumatsu, Hideyoshi designara

Hidetsugu como seu herdeiro, imaginando que não teria mais filhos. A primeira vez que mencionara essa sua intenção fora naquele banquete de contemplação da lua de que Chacha falava.

— Acho que é injusto para com nosso filho.

— Sim, já pensei nisso. Acho que tenho uma solução.

Seu rosto mudou. Não era mais um poderoso regente; era um velho pai, preocupado com o futuro do filho.

— A sorte é que Hidetsugu tem uma filha. Vou casá-la o mais rápido possível com Hiroi.

A ideia era assegurar que Hiroi fosse o herdeiro de seu sogro, Hidetsugu. No entanto, era triste casar uma criança de um ano. Chacha imaginara algo mais extremo: ela queria que Hideyoshi retirasse sua indicação de Hidetsugu para o posto de chanceler imperial e que declarasse em público que Hiroi era seu herdeiro aparente. Como Hideyoshi era o líder supremo do Japão, ele tinha o poder de fazê-lo; mas ela não tinha coragem de pedir isso.

— Pedirei à esposa de Maeda Toshinaga que seja a casamenteira — continuou Hideyoshi. Chacha permanecia calada. Não achava que um simples casamento asseguraria a posição de Hiroi.

Os dois permaneceram em silêncio por mais algum tempo. Depois, Hideyoshi deu outra solução, como se o casamento fosse mesmo insuficiente.

— Posso também dividir o país em cinco províncias, dar quatro a Hidetsugu e uma a Hiroi.

Talvez essa ideia fosse melhor porque podia ser realizada já. Ainda assim, parecia injusta a Chacha, que continuou muda. Hideyoshi também não disse mais nada, contentando-se em resmungar sílabas desconexas de vez em quando, como se estivesse ruminando outros planos. De repente, sua expressão mudou e se tornou tão sombria que Chacha ficou com medo.

— Estou sendo precipitado — disse, a voz baixa.

A conversa se encerrou aí, e nenhuma medida concreta foi tomada.

Três meses depois, em meados de dezembro, Chacha e Hiroi se mudaram para o Castelo de Fushimi. Nessa mesma época, a senhora

Kyogoku foi para a Residência dos Pinheiros, e passou a ser chamada de dama dos Pinheiros, senhora Matsunomaru.

Chacha pôde enfim ver o castelo de que todos falavam. A vista era ainda mais bonita do que imaginara. Ao sul, passava o rio Uji; ao norte, avistavam-se os subúrbios de Kyoto; em torno da fortificação, viam-se as casas dos plebeus. A construção do castelo atraíra para a região muitos comerciantes, que instalaram suas lojas em uma massa compacta nas redondezas, onde havia sempre muito movimento. A leste, corria o rio Kizu, que contornava montanhas e pinheirais a perder de vista; a oeste, o rio Yodo serpenteava na baixada como uma fita azul.

Era o mais belo castelo de todos em que Chacha vivera. O *honmaru*, o *nishinomaru* e o *matsunomaru* eram altos, majestosos e severos, como que vigiando de cima as residências de todos os daimiôs, que ficavam também na parte interior das muralhas.

Seus aposentos ficavam na torre de menagem. Chacha vivia contente, sabendo que o castelo pertencia a seu filho. Depois da mudança dela para Fushimi, Hideyoshi ia e vinha entre este castelo e o de Osaka, sem escolher um ou outro como sua residência oficial. Em pouco tempo, a opinião geral era de que o Castelo de Osaka era território da Kitanomandokoro; e Fushimi, de Chacha.

No ano 4 de Bunroku, Hiroi fez dois anos de idade. Hideyoshi ia passar o Ano-Novo em Osaka. Chacha mandou-lhe uma carta de votos de feliz Ano-Novo, e uma faquinha de cortar unhas de presente; o pacote ia para o regente em nome de Hiroi.

Dois dias depois, recebeu a resposta de Hideyoshi:

Que alegria receber seus votos de Ano-Novo. Adorei a faquinha de unhas. Irei logo agradecer pessoalmente, mas devo antes visitar o senhor de Harima. Tenho muitas saudades e não vejo a hora de abraçar você.

A carta ia endereçada para Hiroi, mas o texto dava a entender que a mensagem era também para ela. Depois de ler a missiva, Chacha teve um silencioso acesso de ódio, ao pensar que Hideyoshi devia ter escrito cartas semelhantes às suas outras concubinas, agradecendo os presentes delas.

Do fim de janeiro ao início de fevereiro, Hideyoshi ficou algum tempo em Fushimi. Ia sempre que podia abraçar seu filho nos aposentos de Chacha. Cada vez que vinha, olhava atentamente como as damas de honra cuidavam de Hiroi; reclamava se o encontrava mal agasalhado; se Hiroi estava de mau humor, investigava se algum desejo seu não fora cumprido. Era muito suscetível a tudo o que se relacionava a seu filho.

Enquanto Hideyoshi estava em Fushimi, Chacha soube que todos se queixavam de Hidetsugu. Não só de seu comportamento público como chanceler imperial, mas também de como agia na vida privada.

Cada vez que Hideyoshi escutava um desses relatos, ficava furioso, como se lhe falassem do seu pior inimigo. Enrubescia, suas mãos tremiam, e ele ficava olhando com uma careta para os lados de Kyoto, onde vivia Hidetsugu.

As reclamações eram relacionadas a diversos problemas. No dia 5 de janeiro do ano 2 de Bunroku, a imperatriz Ogimachi falecera. Ainda assim, no dia 16, quando todos observavam um jejum cerimonial em sua homenagem, soube-se que Hidetsugu comera carne de grou no jantar. Em seguida, sem demonstrar nenhum respeito pelo período de luto, ele fora passear nos arredores de Kyoto; assistira a um concerto no dia 8 de junho e a lutas de sumô no Jurakudai no dia 18 de julho. Na data de 11 de setembro, fora caçar no monte Hiei, lugar sagrado, onde a caça era proibida. Além disso, Hidetsugu confiscara de diversos daimiôs antiguidades e relíquias de família, e tinha um número impressionante de concubinas.

As damas de honra vinham contar a Chacha as informações que Hideyoshi recebia sobre seu filho adotivo. Ela sempre queria saber notícias do chanceler. Ignorava como essa história ia acabar, mas, como Hideyoshi, sentia muita raiva de Hidetsugu quando escutava suas últimas. A raiva era tanta que ela mesma se impressionava.

Procurava, no entanto, não mencionar o nome de Hidetsugu diante de Hideyoshi. De seu lado, o regente também nunca falava do chanceler diante de Chacha.

No dia 2 de março, um emissário da corte imperial trouxe em oferenda um cavalo e uma espada para Hiroi, por ocasião de sua mudança para o Castelo de Fushimi. Desde o fim de fevereiro, o castelo vivia em polvorosa com os preparativos para a visita do mensageiro do imperador. No dia tão esperado, Chacha estava gripada e não pôde comparecer às festividades. Sentada em seu futon, embriagada de felicidade com a glória de seu filho, ela pensava em seu futuro, que deveria ser ainda mais majestoso. Estava convencida de que precisava encontrar uma maneira de garantir para Hiroi a posição de próximo regente. Ela sobrevivera à queda de Odani e ao incêndio de Kitanosho por algum motivo — esse motivo, pensou agora, era a ascensão de seu filho ao posto de líder do país. A decisão, tomada com tanta intensidade enquanto estava sentada sozinha em seu quarto, empalideceu seu rosto, como se este fosse de cera.

No início de junho, nuvens escuras começaram a surgir no céu de Hidetsugu; foi quando correu o boato de que cinco conselheiros, entre eles Ishida Mitsunari, haviam sido encarregados de investigar uma acusação de traição contra Hideyoshi envolvendo Hidetsugu. O castelo e a cidade estavam em grande agitação com esses rumores.

Chacha não falava desses assuntos com Hideyoshi. Poderia ter verificado se os boatos eram verdade perguntando diretamente a ele, mas decidiu não fazê-lo. Hideyoshi também não dizia nada, como se houvesse entre eles um acordo tácito de não se falar sobre esse assunto.

Dez dias depois, Chacha pôde confirmar a veracidade dos rumores quando Ishida Mitsunari, de passagem por Fushimi, veio cumprimentá-la, acompanhado de seu filho. Ishida era um homem taciturno, de traços suaves e orgulhosos. No meio da conversa, deixou escapar com toda naturalidade que fora enviado ao Jurakudai para realizar uma investigação.

No dia 8 de julho, um mensageiro do regente foi ao Jurakudai para convocar Hidetsugu ao Castelo de Fushimi. Chacha soube da mensagem, mas ignorava o motivo do chamamento. Ainda assim, desconfiava que as relações entre Hideyoshi e o filho adotivo haviam chegado a um ponto crítico.

Um clima sinistro reinava no castelo. Não havia vento, e o calor era opressivo. Apenas um incessante canto das cigarras cortava o dia. Chacha recebeu notícia dos acontecimentos em sucessão: ao meio-dia, Hidetsugu chegou, mas não entrou no castelo, dirigindo-se à residência de Kinoshita Daizennosuke; depois, teve a cabeça raspada e, fazendo votos religiosos, foi viver como monge em um templo do monte Koya. Uma escolta de mais de cem homens o acompanhou até o templo.

No dia seguinte, Hideyoshi foi a Kyoto, o rosto tão carregado que estava quase irreconhecível. Ao chegar à capital, foi ao Jurakudai, um palácio agora sem senhor, e tomou medidas para encerrar de vez o caso. Maeda Toshiie recebeu a incumbência de cuidar da segurança de Hiroi em Fushimi. Em seguida, Hideyoshi mandou que fosse redigido um juramento de fidelidade a Hiroi, e encarregou Mashita Nagamori e Ishida Mitsunari de o apresentarem aos daimiôs. O documento exigia que os signatários assumissem o dever de proteger o filho de Hideyoshi com lealdade perfeita, e de obedecer às medidas tomadas pelo regente nesse sentido.

Dois dias mais tarde, Chacha soube que Hidetsugu cometera *seppuku* no templo de Seiganji, no monte Koya, menos de uma semana após sua convocação ao Castelo de Fushimi.

Dois ou três dias depois, Hideyoshi veio ver Chacha e lhe contou, enquanto os dois tomavam chá:

— Hidetsugu tinha mais de trinta concubinas.

Chacha demorou um pouco para compreender que ele dissera isso porque queria saber sua opinião sobre o que fazer a respeito. Ela deu:

— Não tenha remorso de fazer algo contra ele.

Um relâmpago passou pelos olhos de Hideyoshi, fixos nos dela. Talvez estivesse surpreso com sua crueldade, mas Chacha pensou que Hideyoshi cometera atos muito mais cruéis em sua vida.

No dia 2 de agosto, todas as concubinas de Hidetsugu foram levadas ao patíbulo de Sanjokawara e decapitadas. Uma multidão se reunira para assistir, mas muitas pessoas não resistiram ao espetáculo de trinta jovens, algumas quase meninas, sendo decapitadas, uma após a outra, sem terem culpa de nada, chorando e gritando diante da morte iminente. Alguns espectadores desmaiaram; outros xingavam o carrasco.

Naquela noite, sem que se soubesse o autor da manifestação, apareceram cabeças espetadas em postes de diversos pontos da capital. Abaixo das cabeças, havia cartazes com dizeres como "O excesso de violência condena o futuro da política" e "A roda da fortuna gira de acordo com as leis de causa e efeito".

O ano 4 de Bunroku foi o mais difícil da vida de Chacha. Tinha sempre pesadelos. É claro que desejara a desgraça de Hidetsugu, mas seus planos originais não incluíam um fim assim trágico. Ela teria se contentado em ver seu filho nomeado herdeiro. Mas os resultados foram outros, sujando de sangue esse conflito sucessório.

Nesse ano terrível, outro acontecimento inesperado entristeceu Chacha: Gamo Ujisato, senhor de terras valendo 920 mil *koku*, morreu de disenteria em Kyoto. Ele fora a Hizen participar do Estado-Maior do exército durante a guerra da Coreia, e caíra doente no sul do Japão. No ano seguinte, voltara a suas terras em Aizu, e depois havia ido a Kyoto para tentar uma cura. No outono, seu estado piorou, e no início do ano ele pereceu, aos 39 anos de idade.

Chacha ficou sabendo da morte do amigo no momento em que o castelo se preparava para a visita do emissário do imperador, que vinha presentear seu filho com um cavalo e uma espada. A agitação de seu lar era tanta que ela não tivera tempo de pensar na morte de Ujisato.

Inicialmente, ela custou a crer que o senhor Gamo não mais existisse. Além disso, a crise em torno da condenação de Hidetsugu a impedira de sofrer por outras coisas. Foi apenas após a morte do chanceler e a decapitação de suas concubinas que Chacha, agora enfim livre da ameaça contra a sucessão de seu filho, pudera pensar na morte de Ujisato como uma realidade.

Lembrou-se de que, em todos os momentos decisivos de sua vida, ela pudera contar com ele para lhe dar conselhos. Chacha devia a ele sua decisão de aceitar ser concubina de Hideyoshi, assim como sua posição no mundo de mãe do herdeiro do regente.

Compreendeu que perdera um apoio insubstituível, tanto para ela como para seu filho. Ao contrário da senhora Kyogoku, sua outra aliada, Ujisato sempre se mantivera a certa distância. Essa distância era reflexo da prudência, um traço da personalidade do senhor Gamo, prudência que muitas vezes irritara Chacha. No entanto, era justamente porque Ujisato era cuidadoso que seus conselhos haviam sido tão valiosos. Ele atingira ainda bem jovem um lugar de muito poder na hierarquia da nobreza guerreira. No momento de sua morte, era um dos daimiôs mais importantes do Japão, como Tokugawa Ieyasu e Maeda Toshiie. Chacha sentia como se uma estrela houvesse caído do firmamento.

Não chorou por ele, mas a sensação de que perdera um ponto de apoio lhe voltou diversas vezes no curso dos acontecimentos seguintes. A morte de Ujisato, mais do que motivo de dor, foi para ela uma perda que sentiria pelo resto de sua vida. No fim de agosto, Hideyoshi ficou cinco dias em Fushimi. Ele também tinha o rosto aliviado, agora que o problema da sucessão estava resolvido. No entanto, mesmo com o fim da crise, ele e Chacha nunca mais falaram nesse assunto, como se fosse uma questão desagradável demais para ser trazida à tona.

Em Fushimi, Hideyoshi confiou a Chacha seus planos de casar Ogo novamente, dessa vez com Hidetada, filho de Ieyasu. Seria o terceiro casamento de Ogo.

— Que idade tem Hidetada? — perguntou Chacha.

— Não tenho certeza, mas é mais jovem do que Ogo. Você tem alguma objeção?

Ogo tinha 22 anos; seu futuro esposo, dezesseis.

Chacha não tinha nenhuma objeção ao casamento. Parecia-lhe uma boa ideia do ponto de vista estratégico. Seria uma maneira a mais de assegurar a lealdade de Tokugawa Ieyasu, que fora durante muito tempo o mais importante rival de Hideyoshi, agora seu aliado. Hideyoshi seguia o mesmo raciocínio. Pretendia usar seus laços de sangue da maneira mais eficaz.

A conversa passou à outra tia de Hiroi, Ohatsu:

— E se eu transferisse Takatsugu de Hachiman para Otsu?

Chacha também era favorável à promoção de Takatsugu. Depois da morte de Ujisato, ele era o último companheiro de sua vida pregressa ainda capaz de apoiá-la. Chacha tinha relações complicadas com Takatsugu, mas tinha certeza de que poderia contar com ele para ser aliado de Hiroi em caso de necessidade.

O projeto de casamento entre Ogo e Hidetada foi exposto a Ieyasu, que, tendo acabado de jurar lealdade a Hideyoshi e a seu filho, não pôde se opor à união.

Dez dias depois, Chacha falou da ideia de casamento a Ogo, que agora estava vivendo em Fushimi. Ogo ergueu seu olhar em direção à irmã, sem esboçar nenhuma alegria nem contrariedade.

— Irei aonde vocês quiserem. Minha vida acabou há cinco anos, junto com a de minhas filhas.

— Gostaria muito que você aceitasse — disse Chacha, temerosa de ferir os sentimentos da irmã.

— Não se trata de aceitar ou recusar — respondeu Ogo. Escutando-a falar, parecia que Chacha tinha poder de vida ou morte sobre ela.

Contudo, mostrando algum interesse, Ogo perguntou a idade de seu noivo. A resposta provocou-lhe o riso que havia anos Chacha não ouvia.

— Parece que meus esposos vão ficando cada vez mais jovens. Se este de agora tem dezesseis, o próximo vai ser recém-nascido.

Chacha repreendeu-a pelo sarcasmo; Ogo acrescentou:

— Meus dois esposos morreram de maneira violenta.

Parecia convencida de que esse era seu destino.

Era difícil para Chacha reconhecer a irmã. Quando criança, fora a menos bonita das três e tinha uma personalidade tristonha e sem graça. As duas terríveis tragédias de sua vida transformaram-na em uma mulher sem expressão, gélida, com uma beleza melancólica. As mudanças de seu rosto expressavam uma modificação de caráter. Não era mais a criança despreocupada de antes, tornara-se fria e aguda como um punhal.

O terceiro casamento da jovem viúva ocorreu em Fushimi. Ainda que tivesse apenas dezesseis anos, Hidetada era um jovem guerreiro de traços firmes e corpo impressionante. Os convivas da cerimônia achavam que os noivos formavam um belo casal. Ogo se comportava diante de Hidetada como uma tímida virgem. No dia seguinte, Ogo foi viver nas terras dos Tokugawas; era a terceira vez que Chacha a acompanhava até as portas de um castelo para se despedir dela.

No momento de subir à liteira, Ogo disse a Chacha:

— Nossa mãe se casou duas vezes. Eu já estou na terceira...

— Talvez ela houvesse conhecido a felicidade se tivesse podido se casar outra vez — disse Chacha, com franqueza.

Pouco depois, Takatsugu foi promovido para Otsu, onde recebeu terras no valor de sessenta mil *koku*. Chacha enviou a Ohatsu um presente de felicitações; por coincidência, no mesmo dia recebeu uma carta de Ohatsu, agradecendo respeitosamente pela nomeação e comunicando uma nova gravidez.

Em novembro, Hideyoshi foi a Kyoto para uma audiência oficial com o imperador. No entanto, sentindo-se mal e com uma tosse persistente, voltou a Fushimi, onde se isolou em seu quarto. Tinha febre e não conseguia comer.

Chacha cuidou dele com dedicação, nunca saindo de perto de seu travesseiro. Em dois ou três dias, Hideyoshi estava transformado em um velhinho magro e frágil. Tinha o rosto cavo e os olhos fundos. Chacha achou que ele não iria sobreviver.

Sentia-se angustiada: o que aconteceria com seu filho? Já não havia Hidetsugu para disputar com ele a sucessão, mas nada garantia que fosse ser aclamado o novo regente.

Hideyoshi precisava sobreviver, pensou Chacha. Não apenas isso: assim que se restabelecesse, devia nomear Hiroi como seu herdeiro e criar um grupo de daimiôs poderosos para protegê-lo.

Chacha mandou que rezassem pelo restabelecimento de Hideyoshi em diversos templos: Gion, Kitano, Atago, Kamo, Matsuo, Kiyomizu, Hachiman, Kasuga. Como que lhe fazendo concorrência, a Kitanomandokoro solicitou ao imperador que o sacerdote do palácio rezasse pela saúde do regente no templo Shoren'in por dezessete dias.

Se fosse em outro momento, Chacha teria ficado furiosa com a Kitanomandokoro, ainda que o esforço fosse pela cura de Hideyoshi. Mas dessa vez não se importou. Nenhuma ajuda podia ser desprezada, pensou.

O regente ficou vinte dias no leito; começou a se sentir melhor no início de dezembro. Assim que pôde se levantar, mandou que lhe trouxessem seu filho, agora com dois anos, todos os dias. Queria abraçá-lo. Chacha, porém, temendo o contágio e uma desgraça, pretextou uma proibição do médico para evitar que a criança se aproximasse do pai.

Chacha ficava mortificada de pena ao ver Hideyoshi olhar para Hiroi com olhos que transbordavam de saudades quando traziam o menino até a varanda de seu quarto. O regente não tinha mais a aparência de um guerreiro poderoso; transformara-se em um velho feio, próximo da morte.

Assustou-se quando compreendeu que já o via com desprendimento. Assim como o amor de Hideyoshi se transferira com o passar do tempo para a figura de Hiroi, Chacha agora amava o menino mais do que tudo.

Um dia, em que trazia Hiroi para ver de longe o pai, Chacha disse a Hideyoshi:

— Estou contente com seu restabelecimento, mas o que será de Hiroi se algo pior acontecer?

— Nem me fale. No Ano-Novo, vou mandar redigir mais um juramento de lealdade — disse Hideyoshi, quase com vergonha, como se fosse responsável pela aflição de Chacha.

— Mas você já não mandou que os daimiôs lhe jurassem lealdade?

— Essas coisas ganham mais força se repetidas.

— É a única medida que você vai tomar?

— Mais que isso, não há o que fazer. Ele só tem dois anos.

Quando fizesse três anos, talvez Hiroi pudesse receber o título oficial de herdeiro da casa de Toyotomi; ainda assim, isso não garantia que no futuro ele fosse aclamado como líder do Japão.

Chacha estava descontente, mas sabia que não podia mudar a idade de seu filho. Hideyoshi ficou quieto por alguns instantes; depois, disse:

— Já sei. Vou apresentar Hiroi à corte imperial.

Repetiu sua decisão, como se a achasse uma ótima ideia:

— Sim, isso mesmo. Ele vai ser apresentado à corte imperial.

Seu tom de voz refletia já a firmeza de seu propósito. Chacha não compreendia por que essa ideia lhe parecia tão boa, mas estava disposta a aceitar qualquer projeto que reforçasse a posição de Hiroi.

No dia 23 de janeiro do ano 1 de Keicho[57], Hideyoshi mandou que os daimiôs das províncias renovassem seu juramento de lealdade a ele e a Hiroi. Dessa vez, até os cinco governadores, Ishida Mitsunari, Mashida Nagamori, Maeda Gen'i, Asano Nagamasa e Natsuka Masaie, que eram os colaboradores mais próximos do regente, foram obrigados a assinar o juramento. O conteúdo do documento era semelhante ao do anterior: um voto de lealdade inquebrantável a Hideyoshi e a seu filho Hiroi, fossem quais fossem as circunstâncias.

Algum tempo depois, foi anunciada a visita de Hiroi ao palácio imperial. Estava prevista para maio, ou seja, restavam três meses para os preparativos. É claro que um título de nobreza seria de grande valia ao menino, além de ser um reforço à autoridade futura do herdeiro de Hideyoshi, que no momento não repousava sobre nenhum fato concreto. É por isso que Hideyoshi queria que a apresentação de Hiroi à corte imperial fosse grandiosa e impressionante, para que todos reconhecessem o poder do sucessor do regente.

No mês de maio, com a saúde restabelecida, Hideyoshi voltou a Kyoto para trabalhar nos preparativos da visita de Hiroi ao imperador. Os daimiôs das províncias já estavam na capital, aguardando o dia da suntuosa cerimônia.

Na data prevista, o cortejo de Hiroi saiu de Fushimi em direção a Kyoto. Era de 350 quilômetros a distância entre o castelo e a residência de Maeda Gen'i, onde o menino ficaria hospedado enquanto estivesse na capital. As estradas estavam apinhadas de gente do início

---
57. Ano de 1596.

ao fim do trajeto. Todos queriam ver a passagem do cortejo. A cada vinte metros do caminho, havia um cavaleiro montando guarda.

O cortejo avançava lentamente na brisa de maio. Em duas filas, vinham trezentos baús; logo atrás, homens carregando espadas, lanças e fuzis. Os vassalos traziam mantos vermelhos e punhais. Em seguida, vinham cães vestidos de brocado, puxando pequenas carruagens com cadarços vermelho-cinábrio. Depois, havia meninos de até catorze anos, seguidos por uma fila de liteiras. Então, avistava-se Hiroi nos braços de uma ama de leite em uma gôndola, que sobressaía por entre as liteiras. Seguiam-no as damas de honra e os filhos dos daimiôs de até nove anos de idade, vestidos com luxo. Fechando o séquito, viam-se os vassalos de Tokugawa Ieyasu e os de Maeda Toshiie.

Ieyasu e Toshiie iam montados no mesmo cavalo, conduzindo o cortejo até o Tofukuji. Tokugawa vestia um quimono índigo e um *hakama* de seda vermelha; Maeda, um quimono negro cerimonial.

Depois da ponte da Quinta Avenida, Hiroi desceu de sua gôndola e entrou na capital, levado no colo por sua ama de leite, acompanhada de muitas mulheres. A multidão disputava lugares para contemplar o desfile.

Hideyoshi, acompanhado de cinquenta cavaleiros, veio recebê-lo na ponte da Terceira Avenida, conduzindo-o até a residência de Maeda Gen'i.

No dia seguinte, 13 de maio, pai e filho entravam juntos no palácio imperial, com um séquito ainda mais suntuoso do que o da véspera.

A liteira em que Hiroi entrou nas dependências do palácio imperial era um objeto magnífico, decorado em laca, ouro e prata, e tão grande que comportava diversas pessoas. Junto com ele no veículo estavam Hideyoshi, sua ama de leite, Maeda Toshiie e a esposa deste. Ieyasu e outros guerreiros seguiam atrás. Todas as grandes figuras do cortejo estavam em liteiras de laca e vinham seguidas por um grupo de cavalaria, com chapéus *eboshi* e mantos de linho com seus brasões. O desfile ofuscava com sua beleza.

Ao chegar ao palácio, o regente fez uma oferenda em nome de seu filho. Entre os presentes, havia duas espadas sagradas, mil moedas de prata, panos de seda e de algodão, madeira aromática de aquilária e vinte cisnes brancos. Também os príncipes, damas da corte e concubinas imperiais receberam presentes, e todos os participantes da cerimônia ganharam moedas de prata.

O imperador ofereceu uma taça a Hiroi e o nomeou para o quinto toucado de nobreza.

No dia 15, o regente foi de novo ao palácio imperial em visita de agradecimento. Foi apresentada uma peça de nô, de que Hideyoshi participou como *waki*.[58] No dia 17, repetiu-se o mesmo cerimonial. Todos concordavam que a apresentação de Hiroi à corte fora um grande sucesso. Ao anoitecer, após a peça de nô, Hideyoshi voltou com o filho a Fushimi. No dia 25, mensageiros do imperador foram ao castelo apresentar votos de feliz Ano-Novo; não haviam podido fazê-lo antes devido à doença de Hideyoshi.[59] Nessa ocasião, muitos nobres, tanto da classe guerreira como da corte imperial, vieram a Fushimi oferecer votos a Hideyoshi e ao filho. Os grandes líderes hierárquicos do Japão — Tokugawa Ieyasu, Maeda Toshiie, Uesugi Kagekatsu e Kobayakawa Takakage —, sentados logo abaixo de Hideyoshi, receberam os visitantes.

Chacha também estava ao lado do regente enquanto ele recebia os votos e felicitações de seus visitantes. De repente, ela sentiu uma profunda tristeza ao pensar que Gamo Ujisato não se encontrava ali. Por outro lado, mesmo que estivesse vivo, suas terras eram tão longe de Fushimi que talvez ele não tivesse participado daquelas cerimônias. Tampouco costumava vir à capital antes de seu falecimento, e não comparecera aos banquetes oferecidos depois da batalha de Odawara, nem em Osaka, nem em Yodo. Se suas terras fossem mais próximas de Kyoto, ele teria feito parte da mais fina flor da nobreza guerreira, junto de Tokugawa e de Maeda. Mesmo assim, Chacha sentia sua falta e lastimava sua morte ainda tão jovem.

---

58. Papel secundário em uma peça de nô (deuteragonista). O protagonista é o *shite*.
59. Não se deseja feliz Ano-Novo aos doentes e aos enlutados.

Ergueu a cabeça e se recompôs. Pensou que talvez Ujisato houvesse sido afastado da capital depois do cerco de Odawara, pois alguns guerreiros mais velhos temiam sua energia e juventude. Pensando melhor, sua morte era mesmo um pouco suspeita. Talvez Tokugawa tivesse mandado matá-lo, ou Maeda, ou outro daimiô. Assustada, Chacha passeou os olhos pelos convivas do banquete; nem Hideyoshi estava livre agora de suas desconfianças. Talvez o regente fosse o homem dali que mais tivesse temido Gamo Ujisato, justamente porque era quem o tinha mais em conta e compreendia melhor seu valor.

Ao final do banquete, Chacha não pensava mais em suspeitas. Chegou a se surpreender de que pudesse ter pensado em semelhantes coisas.

No entanto, essa não seria a última vez que Chacha pensaria no caso da morte repentina de Gamo Ujisato com certa desconfiança. Ele era um guerreiro de grande valor, e no passado ela nutrira por esse homem um sentimento profundo. Toda vez que se lembrava do assunto, sentia sempre o coração apertado de angústia; tinha quase certeza de que sua intuição estava correta. Mas a dúvida, assim como a assaltava de repente, ia sempre de novo embora com rapidez, a ponto de Chacha pensar que algum demônio a possuía de vez em quando e lhe sussurrava hipóteses absurdas.

Depois das festividades de Ano-Novo, ela passou algum tempo organizando os presentes recebidos. Diversas peças do castelo estavam abarrotadas de seda e de brocado, de linho e de outros presentes, que Hideyoshi, Chacha e Hiroi, este no colo da ama, inspecionaram um a um.

No início do verão, Hiroi foi viver no Castelo de Osaka. Chacha, inconsolável, procurou suportar sua tristeza em silêncio, na esperança de que um dia as coisas mudassem. Confortava-a a esperança de que Hiroi viesse um dia a ser o senhor do Castelo de Osaka, e esse pensamento a ajudou a se resignar com sua ausência.

No dia 17 de dezembro, Hiroi ganhou seu nome de adulto: Hideyori. O imperador, para marcar o acontecimento, enviou-lhe de presente uma espada sagrada e cinquenta panos de brocado.

O príncipe imperial, o regente do palácio e os daimiôs de todas as províncias vieram lhe desejar felicidades e apresentar oferendas. Chacha foi ao Castelo de Osaka, onde assistiu a danças de nô, que foram apresentadas num palco construído especialmente para ocasião.

Assim, confirmou-se com grande profusão o filho de Chacha como o herdeiro legítimo de Hideyoshi. Chacha estava muito contente com as mostras de reconhecimento da posição de Hideyori, mas um acontecimento veio enchê-la de tristeza: seu filho, agora com três anos de idade, teria de ir viver com a Kitanomandokoro, no Castelo de Osaka.

Quando Hideyoshi voltou a Fushimi, Chacha concentrou suas energias em convencê-lo a trazer Hideyori de volta para seu lado. Pretextou as duas ou três febres que o haviam acometido desde que se mudara para Osaka, e afirmou que o ar de lá não lhe fazia bem. Insistiu que Hideyoshi mandasse construir uma residência para ele em Kyoto. O regente, que em assuntos relacionados a seu filho parecia perder um pouco a razão, acabou concordando com os pedidos de Chacha.

— Uma residência para Hideyori? Bem, ano que vem ele vai fazer quatro anos; podemos celebrar sua maioridade.[60] É verdade que ele vai precisar de um castelinho só para ele.

O projeto virou realidade no início do ano seguinte. Toda a capital comentava a construção da nova residência do filho do regente.

Reservou-se uma grande área ao lado do palácio imperial, da qual foram evacuados os artesãos e comerciantes. O terreno foi nivelado em junho. Todos os daimiôs da região de Kanto deviam contribuir para as obras, que avançavam noite e dia, sem interrupção. Em setembro, a nova residência de Hideyori já estava quase pronta.

Ao saber que as obras já estavam quase terminadas, Hideyoshi mandou trazer o filho de Osaka para Fushimi. Chacha pôde então matar as saudades de Hideyori.

---

60. Na aristocracia, a maioridade era celebrada cedo, se fosse necessário.

No dia 20, Hideyoshi foi inspecionar os trabalhos e fixou o dia 26 para a mudança. Nobres e daimiôs vieram à cerimônia de inauguração. No dia 27, após a instalação do herdeiro, o regente foi com ele na mesma liteira à corte imperial, para a cerimônia de sua maioridade. O imperador promoveu Hideyori ao quarto toucado de nobreza e o nomeou capitão da guarda imperial.

Chacha soube dos cerimoniais pelos mensageiros. O outono avançava, deixando sua marca nos jardins do Castelo de Fushimi. Ela estava sentada na varanda, contemplando o jardim interno. Pensava que vivera toda sua vida esperando esse dia radiante. Lembrou-se pela primeira vez em muito tempo de sua mãe, Oichi, e chorou sem saber por quê. As lágrimas caíam sem cessar. Um filho da casa de Azai subira tão alto no mundo que ia com frequência à corte imperial. Ela se tornara a concubina do assassino de sua família, mas hoje um descendente de seus parentes dizimados era o herdeiro dos Toyotomis e um dia seria o líder do Japão.

Naquele momento, a Kitanomandokoro e as outras concubinas do regente pareceram-lhe de extrema insignificância. Esqueceu a raiva que lhes tinha e foi dar uma volta no jardim, acompanhada de suas damas de honra.

Subiu uma ladeira de onde se podia ver o rio Uji, que parecia uma fita de prata na baixada azul. Olhou ao longe o lugar onde antes ficava o Castelo de Yodo, agora destruído. As árvores não permitiam que se visse o local exato, mas Chacha fitava intensamente aquele ponto. O castelo lhe trazia tristes lembranças. Havia sido ela quem insistira para que Hideyoshi o construísse. Queria fazer frente à Kitanomandokoro e ter seu próprio espaço. Ali nascera Tsurumatsu, e também ali ela o perdera. Era-lhe um lugar de melancolia.

Naquele dia, compreendeu que tampouco tinha mais o que fazer em Fushimi. Aqui, ela pudera trazer Hideyoshi para seu lado, mas não sentia mais atração por ele. Queria viver perto da capital, próximo de seu filho.

Dois ou três dias mais tarde, o regente veio visitá-la, e ela lhe disse o que desejava. Hideyoshi também parecia contente com a perspectiva de tê-la perto da capital.

— Se você quer viver em Kyoto, é melhor se mudar logo. Não quero que Hideyori fique à mercê da ama e das damas de honra. Prefiro que sua mãe esteja por perto.

Alguns dias depois, Chacha deixava o Castelo de Fushimi e ia morar na nova residência de seu filho, em Kyoto.

Capítulo 8

Durante o ano 2 de Keicho, Hideyoshi esteve muito ocupado: mandou construir uma nova residência em Kyoto, instalando ali Hideyori; e lançou uma invasão final à Coreia. Um exército de 130 mil homens, liderados por Kobayakawa Hideaki e Kuroda Josui, atravessou o mar em direção à península. Dessa vez, Hideyoshi não foi a Nagoya coordenar a expedição, passando seu tempo entre Osaka, Fushimi e Kyoto, de onde enviava ordens e recebia notícias.

Todo dia vinham novidades da guerra, às quais também Chacha tinha acesso. Ela tinha a impressão de que Hideyoshi perdera seu entusiasmo inicial pela campanha coreana. Chacha não conseguia imaginar exatamente como era uma guerra em uma península distante contra um inimigo estrangeiro; no entanto, compreendia que as ordens de Hideyoshi com relação a esse conflito eram bastante diferentes das que costumava dar quando a batalha ocorria em solo japonês. Parecia carecer de sangue-frio, tomar as decisões por impulso. Sempre que era informado de uma vitória, punha-se numa alegria desmedida; e, quando os combates estagnavam, tinha terríveis acessos de mau humor e insultava seus generais com os piores xingamentos.

A velhice começou a pesar sobre Hideyoshi. Sua obsessão em mimar o filho era tão extrema que chegava a ser preocupante. Não queria nunca se afastar de Hideyori, que parecia ser sua única razão para viver.

Chacha era indiferente às mudanças de comportamento de Hideyoshi. Não tinha objeções quanto ao carinho doentio que ele demonstrava ter pelo filho, mas às vezes sua atitude a irritava. O regente não era mais o guerreiro que ela admirara, comandando suas tropas, magnífico em seu cavalo, no dia seguinte à queda de

Kitanosho. Nos últimos catorze anos, ela vira se esvanecer a glória do grande general.

No ano 3 de Keicho, Hideyoshi convidou Chacha para ir com ele contemplar as cerejeiras em flor em Daigo. Ultimamente, ela costumava recusar seus convites para ir a banquetes com outros daimiôs ou a cerimônias do chá; dizia-lhe que gostaria de ir, mas Hideyori ficaria sozinho se os dois fossem, e Hideyoshi não insistia mais. Dessa vez, porém, aceitou o convite. Sempre ouvira falar da beleza das flores de Daigo e tinha curiosidade de conhecer o lugar; só ela, Hideyoshi e o menino.

Entretanto, estava enganada ao imaginar que Hideyoshi se contentaria com um passeio íntimo; ele desejava comemorar a floração das cerejeiras com um banquete grandioso. No dia 9 de fevereiro, o regente foi ao templo de Daigo e deu ordens para que todos os prédios fossem restaurados. No dia 16, esteve outra vez em Daigo e mandou que construíssem um novo e magnífico pavilhão, aumentassem o campo de corridas e refizessem o pagode e a entrada do templo.

No dia 20, o regente foi a Daigo uma terceira vez e inspecionou o morro onde os convivas iriam se instalar para contemplar as cerejeiras. Sua preocupação excessiva com os preparativos surpreendia a todos. Foi de novo ver os trabalhos nos dias 23 e 28 de fevereiro e nos dias 3, 11 e 14 de março, véspera do evento. Depois de todos esses preparativos, Chacha já não esperava mais que sua ida a Daigo fosse a excursão íntima que imaginara, mas nada disse a Hideyoshi.

Samurais armados de arcos e fuzis montariam guarda em pontos de vigia em torno do templo Daigo. Nas colinas, vales e rios ao redor do templo, havia grande atividade; estavam sendo construídos pavilhões e casas de chá para os daimiôs que viriam de Osaka, Fushimi e Kyoto, acompanhando a liteira do regente.

No dia 13, o tempo mudou. Até então, os dias foram ensolarados; depois, choveu bastante e ventou muito. No dia 14, o vento se acalmou e chovia só de vez em quando, mas o tempo não era mais estável. No dia 15, o céu estava azul de novo, para alívio de todos os envolvidos nos preparativos.

O regente saiu de Fushimi às sete da manhã, passou por Kyoto, onde Hideyori se juntou ao cortejo, e se dirigiu a Daigo. Uma grande escolta de guerreiros acompanhava as liteiras, mas o grupo se mantinha calmo e silencioso, como convém a uma cerimônia de contemplação das cerejeiras em flor. A primeira liteira do cortejo levava a Kitanomandokoro; na segunda, ia a senhora Sanjo; na terceira, a senhora Kyogoku; na quarta, o regente e seu herdeiro. A liteira de Chacha era a seguinte, atrás da qual vinha a senhora Kaga. Kinoshita Suo e Ishikawa Kamon estavam encarregados da escolta de Chacha, que vinha seguida por muitos samurais e damas de honra.

No caminho, Chacha erguia de vez em quando a cortina, sem conseguir ver muita coisa, pois estava cercada de guerreiros. Em Yamashina, havia uma encruzilhada; depois, o terreno se tornava montanhoso. Aqui e ali já se avistavam árvores em flor.

Em Daigo, os guerreiros da guarda deram meia-volta e se retiraram. À noite, foram substituídos por nova escolta. Entre o templo e o portão de entrada havia um terreno amplo — o campo de corridas, cheio de cerejeiras em flor. O caminho estava protegido por painéis de pano branco e vermelho, sobre os quais se debruçavam os galhos floridos das árvores.

O cortejo parou um pouco no templo para que os convivas descansassem. Havia árvores floridas em toda parte. No jardim zen, restaurado para o evento, havia pedras de todos os tamanhos e pequenos riachinhos. As mulheres nobres e as concubinas foram se trocar em uma peça adjacente.

Uma hora depois, todos se reuniram à frente do templo. As mulheres trajavam magníficos quimonos, feitos especialmente para a ocasião, e competiam em elegância. Chacha achou estranho o espetáculo. Estavam ali reunidas a Kitanomandokoro, a senhora Sanjo, a senhora Kyogoku e diversas outras concubinas, cada uma mais bem vestida do que a outra, cercadas de muitas damas de honra, formando pequenos grupos. Assim paramentadas, as damas estavam quase irreconhecíveis.

O regente, a Kitanomandokoro e Hideyori, cercados de todos os membros da casa de Toyotomi, subiram a colina para admirar do alto as árvores floridas. Chacha não sabia por que Hideyoshi decidira reunir toda a família em um evento grandioso, coisa que nunca fizera.

Até aquele momento, uma das maiores preocupações de Hideyoshi era afastar suas concubinas umas das outras; a energia que despendia para evitar que se encontrassem no mesmo lugar era um pouco cômica. E eis que ali estavam todas juntas, admirando as cerejeiras.

Mas Chacha logo esqueceu suas suspeitas. Talvez Hideyoshi quisesse apenas que sua família tivesse o prazer de estar naquele lugar tão bonito, em sua companhia e de seu filho.

Orgulhosa de ser a mãe do herdeiro, Chacha tinha aguda consciência de sua superioridade. Antes do nascimento de Hideyori, seu orgulho se baseava apenas no alto nascimento; agora as coisas haviam mudado.

A caminho da residência do monge superior, o cortejo passou pelas ruínas de um templo e de um pagode com cinco andares. Depois, passou por um convento de monjas e continuou subindo a colina, flanqueado por bambuzais e construções.

Chacha parava às vezes de subir para observar Hideyori caminhar, de mãos dadas com seu pai. Aos cinco anos de idade, ele era bonito como uma boneca. Nas partes planas do caminho, punha-se a correr, deixando Hideyoshi para trás, ofegante. As mulheres riam quando ele passava. Chegaram a uma ponte de pedra, coberta de musgo, ao lado da qual havia uma casa de chá de madeira, mandada construir por Mashida. Sua esposa foi recebê-los vestida de vermelho e verde-claro.

A senhora tomou a mão de Hideyori e o guiou até o pavilhão. O regente se sentou e tomou duas ou três taças de chá. Os outros convivas também aproveitaram para tomar chá e descansar. Só a Kitanomandokoro não quis parar, seguindo sem escalas até o topo da colina. Chacha se surpreendeu com sua atitude, como se o fato de ser a esposa oficial lhe permitisse desdenhar um pouco de Hideyoshi.

As outras concubinas tinham uma atitude respeitosa para com Chacha, caminhando atrás dela. Mesmo a senhora Kaga, que ela não via havia muito tempo, abaixava o olhar em deferência. Omaa era a mais bela e a mais jovem das mulheres. Engordara um pouco, o que suavizava os traços de seu rosto, deixando-a mais bonita. A senhora Kyogoku, ainda que parenta e amiga de Chacha, comportava-se como se fosse sua serviçal. Tornara-se ainda mais reservada com os anos, e era atraente de uma maneira discreta, ao contrário de Omaa, que era vistosa.

A senhora Kyogoku vinha sempre por último no cortejo. Ao sair de Kyoto, ela estava à frente de Hideyoshi, mas desde que se pusera a subir a colina deixara que todos passassem antes. Chacha fez-lhe sinal para que se aproximasse, mas ela apenas sorriu e continuou para trás. Chacha se irritou um pouco com o excesso de timidez da prima, e lhe disse:

— Faz tempo que não nos vemos. Venha caminhar junto comigo.

Chacha não via motivo para o excesso de deferência da senhora Kyogoku, que era a concubina de sangue mais nobre.

A segunda casa de chá, de Shinjo Dosai, ficava num bosque de cedros à beira de um rio, onde se viam carpas e peixinhos dourados. A terceira, construída por Hasegawa Sonin, era um magnífico pavilhão.

Na quarta casa de chá, construída por Mashida Yuemon, o cortejo parou para descansar. A quinta, de Maeda Gen'i, era dividida em pequenos pavilhões, construídos em diferentes estilos. Finalmente, o cortejo chegou ao topo da colina.

O sol brilhava e fazia calor. Dezenas de damas de honra aguardavam a chegada do cortejo. Ali havia também muitas cerejeiras floridas. As flores da colina eram mais brancas do que as do templo e pareciam artificiais, como que coladas sobre os galhos das árvores.

Um banquete aguardava os convivas. As pessoas mudavam de lugar a todo momento para observar as flores de novos ângulos. Bebia-se saquê de Kaga, de Hakata ou o preparado pelos monges de Nara, além de outros saquês famosos das províncias. Depois, assistiu-se a um espetáculo de marionetes.

Chacha estava sentada em uma esteira e acompanhada por suas damas de honra. Ouvia-se o tilintar de sininhos de vento, vindo não se sabe de onde. Ela estava muito feliz. Perguntou-se onde Hideyori poderia estar e ia começar a procurá-lo quando avistou um grupo de pessoas brincando de cabra-cega e batendo palmas. Hideyoshi e Hideyori estavam no centro do grupo, que se abriu para dar passagem a uma dama de honra, a qual, com os olhos vendados e os braços estendidos, caminhava em direção ao menino.

Chacha observava, embevecida, a brincadeira. Não se cansava de olhar para seu filho. Houve um momento em que o menino parou e olhou em sua direção. Ao vê-la, pareceu esquecer a brincadeira e correu para ela.

Ele corria, e ao fundo se avistavam as cerejeiras em flor. Aquele momento, para Chacha, foi um dos mais belos de sua vida. O menino gritava, mas ela não conseguia distinguir o que dizia em virtude da algazarra de vozes em torno dela. Pensou de repente que aquela felicidade que sentia não duraria para sempre. Em seus 29 anos de idade, nunca se sentiu tão feliz como naquele momento; seu coração parecia transbordar. No entanto, a angústia de desconhecer o futuro se misturava à alegria.

Tremia de emoção com a beleza e a melancolia da cena. A felicidade terrestre era um bem efêmero. Tomou o pequeno corpo de seu filho nos braços.

Hideyoshi escreveu um poema:

Vejo de novo a montanha com neve
As flores que se abrem
No crepúsculo, sinto a melancolia
Da passagem do tempo
Enquanto contemplo
As floradas de primavera.

Chacha também escreveu:

A natureza floresce
Para você
Nesta primavera única.

Os convivas escreveram 311 poemas, que foram lidos em voz alta. Em todos, insinuava-se o pressentimento de que aquela alegria era de curta duração. Essa sensação estava expressa com mais intensidade no poema de Hideyoshi. Chacha pensou que a felicidade de contemplar as cerejeiras em flor vinha sempre acompanhada dessa tristeza iminente.[61]

Depois do banquete de Daigo, Hideyoshi retomou suas atividades. Passava o dia em conselhos de guerra, discutindo a invasão da Coreia e se inteirando das últimas notícias do campo de batalha.

Chacha às vezes mandava-lhe cartas no nome de Hideyori. O regente, que estava em Osaka, sempre respondia prontamente. Já não chamava o filho de Hiroi em suas mensagens, e sim de Segundo Conselheiro, título que recebera do imperador.

Hideyoshi parecia ter cabeça apenas para sua guerra na Coreia e para seu filho. Ele dava tanta importância a tudo que se relacionava a Hideyori que Chacha às vezes se sentia incomodada. Um dia, o regente escreveu a seu filho:

Obrigado por sua carta. Fiquei sabendo que você está descontente com Kitsu, Kame, Yasu e Tsushi. Acho que você tem razão. Diga para sua mãe mandar amarrá-las juntas e que elas devem permanecer assim até que eu vá visitar vocês. Da próxima vez que eu for a Kyoto, vamos bater nelas juntos até matá-las. Elas não podem ser perdoadas. Assinado, o regente.

Era verdade que as quatro damas de honra mencionadas na carta não haviam cumprido bem suas tarefas de cuidar de Hideyori. Porém, Chacha não sabia como Hideyoshi, estando em Osaka, teve conhecimento disso com tanta rapidez. Além do mais, sua reação às faltas das criadas era desproporcional.

---

61. Esse é um tema recorrente na literatura japonesa, pois as floradas das cerejeiras duram pouco. Elas representam a efemeridade da beleza, da juventude, do amor e da felicidade; assim como a vida curta do guerreiro.

No entanto, pensou que era inútil interceder em favor das damas de honra, pois Hideyoshi devia estar muito exaltado. O problema a preocupava tanto que teve dores de cabeça. Porém, logo o assunto foi esquecido, pois o regente foi a Fushimi, onde adoeceu e se confinou em seu leito.

Inicialmente, Chacha achou que a doença não era grave. Contudo, quando foi com Hideyori visitar o regente, em meados de maio, ficou espantada com sua fragilidade. Ele parecia a sombra de si mesmo, suas mãos estavam esqueléticas.

Voltou logo a Kyoto, mas no início de junho visitou de novo o doente. Dessa vez, instalou-se em Fushimi, pois acreditava que o regente não se restabeleceria.

No dia 16, alguns daimiôs vieram visitá-lo. Seu filho e seus vassalos mais próximos também se encontravam em seu quarto — Asano Nagamasa, Ishida Mitsunari, Mashida Nagamori e outros. Depois da audiência, Hideyoshi mandou distribuir doces numa bandeja, e disse:

— Preferia esperar até que Hideyori completasse catorze anos para lhe confiar meus melhores soldados e recomendá-lo a meus daimiôs. Mas meus dias estão contados. Não há mais nada que se possa fazer.

Hideyoshi começou a chorar. Chacha nunca o vira derramar lágrimas como naquele momento. Ele realmente se aproximava da morte.

Chacha tinha o coração sombrio. O regente sabia que ia morrer. Sentia pena dele. Mesmo em seu leito de morte, continuava pensando em seu filho. Seus vassalos mais poderosos, Tokugawa Ieyasu e Maeda Toshiie, não pertenciam à casa de Toyotomi; ele podia pedir que protegessem Hideyori, mas não mais do que isso. Hidetada, o herdeiro de Ieyasu, era agora marido de Ogo; se tivessem uma filha, ela já estava prometida a Hideyori; contudo, essa não passava de uma medida estratégica. A filha de Toshiie, Omaa, era concubina de Hideyoshi, e sua irmã mais nova se casara com Ukita Hideie, mas os Maedas não tinham nenhum laço de sangue com os Toyotomis.

Os guerreiros com que Hideyoshi realmente contava eram seus vassalos mais antigos: Asano Nagamasa, Ishida Mitsunari, Otani Yoshitsugu, Kato Kiyomasa e Fukushima Masanori. Porém, nenhum deles tinha muito poder, e o regente não podia confiar-lhes a liderança do país.

Foi então que Chacha compreendeu o motivo das lágrimas do regente. No entanto, acreditava ter uma ideia clara do que o futuro sem Hideyoshi lhes reservava. Pensou em Ogo e no casamento que ela e Hideyoshi haviam lhe imposto, e se deu conta de que talvez agora fosse o momento de sua irmã se vingar deles. Essa união fora planejada para dar segurança à sucessão, mas poderia ter o efeito contrário. Ogo sempre odiou Hideyoshi, e em um período de sua vida também detestara Chacha. Ela sentiu um calafrio ao pensar nisso. Além do mais, Omaa também não gostava dela. Na verdade, nenhuma das concubinas amava Hideyori. O laço que ligava Hideyoshi e Maeda Toshiie era bastante ilusório.

Chacha passava todo o tempo ao lado de Hideyoshi. Quando se deitava, a angústia a impedia de dormir.

No fim de junho, Hideyoshi chamou seus colaboradores mais velhos: Tokugawa Ieyasu, Maeda Toshiie, Ukita Hideie, Mori Terumoto e Uesugi Kagekatsu. Pediu-lhes que protegessem Hideyori, confiou-lhes a continuidade da administração, e criou para eles um sistema de governo que funcionaria em forma de um "conselho dos cinco". No entanto, essas medidas não aplacaram sua preocupação. Mandava vir a toda hora um de seus vassalos próximos para pedir que cuidasse dos interesses de Hideyori.

No dia 15 de julho, ordenou que os membros do conselho dos cinco jurassem por escrito lealdade a Hideyori. Mandou também que os cinco governadores e todos os daimiôs mais importantes assinassem documento semelhante. Dessa vez, os guerreiros assinaram o juramento com o próprio sangue.

Em agosto, o estado do regente piorou. No dia 5, enfraquecido pela febre, já quase sem voz, ordenou que o conselho dos cinco e que os cinco governadores assinassem novo juramento, também com sangue. Nem mesmo esse documento pareceu tranquilizá-lo.

Dois dias mais tarde, ordenou que os cinco governadores se casassem com mulheres da casa de Toyotomi, para garantir sua lealdade.

Quando, finalmente, achou que não havia mais medidas a serem tomadas, sentiu a morte chegar bem perto. Restava-lhe apenas escrever um testamento.

Nesse documento, tomou muitas precauções para que os interesses de Hideyori fossem protegidos. Pedia a Tokugawa Ieyasu, a seu filho Hidetada, a Maeda Toshiie e a seu filho Toshinaga que cuidassem de seu herdeiro. Escreveu também recomendações semelhantes para os cinco governadores. Solicitou que Tokugawa liderasse o país e que se instalasse em Fushimi; Maeda Toshiie se encarregaria das questões administrativas, no Castelo de Osaka, para onde iria também Hideyori.

Redigiu o testamento pela manhã; à tarde, perdeu a consciência e vez por outra dizia frases desconexas.

No dia 8, ficou completamente sem consciência. Às vezes, tinha momentos de lucidez, mas já ninguém entendia o que ele falava. Estava tão magro que parecia ter apenas ossos e pele.

Nessa última fase da doença, Chacha já não ficava a seu lado todo o tempo. Vinha com Hideyori vê-lo uma ou duas vezes por dia. Os cinco governadores se revezavam ao lado de seu travesseiro.

Às duas da madrugada do dia 16 de agosto, morreu na presença de quatro dos cinco conselheiros: Ieyasu, Toshiie, Terumoto e Hideie. Contava então 61 anos de idade.

Chacha e Hideyori também presenciaram sua morte. Ela já estava conformada, e seu falecimento não foi um choque. Sabia que agora começava sua batalha para defender a posição do herdeiro da casa de Toyotomi. Havia muitos guerreiros reunidos no castelo, vindos de Fushimi e de outros lugares, e ninguém podia prever o que fariam agora.

Conforme o estabelecido em seu testamento, a morte de Hideyoshi foi mantida em segredo, e seus restos mortais foram enterrados em Amidagamine, a sudeste de Kyoto. Maeda Gen'i, um dos cinco governadores, organizou o discreto funeral, com a ajuda de um monge superior do monte Koya.

Depois da morte do regente, no verão do ano 3 de Keicho, Chacha continuou morando com Hideyori no Castelo de Fushimi. Ficou lá até o fim do ano.

A morte de Hideyoshi fora mantida em segredo. Chacha e os seus não deviam mudar nada em sua vida cotidiana. No entanto, a calma no castelo ganhou um ar lúgubre. No início do outono, Chacha ouviu falar que a Kitanomandokoro, que vivia então no Castelo de Osaka, fizera-se monja, adotando o nome de Kodaiin. Algum tempo depois, foi informada de que também a senhora Kyogoku, que morava no Fushimi, queria ser monja. E, de fato, no dia seguinte em que Chacha soube do boato, Tatsuko pediu para vê-la e veio comunicar-lhe sua decisão de se tornar religiosa e ir viver em Otsu com seu irmão, Takatsugu.

A prima estava irreconhecível, magra e envelhecida. Ao evocar Hideyoshi, tinha uma expressão triste e sincera. Enquanto o regente estava vivo, Chacha às vezes pensava que talvez a senhora Kyogoku fosse a concubina que mais o amasse; a ideia lhe passou de novo pela cabeça. A prima sempre se apagou, evitando discretamente conflitos com as outras concubinas, considerando-se satisfeita com o pequeno lugar que Hideyoshi lhe dera em sua vida. Talvez, de todas elas, Tatsuko fosse a que mais afeição dera ao regente.

Nada havia de surpreendente em sua decisão de se tornar monja. Chacha, viúva também, tinha uma posição diferente no mundo: era mãe do herdeiro e devia se dedicar a criar Hideyori. Pediu à senhora Kyogoku que rezasse pelo repouso da alma do regente; já ela se consagraria a levar Hideyori, que tinha sangue dos Azais, dos Odas e dos Toyotomis, ao posto de líder do país.

— Diga a seu irmão, Takatsugu, que Hideyori, o jovem senhor, vai precisar muito de seu apoio daqui em diante.

Takatsugu possuía terras de pouco valor, apenas sessenta mil *koku*; mas, para Chacha, sua presença era de extrema importância. Havia muitos laços que os uniam: era irmão de sua melhor aliada, esposo de sua irmã, e parente próximo. Ele era, sem dúvida, um amigo imprescindível, tanto para ela, quanto para Hideyori.

Mais ou menos na mesma época, Chacha ouviu rumores de que Tokugawa andava agindo com arbitrariedade. Tratava com leviandade as determinações do testamento de Hideyoshi, ou simplesmente as descumpria, provocando a fúria de Maeda Toshiie. Diziam ainda que Ishida Mitsunari se desentendera com os outros grandes líderes.

No início do ano 4 de Keicho, foi anunciada a mudança de Hideyori para o Castelo de Osaka. Este castelo era o bastião da casa de Toyotomi, e Chacha não podia se opor à decisão. Contentava-se em aguardar o estabelecimento da data. No entanto, impusera uma condição: ela teria que ir junto e viver com o herdeiro. Até então, nunca fora a Osaka com Hideyori em respeito à Kitanomandokoro. Mas agora a situação era diferente. Chacha era mãe do sucessor, enquanto que a esposa legítima de Hideyoshi já não tinha nenhuma ligação com o menino, pois não tinham o mesmo sangue.

No dia 10 de janeiro, Chacha e Hideyori se instalaram no Castelo de Osaka.

Toshiie e outros daimiôs importantes participaram de sua escolta. Ieyasu também viera acompanhá-lo até Osaka, passando a noite em sua residência na cidade, e retornando em seguida a Fushimi. De acordo com o testamento de Hideyoshi, o senhor Tokugawa e o senhor Maeda deviam compartilhar a liderança do país, o primeiro em Fushimi, e o segundo em Osaka.

Depois que Chacha e Hideyori se instalaram no Castelo de Osaka, a Kitanomandokoro declarou que desejava ir morar em um monastério de Kyoto. Chacha disse apenas:

— É mesmo? Parece-me uma boa ideia.

Ela achava que, se a Kitanomandokoro desejava partir de Osaka, o quanto antes, melhor. Lembrava-se ainda da primeira vez em que a vira, no Jurakudai. Seguindo a orientação da senhora Kyogoku, fora vê-la logo que se tornara concubina de Hideyoshi. Tinha ainda no rosto a marca do olhar glacial daquela mulher; a lembrança da raiva e da vergonha que sentira ainda estava viva dentro dela. Durante os dez anos seguintes, nunca estiveram em conflito aberto, mas o ódio recíproco permanecera em seus corações.

No dia em que a Kitanomandokoro pretendia partir, Chacha só pensava na visita que a esposa oficial deveria fazer a Hideyori, antes de ir embora. Pensava vestir seu melhor traje cerimonial e acompanhar a mulher mais velha até os portões do castelo, como prova final de seu respeito.

No entanto, a Kitanomandokoro não veio vê-los. Segundo o relato de uma dama de honra, a mulher de Hideyoshi fora diretamente aos portões, sem pensar em visitar antes o herdeiro. Chacha pretextou estar se sentindo mal e não foi se despedir dela; enviou duas damas de honra em seu lugar.

A retirada das tropas japonesas da Coreia seria feita após o anúncio oficial da morte do regente. No dia 29 de fevereiro, ocorreu enfim o funeral público, que foi um pouco triste, especialmente para um homem que, enquanto vivo, gostava tanto de cerimônias suntuosas. Ainda assim, as pompas fúnebres contaram com um grande número de participantes.

Nessa ocasião, os cinco conselheiros — Tokugawa Ieyasu, Maeda Toshiie, Ukita Hideie, Mori Terumoto e Uesugi Kagekatsu — e os cinco governadores — Ishida Mitsunari, Mashida Nagamori, Maeda Gen'i, Asano Nagamasa e Natsuka Masaie — assinaram uma promessa escrita de unir esforços para dirigir o país e apoiar e proteger Hideyori. O juramento tinha implicações sinistras para todos que ouviam falar dele. Chacha, ao saber do documento, compreendeu que de nada valiam todos os votos que haviam sido assinados enquanto Hideyoshi ainda era vivo. Afinal, se as promessas de antes ainda tivessem validade, os dez grandes líderes não sentiriam a necessidade de assinar um novo juramento.

Com o passar do tempo, a insegurança de Chacha cresceu, combinada a uma sensação de impotência diante dos acontecimentos. Era um período muito angustiante em sua vida. Antes da morte do regente, sabia que teria de enfrentar dificuldades, mas não pensava que tudo ocorreria tão rápido depois do falecimento de Hideyoshi.

Ela contava sempre com a ajuda de Maeda Toshiie. Afinal, era um dos dois líderes mais poderosos do Japão, juntamente com Tokugawa Ieyasu. Existia, além disso, uma importante ligação entre ambos, pois quinze anos antes Chacha fora sua hóspede no Castelo de Fuchu.

Sentia-se angustiada, mas não tinha coragem de perguntar detalhes a Toshiie. Ele, por sua vez, também não lhe dizia quase nada. Quando se encontrava com Toshiie, Chacha pensava que, além de tudo, ele já era um velho de 61 anos, com a saúde comprometida, o que tornava sua posição perigosa. No fim de março, Chacha finalmente reuniu forças para perguntar se era verdade que havia muitas dissensões entre ele e Ieyasu, e se ela teria algum motivo para se preocupar. Toshiie, com o rosto grave e os olhos fechados, respondeu:

— Tomei todas as medidas necessárias para proteger o jovem senhor. Se me acontecer alguma coisa, é de interesse da casa de Toyotomi que as onze cláusulas de meu testamento sejam seguidas. Meu testamento está em posse de minha velha esposa.

— São medidas a serem tomadas em caso de guerra? — perguntou Chacha.

Toshiie respondeu com franqueza:

— Sim.

— Devemos estar preparados para essa eventualidade?

— Sim, creio que dentro dos próximos três anos haverá uma guerra. A única coisa que lamento é que já não estarei a seu lado quando isso acontecer.

Toshiie tinha o rosto sincero e triste ao dizer isso.

Dez dias depois, ele faleceu. Chacha tinha a impressão de que o cansaço o vencera, por causa do esforço na preparação para os conflitos que surgiriam devido à morte do regente. Seu falecimento levou Chacha aos limites do desespero. O imenso Castelo de Osaka lhe pareceu repentinamente vazio e sem seu mais importante suporte.

Essa morte ocasionou grande agitação. Todos os dias, guerreiros vinham vê-la. Ela os recebia com hospitalidade, sabendo que precisava de todos os aliados que pudesse ter. Ukita Hideie veio diversas vezes falar-lhe e se tornou seu confidente. O governador que a visitava com maior frequência era Ishida Mitsunari. Dos daimiôs da casa de Toyotomi, Konishi Yukinaga foi quem se mostrou o mais leal.

Soube pelos guerreiros que os conflitos já se anunciavam. Asano Yoshinaga e Kuroda Nagamasa eram seguidamente vistos em audiência com a Kitanomandokoro e pareciam estar conspirando algo. Além disso, tudo indicava que a Kitanomandokoro e Ieyasu tinham renovado uma aliança política, à qual vinham se somar Kato Kiyomasa e Fukushima Masanori. Esses boatos não tinham confirmação, mas Chacha se preocupava ao ouvi-los, pois pareciam bastante plausíveis.

Depois da morte de Maeda Toshiie, Ishida Mitsunari retornou a seu castelo, em Sawayama. Sabia-se que Ishida estivera com frequência em conflito com a casa de Toyotomi, e sua vida fora salva graças à proteção de Tokugawa. Ainda assim, com sua partida, o Castelo de Osaka parecia mais vazio do que antes.

Com a morte de Toshiie, Tokugawa ocupava sozinho a posição mais alta do comando. Dava ordens de Fushimi a todos os daimiôs e, como Hideyoshi, exigiu que lhe assinassem um juramento de lealdade.

No Castelo de Osaka, restaram apenas Ukita Hideie e Mori Terumoto. Mesmo esses guerreiros anunciaram em seguida que retornariam a suas terras. Chacha não sabia por que partiam, mas os dois pareciam convencidos de que agiam pelo bem de Hideyori. O banquete de despedida foi triste, mesmo com a presença do menino.

Em meados de setembro, pouco depois dessa partida, Ieyasu foi ao Castelo de Osaka, sob o pretexto de dar apoio a Hideyori. Cumprimentou Chacha e o menino com respeito, mas sua atitude não enganava ninguém: ele era agora o senhor do castelo.

Chacha não suportava o senhor Tokugawa; não gostava nem de seu rosto, nem de sua atitude. Em sua presença, tinha a mesma deferência que demonstrara enquanto Hideyoshi ainda vivia, mas seu olhar nunca revelava o que estava pensando. Ele tinha 56 anos, sete ou oito menos do que Hideyoshi, mas sua personalidade era bem diferente. Ieyasu nunca traía nenhuma emoção.

Dez dias após sua chegada a Osaka, apresentou um pedido que espantou Chacha. Queria que ela fosse com ele a um banquete de outono, para a contemplação de crisântemos. Chacha perguntou ao guerreiro que trouxera a mensagem:

— E o jovem senhor deve ir junto?

— O senhor Tokugawa não disse nada sobre esse assunto.

— Nesse caso, responderei mais tarde — disse Chacha, dispensando o emissário.

Dispensou também suas damas de honra e ficou sozinha, refletindo, bastante tempo. Tentava entender o que poderia significar esse convite de Ieyasu. A ideia de que ele pudesse estar interessado nela como mulher a irritou profundamente.

Chamou uma de suas mais próximas damas de honra e lhe disse que fosse transmitir a Ieyasu a seguinte mensagem: ela lhe agradecia o convite, mas não estava se sentindo bem e não poderia comparecer. Pensou que o recado deixaria claro que tipo de relação os dois tinham; estavam em campos opostos, e um dos dois venceria no fim. Ieyasu era poderoso, mas a casa de Toyotomi também tinha aliados. Se jogasse o jogo com habilidade, ela tinha chance de ganhar.

No dia seguinte, Ieyasu, que viera cumprimentar Hideyori, tomou chá com ela. Nada falou do convite da véspera.

— Peço desculpas pelo inconveniente que minha presença representa no castelo, mas logo partirei para Kaga à frente de minhas tropas.

Em Kaga ficavam as terras de Toshinaga, filho de Maeda Toshiie.

— É mesmo? É verdade que o castelo anda bastante turbulento — Chacha disse apenas isso.

Ieyasu já estava em campanha para aniquilar os aliados dela e de seu filho. Chacha olhou para ele sem expressão, mas por dentro era consumida pela belicosidade. O senhor Tokugawa devolveu-lhe o mesmo olhar tranquilo.

Pouco tempo depois, correram em Osaka boatos explosivos de que Tokugawa estava em campanha aberta contra os Maedas. Falava-se que Ieyasu tomara a viúva de Toshiie como refém, a qual seria enviada ao Castelo de Osaka, onde ficaria confinada. Os boatos foram logo confirmados como verdadeiros.

Chacha conhecia bem a viúva, dos tempos em que residira no Castelo de Fuchu. Nos últimos dezesseis anos, revira-a em inúmeras ocasiões. Era bonita e obstinada como Omaa, mas ao contrário da filha, que Chacha odiava, a mãe sempre lhe despertara muita simpatia, tratando-a com respeito quando se viam. É certo que não tinha os mesmos motivos de Omaa para não gostar de Chacha; ainda assim, sua afabilidade não parecia dever-se apenas a sua posição, mas a uma compreensão mais profunda do mundo.

Chacha imaginava a angústia de que devia ser presa essa corajosa mulher. Ao que tudo indicava, fora ela mesma quem se oferecera como refém, para apoiar a casa do falecido esposo até o fim. Para não constrangê-la, Chacha procurou evitar que se encontrassem e, quando soube de sua chegada ao castelo, não mandou nenhum mensageiro cumprimentá-la.

Os boatos de que Ieyasu planejava dizimar a casa de Maeda se acalmaram depois da chegada da viúva a Osaka, mas foram logo substituídos por outros rumores: Uesugi Kagekatsu teria se rebelado contra o domínio de Tokugawa. Fatos concretos foram expostos em seguida, confirmando a veracidade dos boatos. Nada havia de surpreendente nessa revolta, considerando-se a personalidade de Uesugi, reconhecidamente escrupuloso em suas lealdades. Uesugi recebera as terras de Gamo Ujisato após a morte deste, e ele jamais esqueceu esse gesto de generosidade do falecido regente. Sua atitude refletia uma insatisfação com a ameaça que Tokugawa representava para a casa dos Toyotomis.

Em agosto daquele ano, correu o boato de que Uesugi voltara a suas terras em Aizu com a intenção de mobilizar um exército para enfrentar Ieyasu. Até as damas de honra de Chacha comentavam que Uesugi se aliara a Ishida Mitsunari contra o senhor Tokugawa, e mencionavam o lugar em que haviam se encontrado para discutir a estratégia. Dizia-se também que ele estava contratando muitos *ronin*.[62]

O ano 5 de Keicho começou com a atmosfera carregada que precede os grandes conflitos. Na primeira semana de janeiro, o Castelo de Osaka estava cheio de guerreiros e emissários trazendo votos de Ano-Novo. Chacha e seus atendentes e aliados controlavam de perto a ordem em que eram dados os cumprimentos. Alguns guerreiros iam primeiro saudar Ieyasu, e depois vinham visitar Hideyori; outros faziam o inverso. Chacha ficava muito irritada ao constatar que os termos com que se dirigiam ao senhor Tokugawa eram os mesmos que usavam com Hideyori.

Em março, os boatos mencionavam a expedição punitiva que Ieyasu lideraria contra Uesugi. Dizia-se que Tokugawa chamara Uesugi a Kyoto, e que este se recusara a vir; em seguida, Fujita Nobuyoshi, um vassalo de Uesugi, rebelara-se contra seu senhor, fugindo de Aizu e vindo a Osaka oferecer seus serviços a Ieyasu.

Desses boatos, mais tarde confirmou-se que Ieyasu enviara emissários a Aizu, para exigir de Uesugi que assinasse um juramento de lealdade e que viesse à capital. Este recusara com arrogância, sem oferecer nenhuma desculpa para sua rejeição.

Ao escutar as notícias, Chacha se sentira grata a Uesugi, mas procurou não deixar transparecer seu sentimento. Um dia, pensava ela, Tokugawa, que se tornava a cada vez mais presunçoso, seria derrotado pelos fiéis seguidores de Hideyoshi.

No dia 2 de junho, Ieyasu ordenou que seus generais partissem em campanha. O castelo estava em polvorosa com a passagem dos soldados. Todos os dias havia assembleias de guerra, e no dia 15 Ieyasu pediu para ver Chacha e Hideyori. Vinha anunciar oficialmente seu ataque a Uesugi, assunto que jamais mencionara antes.

---

62. Samurai que ficou sem mestre, devido à morte ou queda de seu senhor. No contexto desta história, seria como contratar um mercenário.

— Ficarei bastante tempo sem vê-lo, jovem senhor, pois estou partindo para uma batalha no norte.

Chacha respondeu:

— Ficamos tristes com sua partida. Quando o senhor parte?

No fundo, tinha esperanças de que ele fosse derrotado e de que nunca mais voltasse.

— Amanhã. Cuide bem do jovem senhor. A qualquer momento, podem aparecer traidores em rebelião contra a vontade do regente.

Tokugawa olhou para ela com tal frieza que Chacha ficou com medo. Depois, ele ainda deu um risinho tétrico.

No dia seguinte, Ieyasu partia do castelo. Suas tropas começaram a passar pelos portões ao amanhecer, e a movimentação só terminou às duas da tarde. O castelo vibrava com a agitação. Ouviam-se relinchos, o tilintar das armas e um tumulto belicoso, mesmo nos aposentos de Chacha, que eram distantes da torre de menagem. Suas damas de honra foram aos portões para ver a partida, mas Chacha se encerrou com o filho no quarto. Uma dama de honra veio lhe dizer que todos os soldados de Tokugawa haviam partido. Chacha se ergueu na mesma hora e disse:

— Por ordem de Hideyori, os que saírem do castelo não podem mais entrar.

Chacha olhou para o filho, como que para obter-lhe a aprovação. Lembrou-se do riso desagradável de Ieyasu e pensou que talvez ele esperasse que, à sua partida, seus inimigos reunissem um exército em nome de Hideyori. Rememorou o pequeno número de daimiôs que ainda eram fiéis à vontade do regente. Pensou que, se Tokugawa achava que ela ia organizar um exército para lutar contra sua liderança, não iria decepcioná-lo.

Ieyasu foi primeiro a Fushimi, e nomeou Torii Mototada como administrador do castelo em sua ausência. No dia 18, tomou o rumo do norte. Chacha logo soube da junta militar instalada em Fushimi, o que a irritou profundamente, pois significava que o exército estaria em estado de prontidão. E por que não havia prontidão também em Osaka, mas apenas em Fushimi? Isso deixava claro que Ieyasu já imaginava o que aconteceria durante sua ausência.

No dia 20, o Castelo de Osaka, antes vazio após a partida das tropas de Tokugawa, começou a ser agitado por constantes idas e vindas de guerreiros. Chacha fingia não saber, mas estava claro que o partido de Hideyori já se organizava. Entre aqueles que avistou no castelo, estavam Maeda Gen'i, Mashida Nagamori e Natsuka Masaie.

Os boatos corriam entre os militares instalados no castelo. Otani Yoshitsugu, diziam, deixara suas terras para ir a Sawayama invadir as propriedades de Ishida Mitsunari. Mori Terumoto também mobilizara seus homens, tomando a defesa de Hideyori. Nem bem Ieyasu deixara o Castelo de Osaka, e já todos os daimiôs que até então não haviam se manifestado começaram a tomar partido.

Capítulo 9

Em meados de julho, a esposa de Hosokawa Tadaoki se suicidou. Esse daimiô partira com Ieyasu na expedição a Aizu, deixando a guarda de seu castelo com a mulher. Ela havia sido chamada ao Castelo de Osaka para servir de refém, e, negando-se a abandonar suas terras, fora forçada a cometer suicídio.

No mesmo dia em que Chacha soube desse incidente, Mori Terumoto chegava ao Castelo de Osaka. Expulsou Sano Tsunamasa, que estava a cargo da guarda do *nishinomaru*, e tomou seu lugar. Como se essa chegada fosse o sinal combinado, em seguida os cinco governadores, reunidos em Osaka, assinaram um documento acusando Ieyasu de rebelião contra as ordens finais de Hideyoshi em treze ocasiões. Terumoto, Hideie e outros guerreiros importantes enviaram aos daimiôs das províncias uma convocação de forças para defender o herdeiro do regente.

O castelo estava em estado de emergência. Chacha andava sempre ocupada, recebendo guerreiros que queriam lhe falar. Seu filho fitava, sem nem piscar, os olhos de cada um desses personagens que se prostravam diante dele. Chacha se enchia de orgulho, pois reconhecia nele o sangue de seus antepassados. O menino tinha o rosto comprido e uma atitude já militar. Muitos afirmavam que era a imagem viva de seu pai, mas sua mãe via em sua palidez e no olhar belicoso a influência do sangue dos Odas. Além disso, tinha a nobreza dos Azais.

Falava-se de novo em Kyogoku Takatsugu. Mashida Nagamori informou a Chacha que enviara um mensageiro a Otsu, ao que ela simplesmente respondeu:

— Peça que transmitam meus respeitos ao senhor de Otsu.

Na verdade, Chacha era presa de sentimentos bem mais complicados do que os expressos em suas simples palavras. Takatsugu era marido de sua irmã, mas mesmo que não fosse ela tinha certeza de que ele viria em seu socorro. Ao pensar que esse guerreiro, que ocupara o centro de seu coração na juventude, poderia estar novamente disposto a dar sua vida por ela, enchia-se de emoção e sentia-se mais forte do que se tivesse dez mil guerreiros em sua defesa.

No dia 18, a agitação chegou ao clímax. Sano Tsunamasa, encarregado do *nishinomaru* por Ieyasu, organizou a partida para Yodo das concubinas e damas de honra de Tokugawa. Depois, foi com quinhentos homens a Fushimi. Havia grande movimentação em todo o castelo.

No dia 19, soube-se que os soldados de Ukita, Kobayakawa e Shimazu haviam sitiado o Castelo de Fushimi. Depois, houve uma sangrenta batalha. De hora em hora, Chacha recebia notícias do cerco.

No dia 1º de agosto, o Castelo de Fushimi foi rendido e Torii Mototada, o guardião do castelo, cometeu *seppuku*. No dia 5, os guerreiros que participaram do cerco foram recompensados, em nome de Hideyori, segundo seu mérito. Chacha sabia da vitória em Fushimi, mas as informações sobre outras partes do país não eram tão claras. Embora houvesse escaramuças em diversas regiões, ainda era cedo para saber qual dos dois partidos estava ganhando. Além disso, não se sabia ao certo qual lado os daimiôs das províncias mais afastadas apoiavam. Os mensageiros que chegavam diariamente ao castelo davam notícias desencontradas.

Estava claro que no oeste não havia um guerreiro poderoso o suficiente para liderar os outros na defesa de Hideyori. Ishida Mitsunari era quem poderia ter cumprido esse papel, mas ele já partira e se encontrava em permanente deslocamento entre Osaka, Fushimi e Sawayama. Havia ordens e contraordens em todos os sentidos. A situação era bastante diferente das guerras do tempo do regente. Chacha pensava que a confusão se devia à falta de liderança.

Na segunda metade de agosto, chegou a notícia de que Ieyasu interrompera sua expedição ao norte e convocara uma assembleia de guerra no Castelo de Kiyosu. Angustiada, Chacha mandou um mensageiro a Kobayakawa Hideaki, para que se informasse sobre a situação militar. Logo em seguida, Kobayakawa veio em pessoa lhe falar, a caminho de uma expedição. Depois de cumprimentá-la e a seu filho, ele lhe disse que a gravidade da situação não permitia mais nenhum adiamento. Naquele mesmo dia, ele partiu para Omi e ordenou que os regimentos que ocupavam o Castelo de Osaka o seguissem. À noite, o castelo estava deserto, com exceção de Mori Terumoto e seus subalternos, que ficaram protegendo o lugar. O próprio Mori dera ordem a seus homens para que se juntassem à expedição. No dia seguinte, as tropas que ficaram no castelo receberam reforços, não se sabe de onde.

No fim do mês, houve uma série de derrotas para o partido de Hideyori. O primeiro a cair foi o Castelo de Gifu, e os exércitos de Otani e de Ishida estavam a perigo.

Na tarde de 8 de setembro, Chacha recebeu uma notícia inacreditável. Kyogoku Takatsugu, uma de suas mais caras apostas, acabara de se aliar a Tokugawa e se preparava para resistir ao cerco de seu próprio castelo, em Otsu. Ele havia reunido soldados e mandado construir fortificações, de forma a bloquear o caminho do exército do oeste. Além disso, como se já estivesse prevendo o que ia acontecer, de início ele fingira apoiar o partido de Hideyori, enquanto negociava secretamente com Ieyasu, aproveitando o efeito surpresa para atacar os aliados de Chacha.

Ela ficou sem reação. Não podia acreditar que Takatsugu tivesse desferido esse golpe nela e em seu filho. Achou que a notícia era falsa: como seu primo e sua irmã podiam traí-la dessa maneira?

De Ogo, nada esperava, era esposa do herdeiro de Ieyasu; além disso, Chacha atribuía o desentendimento entre as duas a uma predestinação, a carma. No entanto, não podia admitir que Ohatsu ou Tatsuko a traísse. Esta havia amado tanto Hideyoshi que se tornara monja após sua morte. Chacha não conseguia compreender como essa prima pudera permitir que seu irmão se aliasse a Tokugawa, que buscava aniquilar a casa de Toyotomi.

— Creio que o senhor de Otsu decidiu se aliar a Tokugawa devido a uma antiga amizade — disse o guerreiro que lhe trouxera a notícia.

É verdade que Takatsugu era amigo de Ogo, esposa de Hidetada, e era tanto cunhado dela como de Chacha.

Chacha se enganara ao pensar que uma antiga paixão motivaria as decisões de Takatsugu. Imaginara que ele levaria em conta antigos laços secretos, conhecidos apenas pelos dois. Por outro lado, talvez essa ligação fosse justamente desvantajosa para ela. Lembrou a cena do Castelo de Azuchi, Takatsugu agarrado à barra de seu quimono, o puxão frio com que se livrara dele. Talvez Takatsugu estivesse se vingando. Talvez a cena secreta seguinte, em que ela se oferecera a ele, não tivesse sido suficiente para aplacar seu ressentimento.

— Ele não compreende meu coração — murmurou, mas logo em seguida achou a frase absurda e riu.

Sozinha, sentou-se na varanda e contemplou os raios do sol de outono sobre as árvores do jardim. As flores vermelhas das lespedezas eram de uma serenidade muito diferente do destino cruel que se abatia sobre ela e seu filho. Compreendeu que, embora às vezes tivesse desprezado e até odiado Takatsugu, nunca deixara de pensar nele. O nobre guerreiro, que ela conhecia desde a infância, sempre tivera lugar em seu coração. Quando pequena, o nome Kyogoku alimentava seus sonhos. Era um nome cheio de glória, de esplendor inacessível, e esse sentimento havia sobrevivido.

Sentiu o suor correr-lhe o corpo. Com a morte do regente, talvez estivesse realmente livre pela primeira vez. Sem o controle de Hideyoshi, podia fazer o que quisesse. Mas agora tinha seu filho e precisava içá-lo ao mais alto poder. Depois de conseguir esse feito, poderia, talvez, roubar de Ohatsu o guerreiro antes desprezado. Afinal, amava-o desde pequena, e ele a amara também. Ela apenas o emprestara à irmã; poderia solicitá-lo de volta no futuro.

Acordou de seu sonho e compreendeu que a situação era bem diferente. Takatsugu a renegara, disposto a enfrentar o cerco de seu castelo. Precisava implorar que ele mudasse de lado. Não sabia quem poderia enviar como mensageiro. Lembrou-se de uma velha senhora chamada Acha, uma mestra da cerimônia do chá, muito conhecida dela e da senhora Kyogoku.

Naquele mesmo dia, a professora Acha partia do Castelo de Osaka em direção a Otsu. Voltou dois dias depois. Tentara convencer a senhora Kyogoku a interceder junto a Takatsugu, mas este mandara dizer que as circunstâncias atuais se deviam à predestinação do carma e que nada as podia mudar. Dissera também estar rezando pela segurança de Chacha e de seu filho. O atual conflito não dizia respeito diretamente nem a Chacha nem a Hideyori, e ele os aconselhava a esperar com calma o fim das hostilidades, sem abandonar o castelo.

A professora Acha contou que já haviam incendiado muitas casas, tanto dentro como fora do castelo, e que tinham erigido diversas fortificações. Havia tropas em todos os pontos de acesso, e os preparativos para o cerco eram visíveis em toda parte. No entanto, o lado sul do castelo tinha uma única linha de muralhas e fossos, e todos temiam um ataque nessa direção.

Na noite de 11 de setembro, a mobilização de tropas em Otsu foi interpretada em Osaka como declaração de hostilidade, e decidiu-se atacar o exército de Takatsugu. Naquela mesma noite, Mori Motoyasu foi nomeado líder da expedição; e Mori Hidekane, vice-general. A expedição contava com quinze mil soldados: sete regimentos de Osaka, diversos destacamentos de Yamato e tropas de Kyushu. Esse exército saiu de Osaka em direção a Otsu, deixando mais uma vez o castelo quase deserto.

Chacha nada sabia do progresso das batalhas nem em Otsu, nem no campo leste. A tensão no Castelo de Osaka era quase palpável. A maior preocupação de todos eram as batalhas do leste. A toda hora chegavam mensageiros, mas Chacha se trancara em seus aposentos com o filho.

Na noite do dia 16, um mensageiro veio anunciar a queda do Castelo de Otsu. Ao saber da notícia por uma dama de honra, Chacha solicitou que fossem pedir a Mori Terumoto informações dos campos de batalha; foi a única vez que procurou saber de alguma coisa. Estava preocupada com Takatsugu, mas não teve coragem de mandar perguntar diretamente sobre ele. O mensageiro logo voltou com a resposta lacônica de Mori: a dama de Yodo não precisava se preocupar; o Castelo de Otsu caíra no dia 15. Talvez o general não soubesse mais do que isso.

Chacha não conseguia dormir. Takatsugu devia ter morrido, pensava, cheia de pena pela sua vida breve, dedicada a reconstruir a glória dos Kyogokus. Na época do Incidente de Honnoji, ele aproveitara para atacar as terras de Hideyoshi. A reviravolta em suas lealdades era condizente com suas atitudes pregressas. Ele parecia estar sempre enganado em suas escolhas. Mas apenas Chacha compreendia por que ele agia assim. Entre eles, nunca houve necessidade de explicações. O pesado nome de sua nobre família acabara sendo sua perdição.

Ao amanhecer, uma dama de honra veio chamá-la, anunciando a visita de Terumoto. Chacha empalideceu ao pensar que a situação devia estar bastante grave para que ele tivesse vindo falar com ela no horário de descanso. Em lágrimas, o rosto desfigurado, o general entrou no quarto, sentou-se e disse:

— Nossas forças foram dizimadas em Sekigahara. Recebi a notícia há meia hora.

— Quando?

— Ao meio-dia, no dia 15.

— No mesmo dia em que Otsu caiu?

— Sim. Não importa o que venha a acontecer, senhora, eu a protegerei, e ao jovem senhor. Mesmo que me custe a vida. A senhora pode ter certeza disso.

— Já vi muitos castelos caírem, ficarei calma — respondeu Chacha, séria.

Lembrava-se bem das chamas de Odani e de Kitanosho. Estava acostumada com a morte de seus parentes. Seu pai, sua mãe, seu padrasto, seu tio; todos mortos com violência. Seu primeiro filho e o regente também faleceram, e seus amigos Ujisato e agora Takatsugu. Sua vida não era assim tão importante.

No entanto, emocionou-se ao pensar em Hideyori. Ele precisava viver; ela também, para ver o dia em que ele seria o líder do país. Sentiu crescer em seu coração o ódio contra aqueles que haviam sido derrotados em Sekigahara e que tinham iniciado a guerra sem consultá-la.

— O castelo vai ficar cheio de fugitivos. Mais do que podemos comportar — disse, dessa vez com sarcasmo.

Levantou-se e dispensou o guerreiro, que ela desprezava um pouco por sua falta de sutileza. No fim do dia, os soldados vencidos começaram a chegar, conforme ela previra.

Chacha subiu na torre de menagem, de onde avistava, à luz das fogueiras, os vencidos chegando. Havia agora uma polêmica: de um lado, os irredutíveis, que desejavam reunir todas as tropas do partido no Castelo de Osaka e lutar até o fim; de outro, os mais prudentes, que favoreciam a rendição às forças de Tokugawa. Havia ainda muitos soldados no castelo, e os vencidos iriam aumentar esse número. Chacha achava que o castelo tinha condições de resistir. Tratava-se de uma construção única no mundo, erigida sob a supervisão de Hideyoshi e, para todos os efeitos, impenetrável. No entanto, a fortificação cairia em poucos dias se não houvesse uma forte liderança. Os guerreiros mais hábeis, como Ishida Mitsunari e Otani Yoshitsugu, estavam em local ignorado.

Na noite do dia 18, Chacha soube, por intermédio de alguns vassalos mais chegados, que Takatsugu conseguira escapar de Otsu e se encontrava agora no monte Koya. Ou seja, estava ainda vivo! No entanto, assumindo a responsabilidade pela queda do castelo, tivera de pedir refúgio no templo de Koya.

Ao saber que ele não morrera, Chacha se sentiu ridícula por ter se preocupado tanto. Em seguida, ficou furiosa com ele por tê-la traído e por ter vendido sua lealdade aos Tokugawas.

— Por que capitulou tão rápido? Se tivesse esperado mais um dia, teria recebido cumprimentos do próprio Tokugawa. Sempre apressado! — exclamou em voz alta.

Sua avaliação era correta: Takatsugu teria vencido a batalha se tivesse esperado mais um dia para se render. Seu comportamento, porém, era condizente com sua personalidade.

Chacha foi ao jardim, iluminado por uma lua quase cheia. Não sabia o que o destino lhe reservava, mas se sentia tranquila, embora a situação fosse crítica. Talvez por saber que acontecimentos brutais estavam por vir, seu coração já estava se preparando para o pior.

Pensou em suas irmãs, Ohatsu e Ogo. As três estavam hoje em situações bem diferentes. Apenas Ogo havia assegurado um futuro mais ou menos tranquilo. Tivera uma filha do herdeiro de Tokugawa, três anos antes. Naquela ocasião, Chacha lhe enviara uma carta de felicitações, que ela não respondera, muito de acordo com seu feitio.

Chacha passou alguns dias sem saber o que fazer. Não conseguia avaliar se ainda haveria combates e como ia a situação de seu partido. Encerrada em seus aposentos, havia uma falsa calma em seu redor. Não perguntava nada, nem a suas damas de honra mais próximas. Logo depois, houve três dias de agitação, com tropas indo e vindo. Em seguida, voltou a tranquilidade.

No dia 27, Chacha foi informada de que Ieyasu, de volta ao castelo, pedia uma audiência com Hideyori. Chacha nem sabia que ele se encontrava ali. Na verdade, Tokugawa havia chegado naquele dia mesmo e, depois de repousar em seus antigos aposentos, mandara pedir para vê-la. Ele estava com Hidetada, que tomara posse do *ninomaru*. Os guerreiros do partido de Chacha, que estavam até então no castelo, haviam sido transferidos não se sabe para onde.

Logo, Tokugawa entrava em seus aposentos com uma atitude arrogante. Chacha ordenou que o sentassem no lugar de honra. Diante de Hideyori, que estava ao lado da mãe, Ieyasu disse:

— Jovem senhor, já faz algum tempo que não nos vemos. Ao que parece, Vossa Senhoria cresceu.

Depois, voltou-se para Chacha:

— Alguns guerreiros mal aconselhados causaram conflitos que tive de apaziguar, mas agora já está tudo em ordem. Sinto muito pela inconveniência que isso possa ter lhe causado, dama de Yodo.

— Sinto-me honrada com sua solicitude, senhor. Agradeço seu esforço — respondeu Chacha.

As palavras eram polidas; mas a atitude, glacial. Ela não perdera sua dignidade. Ieyasu esperou um pouco e disse:

— Ishida Mitsunari, Konishi Yukinaga e Ankokuji Ekei estão presos. Trouxe-os comigo a Osaka. Posso transmitir-lhes alguma mensagem, se Vossa Senhoria desejar.

— Nada tenho a lhes dizer. O que pensa fazer com eles? — quis saber Chacha.

— No dia 29, irão desfilar pela cidade de Osaka. No dia 1º, serão executados em Kyoto. Suas cabeças serão expostas na ponte da Terceira Avenida, para ensinar às pessoas o destino dos rebeldes.

Chacha sentiu o olhar gelado de Tokugawa pousado sobre ela. Parecia dizer: "Poupei-a agora, fingindo não saber de sua participação, mas da próxima vez que você tentar algo, dama de Yodo, não terei piedade. Sua cabeça e a de seu filho também irão parar na ponte da Terceira Avenida."

Ela o encarou de volta e disse:

— Ninguém sabe o que o futuro nos reserva, assim são os homens. Jamais imaginei que um guerreiro de valor, como Ishida Mitsunari... mas a mesma coisa aconteceu a meu pai, Nagamasa, e meu padrasto, Katsuie. Tiveram mortes violentas. A vida é como um sonho.[63]

Procurou concentrar o ódio que sentia por Ieyasu em cada uma das palavras, aparentemente tranquilas. Parecia dizer: "Você, Ieyasu, hoje tem o poder, mas um dia o destino também poderá colocar sua cabeça espetada num poste da ponte da Terceira Avenida. Essa foi a sorte de homens melhores, como Nagamasa, Nobunaga e Ishida."

Os três guerreiros tiveram o destino descrito por Ieyasu, executados no dia 1º em Rokujogawara, na capital. Suas cabeças foram expostas na ponte da Terceira Avenida, junto com a de Natsuka Masaie, que cometera *seppuku* alguns dias antes.

Depois desses acontecimentos, surgiram muitos boatos sangrentos. No Castelo de Fushimi, dezoito guerreiros foram assassinados, sob a acusação de trabalhar secretamente para o partido da rebelião. Dezenas de outros guerreiros também foram executados, às vezes por simples suspeita de pertencer ao outro lado.

Depois da batalha de Sekigahara, ninguém mais visitava Chacha e Hideyori. Havia quem temesse a ira de Ieyasu, mas a interrupção

---

63. "A vida é como um sonho" é um lugar-comum da literatura clássica e da filosofia budista, que impregnou a cultura japonesa como um todo e, em especial, a da época em que se passa esta história. A citação pode ser encontrada, por exemplo, no verso inicial de *Atsumori*, uma das mais importantes peças de nô da era Muromachi.

no fluxo de visitantes refletia, sobretudo, o número de baixas no partido de Chacha. Nesse período sombrio, a única notícia que a alegrou um pouco foi que Takatsugu recebera terras no valor de 92 mil *koku* em Wakasa, bem mais do que valiam suas propriedades de Otsu. Embora tivesse se rendido ao inimigo, sua resistência ao cerco havia gerado importantes resultados práticos para Tokugawa, pois os partidários de Hideyori que atacaram o Castelo de Otsu não puderam participar de Sekigahara. Ieyasu soubera reconhecer o mérito de Takatsugu, que não apenas não fora punido, como recebera mais terras de recompensa.

Ainda assim, se tivesse resistido mais um dia, Takatsugu teria obtido grandes glórias militares. Tivera azar, mas sua atitude não era surpresa, combinava com a personagem.

Tudo combinava com Takatsugu: a reviravolta em suas lealdades na última hora; a situação extremamente perigosa a que tinha se exposto, com seu castelo sitiado; sua coragem ao defendê-lo; sua apressada capitulação; a vergonha que demonstrava ter sentido, indo se esconder no monte Koya; sua redenção pelo reconhecimento de Ieyasu; e sua volta como herói. No final, até sua promoção para terras de maior valor condizia com acontecimentos pregressos de sua vida.

E, no entanto, Chacha não perdoava Takatsugu nem Ohatsu pela traição. Tentava não pensar no assunto; porém, quando se lembrava da irmã e do primo, a raiva enchia-lhe o peito.

———————

Em junho do ano 6 de Keicho, a senhora Kyogoku, agora monja, veio visitar Chacha. Tinha vergonha da aliança do irmão com o partido de Tokugawa. Contou a Chacha que estava no Castelo de Otsu quando os guerreiros de Osaka atacaram as forças de Takatsugu. Uma bala de canhão atingira a torre de menagem, e ela desmaiara com a explosão.

— Você deve ter sofrido muito — disse Chacha.

— Isso é inevitável, todos sofrem. Mas nem é nada comparado ao que o regente deve estar sofrendo no além-túmulo. O mundo em que vivemos é muito triste — disse Tatsuko, o rosto expressando seu desgosto.

O objetivo de sua visita era pedir ajuda a Chacha para encontrar uma residência em Kyoto. Não queria mais depender do irmão, depois do que acontecera. Pedira ajuda também à Kitanomandokoro, que vivia em Kyoto naquele momento. Enquanto Hideyoshi era vivo, a senhora Kyogoku odiava a esposa oficial; depois de sua morte, esse sentimento foi desaparecendo pouco a pouco. Tinha agora tanta amizade por ela quanto por Chacha.

Chacha foi falar com Katagiri Katsumoto sobre o pedido da prima. Esse samurai vivia no castelo e era responsável pelo bem-estar das concubinas e mulheres nobres que moravam ali. Não soube como ele procedera, mas um mês depois recebeu uma carta de Tatsuko, agradecendo a ajuda e contando que agora vivia no monastério de Nishinotoin.

Pouco depois da visita da prima, Chacha foi informada que Omaa se casara com um nobre da corte imperial, um conselheiro, Madenokoji. O casamento não a surpreendia, dada a personalidade da senhora Kaga. Devia estar bem contente com a nova vida, casada com esse nobre que todos diziam ser um homem bonito. Com toda certeza, já esquecera sua vida com o regente.

Quando esfriaram as cinzas da batalha de Sekigahara, Ieyasu se apoderou da liderança do país e parecia não pensar mais na existência de Hideyori. Antes de Sekigahara, ele pelo menos seguia formalmente o procedimento da lei, pedindo audiência junto ao herdeiro do regente antes de tomar suas decisões; agora nem isso. Chacha e o filho eram tratados como parasitas inconvenientes, vivendo às suas custas no Castelo de Osaka.

Ieyasu ia e vinha de Fushimi a Edo[64], que era sua base de operações, mas poucas vezes passava por Osaka. Ainda assim, sabia de

---

64. Edo viria a se tornar a cidade de Tóquio na segunda metade do século XIX. Foi a capital de governo do xogunato Tokugawa de 1603 a 1868.

tudo o que acontecia no castelo. O Castelo de Osaka era oficialmente o castelo de Hideyori, mas na verdade não lhe pertencia.

Três anos depois de Sekigahara, no dia 22 de fevereiro do ano 8 de Keicho, Ieyasu recebeu os títulos de ministro da direita da corte imperial e de *sei'i taishogun*.[65] No dia 25 de março, foi recebido no palácio imperial com grande cerimônia. Seus assessores na ocasião foram Tokugawa Hideyasu, Hosokawa Tadaoki, Ikeda Terumasa, Kyogoku Takatsugu e Fukushima Masanori. Todos esses guerreiros deviam sua ascensão a Ieyasu.

A visita ao palácio deu muito o que falar em Kyoto, antes e depois do evento. Chacha se lembrou das esplêndidas visitas do regente e lamentou que os guerreiros que antes acompanharam Hideyoshi faziam agora a mesma coisa por Ieyasu.

Nomeado xogum, Ieyasu retomou as discussões sobre o casamento de Hideyori com a princesa Sen, sua neta, filha de Hidetada e Ogo. O noivado, uma das estipulações do regente feitas antes de morrer, era de conhecimento geral entre os daimiôs do país, e Ieyasu sabia que um dia teria de cumprir a promessa.

Chacha não tinha condições de avaliar a importância desse casamento. Mas resolveu aceitar; afinal, Ieyasu decidira honrar, pelo menos uma vez, as vontades de Hideyoshi. É claro que não esperava que a união fosse assegurar o poder futuro de Hideyori. Tratava-se de um casamento de valor apenas formal, pois o menino tinha dez anos, e a princesa, seis. Era impossível saber o que essa ligação significaria no futuro.

A julgar por seu comportamento normal, Ieyasu não dava a menor importância ao fato de que sua neta se casasse com o filho de Hideyoshi. No passado, matara um filho, Nobuyasu, para obter favores de Oda Nobunaga; e um genro, Hojo Ujinao, quando a família deste se rebelara. Chacha, portanto, não esperava nada da união, mas pesou em sua decisão a princesa ser filha de Ogo. Como as

---

65. "Grande general, conquistador dos bárbaros." Título equivalente ao de generalíssimo em países ocidentais. Na prática, aplicava-se ao ditador militar, líder do território japonês. Em português, adota-se a palavra "xogum" para designá-lo, e seu governo recebe o nome de xogunato.

duas crianças eram descendentes da casa de Azai, o casamento poderia criar laços mais sólidos.

A cerimônia foi marcada para julho, e os preparativos começaram na primavera, criando muita agitação no Castelo de Osaka. Katagiri Katsumoto ficou encarregado de organizar as festividades. Ieyasu estava em Fushimi, mas a princesa Sen e seus pais viviam em Edo. Em julho, Ogo e sua filha foram de navio ao sul, ficando em Fushimi até a data do casamento. Chacha estava feliz de poder ver sua irmã depois de tanto tempo.

O navio aportou em Osaka no dia 21 de julho. Chacha, escoltada por guerreiros, foi receber a irmã. Ogo era outra pessoa: estava gorda; seu rosto, inexpressivo, enrugado. Tinha o olhar calmo, mas frio, e os gestos lentos. Chacha, muito emocionada ao vê-la, surpreendeu-se com sua falta de reação. A irmã não esboçou um movimento do rosto e parecia fazer questão de estar sempre rodeada de damas de honra. Chacha pensou que suas posições estavam agora invertidas.

Ogo e sua filha passaram apenas uma noite em Osaka, partindo para Fushimi na manhã seguinte. Chacha não quis mais incomodá-las, imaginando que a viagem de navio tinha sido muito cansativa. Adiou para depois do casamento a longa conversa que queria ter com Ogo.

A agitação no Castelo de Osaka aumentava com a proximidade das bodas, previstas para o dia 28. A princesa Sen deveria chegar de liteira à ponte levadiça, e havia diferentes opiniões quanto ao que fazer depois: alguns queriam que cobrissem de seda branca a liteira da princesa e que sua passagem fosse atapetada de tatames; outros, argumentando que o novo xogum tinha gostos mais discretos, achavam esse gesto exagerado. No final, manteve-se a seda e omitiram-se os tatames. Okubo, senhor de Sagami, iria buscar a noiva em Fushimi, e Asano, senhor de Kii, receberia a menina junto à ponte levadiça. Os vassalos encarregados da organização se submetiam a todas as vontades do xogum, o que deixou Chacha bastante irritada.

Finalmente, chegou o dia do casamento. O céu estava azul, sem nuvens; fazia muito calor. A princesa Sen embarcou em Fushimi e desceu o rio Yodo em um barco decorado. Os daimiôs das províncias do oeste estavam encarregados da guarda das ribeiras e designaram mais de trezentos guerreiros armados com fuzis, lanças e arcos para a proteção da princesa. A embarcação deslizava lentamente sobre as águas do rio, deixando para trás uma espuma branca. A menina, achando a viagem divertida, pedia às vezes que o barco parasse ou desse meia-volta. Era difícil imaginar que se tratasse de um barco de bodas. Nos baixios, a embarcação tinha dificuldade de avançar, e os soldados de Horio, senhor de Shinano, entraram na água para abrir com enxadas um caminho no leito do rio. No barco da princesa, ouviam-se risos e gritinhos.

A cerimônia foi realizada no grande salão do Castelo de Osaka. Chacha estava sentada ao lado do filho, em frente a Ogo, que estava ao lado da princesa Sen. As portas do salão estavam totalmente abertas e podia-se avistar a paisagem de areia branca e velhos pinheiros retorcidos.

Depois dos brindes dos noivos, a princesa Sen se levantou e atravessou o salão para ir ao jardim. Foi seguida por diversas damas de honra. Hideyori continuou sentado, quieto, mais sério do que o normal.

— Vá brincar com ela no jardim — disse Chacha, mas Hideyori não se mexeu, como se não tivesse escutado o que sua mãe lhe dissera.

Naquela noite, Chacha e Ogo jantaram juntas no salão. As portas abertas para a varanda deixavam entrar um vento refrescante. Não sabiam o que dizer uma à outra. Tentaram diversos assuntos; nenhum vingou. A consciência de serem irmãs e inimigas mortais impedia que a conversa fluísse. Por fim, falaram de coisas insignificantes. A certa altura, descobriram que Ohatsu podia ser um assunto; porém, quando Ogo revelou que a irmã do meio a visitara diversas vezes em Edo, a mais velha ficou irritada. Chacha pensou que, embora Osaka ficasse mais perto do castelo de Kyogoku, Ohatsu não viera vê-la uma única vez.

Durante o jantar, Chacha teve a impressão de que aquele casamento não tinha a mínima importância. Ogo também não parecia muito satisfeita com a união. Se Hideyoshi ainda fosse vivo, ao menos a festa estaria mais animada. O regente teria oferecido um espetáculo de nô no jardim, organizado um torneio de sumô, chamado malabaristas. Os daimiôs de todas as províncias teriam comparecido, e os banquetes se sucederiam por diversos dias.

É claro que havia um banquete de casamento e diversos daimiôs da província, mas daquele salão onde as irmãs jantavam não se escutava uma voz vinda dos outros aposentos.

— Olhe, a lua nasceu — exclamou Ogo, voltando-se para a rua.

De fato, a lua subia por entre as montanhas artificiais do jardim. Ao ver o perfil da irmã, Chacha lembrou-se da criança que ela fora um dia. Foi o único momento de nostalgia da noite.

— A lua de Edo é bonita? — quis saber Chacha.

— É a mesma daqui — respondeu Ogo. Depois de alguns instantes em silêncio, acrescentou: — Pensando bem, vi a lua de tantos lugares diferentes em minha vida. Em Ono, o luar... — mas se interrompeu, como se estivesse prestes a dizer que a lua de Ono era a mais bela e a lembrança do marido e das filhas fosse ainda dolorosa.

Chacha se assustou com o que a irmã havia dito e ao pensar que Ogo não pudera ver o marido antes de sua morte. Algum tempo depois, disse:

— Aconteceu-nos tanta coisa, mas estou feliz que possamos estar aqui hoje, e que não tenhamos morrido no incêndio de Kitanosho. Se tivéssemos morrido com nossa mãe, não estaríamos agora aqui contemplando a lua.

— Você acha isso mesmo? — Ogo voltou o olhar para a irmã. — Eu muitas vezes desejei ter morrido com nossa mãe, e sempre achei que você também.

— Mas eu tenho Hideyori.

— Eu também já tive minhas filhas...

— Você ainda me odeia?

— É claro que não, não poderia odiar uma irmã. Quem eu odeio é Hideyoshi — disse Ogo, com franqueza.

— Mas esse ódio não termina hoje com o casamento de nossos filhos?

— Como poderia terminar?

Ogo ficou alguns instantes em silêncio, depois continuou:

— Se os dois tiverem filhos, eles terão o meu sangue, o seu, o do regente e o do xogum! Que mistura estranha!

Ogo pôs-se a rir baixinho; já Chacha sentiu seu peito gelar ao imaginar uma criança com sangues tão diferentes e imiscíveis.

— Como o regente era presunçoso. Que ideia, esse casamento! — exclamou Ogo.

O jantar constrangedor durou menos de duas horas. O ódio de Ogo por Hideyoshi e Chacha parecia ainda vivo e inextinguível. Chacha decidiu não pensar na princesa Sen como sua nora, e sim como uma refém dos Tokugawas no Castelo de Osaka. Quando surgisse o momento apropriado, ela arrumaria outra mulher para ser a esposa oficial de seu filho.

No dia 7 de julho do ano 9 de Keicho, um ano após o casamento de Hideyori com a princesa Sen, Ogo teve mais um filho, em Edo. O menino, Iemitsu, um dia viria a ser o terceiro xogum da casa de Tokugawa. Para Ogo, infeliz por tantos anos, essa imensa alegria foi a primeira de muitas futuras. Sua felicidade fora preparada por seu casamento com Hidetada, que mais tarde seria o segundo xogum. Agora, com um herdeiro homem, Ogo tinha pela primeira vez na vida a sensação de não estar à mercê de guerreiros mais poderosos do que o marido, como quando estava casada com Saji Yokuro. Também não precisava temer a solidão sem amparo, como quando fora viúva de Hashiba Hidekatsu. O poder da casa de Tokugawa era absoluto, e o período de guerras civis, que assolara o Japão por tanto tempo, chegara ao fim.[66]

Chacha soube do nascimento do sobrinho um mês depois. A notícia não foi motivo de especial alegria para ela, mas ainda assim enviou a Ogo uma mensagem de felicitações. Redigiu também, em

---

66. A era Tokugawa durou mais de 250 anos e foi um período de grande estabilidade política, sob a ditadura militar do xogum.

nome de Hideyori, felicitações a Ieyasu e a Hidetada, e mandou presentes para o bebê. De todas essas oferendas, a que considerou mais importante foi o voto de afeição a sua irmã, que passara pela difícil prova do parto, comum a todas as mulheres.

Recebeu uma resposta educada de Ogo, o que a surpreendeu, pois a irmã nunca escrevia. Era uma carta muito breve, escrita com letra grande e meio masculina, que Chacha conhecia bem; mas deixava transparecer a alegria que se sente pelo nascimento de um filho. Ogo errava as letras, riscava por cima e reescrevia do lado, como quando era criança, e esse detalhe aqueceu o coração de Chacha.

Ogo não perguntava pela filha de sete anos, que residia no Castelo de Osaka desde que se casara com Hideyori. Feliz com o filho que acabara de dar à luz, parecia ter se esquecido da existência da outra. Mesmo sendo mulher, a princesa Sen viera daquele mesmo ventre, e seria de esperar que Ogo sentisse alguma saudade da filha pequena. Mas nada em sua carta dava a entender que ainda pensasse nela.

No dia seguinte ao recebimento da mensagem de Ogo, Chacha pensou pela primeira vez com piedade na sobrinha, sob sua guarda no Castelo de Osaka. Nas poucas vezes em que se lembrava de sua existência, apenas ficava contente por ter um refém Tokugawa em seu poder. Sabia que a menina devia viver com conforto, pois tinha a seu lado damas de honra e guardas vindos especialmente de Edo para sua proteção e cuidado. Tinha adotado até então a regra de não se envolver em assuntos relacionados à sobrinha.

Em março do ano 10 de Keicho, anunciou-se uma visita oficial de Hidetada, filho de Ieyasu, à corte imperial. Chacha ignorava os motivos dessa audiência, e os poucos vassalos fiéis a Hideyoshi que ainda a visitavam também não sabiam de nada.

De acordo com um boato posterior, Hidetada viria a Kyoto com uma escolta de cem mil homens, para ser recebido triunfalmente pelo imperador, como fizera Yoritomo séculos atrás.[67] Quando Yoritomo

---

67. Minamoto Yoritomo (1147-1199), primeiro xogum da era Kamakura (1192-1333). Tokugawa afirmava ser seu descendente; além disso, o sistema de governo dos Tokugawas procurava ser uma atualização do xogunato de Kamakura, a começar pelo título de *sei'i taishogun*, adotado por Ieyasu.

viera a Kyoto, sua escolta saíra de Kamakura dividida em destacamentos, liderados por Hatakeyama Shigetada, chegando à capital após uma viagem de vinte dias. Dizia-se que Hidetada faria a mesma coisa. O motivo oficial para sua visita era para prestar seus agradecimentos ao imperador, por ter lhe dado o título de general da guarda imperial. Mas Chacha estava convencida de que isso era apenas um pretexto. Achava que a verdadeira intenção por trás de sua viagem era demonstrar seu poderio a ela e a seus partidários.

No mês de março, Hidetada se dirigiu a Kyoto, e seu séquito era de tamanho esplendor que dava margem a inúmeras especulações. Em muitos muros da cidade, podiam-se ler inscrições que aconselhavam: "Cuide-se, Hiroi-sama!" (ou seja, Hideyori).

Chacha procurava não dar ouvidos aos boatos. O assunto lhe era tão desagradável que ela proibiu que suas damas de honra o mencionassem. Contudo, em seguida aconteceu um fato que a deixou mortificada de raiva. Comentava-se que Ieyasu renunciara ao posto de xogum e o passara a seu filho, Hidetada.

Chacha empalideceu ao saber da notícia. Mas o gesto era bastante previsível. Esse título, passado de pai para filho, asseguraria a estabilidade e a hereditariedade do poder de Ieyasu. A ideia tinha o estilo de sua esperteza.

— Não pode ser — disse Chacha aos generais Kato e Fukushima, que vieram lhe transmitir o boato. Ainda assim compreendeu que o boato era mesmo verdade, uma verdade tão difícil de admitir que ela ainda tentara negá-la.

Algum tempo depois, no dia 12 de abril, Hideyori foi informado de que seu título de nobreza passava de ministro do centro a ministro da direita. A verdade não tardou a aparecer. Três dias depois, soube-se que Ieyasu renunciara ao posto de xogum no dia 7 de abril, sem passá-lo oficialmente a Hidetada, que por sua vez assumira o título do pai por vacância, assim como o de grande ministro do centro junto à corte imperial, adquirindo dessa forma o segundo toucado de nobreza.

A notícia mergulhou o Castelo de Osaka em uma estranha agitação. Logo no dia seguinte, os guerreiros mais fiéis ao partido de

Hideyori chegaram ao castelo. Na corte interna, escutava-se o som dos cascos dos cavalos de guerra.

Foi então que Chacha compreendeu por que Hidetada iria trazer uma escolta de cem mil homens a Kyoto. O anúncio da transferência do título de xogum poderia gerar revolta na região. Portanto, se houvesse rebelião em Osaka, Hidetada disporia de um gigantesco exército para desmantelá-la, bastando para isso atravessar a baixada de Yamazaki e contornar o rio Yodo.

A renúncia de Ieyasu em proveito de seu sucessor deixava bem claro que ele não tinha mais intenção de devolver o poder à casa de Toyotomi. É claro que Chacha sabia que Ieyasu jamais entregaria sem luta o poder a seu filho; no entanto, alimentara por algum tempo a esperança de que um dia Hideyori conquistaria o poder. Essa esperança acabava de ser destruída, sete anos após a morte do regente.

Parecia-lhe que finalmente Ieyasu começava a mostrar suas garras.

No dia seguinte, um mensageiro da Kitanomandokoro veio ao Castelo de Osaka, e Chacha mandou que entrasse em seguida, ao contrário do que normalmente fazia. A Kitanomandokoro pedia que Chacha enviasse Hideyori a Kyoto para cumprimentar o novo xogum. O emissário era um homem que ela nunca tinha visto, de traços finos e nervosos.

Embora a mensagem fosse da Kitanomandokoro, Chacha sabia que no fundo a ordem vinha de Ieyasu. Era um homem precavido e devia ser o autor dessa estratégia.

— Infelizmente, não posso atender ao pedido da esposa oficial. Mesmo sendo o xogum, ele ainda é um Tokugawa, e os Tokugawas são vassalos dos Toyotomis, e não o contrário. Se o senhor Hidetada deseja ver meu filho, a etiqueta manda que ele venha a Osaka. Por favor, transmita essa mensagem à Kitanomandokoro.

A resposta da dama de Yodo foi logo conhecida em todo o castelo e se espalhou pela cidade. Alguns dias depois, em Osaka e Kyoto falava-se em conflito aberto entre os Tokugawas e os Toyotomis.

Como que confirmando os boatos, aumentaram em frequência as idas e vindas de *ronin* entre Osaka e Kyoto, em grupos de dez ou vinte. Viam-se todos os dias filas de moradores fugindo da cidade, levando móveis e mudanças, amedrontados com a iminência de guerra.

Chacha e Ieyasu eram os únicos que não davam crédito aos boatos: Tokugawa, porque sabia que os adversários já não eram capazes de reunir um exército de peso; e a dama de Yodo, pois tinha consciência de que um conflito armado resultaria na queda do Castelo de Osaka.

No dia 10 de maio, conforme a expectativa de Chacha, um representante do xogum veio ao castelo cumprimentar Hideyori. Essa visita acalmou um pouco o ânimo de Chacha. Parecia provar que a casa de Toyotomi ainda existia, afugentando seus temores mais sombrios. Depois da audiência, o emissário voltou a Fushimi.

Depois desse dia, porém, Chacha sentia como se tudo houvesse mudado. Não tinha mais a sensação da vitória. Ela conseguira dobrar o xogum, mas isso não trouxera nenhuma vantagem a seu partido. Em seus aposentos, com as portas abertas para que entrasse o vento refrescante, Chacha pensava com desespero no futuro de seu filho. É claro que a visita do representante da casa de Tokugawa fora ideia de Ieyasu. Talvez Hidetada nem soubesse da audiência.

Em meados de junho, Chacha soube da morte de Omaa, aos 35 anos de idade. Nunca tivera nenhuma simpatia pela senhora Kaga, mas ao saber de seu falecimento foi como se os laços de amor ou de ódio que as uniam houvessem desaparecido. Tinha quase saudades da rival, pois os sentimentos que um dia nutrira por ela lembravam-lhe o regente. Omaa era talvez a mais bela das concubinas de Hideyoshi. Lembrou-se de seu esplendor no dia da contemplação das floradas de Daigo. A senhora Kaga, vestida com um quimono magnífico, caminhava lentamente atrás da Kitanomandokoro, subindo a senda da montanha. Havia sido muito criticada por seu casamento com Madenokoji logo após a morte do regente. Mas a estupidez humana é sempre a mesma, pensou Chacha.

A principal característica da personalidade de Omaa era o desinteresse; nunca se prendia a nada. Quando era concubina de Hideyoshi, às vezes demonstrava sentir ciúmes, mas isso não queria dizer que gostasse do regente. Foi por isso que, depois da morte de Hideyoshi, ela buscara um destino que confirmasse sua feminilidade. Não se importara com o que os outros diriam. Talvez o orgulho de seu alto nascimento, como filha de Maeda Toshiie, tivesse sustentado sua decisão.

Chacha mandou mensageiros com seus pêsames ao Daitokuji de Murasakino, onde ocorriam as pompas fúnebres. Depois, decidiu que iria pessoalmente visitar seu túmulo da próxima vez que fosse a Kyoto.

Com a ascensão de Hidetada ao posto de xogum, o poderio dos Tokugawas sobre o Japão se solidificou. No ano 11 de Keicho, deu-se início à construção do imponente Castelo de Edo. O Castelo de Fushimi fora restaurado dois anos antes, mas o de Edo prometia ser ainda mais grandioso. Contrataram-se carpinteiros e pedreiros de todo o país, e encheram-se três mil navios de pedras para a construção. Quando estivesse pronto, dizia-se, até o Castelo de Osaka, de que tanto se orgulhara o regente, ficaria pequeno a seu lado.

Mas a casa de Tokugawa não se contentava só com um castelo. No ano seguinte, anunciou-se a construção de mais um em Sunpu; um ano depois, outro em Sasayama; e dois anos mais tarde, um terceiro em Nagoya.

Desde que abdicara em nome do filho, Ieyasu vivia no *nishinomaru* do Castelo de Edo; no ano 12 de Keicho, foi se instalar em Sunpu, e esta cidade tornou-se o centro político do país, juntamente com Edo. Todas as ordens emanavam do leste, e Kyoto e Osaka passaram à condição de cidades do interior.

No verão do ano 13 de Keicho, Chacha recebeu uma visita incomum: Kyogoku Takatsugu. Não o via desde o funeral de Hideyoshi, dez anos antes. Nesse meio-tempo, os dois se aliaram a partidos opostos, o que impedira que se vissem com maior frequência. No entanto, Takatsugu sempre lhe enviava votos de feliz Ano-Novo, e no início do inverno e do verão também lhe mandava presentes. Nessas ocasiões, Chacha sempre lhe respondia, ainda que de forma breve.

Takatsugu tinha agora 44 anos; começava a envelhecer. Seu alto nascimento permitia que tivesse alguma autonomia frente ao xogunato, do qual não era vassalo. Ieyasu procurava bajulá-lo. A visita deixou Chacha com saudade dos velhos tempos. Na época da batalha de Sekigahara, ela o odiara com fúria; mas hoje admitia que, se ele tivesse se aliado a sua causa, já não estaria vivo: teria sido morto na batalha ou exterminado, como tantos outros.

Insistiu para que ele ficasse para o jantar. Embora tivessem muito o que dizer um ao outro, conversaram pouco. Takatsugu não era mais um jovem impetuoso e falava com gentileza. Era um homem maduro, com carreira sólida; mas não era mais tão interessante e passional.

Chacha não conseguia imaginar o que trazia o primo até ali para visitá-la. No entanto, o motivo não tardou a ficar claro. Takatsugu viera convencê-la a aceitar ir a Kyoto com seu filho da próxima vez que Ieyasu ou Hidetada a chamassem. Ao escutá-lo, ela compreendeu que a conjuntura mudara e que não podia recusar mais um pedido do xogum. Percebeu o que estava subentendido no discurso do primo: ela já não tinha condições de se apegar a um orgulho do passado.

— Está bem, seguirei seu conselho. Agradeço sua preocupação — disse, docilmente.

— Conhecendo sua personalidade, sei que não vai ser fácil. Mas a paciência é a maior das virtudes.

Chacha pensou que, em outra época, ele jamais teria dito isso. Por outro lado, era difícil lembrar o amor que sentira por ele no passado. Qual dos dois havia mudado? Ainda assim, estava feliz de falar com um amigo de tanto tempo. Naquela noite, Takatsugu dormiu no castelo, e no dia seguinte veio vê-la de novo antes de partir. No momento da despedida, repetiu as recomendações da véspera.

No ano seguinte, Takatsugu faleceu, aos 45 anos de idade. Chacha ficou triste, mas seu luto não foi profundo. Talvez a morte dele a tivesse atingido mais se não o tivesse visto um ano antes. Sua mensagem de pêsames a Ohatsu foi sentida e sincera.

Agora estava só. Todos os homens de sua vida morreram: Hideyoshi, Ujisato, Takatsugu. Hideyori tinha dezesseis anos. Ela era sua mãe, amante, vassala; disposta a morrer por ele. Não aprendeu o ensinamento do primo, de que a paciência é a maior das virtudes. Lutaria até à morte contra os inimigos da honra de seu filho. Esse sentimento crescia nela a cada dia.

Capítulo 10

No Ano-Novo do ano 15 de Keicho, Chacha mandou pela primeira vez votos a Ieyasu, endereçados a seu castelo, em Sunpu. Até então, não achava que devesse dar o passo inicial em direção aos Tokugawas, mas Katagiri Katsumoto insistira, e ela acabou cedendo a contragosto. Não costumava fazer concessões com a honra de seu filho, mas Takatsugu havia acabado de morrer, e ela relembrou suas palavras de sabedoria sobre a virtude da paciência. Decidiu obedecer a Katsumoto em homenagem à memória do primo.

Hidetada era xogum havia cinco anos. A situação mudara desde a última vez que Chacha exigira que ele fosse a Osaka cumprimentar Hideyori. Ela sabia que agora seu partido não tinha mais nenhum poder nem influência. No entanto, ainda possuía seu orgulho. Decidiu ceder dessa vez apenas em respeito ao homem que amara quando jovem. Em resposta à sua carta formal, um mensageiro de Sunpu lhe trouxe uma missiva de agradecimento de Ieyasu.

No ano seguinte, porém, quando Katsumoto voltou a lhe pedir que mandasse uma mensagem de Ano-Novo aos Tokugawas, Chacha recusou. O samurai argumentou que seria estranho mandar uma mensagem num ano e não mandar no seguinte, mas a dama de Yodo tinha outra preocupação: temia que dessa vez Ieyasu não enviasse resposta a seus votos. Para não se expor a esse vexame, estava decidida a não encaminhar nada.

Todavia, sua situação se tornou ainda mais difícil nos últimos meses. Os Tokugawas endureceram ainda mais sua posição com relação ao Castelo de Osaka, ignorando a existência de Chacha e de Hideyori. Dos antigos aliados dos Toyotomis, apenas Katagiri, Kato e Asano ainda davam sinais de respeito, mas mesmo esses guerreiros tinham se aproximado de Ieyasu. Os outros samurais que antes haviam sido partidários de Hideyori, temendo represálias de Ieyasu e sabendo que os Tokugawas se inteiravam de tudo o que se passava no país, procuravam se afastar de Chacha.

No final, Katagiri Katsumoto conseguiu convencê-la a enviar a mensagem; contudo, seu temor se confirmou: Ieyasu não mandou resposta.

No início de fevereiro, Chacha deu um banquete para a contemplação das ameixeiras em flor. Estavam presentes Hideyori e os guerreiros do castelo. As damas de honra dispuseram esteiras embaixo das árvores floridas, onde os convivas se sentaram para observar o espetáculo e festejar. Chacha observava o filho, que recebia um copo de saquê das damas de honra. Ele acabara de completar dezoito anos e era um jovem guerreiro muito bonito.

Aos olhos de Chacha, seu filho era belíssimo, com grandes olhos, nariz reto e pele clara. Herdara seus traços harmoniosos e lembrava também seu avô, Nagamasa, e Oda Nobunaga, seu tio-avô. Era ousado como Hideyoshi quando jovem, mas também nervoso e minucioso. Seu corpo não se assemelhava ao dos antepassados, pois o rapaz era alto e musculoso. A seu lado, Chacha ficava contente de ver como era grande; ela tinha a altura de seu ombro.

A princesa Sen também estava ali, certamente por iniciativa de Katagiri Katsumoto, pois Chacha nunca se lembrava de que a menina, agora com catorze anos, existia. Havia oito anos, fora confinada ao Castelo de Osaka, como um estranho presente dos Tokugawas aos Toyotomis. Na época do casamento, Chacha decidira que a princesa não passaria de uma refém para eles, e mantivera sua resolução, que parecia se confirmar na maneira como os noivos se comportavam um com o outro; em nada lembravam ser um casal.

Ao ver a moça, Chacha chamou-a para se sentar com ela e o filho. A princesa veio se instalar, com algumas damas de honra, a alguma distância de Hideyori. Era mais parecida com Hidetada do que com Ogo. Tinha um rosto fino e ovalado, com traços um pouco severos. Era plácida como sua mãe e tinha gestos calmos. Naquele dia, Chacha achou-a muito bonita.

Os dois jovens se cumprimentaram com um movimento de cabeça, e depois ficaram em silêncio. Ela parecia constrangida, lançando olhares às flores ou às próprias mãos.

Sentada mais ao longe, Chacha a observava. Mandara que viesse se sentar com eles, mas não tinha a intenção de lhe falar. Era uma Tokugawa, e Chacha decidira tratá-la como essa casa merece. Ainda estava contrariada pela falta de resposta de Ieyasu e descontava na menina.

— Vamos mudar de lugar? — convidou Chacha, ostensivamente, para aproveitar melhor o espetáculo das flores.

Na verdade, sua decisão era motivada pelo desejo de se afastar da princesa. Porém, como Hideyori não se mexeu, metade dos atendentes permaneceu no mesmo lugar.

Chacha passeava entre as flores, seguida por dez damas de honra. Os pálidos raios do sol de inverno passavam pelos galhos. As mulheres falavam e riam, e Chacha participava às vezes da conversa. Voltou-se para o lugar onde estava antes; Hideyori não saíra de lá. A princesa, um pouco mais adiante, estava totalmente só, como uma criança perdida. A dama de Yodo conseguiu o que desejava.

Dez dias depois do banquete, uma dama de honra contou-lhe algo que a surpreendeu: Hideyori começara a passar a noite nos aposentos da princesa Sen. Escutou, espantada, os fatos. Não podia conceber que seu filho sentisse algo por aquela menina que não fosse ódio. Mandou que suas damas de honra fossem se informar com mais detalhes. Suas ilusões foram dissipadas: desde o banquete das ameixeiras, Hideyori adquirira o hábito de ir todas as noites dormir com a princesa Sen. Aos dezoito anos de idade, Hideyori já tivera outras mulheres; Chacha sabia disso e achava natural. Contudo, o que a irritava era o fato de que se tratava da princesa Tokugawa. Não pudera se opor ao casamento, mas desejava que a noiva permanecesse ali na condição de refém.

Mas a situação mudara. Tentou imaginar por que Hideyori estaria fazendo aquilo. Não podia ser por amor. Talvez porque ela estivesse a sua disposição, e ele houvesse decidido consumar um casamento que, afinal de contas, fora celebrado.

Tentou se convencer de que esse era o motivo que levava Hideyori a frequentar os aposentos da Tokugawa. Se assim fosse, a menina continuava sendo uma refém, sobre a qual Chacha tinha poderes de vida ou morte.

———————

No dia 20 de março, Ieyasu veio a Kyoto e manifestou o desejo de ver Hideyori pela primeira vez em muitos anos. Enviou Oda Uraku a Osaka para transmitir a ordem de que ele viesse à capital. A exigência de Ieyasu pôs o castelo em polvorosa.

Chacha reuniu os guerreiros do castelo, liderados por Katagiri Katsumoto, para decidir que resposta dar à ordem. A maioria achava que, se até hoje fora o xogum que viera a Hideyori, não havia motivo para o costume mudar agora que Hideyori era um guerreiro adulto.

É verdade que, se Hideyori fosse a Kyoto, Chacha temia um pouco por ele; algo poderia lhe acontecer. Por outro lado, sua principal motivação era o despeito: como ousavam mandar que o herdeiro de Hideyoshi se deslocasse?

— Se o regente estivesse vivo, é claro que jamais fariam isso — exclamou Chacha, sentindo suas próprias palavras darem mais força a sua raiva.

Hideyori assistira com tranquilidade às deliberações, mas a voz irritada de sua mãe o atingiu de maneira diferente. Tinha dezoito anos, e ainda era grande a influência de sua mãe sobre ele. A tristeza se misturava à raiva em seu rosto, que adquiriu uma expressão melancólica. Katagiri Katsumoto procurou acalmar os ânimos:

— Se o jovem senhor não for a Kyoto, isso será a desculpa que o inimigo está esperando para nos atacar. A guerra seria declarada abertamente. Não preciso lhes dizer quem sairia vencedor de um conflito armado. Se o jovem senhor atender ao chamado, evitaremos um incidente maior.

Suas palavras silenciaram a sala. Nunca Chacha odiara tanto aquele homem. Fingia ter a segurança de Hideyori em mente, mas na verdade estava apenas tentando salvar o próprio pescoço. Se a guerra estava prestes a começar, então que começasse! Ela confiava em seu filho. Era um guerreiro completo, que poderia obter correligionários, dispostos a darem a vida pelos Toyotomis.

— Vamos perguntar a Shirai Ryuhaku.

— Muito bem. Irei agora mesmo dar as ordens necessárias — disse Katsumoto.

Decidiu-se que a assembleia se reuniria novamente no dia seguinte, à mesma hora.

No dia seguinte, Chacha, imaginando que Shirai Ryuhaku participaria da assembleia, ficou surpresa quando Katagiri se dispôs a relatar o resultado da adivinhação:

— O oráculo perguntou duas vezes aos deuses, e duas vezes a resposta foi a mesma: "Se Hideyori for a Kyoto, haverá grande proveito."

Chacha estava furiosa. Se Katagiri pensava que ela ia se deixar enganar daquela maneira, ele não sabia com quem estava lidando. Quando ia dizer alguma coisa, ouviu a voz de Hideyori:

— Se o adivinho vê proveito em minha partida, muito bem. Além disso, Ieyasu é pai de meu sogro. Não há ofensa à casa de Toyotomi em ir prestar-lhe homenagem.

Chacha não podia acreditar no que escutara. Não podia ser seu filho falando. Lembrou-se da figura da princesa Sen. Aquelas palavras haviam sido assopradas por ela ao ouvido de Hideyori. A refém tomava de repente importância muito maior do que Chacha imaginara. Não era uma jovem prisioneira: era um punhal pronto para atacá-la.

Contudo, Hideyori tinha razão: Ieyasu era pai de seu sogro. Não havia como contestar a realidade.

— Se o jovem senhor deseja ir a Kyoto, devemos obedecer sua vontade — disse, tentando dar ao tom de suas palavras toda a repreensão que queria manifestar. A sala pareceu respirar de alívio, o que não escapou à observação de Chacha.

No dia 27, Hideyori deixou o Castelo de Osaka, escoltado por trezentos cavaleiros; contornando o rio, chegou logo a Yodo. Ali, foi recepcionado pelos netos de Ieyasu, Uhyoenosuke, que tinha onze anos, e Hitachinosuke, de nove. Dois guerreiros, Ikeda Sanzaemon e Kato, senhor de Higo, também o aguardavam.

De Yodo a Kyoto, foi levado em liteira, cercado de cem cavaleiros. Kato e Asano iam a seu lado.

Desde o momento em que Hideyori partiu para Yodo até sua volta, ileso, a Osaka, Chacha sofreu muito. Enquanto ele esteve fora, ela exigiu que a princesa Sen viesse ficar em seus aposentos, pois temia que a nora fugisse. Estava decidida a matar a menina com a própria espada se alguma coisa acontecesse a seu filho. No entanto, a viagem de Hideyori foi sem incidentes. Falou com Ieyasu e com a Kitanomandokoro, depois voltou pelo mesmo caminho da ida, chegando ao Castelo de Osaka às cinco da tarde.

Ao saber que o filho voltara bem, mandou a nora de volta para sua residência. A princesa Sen passara dois dias em seus aposentos, em um quarto contíguo, com suas damas de honra. Não parecia incomodada; ouviam-se às vezes risinhos alegres vindos de onde ela estava, que assustavam Chacha, devido à incrível semelhança com o riso de sua irmã Ogo. A princesa parecia enfrentar todas as circunstâncias da vida com uma tranquilidade semelhante à de Ogo quando era jovem; contudo, ao contrário de sua mãe, que nunca fora bonita, a princesa Sen era de uma deslumbrante beleza.

Chacha se sentia vencida. A menina que ela sempre tratava como uma refém não se comportava como uma prisioneira. Não tinha o rosto sombrio, nem demonstrava rancor, como fazem os cativos. Uma vez, Chacha foi ao quarto do lado para ver o que estava acontecendo tamanha era a alegria das vozes altas; porém, quando entrou na peça, os risos cessaram de repente, e a princesa Sen se voltou para ela, com o rosto grave.

— O que há de tão engraçado? — quis saber Chacha.

Uma dama de honra respondeu, como que querendo defender a princesa:

— Estávamos tentando adivinhar que pratos deliciosos podem estar servindo ao jovem senhor em Kyoto.

Chacha pensou, um pouco irritada, que ela e a nora eram muito diferentes. Enquanto a princesa pensava em banquetes, ela quase morria de preocupação por Hideyori.

No mês seguinte, no dia 6 de abril, Asano Nagamasa, um protetor fiel de Chacha e de Hideyori, faleceu aos 64 anos de idade. Kato Kiyomasa, outro amigo de confiança, morreu dez meses depois, aos 52 anos. Estava em um navio, a caminho de Kagoshima, quando de repente se sentiu mal e caiu no convés. Quando examinaram o corpo, viu-se que a língua estava inchada, o que suscitou suspeitas de envenenamento. Chacha contava agora com pouquíssimos guerreiros em quem podia confiar. Tanto Asano quanto Kato haviam sido partidários da Kitanomandokoro enquanto Hideyoshi estava vivo, mas lhe foram fiéis após o falecimento do regente, devido à dívida que sentiam ter para com a casa de Toyotomi.

O último guerreiro que apoiava a causa de Hideyori era Katagiri Katsumoto.

O outono foi triste para Chacha. Sentia frio no corpo, como uma árvore de quiri que vai perdendo suas folhas, uma a uma. Seu partido — o partido de seu filho — ia se desfazendo.

Na primavera do ano 17 de Keicho, Chacha soube, por intermédio de uma professora de cerimônia do chá que ia seguido a Sunpu, que Ieyasu estava muito envelhecido. Isso não era surpresa, pois o guerreiro tinha 71 anos; mas as palavras dessa professora davam a entender que seu fim estava próximo.

De repente, o futuro parecia menos sombrio. Desanimada pelas mortes de Kato e de Asano, ela agora compreendia que também Ieyasu estava velho e ia morrer. Ao desejar sua morte, parecia-lhe que um novo caminho se abria.

Até então, ela se dedicara quase com exagero à construção e reforma de templos e santuários, solicitando que se rezasse aos deuses e ao Buda pelo futuro de seu filho. No ano 9, ajudara na restauração dos templos Daigo e do Shitennoji de Osaka; no ano 11, dera dinheiro para a construção do salão do Nanzenji e da capela de Kitanosho, e também para a restauração do Hachimangu de Iwashimizu; no ano 12, mandara reconstruir os santuários de Kitanosho e doara um salão para as danças sagradas ao grande santuário de Ise. Os nomes de

Yodo e de Hideyori estavam inscritos em todos os templos e santuários da região, dos quais eram importantes patrocinadores.

Depois de ser informada de que Ieyasu poderia estar próximo da morte, a obra de devoção de Chacha mudou um pouco de caráter. Na primavera do ano 17, mandou restaurar, com grande despesa, o grande salão do templo Hokoji de Osaka. Agora rezava não apenas pelo futuro de Hideyori, como também pela morte de Ieyasu. Ainda que Hidetada fosse o xogum, o verdadeiro poder era exercido por seu pai; e, quando o verdadeiro líder morresse, Hideyori poderia assumir o papel de comandante.

No ano 19 de Keicho, 39 artesãos foram chamados para fundir o bronze necessário para fazer um enorme sino destinado ao grande salão. A data prevista para a cerimônia de inauguração do sino era 19 de abril. Katagiri Katsumoto foi a Sunpu comunicar a Ieyasu a finalização das obras, e a audiência foi no dia 3 de maio. O ritual de abertura dos olhos do Buda foi marcado para 3 de agosto; e a inauguração do templo, para o dia 18.

No dia 29 de abril, chegou a Osaka uma mensagem de Ieyasu, ordenando que a inauguração fosse cancelada e que lhe enviassem uma cópia da inscrição gravada no sino de bronze. Afirmava-se que essa inscrição seria uma fórmula mágica disfarçada, pedindo a morte de Ieyasu. Embora tivesse rezado muito para que ele morresse, Chacha não se lembrava de ter pedido que gravassem palavras mágicas em lugar nenhum.

O incidente do sino teve graves consequências. Katagiri Katsumoto foi a Sunpu pedir desculpas, mas Ieyasu, furioso, recusou-se a recebê-lo. Compreendendo a seriedade das acusações, Chacha enviou a mãe de Ono Harunaga ao castelo de Ieyasu. Achava que ele não se recusaria a dar audiência a uma mulher. E, de fato, Ieyasu concordou em vê-la.

De volta a Osaka, a dama relatou a Chacha que Ieyasu não estava tão descontente como dera a entender no início da confusão, mas que Katagiri Katsumoto havia concordado em mandar Chacha e Hideyori para Sunpu como reféns, e entregar o Castelo de Osaka ao governo dos Tokugawas. Katagiri saía da história com a pecha de traidor; pertencia ao partido de Hideyori, mas negociava sua rendição com o partido do xogum. Na verdade, Chacha não se dava conta de que Ieyasu aproveitara a confusão para manipulá-la, criando duas versões diferentes para suas exigências, uma mais severa e outra mais tolerante.

A dama de Yodo estava furiosa, e dessa vez Hideyori também achava que as exigências de Ieyasu eram inaceitáveis. Os guerreiros do castelo também os apoiavam em sua indignação. Chacha queria interrogar Katagiri quando ele voltasse ao castelo, e mandar executá-lo depois. Entretanto, o velho guerreiro, talvez pressentindo o perigo que corria, não voltou mais a Osaka, permanecendo em seu castelo.

Durante todo o verão, os guerreiros se mantiveram reunidos em assembleia no Castelo de Osaka e, em meados de setembro, decidiram lutar contra o partido dos Tokugawas. Agora estava claro que Katagiri Katsumoto abandonara os defensores de Hideyori e se aliara ao inimigo.

Mas agora era tarde para se preocupar com os traidores. O nome de Hideyori já figurava em cartazes conclamando à luta, espalhados por toda a região, e decretos do Castelo de Osaka chamavam os *ronin* para se alistarem no exército do partido. Enviaram-se também homens a Sakai, em busca de fuzis e munições.

No castelo, Chacha, Hideyori, Ono Harunaga e Oda Uraku comandavam as operações. Nos conselhos de guerra, sentiam-se ora desesperados, ora plenos de alegria. A maioria dos guerreiros que antes pertenciam ao partido de Hideyori não se mexeu das províncias. Famílias com as quais Chacha imaginava que podia contar, como os Maedas, os Shimazus e os Idachis, reagiram com frieza à conclamação. Alguns juraram fidelidade a Tokugawa. A traição de Katagiri tivera nefasta influência sobre as alianças. Ainda assim seu partido conseguiu reunir dez mil *ronin* em Osaka. O castelo estava cheio de soldados, vindos de todas as regiões do país. Entre eles, havia *ronin* famosos, como Sanada Yukimura, Goto Mototsugu, Hanawa Naoyuki e Chosokabe Morichika. Esses guerreiros, sem mestre desde a batalha de Sekigahara, eram hoje importante recurso para o partido de Hideyori.

No início de outubro, Ieyasu soube da conclamação de Osaka. Saiu então de Sunpu com duzentos mil homens no dia 11 desse mês, e Hidetada partiu de Edo no dia 23. A estrada de Tokaido teve seus quase quinhentos quilômetros entre Edo e Osaka lotados com tropas. No dia 18 de novembro, as duas frentes se uniram em Chausuyama.

Os movimentos do exército inimigo eram comunicados ao Castelo de Osaka, mas nenhuma medida concreta foi tomada para interromper sua marcha. A contragosto, os guerreiros do partido de Hideyori se viram obrigados a enfrentar um cerco. Chacha queria que seus homens atacassem as tropas de Ieyasu, mas os outros guerreiros, entre eles Hideyori, pareciam acreditar que o cerco seria a melhor estratégia.

Chacha não se sentia segura para opinar sobre as operações militares. Pensou que se seu filho acreditava que o cerco era a melhor opção, era porque tinha em mente alguma estratégia vitoriosa. Além disso, o Castelo de Osaka não era uma fortificação qualquer. O regente o concebera para resistir aos piores cercos.

Depois de decidida a estratégia, os cinquenta dias subsequentes foram dedicados aos preparativos. Os pontos de acesso foram consolidados, de maneira a dificultar a passagem de quem quer que fosse. Chacha, vestida também para o combate, inspecionava com seus vassalos os postos de guarda. Durante esse período, ela não teve oportunidade de ver seu filho, que estava ocupado com a estruturação das tropas. Chacha tentou vê-lo algumas vezes, mas ele era difícil de encontrar, pois se deslocava a todos os pontos do castelo, subindo e descendo as muralhas, em atividades de preparação.

Os oficiais do exército ainda realizavam a toda hora assembleias de guerra, mas Chacha não era mais convocada a essas reuniões. Ainda que quisesse participar, os guerreiros não lhe comunicavam mais o horário e o local dos encontros. Quando ficava sabendo de algum, o que não acontecia com frequência, comparecia sem esperar que a convidassem, instalando diante do assento de seu filho um estandarte com um porongo de ouro, que Hideyoshi utilizara outrora como símbolo de sua autoridade. Hideyori não gostava desse tipo de ostentação, mas Chacha colocava o objeto a sua frente sem lhe perguntar o que achava. Para ela, o filho tinha a mesma aura de poder e prestígio que seu falecido pai.

Em volta do castelo, havia agora tropas inimigas. O número de homens aumentava diariamente, e toda a região, de Osaka a Kyoto e Nara, estava tomada de guerreiros, vindos de todo o país. Chacha ouviu dizer que Ieyasu estava construindo dez fortificações em torno da cidade, em Tennoji, Imamiya, Chausuyama, Imafuku, Moriguchi, Tenma e outras freguesias, para cercar completamente o castelo. Tudo indicava que o confronto demoraria a começar, e os dois partidos se envolviam em preparativos intermináveis para a batalha.

Chacha designara de forma discreta alguns guerreiros para vigiar os aposentos da princesa Sen. Achava que a presença da menina no castelo era um dos motivos por que a batalha ainda não começara.

Um dia, resolveu visitar a nora, sob o pretexto de saber se os preparativos de guerra não estavam interferindo em seu conforto. Não foi vestida com roupa de combate, mas também não estava usando seu quimono do dia a dia. A princesa, por seu lado, pusera seu quimono cerimonial para receber a sogra. Ao se ver a roupa das duas mulheres, era difícil imaginar que o castelo se preparava para um cerco.

— Vim ver se o cerco está sendo causa de alguma inconveniência para Vossa Senhoria — disse Chacha, com ironia, enquanto revistava com o olhar o luxuoso quarto da princesa.

— Tenho passado os dias sem maiores problemas — respondeu a menina.

— É uma pena que o senhor seu pai esteja tão perto e que Vossa Senhoria não possa vê-lo.

— Depois da batalha, quando a paz for restabelecida, poderei ver meu avô e meu pai.

Chacha ficou espantada com essas palavras. Nunca imaginou que a princesa Sen pudesse dizer coisa semelhante.

— Paz? A paz é impensável. A batalha que se anuncia será até o fim. Venceremos ou seremos vencidos. Não haverá paz.

— Será mesmo? — disse a princesa, o rosto neutro, sem expressão.

Chacha pensou que qualquer outra pessoa que lhe dissesse uma barbaridade daquelas teria sido vítima de sua fúria. Contudo, era obrigada a admitir que não sentia o ódio queimar-lhe o peito naquele momento, o que era mesmo muito estranho.

— Nunca mais diga uma coisa dessas. Tome cuidado com o que fala. Se o jovem senhor tivesse escutado agora Vossa Senhoria, o que diria ele?

Ela tentava avivar a chama de sua fúria com as próprias palavras, mas de repente a princesa se pôs a rir.

— Posso saber o que Vossa Senhoria acha tão engraçado?

Ao tom de repreensão de Chacha, a menina respondeu com outra risada.

— Vossa Senhoria está rindo de quê? — a voz de Chacha se tornara mais severa, e a princesa, talvez porque tivesse enfim compreendido que a sogra não estava muito contente, endureceu o rosto.

— Achei engraçado os dois dizerem exatamente a mesma coisa.

— Os dois quem? O jovem senhor disse a mesma coisa que eu?

— Sim, senhora.

— E ele disse mais alguma coisa?

A princesa não respondeu de pronto; depois de hesitar um pouco, disse:

— Ele me disse que eu não devia lhe dizer essas coisas, pois a senhora poderia enlouquecer de fúria — dessa vez, ainda que se pudesse ver que a princesa Sen achava tudo aquilo muito engraçado, ela conseguiu conter o riso com muito esforço, mordendo os lábios.

Chacha tomou chá com bolinhos e saiu dali o mais rápido possível. Só se deu conta de que não fizera o que fora fazer ali depois que não estava mais lá. Tinha a desagradável sensação de que a nora a manipulava. Estava irritada consigo mesma por não ter dito metade do que pensava da insolência da princesa, e não suportava a atitude da menina, que nunca se comportava como uma refém. Porém, pensou ela, logo flechas e balas viriam zunir sobre os telhados, e a nora iria perder sua arrogância. Só lhe restava esperar, disse a si mesma, sem saber muito o que estava esperando.

Na manhã de 23 de outubro, houve batalha na parte nordeste do castelo. Os defensores haviam fortificado essa zona com muralhas, mas mesmo assim os exércitos dos Tokugawas, de Uesugi e de

Satake haviam atacado. Quando o ataque foi anunciado, o castelo entrou em polvorosa.

Chacha foi logo para a guarita da torre de menagem. Ouvia o estouro dos tiros não muito longe dali. Não sabia onde era o combate; mas, quando seus vassalos lhe explicaram a localização do ataque, ficou surpresa que o inimigo estivesse tão perto. Estavam a uma distância mínima, e ela podia ver lá embaixo as formas dos homens, diminutos, avançando em direção ao castelo. Teve de descer da torre, pois as balas já eram dirigidas à guarita. Passou por soldados que vinham fortificar a torre de menagem. Estava preocupada, pois mal o ataque iniciara, e a torre de menagem já era alvo de balas de canhão.

Os dias e noites se sucediam com o incessante barulho da batalha: gritos, tiros, explosões. Chacha era acordada a toda hora durante a noite. Os inimigos abriram uma brecha nas fortificações de Imafuku, mas os soldados do castelo conseguiram expulsá-los. Havia batalha em todas as direções, mas Chacha não tinha acesso a mais detalhes da guerra.

Em seguida, surgiram boatos de que haveria negociações de paz. Dizia-se que um mensageiro de Honda Masazumi pedira para falar com Ono Harunaga. Cada vez que ouvia esses rumores, Chacha ia perguntar a Hideyori se eram verdadeiros, mas ele sempre negava que tais coisas tivessem acontecido.

— Ainda que fosse verdade, continuo com minha resolução de lutar até à morte — dizia, sem dar margem a contestação.

Desde o início do conflito, Hideyori parecia mais frio. Achava que um combate iniciado deveria ir até o fim; não era uma questão de honra ou de orgulho, simplesmente havia a obrigação de terminar o que se começara. Chacha tinha um pouco de medo do filho quando ele falava essas coisas.

Já ela começava a achar que as propostas de paz de Ieyasu tinham lá sua razão de ser. Depois de algum tempo, era da opinião que não havia motivo para continuar lutando. Hideyori negava que houvesse negociações de trégua; no entanto, se tais deliberações não existiam, por que Ieyasu ainda não tentara um ataque definitivo?

No dia 12 de dezembro, o castelo enfrentou uma saraivada de tiros de canhão, que continuou com breves intervalos nos próximos dias. As balas de canhão pareciam sacudir o castelo até às bases. Chacha ficava encerrada em seus aposentos. Na manhã seguinte, uma peça da residência de Chacha foi atingida. As damas de honra corriam para todos os lados, fugindo. Ela se irritou e disse:

— A batalha é para ser vencida, não podemos perder! Se o regente fosse vivo, teria pena de seu filho, rodeado de serviçais incapazes.

Chacha pensava realmente que a sorte de Hideyori era lamentável.

Ono Harunaga veio pedir a ela que participasse da assembleia que seria realizada naquele dia. A reunião ocorreu no salão da torre de menagem, e compareceram todos os oficiais do exército sitiado. Com tantos participantes, o salão tinha um aspecto imponente.

Chacha soube por Harunaga que era verdadeiro o boato de que estavam sendo realizadas negociações de paz. A assembleia devia decidir se aceitava ou não a proposta de Ieyasu, que utilizava diferentes meios para negociar.

— A honorável mãe do senhor de Wakasa se ofereceu como mediadora, e se encontra hoje no campo de Kyogoku Tadataka para falar com Honda Masazumi e a senhora Acha.

A "honorável mãe do senhor de Wakasa" era ninguém menos que Ohatsu, irmã de Chacha e viúva de Kyogoku Takatsugu. Seu filho fazia agora parte do exército dos Tokugawas. Havia muitos anos que Chacha não a via e tinha muita saudade; no entanto, achava difícil imaginar Ohatsu como mediadora de negociações de paz.

Durante as deliberações, Hideyori adotou uma postura intransigente, recusando qualquer proposta que, segundo ele, ameaçasse a honra da casa de Toyotomi. Todos os outros guerreiros eram favoráveis à paz.

Dois ou três dias depois, Ohatsu foi ao castelo como mensageira, para falar com sua irmã e descobrir uma maneira de fazer avançarem as negociações de paz. Não viu seu sobrinho, Hideyori, nem nenhum outro guerreiro; foi direto aos aposentos de Chacha.

Era a primeira vez em muitos anos que se viam. Sentaram-se uma de frente para a outra. Chacha pensou que Ohatsu parecia bem menos envelhecida do que Ogo, a mais nova das três irmãs.

— A senhora parece tão jovem! — exclamou Chacha, usando uma linguagem muito mais formal do que utilizava quando eram novas.

— Já Vossa Senhoria parece muito envelhecida — respondeu Ohatsu, usando a mesma formalidade.

Chacha estava acostumada a ouvir justamente o contrário, que parecia jovem para sua idade; mas talvez Ohatsu tivesse razão, e ela houvesse envelhecido com rapidez nos últimos tempos. Oito anos antes, quando vira Ogo, achara-a gorda e inchada; já Ohatsu continuava magra e saudável, como aliás sempre fora.

Falaram de sua mãe, Oichi, e de Takatsugu. Tinham a impressão de que nunca conseguiriam dizer tudo o que tinham para dizer uma à outra. Quando vira Ogo pela última vez, Chacha percebera que ainda havia ressentimento por trás de sua atitude. No entanto, com Ohatsu não tinha a mínima sensação de inimizade. Ohatsu não se animava a falar da questão delicada que a trazia àquele castelo, e elas passaram em revista todos os assuntos que duas irmãs muito ligadas têm para tratar. Falaram por mais de duas horas, e Chacha começou a ficar ansiosa, pois a irmã não se decidia a tocar no assunto mais importante. Então, de repente, Ohatsu disse:

— Você deve estar cansada de tudo isso, de castelos incendiados, de suicídios, de todo esse sangue derramado... — parecia tensa ao falar.

— É claro que odeio ver todo esse sangue derramado. Lembro-me muito bem das chamas de Odani e de Kitanosho.

— Que horror — disse Ohatsu, balançando a cabeça, como que para expulsar os maus pensamentos.

Tirou uma carta do quimono e mostrou a Chacha.

— Peço que aceite — disse apenas.

A carta continha as condições de paz de Ieyasu. As três cláusulas principais determinavam que Hideyori deveria mandar embora os *ronin* que alistara; entregar Oda e Ono como reféns; e tapar o fosso em torno do Castelo de Osaka.

Ao ler a carta, Chacha se sentiu aliviada: as condições não feriam o orgulho de seu filho.

— Eu aceito, e creio que Hideyori também aceitará — respondeu, com a voz um pouco instável.

Chacha transmitiu o conteúdo da carta a Hideyori e aos outros guerreiros. Um longo debate foi realizado. A maioria dos guerreiros estava disposta a aceitar as condições; apenas Hideyori não parecia totalmente convencido. Acreditava que as condições eram apenas um chamariz e que, uma vez assinada a paz, Ieyasu exigiria outros sacrifícios.

— Não quero dizer com isso que não confio em minha tia, mãe do senhor de Wakasa. Mas...

Ao final, a maioria decidiu pela paz e aceitar as condições dos Tokugawas.

Nos próximos dez dias, Chacha se sentia otimista, como se tivesse resgatado o filho de um incêndio. Porém, no mesmo instante em que pensava com alívio na assinatura da paz, ouviu o riso da nora. Chacha se deu conta de que acontecera exatamente o que a menina previra.

―――――――

Hideyori também havia acertado sua previsão. Depois de assinada a paz, Ieyasu aumentou suas exigências, mandando que fosse tapado não apenas o fosso exterior, como também o do *ninomaru*. Além disso, exigiu que se destruíssem a guarita da muralha interna, o *nishinomaru* e as residências de Oda e de Ono.

Quando falava com seus vassalos, Chacha vociferava seu descontentamento, perguntando por que eles haviam obedecido a todas as exigências de Ieyasu, mesmo as que não faziam parte das cláusulas de paz. Mas agora era tarde, e os guerreiros do castelo achavam que deviam aceitar sem reclamação as ordens dos Tokugawas, já que Hideyori não sofrera represálias e que a vida de todos foi salva. Ao escutar as justificativas, Chacha ficou ainda mais irritada.

— Promessa é promessa — retrucou. — É covardia obedecer sem contestar.

Mandou chamar Ono Harunaga para repreendê-lo, mas o guerreiro respondeu com uma veemência que lhe era incomum:

— Dama de Yodo, espero que não se ofenda, mas gostaria que a senhora me deixasse decidir sobre esses assuntos. No momento, precisamos suportar o que nos impõem. Mas a senhora sabe que estou disposto a ficar a seu lado até o fim.

A resposta não agradou Chacha. Afinal de contas, não havia nada de mais no que dizia o guerreiro. É claro que ele devia fidelidade à casa de Toyotomi, e que essa lealdade era até à morte. Não via motivo para esse samurai falar de suas obrigações como se estivesse lhe fazendo um favor.

O exército de Tokugawa Hidetada tapou os fossos do castelo e voltou a Fushimi. No dia 19 de janeiro, logo após sua partida, Chacha subiu à torre de menagem. Já tentara subir antes, mas sempre algum vassalo a impedia. Poderia ter subido, nunca ninguém fora capaz de impedi-la de fazer o que realmente quisesse; porém, algo nela lhe dizia que a visão dos soldados dos Tokugawas trabalhando em seu castelo não seria um espetáculo agradável.

Agora que os soldados inimigos já haviam partido, sentiu uma curiosidade irresistível e subiu à torre para ver o estado de seu castelo. Prometera a si mesma não se irritar nem dizer nada; mas, ao ver as modificações que haviam feito, não conseguiu conter a emoção. Suas mãos e seus lábios tremiam. O Castelo de Osaka, fortaleza inexpugnável do regente, orgulho de seu governo, estava reduzido a um fantasma de si mesmo.

O terreno fora aplanado até o *ninomaru*. A única fortificação que restara, sem nenhuma proteção, era a torre de menagem em que se encontrava. O fosso do *honmaru* fora o único que não havia sido tapado. O centro vital do castelo parecia desprovido de defesa. Qualquer inimigo poderia penetrar nas construções, agora totalmente nuas.

— Mande chamar Harunaga! — ordenou Chacha, pálida como um cadáver.

Naquele dia, soprava um vento forte e gélido. Ninguém conseguiu encontrar o senhor Ono; devia ter saído, foi o que lhe disseram. Mandou então que chamassem seu filho. Depois, mudou de ideia e retirou a ordem. É claro que Hideyori sabia em que estado se encontrava o castelo.

A cidade de Osaka fora poupada da destruição dos combates. Apenas o castelo sofrera com a batalha. Nem as residências dos guerreiros, localizadas à volta do castelo, haviam sido danificadas. As ruas da cidade continuavam exatamente as mesmas e estavam cheias de gente, em plena atividade; o vento levava pedaços de telhado das casas.

Chacha pensou que mais cedo ou mais tarde haveria novos combates. A paz não duraria até o verão. O exército de Ieyasu voltaria, provavelmente ainda na primavera, para destruir o que restou do castelo.

Chacha compreendeu sua verdadeira posição e a de seu filho. Antes de subir à torre, tinha ainda esperança de que um dia destruiriam os Tokugawas; agora, porém, após ter visto o estado em que se encontrava seu castelo, seus sonhos de vitória se dissolveram. E se deu conta, então, de que nunca venceria o inimigo. Tinha dificuldade em admitir que Ono e Oda, aliados de seu filho, pudessem ter permitido que algo tão terrível acontecesse.

A raiva foi aos poucos dando lugar à tristeza. A morte se aproximava para ela e para seu filho. Lamentou a sorte de Hideyori, herdeiro da casa de Toyotomi, nascido para ser o líder do país. Que destino infeliz, vir ao mundo cercado por ingratos! Seus antigos aliados o abandonaram, esquecendo sua dívida para com o regente. Os que não o abandonaram eram covardes e incompetentes.

Chacha voltou a seus aposentos e ordenou que acendessem o fogo para aquecer seu quarto. Não queria ver ninguém, e mandou dizer a Ono, que pedira para falar com ela, que estava doente.

Sentia falta de Takatsugu naquele momento difícil. Pensava com saudade no primo, morto sete anos antes. Mesmo pertencendo ao partido do inimigo, ele não teria permitido que ela e seu filho fossem humilhados daquela maneira, e teria encontrado um meio de evitar a tragédia que se abatera sobre eles. Da última vez em que o vira, ele lhe recomendara que fosse paciente. Se fosse vivo hoje, falaria ainda em paciência? Chacha achava que, agora que já era tarde demais, ele não lhe falaria de paciência como Ono; com certeza, daria outros conselhos. Lembrou-se em seguida de Gamo Ujisato, morto vinte anos antes, sem ter presenciado os grandes acontecimentos que se sucederam: a Guerra da Coreia, a morte do regente, a batalha de Sekigahara, o xogunato dos Tokugawas.

Com Ujisato vivo, a história teria tomado outro curso. Ieyasu não teria chegado ao poder absoluto. A morte do senhor Gamo fora uma grande perda para Hideyori. Chacha sempre suspeitara que sua morte fora provocada e agora começou a imaginar que talvez ela tenha sido planejada pelo próprio Ieyasu. Para Chacha, Ieyasu era culpado de tudo, mesmo da morte daquele homem que ela amara, vinte anos atrás.

Chacha não conseguia dormir. Lembrou-se de seus outros aliados já mortos: Maeda Toshiie, Asano Nagamasa, Kato Kiyomasa. Parecia-lhe que apenas os inimigos estavam ainda vivos. Mesmo a senhora Kaga, que ela odiara enquanto viva, agora lhe parecia uma pessoa muito virtuosa.

Todos os vivos lhe pareciam perversos, como se a sobrevivência fosse uma marca da traição. Ogo e Ohatsu tinham o mesmo sangue de Chacha, mas agora, por estarem vivas, pareciam-lhe mais calculistas do que Omaa. É verdade que Ogo, esposa do xogum, tinha-lhe um ressentimento profundo; e Ohatsu, apesar de ter lhe dito que a amava, mandara seu filho para lutar do lado dos Tokugawas. Pensando bem, Chacha achava que mesmo sua participação como mediadora nas negociações de paz havia sido uma estratégia para manipulá-la e convencer Hideyori a aceitar condições humilhantes. Chacha se deixara enganar pela irmã.

Foi se deitar muito tarde e não conseguiu dormir. Sentou-se no futon diversas vezes, sem o mínimo sono. Essa noite de insônia trouxe consigo o desejo de mudar o destino. Não sabia se conseguiria fazê-lo, mas morreria tentando. Decidiu mandar cavar novos fossos, construir novas fortificações, enviar uma conclamação a todos os daimiôs do país. Devia haver entre eles os que não estavam contentes com o governo dos Tokugawas. A autoridade do regente ainda se fazia sentir no Japão. Nenhum xogum jamais penetraria no Castelo de Osaka enquanto ela vivesse! Reuniria em Osaka todos os *ronin* que ainda havia no país. Ao saber que Hideyori pretendia desafiar o tirano Tokugawa, muitos daimiôs tomariam seu partido. Custasse o que custasse, era necessário que todos fossem informados da decisão da casa de Toyotomi de realizar o combate final contra os Tokugawas. Quanto antes, melhor; no entanto, até os fossos serem novamente abertos, era mais prudente manter sua resolução em segredo.

No dia seguinte, Chacha acordou cedo, sentindo-se rejuvenescida por sua decisão, embora quase não tivesse dormido. Foi ver seu filho. Precisava falar-lhe de suas ideias e convencê-lo a apoiá-las. Ao chegar a seus aposentos, ele ainda dormia. Foi recebida por uma dama de honra da princesa Sen, sinal de que os dois haviam dormido juntos naquela noite. Dadas as razões de sua visita, Chacha achou muito desagradável saber que a nora estava ali.

Voltou para seus aposentos e, uma hora mais tarde, foi de novo ter com seu filho. Dessa vez, ele estava acordado, e ela foi conduzida até o salão da residência. Quando escutou os planos de sua mãe, Hideyori concordou no mesmo instante.

— Já tinha pensado nisso quando vi enterrarem o fosso do *ninomaru*. Mas não sei se é necessário abri-lo de novo. Com o castelo sem defesa, seríamos obrigados a atacar. Seja como for, será nossa última batalha — disse calmamente o filho.

Embora tenha ficado contente de ver que seu filho tinha planos semelhantes aos dela, Chacha se sentia preocupada com a ideia de não mandar reconstruir o castelo. Ao falar em último combate, Hideyori excluía a possibilidade de vitória. Argumentou com ele sobre suas decisões, mas o rapaz respondeu:

— Mãe, a senhora ainda acha que podemos ganhar? Só alguém que não sabe nada de guerra pode dizer algo assim. Nem os deuses podem mudar nosso destino. Só nos resta morrer combatendo.

Hideyori falava com serenidade, como se quisesse que sua mãe compreendesse o que estava acontecendo. Chacha entendeu o que ele queria dizer, mas rejeitava a ideia de sua morte. Era ainda jovem e poderia realizar muitas coisas. Ele devia viver a qualquer custo. Chacha achava que ele era um guerreiro habilidoso, talvez mais completo do que o pai. Seu infortúnio se devia à época em que nascera, um tempo de conflito. Em outras circunstâncias, suas realizações teriam sido ainda maiores do que as de Hideyoshi. Não podia aceitar que sua vida tivesse chegado ao fim.

Depois de falar com o filho, Chacha foi ver Ono Harunaga; este, ao escutar sua proposta, respondeu:

— Concordo com a senhora. Temos de reabrir os fossos de defesa. Assim que Hidetada voltar a Edo, reunirei a mão de obra necessária. Se os soldados do castelo não se dispersarem, não temos que temer os Tokugawas.

Ao escutar alguém que concordava com suas opiniões, Chacha se sentiu melhor.

— Mas nós precisamos de um ou dois meses para realizar todas as obras de reconstrução. Durante esse período, não podemos ser atacados. Talvez devêssemos pedir à senhora de Wakasa que fosse a Sunpu...

— Minha irmã, Ohatsu? Acho que ela estaria disposta a ir a Sunpu. Mas que espécie de negociação você tem em mente?

— Bastaria que ela concordasse em ir. O resto, a senhora pode deixar comigo.

Ono parecia decidido a inventar uma súplica qualquer para ser transmitida a Ieyasu, que o distraísse por tempo suficiente para a reconstrução do castelo. O projeto parecia bom.

No dia 28, Hidetada, o xogum, partiu de Fushimi para Edo. Assim que ele se foi, foram iniciadas as obras de reconstrução do castelo. Dois ou três dias depois, começaram as negociações com Ohatsu, que estava em Kyoto. Não se podia imaginar melhor intermediário entre as casas de Toyotomi e de Tokugawa do que a viúva de Kyogoku Takatsugu. Ela foi a Sunpu acompanhada de três outras mulheres: a senhora Nii, mãe de Watanabe, senhor de Echigo; a senhora Okura, mãe de Ono Harunaga; e a monja Masanaga, mãe de Watanabe Kuranosuke. O pretexto da visita era um pedido de ajuda para o restabelecimento do cultivo nas terras pertencentes a daimiôs do partido de Hideyori, que haviam sido empobrecidos pela guerra. O cortejo partiu de Osaka no início de março.

Previa-se que Ohatsu voltasse a Osaka no começo de abril. Nesse meio-tempo, realizaram-se os preparativos de guerra. Dois ou três dias após a partida das mensageiras, Chacha foi à residência da princesa Sen para "dizer-lhe algumas verdades". Como sempre, a princesa pediu-lhe que se sentasse no lugar de honra.

— É de novo sobre a guerra? — perguntou a jovem.

— Deve-se terminar a batalha que se começou. Dessa vez, vamos lutar até que o castelo seja destruído pelas chamas — respondeu Chacha.

— Mas da última vez ele já devia ter sido destruído, e ainda está inteiro. Eu mesma já deveria estar morta; eis-me viva. Não temo a morte.

— Da última vez em que nos falamos, você me disse que queria a paz.

— Sim, mas pensava que a paz seria definitiva. Agora compreendo que é temporária. Apenas eu e Hideyori entendemos isso.

A princesa falava em tom de repreensão. Chacha teve a impressão de vê-la pela primeira vez. Era difícil acreditar que ela fosse uma Tokugawa.

— Nunca vi um castelo desaparecer em um incêndio. Deve ser um espetáculo lamentável — disse a princesa, com o rosto triste.

Chacha contemplou a nora e percebeu que ela expressava suas emoções com franqueza. Sentiu-a próxima, como se fosse uma de suas irmãs. A princesa Sen amadurecera; era agora uma mulher, com a calma daqueles que nunca viveram nenhuma desgraça. Chacha não tivera o mesmo tipo de vida; passara a infância de castelo em castelo, testemunhando a morte violenta de seus entes amados.

Chacha deixou os aposentos da princesa, e quando passava pelas cerejeiras, que tinham começado a florir havia poucos dias, sentiu-se mal e teve uma alucinação. Ela se viu de repente cercada pelas chamas e gritava o nome da nora. A princesa era um rosto que flutuava no meio do fogo. Chacha pensou então que a princesa Sen talvez sobrevivesse ao incêndio do castelo.

Agarrou-se ao braço de uma dama de honra, e a alucinação se dissipou. Demorou um pouco até conseguir caminhar de novo.

Os dias seguintes foram muito agitados. Muitos pedreiros aguardavam em torno do castelo; porém, as obras avançavam devagar. Chacha subia às vezes até o alto da torre de menagem, mas só via montes inúteis de terra e um canal ou outro sendo aberto.

Os boatos chegaram de Sunpu antes das mensageiras: Ieyasu já estaria vindo em direção a Osaka e reunindo soldados de todo o país. No castelo, todos viviam a angústia da espera. Como um sinal dos tempos, Oda Uraku, que durante o outro cerco auxiliara Ono Harunaga no comando do exército dos Toyotomis, fugiu do castelo, levando toda a família. Ainda que não contasse muito com a lealdade desse velho guerreiro, em quem nunca confiara muito, Chacha ficou muito abalada com sua deserção, da mesma maneira de quando Katagiri Katsumoto abandonara seu partido.

Naquele ano, as cerejeiras floriram mais cedo, no início de março, e logo em seguida começaram a cair. Em uma noite de plena florada, enquanto passeava sob as árvores com duas damas de honra, Chacha pensou que via as flores pela última vez. Procurou não refletir muito sobre isso; dizia que faria tudo para adiar o dia de sua morte. Hideyori ainda não pudera organizar um banquete de contemplação das cerejeiras imponente como o que Hideyoshi dera em Daigo; seu filho devia viver para um dia conhecer a glória de festividade semelhante. Cada pensamento e ato de Chacha eram dedicados ao ilustre futuro de Hideyori.

Quando voltou a seus aposentos, encontrou Hideyori e Ono esperando. Este lhe contou as más notícias recém-chegadas de Sunpu: Ieyasu dirigia-se a Osaka com seu exército. Diariamente, enviavam-se mensageiros aos Tokugawas para pedir perdão, mas Ieyasu se negava a recebê-los. Era a guerra que se anunciava.

— Vossas Senhorias pediram perdão a Ieyasu? Como assim? — explodiu Chacha.

Furiosa, pedia explicações:

— É a primeira vez que escuto falar de mensageiros! Desde quando o herdeiro de Toyotomi deve solicitar o perdão dos Tokugawas?

Ono explicou então as exigências de Ieyasu: ele mandava que se dispersassem os *ronin* do castelo e que Hideyori fosse viver em Yamato.

Chacha, surpresa, achou que ia desmaiar. Ficou um instante muda, o rosto deformado pelo ódio. Depois, disse, com a voz alterada:

— E o tratado de paz que ele assinou?

— Creio que para ele esse tratado foi sempre apenas uma medida transitória, para pôr fim aos combates. Todos os mensageiros que enviamos foram feitos prisioneiros; nenhum voltou.

— Muito bem. Então já sei o que fazer — disse lentamente Chacha e baixou o olhar. Depois de alguns instantes, perguntou ao filho:

— O que pensa o jovem senhor?

Hideyori, que até então se mantivera calado, respondeu:

— Nada. Eu sabia desde o início que esse seria o fim. A senhora, minha mãe, e o senhor Ono agiram sem necessidade.

Houve um momento de silêncio. Hideyori prosseguiu:

— Vocês dois devem se resignar. A próxima batalha será a última. Vocês devem desistir de tentar estabelecer a autoridade dos Toyotomis sobre o país. Esta noite vou declarar guerra aos Tokugawas. Não temos mais tempo a perder.

Chacha olhou para Ono, querendo saber o que ele pensava.

— Os preparativos para a batalha estão feitos. No entanto, não vejo por que a pressa em declarar guerra — disse ele, para alívio da dama de Yodo.

Compreendeu então que não pensava como seu filho. Ainda que a situação fosse desesperada, como dissera Hideyori, sempre havia a possibilidade de uma reviravolta do destino. Restava-lhes esperar. Se declarassem guerra agora, seria como assinar o próprio suicídio.

— Se eu não declarar guerra agora, será Ieyasu quem vai dar início às hostilidades — disse Hideyori.

Hideyori acreditava que, se desse início à batalha, poderia contar com maior dedicação por parte de seus soldados e vassalos. No entanto, essa medida daria também a entender que os Toyotomis estavam acuados e não tinham mais escolha senão atacar. Mas Chacha achava que eles deveriam esperar que os Tokugawas atacassem primeiro.

— Vamos esperar pelo menos até o fim de março — pediu Chacha, como que para encerrar o assunto. Hideyori não se opôs:

— Podemos aguardar, então. Nossos guerreiros terão de controlar sua impaciência. Mas minha declaração de guerra será feita no início de abril.

Dito isto, Hideyori se retirou, seguido por Ono.

Sozinha, Chacha pôs-se a caminhar pelo quarto. Estava irritada e deixou sua cólera recair sobre a irmã, enviada a Sunpu como mensageira. O que pode estar fazendo essa gente no castelo inimigo?

Com a chegada de abril, começou a agitação de guerra no Castelo de Osaka. Havia assembleias de combate todos os dias no grande salão. Havia uma clara maioria a favor da imediata declaração de guerra; achavam que uma rápida ofensiva poderia expulsar o poder dos Tokugawas da região de Kinki. Chacha e Ono tentavam de todas as maneiras convencer os guerreiros do contrário. Ono queria que se aguardasse a volta dos últimos mensageiros, enviados no fim de março a Sunpu. Chacha apoiava sua proposta. Alguns guerreiros também concordavam com Ono. Hideyori acreditava que as ideias de Ono e de Chacha eram inúteis; porém, tentando evitar uma cisão do partido, decidiu adiar o ataque para depois de 10 de abril, quando os mensageiros já deveriam ter voltado de Sunpu.

Os dez primeiros dias de abril foram bastante movimentados. Um regimento do partido de Hideyori invadira o Castelo de Fushimi; outro, desobedecendo às ordens de que aguardasse, atacara Amagasaki. Mesmo em Osaka, era difícil conter o ânimo exaltado das tropas.

— Esperem mais um pouco. A precipitação pode ser prejudicial para nosso partido — argumentava Ono, para acalmar os soldados.

Na manhã de 9 de abril, soube-se em Osaka que, no dia 4, o xogum Hidetada designara os generais que comandariam seu exército, e que Ieyasu partira com suas tropas de Sunpu em direção a Nagoya. Todos os destacamentos sob o comando dos Tokugawas se dirigiam a Osaka. Ninguém esperava que as coisas fossem acontecer com tanta rapidez. O partido do xogum começara a se mobilizar antes da declaração de guerra dos Toyotomis.

Com a confirmação dos boatos, houve uma assembleia de emergência no grande salão. Todos estavam presentes: Sanada Yukimura, Goto Mototsugu, Kimura Shigenari, Mori Katsunaga e outros guerreiros. Enquanto Ono explicava a situação, vieram novas notícias: Todo Takatora chegara com suas tropas ao rio Yodo, ocupando as ribeiras dos rios Uji e Katsura; Ii Naotaka se encontrava em Fushimi; estavam vindo soldados de todas as partes da região de Kinki.

Hideyori começou a rir. Os guerreiros abaixaram as cabeças ao ouvir o riso do comandante. Apenas Chacha manteve a cabeça erguida, mas também achava que talvez o filho tivesse enlouquecido. Depois da gargalhada, Hideyori disse:

— Se Ieyasu nos acuou, é porque fomos mais honestos do que ele. Mas agora não há mais volta e não tenho medo de morrer. Quero que meu último combate contra os Tokugawas seja cheio de glória. Morrerei nos escombros de meu castelo. Mas eu nunca pensei que a assembleia antes da última batalha fosse reunir tantos homens. Ao vê-los todos aqui, eu, Hideyori, sinto-me o homem mais afortunado do Japão.

Depois de prestar homenagem a seus homens, dirigiu-se a Chacha:

— Mãe, a senhora também precisa se resignar. Abandone suas esperanças de perpetuar a linhagem dos Toyotomis. Deixe-me agora cuidar sozinho da batalha.

Hideyori não queria mais que Chacha interferisse nas questões militares.

— Muito bem — disse Chacha, com docilidade.

Ela decidiu não mais interferir. Os outros guerreiros manifestaram seu descontentamento para com Ono Harunaga, pois o consideravam responsável pela situação; Chacha nada tinha contra ele. Os guerreiros que permaneceram no castelo eram corajosos e leais, dispostos a se sacrificar pela casa de Toyotomi; o mais dedicado de todos era Ono. Chacha compreendia sua atitude; no entanto, seus esforços haviam se revelado inúteis no fim.

O conselho de guerra foi interrompido e recomeçaria à tarde. Pela manhã, na saída dos guerreiros, Ono foi vítima de uma emboscada; levaram-no para fora das muralhas e o atacaram com espadas. À tarde, voltou à assembleia coberto de ferimentos.

Chacha também compareceu. Hideyori a proibira de se manifestar, mas ela precisava ao menos assistir às deliberações. Tinha agora de novo uma clareza de raciocínio que perdera temporariamente, cega de amor maternal. Contava então 48 anos. Dos quarenta aos 45, engordara muito, a ponto de achar difícil ficar sentada por muito tempo. Nos últimos quatro anos, perdera bastante peso e voltara a ser a Chacha de antes, com uma expressão orgulhosa, consciente de seu alto nascimento, como fora desde a infância. Nunca admitiu palavras de desprezo em relação à casa de Toyotomi, que, a seu ver, era a detentora legítima do poder no Japão.

Durante a tarde, houve muito debate sobre a melhor forma de enfrentar o ataque dos Tokugawas. No final, Hideyori chegou à conclusão de que Ieyasu provavelmente viria da direção de Tennoji. Por isso, os homens do Castelo de Osaka deveriam reforçar as defesas dessa zona, dividindo o exército em duas falanges. À noite, cada uma das tropas foi designada a uma direção diferente e deu-se início à mobilização.

No dia seguinte, Hideyori partiu com seus porta-estandartes para inspecionar a região de Tennoji, onde se acreditava que o combate se concentraria. À sua volta, havia vinte flâmulas vermelho-escuras, dez estandartes com pontas douradas, inúmeros lanceiros e homens carregando porongos dourados, símbolos de seu comando. Chacha foi com ele até as portas do castelo. Pensou que a escolta do jovem senhor era parecida com a do falecido regente, quando este costumava partir em combate.

No dia 18, Ieyasu chegou a Kyoto; no dia 21, Hidetada entrava em Fushimi. A notícia chegou no dia seguinte a Osaka. No dia 26, Ohatsu, a senhora Nii e as outras mulheres mensageiras voltavam finalmente ao Castelo de Osaka. Traziam uma mensagem de Ieyasu: suas ordens de dispersar os *ronin* e entregar Hideyori ainda estavam de pé e deviam ser obedecidas.

Chacha se encontrou com Ohatsu em seus aposentos privados. Agradeceu-lhe o esforço e convidou-a a passar o dia ali, pois seria provavelmente a última vez que se veriam. Ohatsu respondeu que talvez o castelo não fosse destruído, mas ambas sabiam que essa observação era apenas uma tentativa de consolo.

Sentadas na varanda, observavam as árvores do jardim, cujas folhas já estavam bastante crescidas. Depois de um tempo em silêncio, retomaram a conversa.

— Eu, você e Ogo fomos criadas da mesma maneira. Fomos um dia tão unidas, porém o destino nos fez inimigas. Mas estou contente de poder falar com você uma última vez. Agradeço por tudo que você fez por mim. Agora é tarde, já não vou rever Ogo, a esposa do xogum. Nosso último encontro foi no casamento da filha dela com Hideyori. Quando você a vir, diga que lhe mando meus respeitos. Diga-lhe que nesses sete anos tenho tratado a filha dela, a princesa Sen, como se fosse minha filha.

Chacha calou-se de repente. Deu-se conta de que a princesa Sen também morreria no incêndio do castelo.

Foi o único momento em que Ohatsu olhou sua irmã nos olhos. Depois disse, com dificuldade:

— Não se ofenda com o que vou dizer. Mas eu queria que você vivesse, mesmo com a queda do castelo. Queria que você e seu filho vivessem. Existe uma maneira de vocês se salvarem.

Chacha a interrompeu:

— Você quer dizer que eu devia salvar a princesa Sen, não é? Eu bem que gostaria de salvá-la; ainda há tempo, mas duvido que ela concorde em fugir. Quanto a mim, minha decisão está tomada. Seguirei o destino deste castelo e de meu filho. Nada irá mudar minha resolução. Transmita meus cumprimentos ao xogum Hidetada.

Chacha não sabia se a proposta de Ohatsu era ideia sua ou dos Tokugawas. De qualquer forma, ela tinha certeza de que a princesa Sen se recusaria a fugir. Ieyasu, Hidetada e Ogo que se resignassem, as chamas que destruiriam o castelo queimariam também o rosto, os cabelos e o corpo da bela princesa.

Ohatsu saiu tarde do castelo. Chacha acompanhou a irmã até o portão. No momento da separação, Chacha pronunciou pela primeira vez o nome do sobrinho:

— Rezarei pela sorte de Tadataka.

Chacha sabia que Kyogoku Tadataka seria um dos generais do exército dos Tokugawas que participaria do ataque ao Castelo de Osaka.

— Eu lhe transmitirei suas palavras. Gostaria que vocês se encontrassem, nem que fosse apenas uma vez. Ele se parece muito com o pai — disse Ohatsu.

Chacha se lembrou por instantes da imagem de Takatsugu, quando este era jovem. Tinha certeza de que o sobrinho também era um guerreiro de valor. Era estranho, mas não lhe tinha nenhum ressentimento, ainda que fosse do partido inimigo. Sentia apenas saudades, saudades de alguém que nunca voltaria a ver. Desejava que pudesse morrer de uma flecha lançada por ele.

Capítulo 11

Durante o cerco anterior, o partido de Hideyori adotara posição defensiva desde o início das hostilidades; dessa vez, foi o contrário. Privado de suas fortificações, o exército viu-se obrigado a partir para a ofensiva. Nesse ponto, todos os guerreiros de Osaka estavam de acordo: o exército dos Tokugawas viria provavelmente da região de Nara, e os homens de Hideyori deveriam atacá-los no lugar onde as tropas desceriam a baixada. Portanto, a maior parte dos homens seria posicionada entre Tennoji e Kawachi.

Os primeiros tiros soaram nos dias 28 e 29 de abril, em Kawachi. Nessa batalha, morreu um *ronin* de grande bravura e renome, Hanawana Oyuki. Chacha nunca o vira, mas conhecia sua reputação. Sua morte tão cedo pareceu-lhe um mau presságio.

No mês de maio, a movimentação continuou. Hideyori presidia as assembleias que ocorriam diariamente no castelo. Debatiam-se os avanços das tropas, de acordo com as necessidades estratégicas do momento. Chacha assistia às reuniões, mas não participava das decisões.

No entanto, a cada assembleia, sentia-se tomada de maus pressentimentos. Não entendia muito bem as deliberações militares, mas não lhe parecia que as decisões pudessem levar à vitória.

Falava-se muito de uma batalha final, em que os dois exércitos se enfrentariam com todas as suas forças, da qual sairia um vencedor e um vencido, mas ninguém queria se responsabilizar pela iniciativa. A campanha ia sendo decidida considerando-se sempre as opiniões de diversos guerreiros. Nenhum ponto de vista prevalecia; chegava-se sempre a um meio-termo. Cada decisão era tomada pelo conjunto dos membros do conselho, e nunca se seguia a opinião isolada de um líder.

Nesses momentos decisivos, Chacha lamentava que Hideyori fosse tão jovem. Tinha apenas 22 anos, e ela sempre pensava que, se ele fosse mais velho, teria a maturidade suficiente para comandar todo o exército. Sua juventude era um grande infortúnio.

No dia 2 de maio, Chacha perguntou a Ono quais eram os movimentos do exército inimigo. Até então, não quisera saber de nada; mas agora, ao notar que o número de guerreiros diminuía diariamente, não conseguia mais se conter.

— Ieyasu continua em Kyoto, e Hidetada ainda não saiu de Fushimi. A maior parte das tropas se encontra em Kawachi. A vanguarda está em Kokubun. As tropas de Todo estão em Senzuka; e as de Naotaka, perto de Gakuonji.

— E nosso exército? — quis saber Chacha, assustada com a proximidade do inimigo. Estavam praticamente à distância de um tiro do castelo.

— As tropas de Goto Mototsugu, Sanada Yukimura e Susukida Hayato se encontram na mesma região, aguardando a batalha. O segundo ataque será liderado por Kimura Shigenari e Chosokabe Morichika, que estão também de prontidão.

— E qual a previsão de resultado?

— Acho que a primeira batalha será decisiva. Se Goto, Sanada e Susukida conseguirem enfraquecer o inimigo, nossas chances aumentam. Mas, se o primeiro ataque for desbaratado, a segunda leva não conseguirá conter o inimigo.

Chacha se irritou com o rosto imperturbável de Ono. Todos haviam sido favoráveis ao ataque, mas a situação não era como se estivessem cercados? Queria gritar: "O que vocês fizeram até agora? Se o regente fosse vivo, jamais teria permitido que os inimigos entrassem em Kyoto ou Fushimi!"

— Bem, seja como for, é melhor vencer ou estamos perdidos — disse, contrariada.

Depois do conselho, os guerreiros se foram. Chacha chamou Hideyori, que se dirigia a seus aposentos. Ele dispensou seus pajens, e as damas de honra de Chacha também se retiraram. Chacha achou estranho que ele mandasse seus criados embora, mas se sentia contente de estar a sós com ele. Havia muito tempo que não tinha uma conversa íntima com o filho.

— Mãe... — disse ele, iniciando a conversa, ainda que fosse ela que o houvesse chamado —, a senhora entende, eu acho que agora a queda do castelo é uma questão de dias. A senhora tem que se resignar. O fim está próximo. No máximo em alguns dias...

— Alguns dias? — perguntou Chacha, incrédula.

— Sim, eu sei que temos pouco tempo. Ono também sabe, e provavelmente outros também. Só que ninguém diz.

A luz forte do início do verão brilhava na areia branca do jardim. Velhos pés de altaneira e de azinheira estendiam seus galhos verdes sobre o telhado de um pavilhão. O verão começou de repente. Chacha não notou a mudança das estações.

O castelo estava calmo. Dois ou três dias antes, ouviam-se os cascos dos cavalos, o tilintar das armas e as vozes dos soldados; agora, a maioria das tropas já havia partido. Reinava o silêncio. Chacha ainda não conseguia acreditar no que lhe dissera seu filho; a derrota estava bem próxima. Encontrou ainda forças para dizer:

— Minha decisão está tomada há muito tempo.

— Nesse caso, nada mais há a dizer — respondeu Hideyori.

— Vamos passear no jardim, o céu está claro — propôs sua mãe.

Chamou suas damas de honra, que lhes trouxeram tamancos para andar na areia, e a mãe e o filho caminharam em silêncio entre as pedras e as plantas. No fim do jardim, havia um riacho, que corria de um laguinho. À beira d'água, floresciam as íris.

— Veja, as íris já floresceram![68] — exclamou Chacha.

Ela se deu conta de que o Dia dos Meninos seria dali a três dias.[69] Lembrou-se da alegria no castelo à proximidade dessa data, no tempo em que Hideyori era pequeno. Quando o regente era vivo, os preparativos começavam dois ou três meses antes da festa, e daimiôs

---

68. Trata-se do *shobu* (*Iris laevigata*), ou íris-aromático, de flores azuis, brancas ou violeta, e que floresce em terrenos molhados, em pleno verão.

69. O Dia dos Meninos (*tango no sekku*) é comemorado no dia 5 de maio, e marcava tradicionalmente o início do verão. Hoje em dia é chamado de Dia das Crianças (*kodomo no hi*).

de todas as províncias mandavam presentes ao jovem herdeiro dos Toyotomis. Os habitantes do castelo recebiam saquê aromatizado com raízes de íris; faziam-se água perfumada de íris e grande quantidade de bolinhos *chimaki*.[70]

As festividades foram diminuindo em esplendor ao longo dos anos. No ano anterior, ninguém sequer se lembrara do Dia dos Meninos devido à grande agitação no castelo. Hideyori, talvez também se recordando das cerimônias de antigamente, disse:

— Vou partir para o ataque no Dia dos Meninos. Nesse dia, mãe, a senhora vai ver que seu filho é um verdadeiro guerreiro.

Depois, começou a rir sem parar, um riso alegre, que penetrou o coração de Chacha.

Ela caminhava atrás dele. Era o mesmo de sempre, mas Chacha achou que naquele dia ele tinha o passo mais militar. Parecia-lhe o retrato de um magnífico guerreiro, mais majestoso mesmo do que o regente no apogeu de sua glória.

Passearam por uma hora nos jardins. Depois, voltaram à torre de menagem, separando-se na varanda. Hideyori disse à mãe:

— Nunca mais vamos passear juntos nem nos falar como hoje. Mãe, queria que a senhora me prometesse que vai obedecer minhas últimas ordens.

— Prometo — respondeu Chacha, docilmente.

Ao voltar a seus aposentos, porém, pensou que era difícil aceitar a derrota para os Tokugawas. Não conseguia entender por que um guerreiro magnífico como Hideyori deveria morrer. No entanto, apesar de sua revolta, sabia que nada mais poderia ser feito. Devia aceitar em silêncio o destino que se aproximava.

Os dias 3 e 4 se passaram em estranha calmaria. Não houve assembleia de guerra. Chacha enviava a todo momento mensageiros a Ono, para que perguntassem sobre a situação militar. A resposta era sempre a mesma: os combates ainda não haviam começado, nada havia a relatar.

---

70. Bolinhos de arroz embrulhados em folha de bambu, um prato típico do Dia dos Meninos.

No dia 5, o castelo foi dominado pela agitação desde o amanhecer. Durante todo o dia, não se pôde falar com Ono nem com Hideyori. Os dois estavam fora do castelo, nas linhas de combate, para incentivar os soldados. Ao fim da tarde, Chacha estava bem angustiada. Hideyori lhe dissera que partiria para o combate no Dia dos Meninos; ela achava que ele iria participar da luta. As tropas saíam uma a uma do castelo em direção ao campo de batalha. Ouviam-se os relinchos dos cavalos.

Chacha queria dormir cedo. Quando ia se deitar, disseram-lhe que a princesa Sen desejava vê-la. Ela já estava vestida para dormir e pediu que a princesa a aguardasse pôr uma roupa apropriada.

A princesa Sen tinha então dezoito anos, mas naquela noite a sogra achou que ela tinha uma aparência infantil. Pensou que aquela criança que lhe fora confiada pelos Tokugawas era a única pessoa do castelo que ignorava seu destino trágico. Disse-lhe as palavras que calara até então:

— Você deve se preparar para o pior.

Sua voz vibrava com a raiva que tentava abafar. "É tudo culpa de seu pai e de seu avô", desejou dizer.

— Tenho certeza de que venceremos — afirmou a princesa.

Surpresa, Chacha quis saber por quê.

— As batalhas são para ser vencidas. Ninguém guerreia sem ter certeza da vitória. Não interessa o que diz Hideyori. Garanto que no fundo ele acha que vai ganhar — disse, numa voz que revelava total ausência de dúvida.

— Às vezes, somos obrigados a lutar por termos sido provocados pelo inimigo — disse Chacha, abalada pela afirmação da princesa.

Talvez ela tivesse razão: eles poderiam vencer. Havia cem mil soldados, vindos de todas as partes até Osaka, lutando por sua causa. Esses homens queriam a vitória. Talvez ela fosse a única pessimista, e podia ser que até seu filho achasse que iria ganhar a batalha.

Ainda assim, nada revelou de seus pensamentos à princesa. Ela tinha o odiado sangue de seus inimigos.

— É louvável que você acredite na vitória. Mas o que pensa fazer em caso de derrota?

A princesa Sen não respondeu, mantendo a cabeça baixa.

— Em caso de derrota, o que você vai fazer?

Um impulso cruel tomara Chacha. Ela queria que a princesa lhe dissesse o que faria em caso de derrota. Ela tinha a intenção de levar a princesa Sen para a morte junto com ela, nem que para isso fosse necessário retê-la pelas mangas do quimono. Já imaginava a cena, a figura das duas em meio às chamas do incêndio. De repente, escutou a princesa dizer algo. As palavras eram tão surpreendentes que não pareciam vir de sua boca:

— Pensarei no que fazer quando isso acontecer.

— O que você disse? — perguntou Chacha, irritada.

A jovem repetiu com clareza a frase, dessa vez com mais segurança.

— Você então não está disposta a morrer? — perguntou Chacha, aproximando-se da nora.

A princesa levantou a cabeça e olhou a sogra nos olhos.

— É por isso que vim vê-la a essa hora da noite. Tenho certeza de que venceremos. Mas o desfecho da guerra é incerto. Se a sorte nos faltar, deixarei o destino seguir seu curso. Devemos estar prontas para a morte, se for o caso. Porém, se nossas vidas forem poupadas, devemos lutar para viver!

Baixou a cabeça e acrescentou:

— Não quero que o castelo seja destruído em um incêndio. Não quero que Hideyori morra.

As palavras da princesa despertaram uma ideia nova em Chacha. Se pudessem conservar a vida, é claro que deviam viver! A princesa Sen tinha razão. Chacha também não queria que o castelo ardesse em chamas nem que seu filho morresse. Talvez, mesmo com a derrota, houvesse um meio de ela e Hideyori escaparem da morte. Embora fossem traiçoeiros, Ieyasu e Hidetada não podiam querer que o rapaz ou a jovem morressem. Chacha começou a tremer. Não queria que a nora visse como estava abalada, mas não conseguia controlar seu corpo.

Enquanto falava com a princesa, recebeu uma mensagem de Ono. Mandou que levassem o mensageiro a um quarto contíguo, onde ele lhe entregou uma carta, a qual dizia apenas que, ao amanhecer do dia seguinte, a luta começaria em todos os campos de batalha.

Chacha dispensou a princesa e ficou só em seu quarto. Suava muito por causa do calor da noite. O tempo naquele ano fora instável. As cerejeiras floresceram muito cedo, mas depois o frio voltara. Ainda no início de maio chovia granizo, mas naquela noite, no Dia dos Meninos, a temperatura subiu muito. A porta que dava para o jardim estava aberta, e podia-se ver uma parte do pátio, iluminado pelas tochas do quarto. Agitada, Chacha se levantou, foi à varanda e mergulhou o olhar na escuridão do jardim. Não havia estrelas no céu. Depois do calor, talvez viessem as chuvas.

Não se ouvia uma voz no castelo. Havia, no entanto, certa agitação no ar. Às vezes, ouviam-se gritos, vindos não se sabe de onde. A atmosfera era opressiva.

Antes da visita da princesa, Chacha queria ir dormir; agora estava bem desperta. A notícia do início das hostilidades, previsto para o amanhecer, deixara-a com os nervos à flor da pele. Não podia dormir em uma noite como aquela. Decidiu esperar que o sono viesse e se levantou, ainda vestida com o quimono que pusera para receber a nora. Mandou que suas damas de honra fossem se deitar. À meia-noite, decidiu ir para o leito, mas ficou com os olhos abertos, vítima de insônia. Às duas da manhã, sentou-se no futon; ouvia-se um tumulto em alguma parte do castelo. Um jovem samurai, que ela dispensara antes, mas que provavelmente não conseguira dormir, disse-lhe do corredor:

— É o senhor Kimura Shigenari indo para a guerra!

O barulho durou ainda alguns instantes. Cavalos relinchavam, vozes resmungavam e passos soavam como que próximos, talvez devido ao ar da noite. Depois, voltou o silêncio, interrompido por novos tumultos. Ouviu-se de novo a voz do jovem samurai:

— É o senhor Chosokabe Morichika indo para a guerra!

Algum tempo depois, as damas de honra trouxeram chá. Ela então compreendeu que, no castelo, ninguém conseguia dormir.

A calma voltou ao amanhecer. Chacha dormiu mal, levantou-se por volta das seis da manhã. Abriu a porta; a chuva caía fina. Após a partida dos homens de Kimura e Chosokabe, o castelo fora novamente tomado pelo silêncio. Essas eram as tropas do segundo ataque.

Chacha não sabia se seu filho já partira. Preocupada, queria saber o que ele estava fazendo, mas decidiu não perguntar nada a ninguém.

Passou a manhã angustiada. Olhava a chuva no jardim. Ao meio-dia, recebeu uma mensagem de Ono, a qual dizia apenas que o senhor Goto Mototsugu tombara na batalha, em Domyoji.

O templo Domyoji ficava a cerca de vinte quilômetros a sudeste dali. Chacha ficou muito agitada, tanto pela dolorosa notícia da morte de guerreiro tão hábil, quanto pela proximidade das tropas inimigas. A luta era a vinte quilômetros de distância, muito mais perto do que imaginava.

— E o jovem senhor? — perguntou, não conseguindo mais esconder seu sofrimento.

— Ainda está no castelo — respondeu o mensageiro, para grande alívio de Chacha.

Duas horas mais tarde, recebeu mais um mensageiro de Ono, que disse:

— O senhor Susukida Hayato tombou em batalha, em Domyoji.

Chacha se sentia cada vez mais desanimada. Os poucos guerreiros com alguma habilidade estratégica iam morrendo um a um. Restavam apenas quatro generais capazes de liderar um exército: Sanada, Mori, Kimura e Chosokabe. Como não conseguia ficar ali parada, Chacha se levantou e foi para a torre de menagem.

No salão, encontrou dez guerreiros reunidos em conselho com Hideyori e Ono. Entrou esbaforida e se sentou ao lado do filho.

— Qual é a situação no campo de batalha? — perguntou.

Hideyori nada disse, mas Ono respondeu:

— As tropas inimigas de Mizuno, Honda, Matsudaira e Date ocuparam a região de Domyoji. Os regimentos de Sanada, Fukushima, Watanabe e Otani estão tentando conter a investida. Acabamos de mandar uma ordem de retirada às tropas de Sanada.

— E os regimentos que partiram do castelo durante a noite?

— Estão lutando contra as tropas de Ii, a oito quilômetros do castelo.

— Oito quilômetros? — exclamou Chacha. — E qual a situação nesse ponto?

— Kimura Shigenari lutou bravamente, mas tombou na batalha.

— Como?

Chacha não sabia mais o que dizer. Olhou, pálida, para o filho. Hideyori então lhe deu uma ordem, com calma, porém firme:

— Mãe, queira se retirar.

— Não posso ficar?

— De nada adianta. É um momento decisivo.

— Onde está Ieyasu?

— Chegou com Hidetada esta manhã a Hirakata. Estão esperando, prontos para intervir quando necessário — disse Ono.

Essa resposta fez Chacha cair na risada, apesar da tensão que pairava no ar.

— Bem, o castelo está cercado por todos os lados pelas tropas dos Tokugawas. Como vocês vão resolver isso? — perguntou, ameaçadora.

— A batalha não está perdida. Em Hirakata, nossos homens estão contendo os inimigos. As tropas de Chosokabe, Sanada e Mori estão em posição em Chausuyama e Tennoji. Vamos fazer um último ataque em Nara. Os combates de amanhã serão decisivos.

— Amanhã então o castelo vai receber uma saraivada de balas e flechas. Que espetáculo! — disse Chacha, com ironia. Depois, levantou-se e saiu.

No corredor, deu-se conta de que Hideyori não lhe falara, a não ser para lhe dizer que se retirasse. Sentiu então muita pena dele. Dera ouvidos a muita gente, eis o que selara seu destino. Não queria admitir a sua mãe que a situação era desesperadora, e permitira que um subalterno o fizesse.

De volta a seus aposentos, Chacha tentava encontrar uma maneira de salvar o castelo e a vida de seu filho. Não pensava mais na honra dos Toyotomis nem de Hideyori. Procurava na memória algum aliado que pudesse ajudá-la. A maioria dos nomes que lhe ocorriam era de mortos. Pensou em Gamo Ujisato, Kyogoku Takatsugu e Maeda Toshiie. Não podia contar com mais ninguém. Pensou em suas irmãs. O destino fizera com que pertencessem ao partido inimigo. Mas sabia que, se pedisse, Ohatsu e Ogo se uniriam para socorrê-la. No entanto, daquele castelo cercado, não conseguiria mais enviar uma mensagem a elas. Pensou na senhora Kyogoku e até na Kitanomandokoro. Em seu desespero, ela se perguntou se um de seus conhecidos poderia salvá-la.

Perdeu a noção do tempo. Com o olhar perdido, ela continuava a pensar, obcecada com a salvação de seu castelo e de seu filho. Voltou a si quando começou a escurecer. O jardim estava encharcado, mas já não chovia. Ao longe, ouviam-se tiros e gritos. Homens e mulheres carregavam móveis e futons para o seu quarto, com o intuito de protegê-la das balas e flechas.

Ao cair da noite, alguns guerreiros vieram avisar que não haveria combate até o amanhecer, e que todos podiam dormir tranquilos. Chacha não compreendia como alguém podia ter certeza de que não haveria ataque. Será que os dois partidos estavam negociando a paz? De repente, sentiu um imenso cansaço; mandou que fizessem seu leito em um canto da peça cheia de móveis e futons empilhados, e dormiu. Seu sono foi leve, entrecortado por pesadelos.

No dia seguinte, quando acordou, viu que realmente não havia tido combate durante a noite. Em seus aposentos, tudo estava calmo. Mandou perguntar se houvera negociações de paz no decorrer da madrugada.

Lavou o rosto, e lhe trouxeram o desjejum. Na esperança de que haveria paz, pegou os *hashi* e começou a comer. Desde o início de maio, perdera o apetite, mas nessa manhã conseguia engolir sem dificuldade. Servida por uma dama de honra, fez uma refeição tranquila. Depois que recolheram a louça, chegou um mensageiro, dizendo que Hideyori a mandara chamar imediatamente à torre de menagem. Chacha se levantou e saiu.

Pensou que o mensageiro a levaria ao grande salão; no entanto, foi conduzida à porta das cerejeiras, que ficava na entrada da torre de menagem. Ali estava Hideyori, sentado num banco de madeira, cercado de guerreiros. Em torno de Hideyori, estavam dispostos os símbolos de comando: lanças, estandartes vermelho-escuros, espadas de ouro. Hideyori vestia uma armadura de couro com detalhes dourados e prateados, e a seu lado havia um corcel negro. Ao ver a cena, Chacha compreendeu que não havia tratado de paz; era uma partida para a guerra. Esqueceu por instantes a situação desesperada em que se encontravam, para admirar o garbo de seu filho. Lembrou-se dos tempos em que o regente era vivo, e Hideyori parecia possuir uma aura de esplendor e bravura.

Chacha foi lentamente em direção ao filho.

— Um mensageiro de Sanada Yukimura veio nos dizer que chegou o momento. Vamos atacar Tennoji.

Hideyori provavelmente mandara chamar a mãe porque acreditava que aquela era a última vez que se veriam.

— Rezarei por sua vitória — disse Chacha.

Essas mesmas palavras ela dizia ao regente toda vez que ele partia para uma batalha. Sentia o corpo tremer, não de angústia, mas de orgulho por Hideyori. Seu filho ia enfrentar sozinho o exército dos Tokugawas.

Não conseguia parar de pensar: "Que magnífico guerreiro!" Queria que o regente pudesse ver seu filho naquele dia. Nesse instante, viu que Ono se aproximava, quase irreconhecível, exausto. Chegou cambaleando até onde se encontrava Hideyori, ignorando a gente em torno, e disse com uma voz tonitruante, que não combinava com sua aparência exaurida:

— Eu, Harunaga, oponho-me a sua partida para a batalha! Fique no castelo, eu imploro! Irei em seu lugar.

— Mas Sanada mandou me chamar, senhor do castelo. Eu devo incentivá-los ao combate.

— Não importa o que diga Sanada, sair agora do castelo é uma temeridade. As tropas inimigas já ocupam toda a região entre Tennoji e Okayama. E estão vindo outras de Hino em direção a Tennoji.

Um samurai com o rosto coberto por uma barba espessa, desconhecido de Chacha, disse então:

— Eu também me oponho à partida do jovem senhor. Devemos pensar em defender o castelo.

Hideyori acabou cedendo aos argumentos dos dois guerreiros e desistiu de liderar as tropas. Ono tomou seu lugar e partiu para Tennoji, levando consigo as insígnias do comando. Chacha sentiu-se aliviada. Ainda que tivesse muito orgulho do filho, preferia que sua partida fosse adiada.

Pensou em verificar pessoalmente a situação. Subiu à guarita, contrariando os pedidos de suas damas de honra. Em torno da entrada do castelo, estavam expostas as cabeças de diversos inimigos. Talvez fossem troféus do combate da véspera, mas a chuva deixara os traços grotescamente desfigurados. Ao chegar ao alto da torre, avistou, na direção de Tennoji, um verdadeiro mar de soldados, que ela de início pensou ser de seu partido. Um homem da guarda explicou que eram tropas inimigas.

— E onde estão os soldados de Sanada? — perguntou ela, sentindo a garganta secar.

— Estão ali também, mas não se pode distingui-los, pois estão completamente cercados — respondeu o guarda.

Então Chacha avistou alguns estandartes que pareciam ser de Sanada. Eram poucos estandartes, e também poucos homens. Ela via os dois exércitos, muito próximos um do outro, e não entendia por que o combate ainda não começara. Em seguida, viu que Ono tinha razão: havia muitos soldados inimigos vindo de Hino em direção a Tennoji, reforçando as tropas dos Tokugawas. O vento forte que soprava naquelas alturas refrescava um pouco o ar quente e abafado. Por fim, percorrendo o horizonte com o olhar, Chacha compreendeu que havia regimentos inimigos cercando todo o castelo.

Desceu da torre com uma visão real da situação. Sabia agora o que os aguardava: quando começassem os combates, o Castelo de Osaka, orgulho do regente, cairia nas mãos do inimigo sem a menor resistência.

Sim, o castelo cairia naquela noite e seria reduzido a cinzas.

Chacha foi para seus aposentos e mandou chamar suas damas

de honra. Deu-lhes de presente seus objetos pessoais e disse-lhes que, ainda que agora já fosse quase impossível fugir do castelo, elas estavam liberadas para fazer isso, caso encontrassem algum meio de escapar. As mulheres, uma a uma, punham-se a chorar no momento em que recebiam um objeto da mão de Chacha. O rosto da dama de Yodo, pelo contrário, começou a clarear.

Ao fim da distribuição, a princesa Sen, acompanhada por vinte damas de honra, veio se instalar nos aposentos da sogra. Esse grupo de mulheres parecia mais um cortejo nupcial do que um bando de refugiadas. A princesa e suas damas de honra estavam vestidas com apuro, com seus mais belos quimonos, e davam à peça uma majestosa aparência de festa. Imitando o séquito da princesa Sen, as damas de honra de Chacha puseram suas melhores roupas.

Chacha almoçou cedo, em companhia da nora. Falavam pouco, apenas sobre assuntos não relacionados à batalha. Mencionaram os brotos de bambu de Yamazaki e discutiram a melhor maneira de prepará-los. A princesa riu apenas uma vez, e logo procurou abafar o riso. Chacha levantou a cabeça e observou a jovem. Pensou então que ela era a mais bela mulher que já vira. Ainda que tivesse motivos para não gostar da nora, achava-a naquele instante de uma beleza quase irreal, vestida como que para um casamento. Chegou a pensar que, se o regente fosse vivo, não resistiria a toda aquela beleza. Pela primeira vez em meses, sentia-se calma a ponto de entreter tais especulações.

Os primeiros tiros foram dados por volta do meio-dia e não cessaram mais. O barulho da batalha era cada vez mais forte. Ouviam-se gritos de guerra a pouca distância do castelo. As pessoas foram tomadas de pânico; porém, ao saberem que os gritos eram de guerreiros do castelo partindo para a batalha, elas se calaram. Reinou então um silêncio absoluto e sinistro.

Chacha e a princesa foram à porta das cerejeiras, seguidas por trinta damas de honra. Encontraram Hideyori no mesmo lugar de antes, sentado em seu banco, cercado de generais. Havia uma atmosfera de fúria assassina no ar. Alguns samurais haviam desembainhado suas espadas; outros, com suas armaduras, iam e vinham. Respeitando certa distância, Chacha e a nora foram se sentar junto de Hideyori, uma de cada lado. Chacha olhou para cima e percebeu que o céu estava limpo. O sol brilhava sobre as folhas das cerejeiras.

Ouviam-se tiros e gritos, às vezes próximos, às vezes distantes. Não se podia saber de que direção vinham.

Ono Harunaga, que partira de manhã, voltou acompanhado de vinte guerreiros. Estava mais envelhecido do que da última vez em que Chacha o vira; seu passo estava ainda mais cambaleante. Começou a relatar em detalhes a situação no campo de batalha, mas desmaiou antes de terminar. Uma parte de sua armadura estava tingida de vermelho, devido a um ferimento aberto que tinha no braço direito. Inicialmente, pensou-se que era uma ferida de combate; no entanto, tratava-se de um golpe que recebera de outros guerreiros do partido de Hideyori, alguns dias antes, e que se reabrira.

Todos se ergueram quando Ono caiu; naquele instante, como se esse fosse o sinal, ouviram-se gritos de guerra do lado de fora das portas do castelo, e o som dos tiros se fez mais próximo. Metade dos guerreiros que se encontravam ali saiu então pela porta das cerejeiras, em direção ao combate. De repente, o silêncio voltou.

Chacha aproximou-se do filho. Ouviam-se agora os gritos dos soldados e o incessante barulho das flechas e dos tiros.

Yukitsuna, filho de Sanada Yukimura, veio pedir mais uma vez que Hideyori fosse ao campo de batalha incitar os soldados. O adolescente, quase uma criança, tinha o cabelo desfeito, o corpo coberto de sangue. Hideyori se levantou. Todos pensaram que essa era a última oportunidade de combate para o jovem guerreiro. Os soldados também se ergueram. Reinava uma agitação intensa no pátio.

Um mensageiro veio dizer que a guarda de Okayama fora dizimada. Logo em seguida, outro emissário comunicou que as tropas de Sanada tinham sido vencidas em Tennoji e que todos os soldados, assim como seu comandante, haviam tombado na batalha. Chacha olhou para seu filho e pensou que nunca vira expressão tão terrível. Hideyori ordenou que todos os presentes partissem com ele.

— Todos comigo! — berrou. — Venham dar a vida por Toyotomi Hideyori! Vamos vingar a morte de Sanada e seus companheiros!

Nesse momento, Hayami Morihisa chegou a toda brida, em retirada do campo de Tennoji. Diante de Hideyori, que se preparava para montar, disse:

— A vanguarda do exército foi totalmente dizimada. As ruas de Osaka estão cheias de soldados fugindo em retirada. Atacar agora seria apenas um desperdício de vidas.

— Desde o início dessa batalha eu espero a morte! Vamos lutar! — gritou Hideyori.

— Não convém a um general apressar sua morte. É melhor bater em retirada e defender o castelo. Depois, ainda haverá oportunidades para se morrer com glória.

Hayami Morihisa tinha o rosto coberto de sangue.

— Não, vamos lutar! — gritou ainda Hideyori, tentando subir no cavalo.

Hayami o agarrou para impedi-lo de montar. Hideyori, que era alto e forte, deu-lhe um golpe que o arremessou longe. Chacha, sem compreender o que ele fazia, também se agarrou às pernas do filho. Não queria que ele morresse. Um poderoso pontapé lançou-a também ao chão.

Erguendo a cabeça, viu, como em sonho, diversos samurais tentando deter Hideyori. Do outro lado do pátio, a princesa Sen e suas damas de honra estavam sentadas, com seus quimonos magníficos, como uma cena do Dia das Meninas.[71]

Ouviram-se então alguns samurais gritarem: "Fogo! Fogo! Incêndio!" Chacha olhou para trás e avistou a coluna de fumaça que subia aos céus acima da terceira muralha. Depois disso, veio o pânico. Os soldados desembainharam suas espadas e as brandiam no ar, ainda que não houvesse nenhum inimigo à vista. O fogo mostrava que havia traidores no castelo.

Todas as mulheres se ergueram ao mesmo tempo.

---

71. No Dia das Meninas (*Hinamatsuri*, dia 3 de março), decoram-se as casas com bonecas representando a corte imperial.

Chacha viu Ono Harunaga gritando para que todos se acalmassem. Quando conseguiu ser ouvido, liderou os soldados em direção ao combate. Hideyori seguiu-os. O pátio voltou à calma. Havia ali apenas trinta mulheres, estandartes e lanças. Em seguida, foram ouvidos gritos de guerra e tiros ainda mais próximos. A terceira muralha devia ter caído, pois se escutava o barulho de cercas sendo derrubadas e gritos de esforço, misturados ao zunir de flechas e som de explosões.

Mais soldados entraram pela porta das cerejeiras. Estavam feridos. Alguns se apoiavam em suas espadas, como se fossem bengalas; provavelmente eram guerreiros que haviam desertado do campo de batalha.

Hideyori e Ono voltaram em seguida. Seguindo-os, vinha um grupo heterogêneo de soldados, que entraram como uma avalanche pela porta das cerejeiras. Reinava uma desordem incontrolável, mas Ono, gritando com uma voz rouca, conseguiu que se ordenassem em fileiras. Vinham agora guerreiros de todos os lados, e o pátio ficou repleto de gente.

As chamas atingiram a segunda muralha, e a luta chegou ao interior do castelo.

Ninguém sabia quem dera a ordem, mas Chacha, a princesa e as damas de honra haviam sido conduzidas a uma peça no interior da torre de menagem. Ono, vindo não se sabe de onde, gritou-lhes que subissem.

Chacha foi quase empurrada por duas damas de honra, que tomaram suas mãos, em direção ao segundo andar. Atrás dela, vinham a princesa e as outras mulheres. Reconheceu a ama de Hideyori, mãe de Kimura Shigenari; a senhora Aeba; a senhora Terauchi; e outras damas de companhia.

Quando caiu a segunda muralha, os tiros já chegavam ao lugar onde estavam as mulheres. Ouviam-se as paredes e os assoalhos queimando, os estalos pareciam ser de grãos de soja no fogo. A dama de Yodo aguardava sentada no chão, com a coluna ereta. Ninguém dizia nada, ainda que essas mulheres soubessem que estavam presas em um castelo prestes a ser tomado pelo inimigo.

Começou a anoitecer. O dia parecia ter passado com uma rapidez incomum. Na escuridão, entraram Hideyori e alguns de seus guerreiros de confiança. Todos estavam ofegantes e pareciam exaustos. Chacha viu o filho, mas não reconheceu os outros soldados. Ninguém falava.

Depois, chegou um homem: era Ono. Falou aos homens, em seguida veio em direção às mulheres e lhes disse:

— A torre de menagem é arriscada. Sugiro que fiquem nas guaritas. Temos que continuar juntos — sua voz estava rouca de exaustão.

As mulheres se puseram de pé. Naquela peça estava escuro, mas quando saíram para os corredores havia a difusa luz do anoitecer, misturada ao brilho vermelho do fogo, que devorava o castelo.

O grupo foi para a terceira guarita, abaixo da torre de onde se podia admirar o luar. Na entrada, Watanabe, que fora gravemente ferido na véspera, deu meia-volta e decidiu ir ao jardim para cometer suicídio. Disse a todos em voz alta:

— Despeço-me aqui de meu senhor. Estou muito ferido e não posso continuar.

Todos entenderam o que ele disse, mas ninguém tentou impedi-lo. Um companheiro do samurai, que não se podia reconhecer na escuridão, deu-lhe o golpe fatal. Ouviu-se então o grito de dor da mãe do guerreiro, e ela também caiu, com uma espada no ventre. Alguém a ajudou com o golpe de misericórdia.

Homens e mulheres subiram a torre em tumulto. Eram trinta no total. O suicídio de Watanabe e de sua mãe prenunciava o destino próximo. Chacha perdeu a noção do tempo; mas, depois de instalada na guarita, recuperou sua serenidade.

No escuro, ouviu-se uma voz de mulher gritar que o fogo chegara à torre de menagem. Ninguém disse nada. Era verdade, pois em seguida viu-se um brilho vermelho entrar pelas seteiras da guarita. Com a claridade, Chacha viu que a seu lado estavam a princesa Sen e Hideyori. Do exterior, ainda se ouviam tiros, gritos de guerra e estalos sinistros. Os últimos soldados defendiam a muralha interior, invadida pelos inimigos.

— Sano Bungo está aí? — perguntou de repente Hideyori.

— Cometeu *seppuku* no grande salão.
— E Nakashima?
— Também, no grande salão — respondeu outra voz.
— E Horita?
— Eu o vi pela última vez na terceira muralha, muito ferido, junto com Nonomura. Depois, não soube mais dele — disse uma terceira voz.

Chacha soube então que muitos guerreiros do castelo estavam mortos pela espada inimiga ou pelas próprias mãos. Depois, houve um longo silêncio. Apenas Ono e dois ou três outros guerreiros iam e vinham, não aguentando ficar parados.

Chacha viu Ono se aproximar da princesa Sen, quase a tocá-la, e dizer-lhe algo em voz baixa. Ono era o único guerreiro que parecia ainda ter alguma esperança de salvar seu senhor. Talvez estivesse tentando negociar uma troca, entregando a princesa aos Tokugawas. Mas agora era tarde demais. Chacha, que passara o dia com angústia e medo, recuperava agora seu orgulho e amor-próprio. Era chegado o tempo de aceitar sua morte e a de Hideyori. Pela primeira vez, decidiu morrer. Optar por sua própria morte era mais honroso do que pedir clemência a um bandido como Ieyasu. Tratava-se agora de proteger a honra dos Toyotomis, não de salvar a própria vida.

Chacha tateou até encontrar a manga do quimono da princesa, puxou-a e prendeu-a sob um dos joelhos.

— E então, princesa? — ouvia-se a voz de Ono, apenas um sussurro.

A princesa se mexeu, e Chacha compreendeu que ela ia se levantar. Chacha pôs todo o seu peso sobre a manga do quimono da nora para impedi-la de fugir. A princesa Sen soltou um gemido, que apenas a sogra escutou. "Esta é para você, Ieyasu. Sua neta vai morrer aqui, encontrar seu fim com os Toyotomis", pensou Chacha.

Passou-se um instante, e ouviu-se a voz de Ono:
— Fogo!

Todos se levantaram e se instalou o pânico. Chacha também se ergueu.

— Calma! Peço calma a todos! — gritou Ono. Todos se sentaram de novo.

Chacha percebeu que a princesa Sen não se encontrava mais ali.

— Ono! Para onde foi a princesa? — perguntou Chacha, furiosa.

— Dama de Yodo, deixe-me cuidar disso. Quero proteger sua casa, nem que seja com minha vida — respondeu Ono, quase sem voz.

Chacha calou-se. A princesa já partira, agora não havia mais o que fazer. Não queria repreender um vassalo nesse momento decisivo. Ono parecia determinado a combater o destino dos Toyotomis.

— Não sei o que você está tentando fazer, mas a essa altura tudo é inútil. Isso só vai servir para aumentar a alegria de Ieyasu, aquele bandido — disse Chacha.

À meia-noite, extinguiu-se a claridade que vinha do exterior. O castelo estava totalmente destruído. Apenas Ono e três ou quatro samurais continuavam indo e vindo. Hideyori estava sentado, sem dizer palavra.

Ao amanhecer, Chacha soube que a princesa Sen, acompanhada de uma dama de honra e de dois samurais, dirigira-se ao campo dos Tokugawas. Contudo, a medida talvez tivesse sido inútil. Ieyasu teria preferido dar a neta por perdida a conceder o perdão aos Toyotomis. Era ainda mais ridículo querer a paz depois de lhe entregar a princesa.

Durante o dia, Honda Kozuke, um general do exército dos Tokugawas, entrou na guarita e, da porta da peça onde se encontrava Chacha, inspecionou com o olhar as 28 pessoas que se encontravam ali. Partiu em seguida. Uma hora mais tarde, um mensageiro de Ieyasu transmitiu ao grupo a ordem de que cometessem suicídio. Ono empalideceu ao escutar a mensagem; Chacha, no entanto, tinha a impressão de que chegara finalmente o momento que ela havia muito esperava.

Tudo aconteceu rapidamente. Três oficiais dos Tokugawas se apresentaram como testemunhas. Ouviram-se tiros. Chacha irritou-se com a falta de respeito demonstrada para com aqueles que iam se matar. Mas nada disse.

Chacha decidira se matar logo depois do *seppuku* de seu filho.

— Mãe! — disse apenas Hideyori, ajoelhado. A dama de Yodo inclinou silenciosamente a cabeça para se despedir.

Fechou os olhos. Depois, olhou para a lâmina da espada e, como haviam feito antes dela seu pai, Azai Nagamasa, sua mãe, Oichi, seu padrasto, Shibata Katsuie, e seu tio, Oda Nobunaga, esperou o momento de empunhar a arma. A janela da guarita mostrava o sol de verão e um retângulo azul. Nada mais se via. De vez em quando, a fumaça do castelo incendiado passava, como um veio d'água, horizontalmente pelo céu.

Depois da queda do Castelo de Osaka, a Kitanomandokoro, tornada monja, continuou vivendo no templo Kodaiji. Ieyasu deu-lhe uma pensão de treze mil *koku*. Depois, foi viver no Nanzenji e, mais tarde, no Kenninji, onde faleceu no dia 6 de setembro do primeiro ano de Kan'ei[72], aos 75 anos.

As duas irmãs de Chacha também tiveram vida longa. Ohatsu morreu no ano 11 de Kan'ei, dezenove anos após a morte de Chacha. Ogo, esposa do segundo xogum Tokugawa, e mãe do terceiro, Iemitsu, faleceu no ano 3 de Kan'ei, onze anos depois da queda de Osaka. À época de sua morte, era a mulher de mais alta posição no país.

Chacha, Ohatsu, Ogo. Qual das três teve a vida mais feliz? Diante da impossibilidade de interrogá-las, a pergunta não tem resposta fácil.

----

72. Ano de 1624.